L'HEURE DU DIABLE

Patrick Bauwen

L'HEURE DU DIABLE

ROMAN

Albin Michel

Pour Laetitia, Margaux et Joffrey.
Des guerriers.

« Enchanté de vous connaître !
Je parie que vous connaissez mon nom.
En revanche, ce qui vous dépasse,
c'est la nature de mon jeu. »

The Rolling Stones,
Sympathy for the Devil

Clac-clac-clac, font les doigts aux ongles longs.

La tête de la sorcière se balance en rythme, tandis que ses doigts tapotent le volant.

Les phares de la voiture éclairent à peine la route sombre. Les hautes herbes défilent de part et d'autre. Il n'y a personne, pas une maison, pas une âme. La musique d'un antique radiocassette résonne dans l'habitacle de la voiture. Tout est vieux : le revêtement des sièges, les sapins désodorisants qui pendent au rétroviseur, les boutons du tableau de bord. À l'extérieur, des ballons orange accrochés aux portières claquent dans la nuit. Des autocollants recouvrent les vitres : citrouilles d'Halloween, bonbons, crèmes glacées… On dirait l'un de ces vendeurs de friandises qui circulent dans les villes de province.

La main de la sorcière fait craquer le levier de vitesse à l'approche d'un virage. Ses yeux croisent son propre regard dans le rétroviseur. Il ne s'agit pas d'une véritable sorcière, bien sûr : c'est un masque en latex. « Quoique… », songe la personne en dessous.

Un coup retentit dans le coffre. La sorcière l'ignore et reporte son attention sur la route.

Halloween ! Halloween ! susurre le radiocassette.

Clac-clac-clac, clac-clac-clac ! répondent les doigts sur le volant. La mélodie est entêtante. Il s'agit d'une vieille comptine avec un chœur d'enfants, ponctuée d'accords à l'orgue de Barbarie, qui se répète encore et encore.

La route départementale traverse la campagne. Elle passe sous un petit pont supportant une voie de chemin de fer. L'embranchement est situé juste après.

D'un coup de volant, la voiture bifurque et s'engage en cahotant sur une route en terre. Les objets tressautent dans l'habitacle. Les sapins désodorisants, en particulier, s'agitent tels des pendus au bout d'une corde.

La sorcière sourit.

Le chemin longe la voie ferrée puis s'éloigne entre les arbres. À l'arrière, les coups redoublent dans le coffre. Les doigts aux ongles longs tournent le bouton du volume au maximum et le chœur d'enfants se met à hurler avec des accents hystériques. Les chocs finissent par cesser.

Le chemin s'achève devant un étang niché au milieu des arbres. La voiture stoppe. La musique s'arrête. Les ballons orange retombent mollement sur les ailes. Les phares illuminent les eaux sombres et leurs nuées d'insectes, papillons diaphanes aux ailes fragiles.

La sorcière coupe le contact.

Silence. Il n'y a plus que les sons de la nuit. L'odeur du marais.

Le ciel est clair. On y voit bien.

Elle ouvre la portière. Pose un pied sur le sol, se redresse, marche d'un pas lourd jusqu'à l'arrière du véhicule, engage la clé dans la serrure. Les ressorts grincent et le hayon se soulève.

Puis la jeune femme enfermée dans le coffre se met à hurler.

*

– Votre agitation est inutile, dit la sorcière. Il n'y a strictement personne alentour.

Cinq minutes se sont écoulées. La jeune femme est allongée sur le sol, face contre terre, les membres entravés par une corde.

Son corps gît près de l'eau. Tellement près, en réalité, qu'une partie de ses cheveux blonds traîne dans une flaque noire.

Elle soulève la tête et lance un nouveau cri.

Rien. Sinon un soupir de lassitude, derrière.

La femme geint, se tortille, redresse le buste, parvient à basculer sur le côté, lentement, encore un peu, elle gémit de nouveau et, dans un ultime effort, finit par se retrouver sur le dos. Elle soulève la nuque pour regarder son ravisseur.

Il n'a pas bougé. Il est là, tranquille, dans la pénombre. Elle ne sait même pas s'il s'agit d'un homme ou d'une femme. Au timbre de voix, elle dirait un homme.

– Qui… qui êtes-vous ? dit-elle en tremblant.

– Patience. Vous allez voir.

– Ne me touchez pas !

– Je ne vais pas vous violer.

– Espèce de… vous m'avez kidnappée dans un parking !

– Exact.

– Et volé ma voiture !

– C'est vrai.

– Et maintenant vous portez mon masque !

– Oui, reconnaît la sorcière en tapotant son nez verruqueux.

La jeune femme écarquille les yeux, désorientée.

– Pourquoi vous faites ça ?

– Je vous retourne la question. Vous vendez des friandises aux enfants déguisée ainsi. Plutôt sinistre, non ?

– C'est mon métier ! Je suis foraine ! Je travaille dans ma voiturette ambulante ! Je suis vendeuse pour Halloween !

Son ravisseur ne bouge toujours pas.

– Je n'ai pas peur de vous, tente la jeune femme en se redressant crânement sur ses coudes. Touchez une foraine, et vous êtes mort. Il y a un GPS dans ma voiture. Ma famille sait où je me trouve.

– Vous parlez de ce GPS-là ? demande l'autre en exhibant un boîtier arraché.

L'appareil décrit une courbe à travers les airs et plonge dans l'étang.

– À mon avis, il est hors service.

La femme se remet à hurler.

Un rire cristallin l'interrompt, cascadant de la bouche de la sorcière. Cette dernière tient son portable près de sa gorge.

– Votre… votre voix, bredouille la jeune femme. Elle change !

– Bien sûr. Synthétiseur vocal. Il y a de nombreuses applications téléchargeables dans le commerce. Mais la mienne est meilleure. Je peux modifier mon timbre comme ceci (sa voix grimpe les octaves jusqu'à devenir celle d'une petite fille), ou comme cela (elle plonge brusquement vers un grondement monstrueux, avant de rejoindre la tessiture d'un homme ordinaire). Un gadget plutôt cool.

Clac-clac, font les ongles longs sur le capot.

– Bon, dit la sorcière en se redressant, fini de rire…

La jeune femme recule en poussant sur ses talons. Son dos rencontre la surface glaciale de l'étang. Le contact lui arrache un cri.

– Restez tranquille, dit son ravisseur. Ça ne fera pas mal.

– Vous mentez !

– Pas tout à fait. C'est plus complexe. Il y a un plan. Des épreuves. Commençons par vous rendre votre déguisement. Il vous appartient, vous devez le porter. C'est *vous* la sorcière. Moi, je suis autre chose…

Il ôte le masque en latex.

La jeune femme contemple le visage en dessous.

– Moi, dit-il, je suis le Chien.

Première partie

QUE LA SORCIÈRE BRÛLE

1

La veille de sa mort, mon père m'a appelé au téléphone.

Ça faisait des mois qu'on n'avait pas discuté pour de bon. J'avais pris l'habitude d'écourter nos conversations dès qu'elles devenaient embarrassantes. C'est-à-dire dès qu'il s'intéressait à ma santé, ou à mon moral. Je suis médecin, voyez-vous, alors je me dois d'aller bien. Pour vous comme pour tout le monde, je suis Chris Kovak, le gentil docteur, le joyeux drille, l'homme de bon conseil, honnête et droit, celui qui n'a jamais de problème.

Sauf que c'est faux.

J'ai mes zones d'ombre. Comme chacun. Et peut-être un peu plus. Si vous vous aventurez trop près, je vous repousse. Je n'aime pas dévoiler mes sentiments. Appelez ça un réflexe protecteur, une barrière émotionnelle, une *friendzone*, un coinçage du cul, appelez ça comme vous voudrez.

Vous croyez me connaître ?

Détrompez-vous.

*

J'étais dans la cuisine lorsque le téléphone a sonné.

Le visage de mon père s'est affiché sur l'écran de mon portable avec les chiffres « 7 : 30 » en caractères lumineux. J'ai compris aussitôt que quelque chose n'allait pas.

Chaque famille communique selon des rituels établis. Mon père ne m'appelle jamais. C'est moi qui m'en charge, une fois par semaine, généralement l'après-midi après ma garde. Je suis de meilleure humeur après avoir dormi une heure ou deux, surtout si ma nuit aux urgences s'est déroulée dans le chaos habituel. Un coup de fil aussi tôt ne pouvait avoir qu'une signification : il ruminait un problème.

Je me suis tâté pour répondre. J'ai fini par décrocher. Si besoin, je pouvais toujours lui servir une excuse bidon du genre : « Désolé, j'ai plus de batterie, le réseau capte mal, on se rappelle. »

Il m'est tombé immédiatement dessus.

– Nom de Dieu, Chris, qu'est-ce que tu branles ?

– Papa…, ai-je protesté.

Je trouvais qu'il employait beaucoup de grossièretés ces derniers temps. Je me suis demandé s'il fallait y voir un signe de ramollissement cérébral.

Il a continué de brailler dans l'appareil.

– Tu ne peux pas rester enfermé dans ta foutue baraque !

Des souvenirs de mon enfance me sont revenus en tête. L'odeur poivrée de son after-shave. Le cliquetis de ses outils glissés dans son bleu de travail. Le contact de sa joue rêche quand il m'embrassait le matin. Durant un instant, je me suis senti mieux. Protégé par ses bras, comme le jour de mon dixième anniversaire, lorsqu'il m'avait soulevé du sol après ma dramatique chute de vélo, avant de m'emporter vers l'hôpital à la vitesse d'un sprinteur olympique.

C'était sûrement ce qu'il tentait de faire à présent : me remettre d'aplomb. Sauf que ma chute, cette fois, avait été bien plus violente. La Sainte Mère de toutes les chutes. D'une brutalité à vous couper le souffle.

– Tu comptes réagir ? a-t-il demandé.

J'ai feint de ne pas comprendre.

– De quoi tu parles ?

– Ta santé. Tu as consulté un spécialiste ?

– Je suis médecin.

– Tu m'as très bien saisi.

J'ai changé mon téléphone d'oreille.

– Je n'ai pas besoin de spécialiste.

– J'ai discuté hier soir avec ta mère. Elle dit que tu vis cloîtré. Que tu sors uniquement la nuit, tel un vampire.

– Bien sûr. Et je bois du sang, aussi. Mais je crains l'eau bénite.

– Il n'y a pas de quoi rire.

– Moi je trouve ça drôle au contraire.

– Elle t'a envoyé des chocolats. Ton colis est resté à la poste.

J'ai traversé la cuisine dans la pénombre – je vivais la plupart du temps les volets clos – et j'ai ouvert le frigo pour m'emparer d'une bière. Il était peut-être encore possible de remettre cette conversation sur les rails. De faire en sorte que tout ne vire pas au fiasco total.

J'ai décapsulé la canette, bu une gorgée, et j'ai répondu :

– Désolé pour le colis. J'ai trop de travail.

– Quel travail ? J'ai appelé les urgences. Tu as démissionné.

Allons bon. Voilà qu'il jouait les Sherlock Holmes à présent.

– Je bosse chez moi. Nouveau projet.

– J'ai appelé aussi ton ex-copine. Celle qui est flic.

– Hein ? Quoi ?

– Tu étais censé devenir consultant pour la police. Mais tu refuses toutes leurs demandes. Ton ex-petite amie prétend qu'il est impossible de te joindre. Apparemment, tu passes ton temps sur ordinateur, comme les ados.

– Écoute, papa, mes affaires sentimentales…

Il m'a coupé net.

– Tu ne peux pas te comporter ainsi. Tu me fais penser à ces nouvelles cartes bancaires. *Sans contact.*

– Je ne vois pas le rapport.

– Moi si ! a-t-il éclaté soudain. Le monde est fait de chair ! De sang ! Sans contact, on se touche pas, on baise pas, on ne peut pas fonder une famille !

J'ai regardé mon téléphone, puis l'ai replacé sur mon oreille.

– Tu ne prends plus tes médicaments, c'est ça ?

– Ne change pas de conversation !

J'ai tapoté sur l'appareil.

– Zut, je crois qu'on perd le réseau…

– CHRIS, ARRÊTE ÇA TOUT DE SUITE !

Je me suis redressé, surpris. Mon regard s'est glissé entre les volets, attiré par les couleurs de l'automne. Un rouge éclatant frémissait dans l'arbre devant ma maison. Comme ce devait être agréable de se promener dans la rue. D'observer les feuilles tomber et de les sentir frôler ses épaules.

J'ai posé ma bière sur le comptoir.

– OK, j'ai un problème. Rien de grave. Je gère.

– Explique.

– Je suis devenu un peu… agoraphobe.

– Nous y voilà. Et tu as consulté un psychiatre ?

En guise de réponse, j'ai attrapé le livre qui traînait sur la table depuis des semaines et lu un paragraphe à voix haute :

– *L'agoraphobie s'installe souvent en quelques mois. La victime ne peut plus se rendre dans les lieux publics, les magasins, et parfois même sortir de chez elle. La maladie n'a généralement pas de cause identifiable. En chercher les raisons profondes par le biais d'une psychanalyse peut augmenter l'angoisse et se révéler contre-productif.*

– Qui a écrit ça ?

– Un psychiatre, ai-je dit en reposant le livre.

Il a marqué un silence, puis :

– Je ne comprends pas. Tu es brillant. L'un des meilleurs médecins que je connaisse. Le monde, l'agitation, ça a toujours été ton domaine. Tu ne sors vraiment plus ?

– Pas besoin.

– Et que disent tes collègues ?

– Ils l'acceptent, ai-je menti.

– Comment tu comptes gagner ta vie ?

– C'est ça, mon projet : la consultation en ligne. Les patients prennent rendez-vous avec moi sur un site, j'effectue leur examen via la webcam, puis je leur envoie une ordonnance à imprimer. La médecine du futur, ai-je ajouté en hochant la tête.

– Si tu le dis. Et pour les courses ? La vie courante ?

– Amazon, Uber Eats…

– Le futur, ça aussi ?

– Ouais.

– Et ça te convient ?

– Voyons le côté pratique, je peux travailler en caleçon.

– Je parle de ton existence.

Je n'ai rien répondu. Il a ravalé bruyamment sa salive.

– Christian. Tu es mon fils. Mon fils unique. Et je t'aime. Tu ne peux pas rester dans cet état.

J'ai imaginé son cou flasque. Ses mains tremblantes. Les rides qui couraient sur son front tels des sentiers à travers champs.

Mon père avait été un colosse. Il ne l'était plus. À quatre-vingts piges, dont près d'une cinquantaine passées comme intermittent sur les plateaux de cinéma à exercer des petits métiers, serrurier, métallier, charpentier, machino, son corps avait fini par stopper la course. Mais pas son esprit. Je le sentais. Il était là, bouillonnant, lucide. Pour son fils, il aurait retrouvé l'énergie de sa jeunesse.

– J'arrive, a dit simplement mon père.

Une boule est remontée dans ma gorge.

– Papa, s'il te plaît…

– On s'est trop éloignés, toi et moi. C'est ta mère qui a voulu aller habiter dans le Sud. Il faut qu'on discute. On a des choses à se dire.

Ma tête s'est mise à tourner. Je n'avais plus envie de parler avec lui.

Comment lui expliquer la peur. La terreur du dehors. L'irrationalité de la situation. La colère contre moi-même. Mes stratégies de lutte. Mes addictions. La prison dans laquelle je m'étais enfermé.

D'un geste, j'ai éteint le portable.

La fenêtre de la cuisine m'a renvoyé mon image : celle d'un homme au visage triste, en peignoir de bain, les cheveux en bataille. C'est une grande porte-fenêtre, elle donne sur le jardin.

J'ai balancé mon téléphone dedans.

Elle a explosé. Tout le verre est descendu d'un bloc sur le sol tel un glacier s'enfonçant dans l'Antarctique. Des éclats ont griffé mes jambes. Des étoiles ont filé en tournoyant sous les meubles dans un fracas de fin du monde.

J'ai contemplé mon œuvre, abasourdi. Bravo. Super, Kovak. C'est quoi, la suite : tu tranches la gorge du prochain qui te viendra en aide ? Je suis allé chercher un balai et une pelle pour réparer mes dégâts.

C'est la dernière fois que j'ai parlé à mon père. Il est mort le lendemain dans un accident de la route. Je n'ai pas été capable de me rendre à ses funérailles.

Quelques jours après, alors que j'étais ivre, j'ai accepté une consultation en ligne au beau milieu de la nuit. La demande consistait en un simple message. La phrase disait ceci :

PREMIÈRE ÉPREUVE

Ensuite, tout a commencé.

2

Je me réveille en sueur. Les yeux écarquillés. Au début, je ne me rappelle pas où je suis. Simplement que je suis drogué. Puis le décor se remet en place. Ma chambre est située dans les combles. Elle est rudimentaire. Du mobilier en bois, les volets clos, fraîcheur et pénombre. Je me redresse péniblement sur mon lit et pose mes pieds nus sur les lattes. Je peux encore sentir le goût de l'opium dans ma bouche, mélange de vapeur amère, de sucre brûlé et de réglisse. Je passe ma langue sur mes lèvres.

C'est là que je remarque la présence de l'homme.

Il se tient en retrait, assis sur une chaise. Il me regarde.

– Docteur Kovak ?

– Ouais, je grogne.

– Je crois qu'il est temps de vous lever.

– Faites chier, Wang…

Wang est son nom de famille. Il est d'origine coréenne. Et il est flic. C'est moi qui lui ai demandé de venir. Je désigne la chaise.

– Vous êtes là depuis longtemps ?

– Vous ne répondiez pas. Votre porte de jardin était ouverte.

– Il faut que je la répare. Mmm… quelle heure est-il ?

– Bientôt 6 heures.

– J'avais dit pas trop tôt.

– 6 heures *du soir*, Kovak.

Un juron franchit mes lèvres.

Il me tend la main.

– Je vous aide à descendre l'échelle ?

– C'est bon. Je peux le faire tout seul.

Je me cramponne aux montants de l'escalier escamotable et regagne l'étage du dessous, puis j'ouvre la fenêtre et sors sur le balcon prendre l'air.

Les couleurs du soir sont fulgurantes. Dans le ciel, des flèches transpercent les nuages en feu. La vallée brille comme des cristaux de zircon. Aussi loin que porte le regard, la banlieue s'étire telle une mer venant lécher les rivages de Paris. Les tours de la Défense semblent tanguer à l'horizon, luisantes comme des mâts en métal.

Je cligne des yeux. Le soleil couchant me vrille la rétine. Toutes mes fibres nerveuses paraissent hypersensibles. J'ai l'impression que mon épiderme est attaqué par des millions d'aiguilles. C'est quoi, ces effets secondaires de merde ?

Je respire lentement.

Du calme. Tout va bien.

Je suis à Saint-Prix, dans le Val-d'Oise, une minuscule communauté surplombant la vallée. Le balcon où je me trouve est posté à cinq mètres de hauteur. Sauf qu'avec les résidus alcaloïdes qui flottent encore dans mon organisme, j'ai la sensation d'être perché beaucoup plus haut. La partie correspondant au vieux village est suspendue entre ciel et terre. Plus on gravit les flancs de la colline, plus les rues deviennent raides et la vue magnifique.

Je ferme les yeux.

Cris d'enfants. Murmure des courants aériens. Claquements des draps qui sèchent contre des balustrades. Le clocher de l'église égrène 6 heures.

Je les rouvre.

Tout est là. Bien réel. Près de mes mains, des plantes en pots dégoulinent en longues grappes de verdure jusqu'au bas de la maison.

– Kovak, vous vous sentez bien ?

– Au top.

– Vous êtes cramponné à la rambarde.

Je relâche le bord.

– Désolé, je viens de perdre mon père, je suis sous antidépresseur. J'ai l'impression que ça ne me réussit pas.

– Mes condoléances, dit Wang. Vous préférez que je repasse un autre jour ?

Je secoue la tête.

– Non. J'ai besoin de vous. Cela concerne mon ordinateur. Il s'est produit quelque chose d'anormal.

*

La maison que j'ai louée ressemble à celle d'*Amityville*, le film d'horreur. À part ça, elle est sympa. Il s'agit d'un antique pavillon protégé par une grille en fer forgé, avec de jolis volets blancs. Il n'y a qu'un seul étage, mais je bénéficie d'un vaste grenier aux poutres apparentes, sous un toit de tuiles grises percé de hublots. Trois cheminées en briques rouges et deux élégants paratonnerres surmontent la bâtisse. Si j'étais écrivain, j'aurais choisi cet endroit rien que pour les combles. Il ne manque qu'une vieille machine Underwood et une pile de papier pour se lancer dans l'écriture d'un roman d'épouvante. L'agence de location me l'a cédée pour une bouchée de pain. Et maintenant Wang est assis là, au milieu de ma salle à manger, devant mon ordinateur.

Charlie Wang est un homme mince, de taille moyenne, avec un visage fin et une expression neutre. Il porte des chemises boutonnées au ras du cou, des pantalons démodés, et ses cheveux noirs sont aplatis sur son crâne, à l'exception de trois ou quatre pointes maintenues par du gel. Je le soupçonne d'entretenir volontairement cette apparence banale, voire un peu niaise, pour mieux passer inaperçu. Car Wang est tout sauf un idiot.

Il s'installe, sort un portable de sa sacoche, des câbles, et un petit sachet grisâtre.

– J'ai besoin de vos codes et d'un verre d'eau chaude, dit-il.

– Vous travaillez avec de l'eau chaude ?

– Non. Le sachet, c'est pour mon thé.

Wang est informaticien. Il bosse à la Sûreté des Transports, au sein d'un groupe spécial appelé Évangile. Toutes les affaires qui se déroulent dans les tunnels du métro, le RER, les Catacombes, c'est eux. Je les ai rencontrés à l'occasion de deux enquêtes criminelles, tantôt dans le rôle d'un suspect, tantôt en leur prêtant main-forte. Le patron d'Évangile, le commissaire Batista, est un drôle de type, solitaire, intuitif, poète et amateur de peinture. J'ai longtemps cru qu'il avait une dent contre moi, mais je pense finalement qu'il m'aime bien. Lui et les membres d'Évangile font partie d'un monde à part, un univers souterrain avec ses codes et son langage propre. Ils sont tellement habitués à travailler dans les profondeurs, par exemple, qu'ils appellent les autres flics « la Surface ». Et dans cet environnement, Charlie Wang est leurs yeux. Quand vous voyez l'une des cinquante mille caméras de surveillance du réseau parisien, il y a des chances pour que Wang soit derrière.

Le travail que je lui ai demandé est plié en moins d'une heure. Il procède par petites touches, faisant courir ses mains sur le clavier tel un virtuose, aspirant de temps en temps des gorgées de thé vert. À la fin, il débranche ses câbles et remballe.

– Vous avez détecté un problème ? je demande.

– Non.

Je hausse les sourcils, surpris.

– Mon ordinateur est propre ? Pas de virus ?

– Aucun.

– Pas de porte dérobée, de cheval de Troie, ce genre de truc ?

– Pas le moindre.

Je hoche la tête.

– Je me suis retiré ici pour être tranquille. J'effectue mes consultations par ordinateur.

– J'ai vu.

– Mes échanges doivent rester confidentiels.

– Ils le sont, Kovak. Vous travaillez avec un site médical qui a pignon sur rue. Des gens sérieux. Vos échanges sont cryptés et sécurisés. Que craignez-vous au juste ?

Je gratte ma barbe de trois jours.

Wang se tient droit comme un robot, imperturbable. Parfois je me demande s'il s'agit d'un véritable être humain. Peut-être qu'en cherchant, on trouvera une porte dans son thorax, avec un mini-alien aux commandes derrière.

– OK. Je vous explique. Savez-vous comment fonctionnent les consultations en ligne ?

– Pas dans le détail, dit-il.

– Voilà le principe. Lorsqu'un patient prend rendez-vous avec moi, il se connecte au site, inscrit son numéro de Sécurité sociale, les coordonnées de sa carte bancaire, puis il choisit son heure. Il a aussi la possibilité de laisser un texte court, lisible uniquement par moi, précisant le motif de sa consultation.

– D'accord, répond Wang, attentif.

– À l'heure prévue, c'est moi qui l'appelle. Je clique sur son icône et on entre en contact via nos caméras respectives. Chacun voit l'autre. Le patient me montre son problème, il prend lui-même sa tension, sa température si besoin, vous saisissez le principe. À la fin, je lui délivre une ordonnance, sa carte bancaire est débitée, et la feuille de soins transmise à l'Assurance Maladie.

– J'ai compris, dit Wang.

– Bien. Voilà ma question. Serait-il possible… que l'on pirate le système ? Que quelqu'un s'introduise dedans pour communiquer avec moi ?

Wang palpe ses pointes de cheveux noirs fixées par du gel, comme pour vérifier qu'elles sont toujours là.

– Sans doute, répond-il après un temps de réflexion. Mais dans quel but ?

– Eh bien, discuter sous une fausse identité par exemple.

– Je n'en vois pas l'intérêt. Si une personne veut rester anonyme, il y a beaucoup plus simple. Des tas d'applications le permettent. Il suffit d'ouvrir un compte sur Facebook ou ailleurs et de vous envoyer un message. Pourquoi se donner la peine de passer par un site médical ?

Je réfléchis.

– D'accord. Donc, selon vous, si un patient s'inscrit et paye en ligne, c'est un vrai patient.

– Pas forcément. Je pourrais créer un faux numéro d'assuré social et utiliser une carte bancaire volée, dit Wang. Mais encore une fois, pourquoi se donner tant de mal ? Vous a-t-on réclamé une ordonnance de stupéfiants, ou quelque chose de louche ?

– Non, fais-je en secouant la tête.

– Pensez-vous avoir affaire à un criminel, un truand qui voudrait un avis médical en restant anonyme ?

– Rien de ce genre.

Wang croise les bras sur sa chemise à carreaux soigneusement boutonnée jusqu'au cou. Elle est impeccable. Je me demande s'il existe une Mme Wang qui la repasse.

– Vous ne voulez pas m'en dire un peu plus ? fait-il. Au lieu de jouer aux devinettes, qu'est-ce qui vous ennuie ?

– Rien. Sans doute un excès de parano. J'ai une existence compliquée. La mort de mon père et les médicaments me perturbent. Désolé de vous avoir dérangé pour rien.

Ses yeux s'attardent sur le décor, les volets clos, un reste de pizza abandonné sur la table, ma pile de linge sale qui stagne dans une panière, puis ils reviennent se poser sur moi.

– Tout va bien, docteur Kovak ? Mes collègues s'inquiètent. Le lieutenant Valenti…

– Laissez Audrey Valenti où elle est, dis-je en l'interrompant.

Je sors un billet du tiroir de la table.

– Tenez. Merci pour votre aide.

Il se lève en faisant disparaître l'argent dans sa poche.

– Normalement, dit-il, je n'ai pas le droit de travailler pour vous. J'ai accepté parce que vous m'avez contacté. Et que l'administration met des mois à nous payer nos heures sup. Si on vous questionne…

– Ne vous inquiétez pas. Je ne dirai rien.

Je le raccompagne jusqu'à la porte, referme derrière lui, et vais me rasseoir devant l'ordinateur.

Je tripote nerveusement ma lèvre inférieure.

OK. Pas de virus, pas de triche, pas de piège. La personne qui a pris rendez-vous avec moi l'autre nuit serait donc un véritable patient. Pourtant j'ai du mal à le croire.

D'un clic, j'ouvre le planning de mes consultations. Je fais remonter le listing de mes rendez-vous quelques jours en arrière. La demande m'était parvenue vers 3 heures du matin. Dans la case « motif de consultation », il était écrit : « Première épreuve ».

Je relis le nom du patient : *Yesfir Fammous.*

C'est quoi, ce blaze ? On dirait un pseudo.

« Fammous » avec deux « m », en plus.

Étant donné mon statut de médecin agoraphobe cloîtré à domicile, j'accepte les consultations nocturnes. Ça m'empêche de trop gamberger la nuit et d'absorber toutes les substances qui me tombent sous la main. Mais soyons honnête, j'avais quand même un coup dans le nez cette nuit-là. Je me suis connecté à l'heure dite. J'ai cliqué plusieurs fois sur l'icône. Personne n'a répondu en face. J'ai conclu à une plaisanterie et je suis retourné à ma bouteille.

Sauf que voilà : pas plus tard qu'hier « Yesfir Fammous » a posté une nouvelle demande de rendez-vous.

Je scrolle jusqu'au bas du planning.

Destinataire : Docteur Kovak.

Horaire de consultation : 3 h 30, la nuit prochaine. C'est-à-dire dans quelques heures.

Je passe au dernier élément. La fameuse case indiquant le motif. Elle contient ceci : « Votre père n'a pas été victime d'un accident. C'est un meurtre. »

3

Wang sort de la maison, franchit la grille en fer forgé et s'installe au volant de sa voiture. La rue est en pente raide. Des citrouilles clignotent devant plusieurs maisons. La fête d'Halloween a toujours eu plus de succès en banlieue, remarque-t-il. Dans son quartier du IIe arrondissement, il ne se passe pas grand-chose. Alors qu'ici, les enfants se déplacent par petits groupes, rigolards, main dans la main, en comparant leurs trésors. De petites hordes de vampires, loups-garous et autres mini-fantômes encadrés de mamans vigilantes. En le voyant stationné dans sa voiture, l'une d'elles plisse d'ailleurs les yeux dans sa direction, telle une louve veillant sur la meute. Il n'est qu'un homme arrêté dans un véhicule, mais aujourd'hui la peur et la paranoïa règnent en maîtres, notamment à cause des réseaux sociaux. Il y a peu, des Roms qui circulaient dans une camionnette blanche se sont fait lyncher par la population locale sur la simple base de fausses rumeurs d'enlèvements d'enfants.

Wang ignore la maman loup, prend son téléphone et fait défiler les numéros jusqu'à celui du lieutenant Audrey Valenti.

– Salut. C'est Charles.

– Salut, répond Audrey. Tu n'es pas de repos ?

– Si.

– Alors quoi, la boîte te manque ?

Wang réfléchit à la façon dont il va présenter la suite.

– Dépêche, s'impatiente-t-elle. C'est l'automne, et comme les feuilles mortes, les manifestations et les coups se ramassent à la pelle. Il y a eu un affrontement géant gare du Nord. Je tape les PV de constatation. J'en ai pour des plombes.

– Où est le reste du groupe ? demande Wang.

– La capitaine Luz et Florian d'Apremont sont sur place avec le commissaire Batista.

– Et les cousins ?

– Blériot et Penneroux ont filé en week-end. Ils avaient déjà posé leurs jours de congé, nos Brigades du Tigre…

Audrey les surnomme ainsi à cause de leurs moustaches. Franck Penneroux et Didier Blériot arborent d'impressionnantes bacchantes à l'ancienne.

– OK, dit Wang. Je viens de sortir de chez Kovak.

– Quoi ?

Court silence d'Audrey.

– T'as de la chance, dit-elle. Moi, il ne me répond jamais.

– Il a demandé mon aide. Un boulot informatique.

– D'accord, répond-elle un peu vexée.

Wang pousse un soupir.

– Il n'est pas au sommet de sa forme.

– Il l'est rarement.

– Son père vient de passer l'arme à gauche.

– Impossible. J'ai parlé à son père il y a quelques jours.

– Pourtant il est mort.

– Merde. Comment est-ce arrivé ?

– Il ne l'a pas dit.

– C'est moche.

Wang allonge son bras sur le dossier passager. De l'autre côté de la rue, maman loup a cessé de s'intéresser à lui pour se rapprocher d'une maison, entourée de sa progéniture bruyante.

– Donc, dit-il, tu confirmes que tu n'étais pas au courant.

– Non, admet Audrey.
– Kovak aurait pu t'envoyer un message.
– On n'est plus ensemble depuis longtemps, Charlie.
– Ce n'est pas tout, dit Wang. Je peux être honnête ?
– Vas-y.
– Il se drogue.
Silence un peu plus long.
Audrey finit par demander :
– Vraiment ? Quel genre de drogue ?
– Le genre compliqué. Sans doute de l'opium. J'ai reconnu l'odeur. Et ses pupilles rétrécies. Il dit être sous antidépresseur, mais il ment.
– C'est peut-être vrai. Il prenait des médicaments l'année dernière quand Batista l'a recruté comme consultant du groupe.
– Alors c'est une poly-intoxication. Les médecins ont accès à beaucoup de substances.
– Et si tu te trompais ?
Wang secoue la tête. Dans la rue, la troupe des fantômes et des loups-garous continue de se déplacer joyeusement d'une maison à l'autre.
– Je ne fais qu'énoncer la vérité, dit Wang. Il est toxicomane. Alcoolique. Il vit enfermé chez lui. Et il est en train de devenir paranoïaque. Il croit qu'on l'espionne. C'est pour ça qu'il m'a demandé de venir. J'ai examiné son ordinateur de fond en comble, il n'y a rien, bien sûr.
– Il a besoin d'aide.
– Il n'en veut pas. Et il a encore maigri.
– Pourquoi tu me racontes tout ça, Charlie Wang ?
– Parce que je te connais, Audrey. Tu étais juge, tu as tout plaqué pour reprendre ta carrière de flic. Tu veux sauver les gens. Mais lui, tu ne le sauveras pas.
– Qu'est-ce qui te fait croire que son cas m'intéresse encore ?
– Tu conserves un tas de photos de Kovak dans ton ordinateur.

Je l'ai vu en effectuant tes mises à jour. Vous devriez couper les ponts avec lui, toi et le groupe.

– De toute façon, je te l'ai dit, il ignore mes messages.

– Tant mieux. On ne peut garder cet homme comme expert. Il n'est pas fiable. C'est un danger public.

– Charlie ?

– Oui ?

– J'ai l'air d'une petite fille ?

– Non.

– Quel est mon grade ?

– Lieutenant.

– Ta supérieure.

– Exact.

– Donc tu me laisses gérer. Et tu ramènes tes fesses. Si t'as le temps de bosser pour Kovak, t'as le temps de bosser pour moi.

– Je suis en repos.

– Je viens de l'annuler. On est en sous-effectifs. Les manifs s'enchaînent.

– Je suis désolé. Calme-toi…

– Y a pas de j'me calme. Bouge.

4

On sonne à la porte. Je sursaute.

J'étais plongé dans mes pensées à cause de ces messages étranges à propos de la mort de mon père. Je n'ai pas envie de répondre. Mais la sonnerie se répète. En trois enjambées, je me retrouve à l'entrée et j'appuie sur le bouton de l'interphone.

– DES BONBONS OU DES FARCES ! hurle un chœur hystérique.

Je grimace en éloignant l'oreille.

– Quoi ?

– Des bonbons ou des farces, répète plus calmement une voix de femme en s'approchant du micro. Docteur Kovak, c'est vous ?

– Qui est-ce ?

– Marianne Dutilleul. De l'agence de location. Je vous ai trouvé la maison, vous vous rappelez ?

– Ah…

– Je suis avec les enfants. C'est Halloween !

Halloween ? J'avais oublié que c'était ce soir.

La sonnerie retentit à plusieurs reprises, puis en continu, comme si l'un des jeunes visiteurs s'était endormi sur le bouton. J'ouvre la porte sans réfléchir et je vais à leur rencontre.

– Désolé, dis-je en m'adressant à la troupe agglutinée derrière la grille. Je ne fête pas Halloween. D'ailleurs je n'ai pas mis de citrouille et…

La suite des mots reste bloquée dans ma gorge.

Et je me retrouve là, paralysé au milieu du chemin.

Je n'ai même pas réalisé ce que je venais de faire.

Face à moi, une douzaine d'enfants trépignent. Ils sautent, agitent des baguettes lumineuses orange, crient, secouent la grille en hurlant de rire. Et au milieu, la tête de Marianne Dutilleul me sourit tel un barracuda.

Marianne est une grande rousse, très maquillée, avec une jupe fendue et un corsage qui peine à retenir sa poitrine imposante. Elle me draguait déjà pendant la visite. Là, j'ai l'impression qu'elle me soupèse tel un morceau de viande.

– Docteur Kovak, vous auriez bien une petite douceur à offrir aux enfants ? dit-elle en écartant ses lèvres rouges sur ses dents immenses.

Ma tête se met à tourner. Mon cœur s'accélère et l'air abandonne mes poumons. Je titube en avant et me retrouve cramponné à la grille.

– Ça ne va pas ? demande Marianne.

Les lumières des réverbères m'éblouissent. Les cris des enfants vont me faire éclater les tympans. Mon cœur accélère encore, et je porte une main à ma poitrine.

– J'ai un… un truc à faire, parviens-je à articuler. Laissez-moi tranquille.

J'effectue quelques pas à reculons, puis un demi-tour, sous le regard contrarié et perplexe de Marianne. L'entrée de ma maison se trouve là-bas, très loin, au bout d'un tunnel. Je ne vois même plus le décor. Tout est brouillé.

Je ne vais pas y arriver, me dis-je à cet instant précis. Je vais m'évanouir devant tout le monde et chacun va savoir à quel point je suis fou. Timbré. Bon pour l'asile.

La terreur me noue le ventre. J'ai l'impression qu'un animal sauvage est accroché à mes tripes. Des filets de sueur s'écoulent dans mon dos tandis que les hurlements des gosses retentissent, semblables à un concert infernal. Ils croient sûrement que je joue la comédie. Que je fais le clown comme si j'étais effrayé par leurs déguisements d'Halloween.

– Allez, on y va, dis-je les dents serrées.

Un pas. Un autre. Je me dirige lentement vers le rectangle lumineux de la porte tel un plongeur retenant son souffle en essayant d'atteindre la surface miroitante.

– Tu peux le faire, Chris.

Ouais. Bien sûr que je le peux. Mon cœur ne va pas lâcher. Mes poumons ne vont pas s'effondrer sur eux-mêmes. Tout ça n'est qu'une foutue illusion. Une attaque de panique provoquée par l'agoraphobie. Les fourmillements dans mon corps qui gagnent à présent mon visage ne sont pas réels. L'air n'est pas bloqué dans ma trachée. Ma tension artérielle ne va pas grimper jusqu'à provoquer une rupture d'anévrisme. Tu ne risques rien du tout, Kovak, c'est dans ta tête, tu as soigné mille fois des patients pour ce genre de chose.

J'achève les derniers mètres en apnée totale.

J'entre.

Referme la porte. M'adosse contre le bois, trempé de sueur, haletant, le souffle court.

La sonnerie retentit de nouveau.

D'un coup de poing, je fracasse l'interphone.

Puis je me laisse glisser jusqu'à tomber accroupi. Je me recroqueville sur moi-même. Et je ne bouge plus.

*

Le lieutenant Audrey Valenti repose son téléphone en soupirant.

Son bureau croule sous les dossiers. Toute cette masse de travail l'énerve. En plus elle est seule : la table de Blériot et Penneroux, en face, est parfaitement rangée depuis qu'ils sont partis en week-end. Le coin de Florian est en bordel, comme d'habitude, avec son bureau encombré de gadgets, de BD et de figurines, mais il n'est pas là pour faire l'idiot avec. Quant à l'ordinateur de Wang, il est éteint. Tout comme la pièce de la capitaine Luz de l'autre côté du couloir. Le bâtiment de la Sûreté des Transports ressemble à un château silencieux.

Elle se laisse aller en arrière sur son siège, saisit un *spinner* à trois têtes et le fait tourner entre son pouce et son index. Lorsqu'on est entraîné, ce mouvement contrôlé à deux doigts possède quelque chose d'extrêmement satisfaisant, comme si l'on parvenait à maîtriser le monde qui nous entoure.

Une ombre massive apparaît dans le cadre de la porte.

Le *spinner* d'Audrey lui échappe des mains.

– Pardon de vous avoir fait peur, s'excuse le commissaire Batista.

– Je me croyais seule.

– J'aime traîner le soir, dit l'homme chauve en inclinant son torse puissant vers le sol.

Sa main énorme s'empare du *spinner* et le dépose délicatement sur le bureau.

– Et vous, Valenti, pourquoi êtes-vous encore là ?

– Trop de boulot, grogne-t-elle. On a déjà une vingtaine de gardés à vue au sous-sol.

– C'est le travail de l'équipe de nuit.

– Mes dossiers seront toujours là demain.

– Aucune importance.

– J'ai demandé à Wang de venir à la rescousse.

– Rappelez-le. Dites que c'est une erreur. Qu'il rentre.

Audrey croise les bras.

– Je ne comprends pas. Vous insistez toujours pour qu'on fasse du chiffre.

Batista lisse son crâne luisant et pose son chapeau dessus.

– C'est un travail ingrat et sans fin. Parfois, il faut savoir l'admettre. Pendant que nos ressources se concentrent sur les manifestations violentes, Gilets jaunes, Black Blocs ou qui vous voudrez, les délinquants en profitent. Les chiffres dont vous parlez sont tombés cet après-midi : les vols à la tire dans le métro ont augmenté de 68 %, le pire score depuis une décennie. Le préfet vient de me remonter les bretelles. Vous avez des écouteurs sur votre téléphone ?

– Oui, répond Audrey, surprise par le changement de sujet.

– Mettez-les.

– Quoi ?

– Allez-y.

Elle s'exécute, déroule le fil, insère le câble dans l'appareil et place ses écouteurs dans ses oreilles.

– Et maintenant ? dit-elle.

Avec une vitesse surprenante, le bras du commissaire jaillit, tire d'un coup sec sur le fil, et le téléphone atterrit dans sa main.

– Voilà. Vol par tirage de fil. Vous écoutez de la musique, un individu se place derrière vous, et au moment où vous franchissez le portique, il s'empare de votre téléphone tandis que vous êtes coincée de l'autre côté. C'est la nouvelle méthode.

– Pas mal, dit Audrey.

Le commissaire lui rend son portable.

– Je rentre. Vous devriez en faire autant. Vous allez bientôt vous marier, n'est-ce pas ?

– Oui.

– La date est arrêtée ?

– Ça va venir.

– Félicitations. Mais que va penser votre futur époux si vous passez vos nuits enfermée dans ce donjon ?

Il referme les pans de son manteau et place ses mains dans ses poches. Son regard empli de lassitude se perd dans le vague.

– Le poète Richard Brautigan a écrit ceci : *Il était une fois un chevalier nain qui n'avait que cinquante mots à vivre, et c'était des mots si ténus que bientôt il n'eut plus que le temps d'enfiler une cotte de mailles, et sur un noir destrier de vivement chevaucher jusqu'au bois de lumière où il disparut. À jamais.*

Batista la fixe soudain avec intensité.

– La vie est courte, Lieutenant. Choisissez bien vos combats. N'allez pas vous perdre dans une forêt profonde.

Puis il s'en va pour de bon.

Audrey contemple le bureau vide. Se tourne vers son ordinateur. Ouvre un dossier. La photo de Christian Kovak apparaît.

Elle l'observe un long moment.

5

Je sais ce que vous pensez : que je ne suis pas seulement agoraphobe. Que je deviens dingue. Parano. Et l'opium ne va pas arranger les choses.

Peut-être que vous avez raison. Mettez-vous à ma place.

Vous étiez un jeune médecin. Brillant et drôle. Avec le monde à vos pieds. Vous sauviez des vies pratiquement sans effort. Vos patrons louaient vos initiatives, ils vous félicitaient, les infirmières riaient à vos blagues, des patients vous offraient du champagne. L'hôpital était un chapiteau de cirque, et vous un artiste, un danseur sur un fil tendu, toujours à deux pas de la mort, mais toujours à vous rattraper par une pirouette élégante.

Puis vous voilà entraîné dans une première affaire criminelle. Puis une seconde. Et vous perdez vos proches. Vos amis. La confiance des gens. Puis la confiance en vous. Et un jour, vous réalisez que vous n'êtes plus aussi jeune, ni aussi brillant. Et pour finir vous êtes là : un visage maigre dans un miroir de salle de bains, avec des pommettes osseuses et des lèvres qui tressautent.

Ma descente aux enfers ne date pas d'hier. Ma femme est morte il y a plusieurs années, et la deuxième personne que j'ai aimée m'a quitté. Elle était flic, le lieutenant de police Audrey Valenti. Je n'ai aucune famille proche où puiser du soutien, ni frère ni sœur, je suis fils unique. Quant à mes parents, ils n'habitent plus la région et je m'en suis éloigné lentement. Je me suis laissé aller comme ça, une marche après l'autre, toujours plus bas, jusqu'à mon état actuel. Dans ces conditions, je ne me sentais pas capable de revoir mon père. Qu'aurait-il dit en découvrant ce que je suis devenu ? Et je ne pouvais pas non plus me rendre à ses funérailles. En admettant que je sois capable de vaincre ma peur de sortir, affronter le regard de ma mère, sa déception en voyant son fils aurait été de toute façon au-dessus de mes forces.

Sur une impulsion, je m'empare d'un sac-poubelle, j'ouvre l'armoire de toilette et fourre à l'intérieur tous les produits qu'elle contient. Puis je cavale dans la cuisine et je vide les tiroirs. Je monte ensuite au grenier en escaladant l'échelle branlante et je récupère tout ce qui traîne dans mes diverses cachettes, puis je reviens au premier étage, dans les chambres, sous les matelas, les armoires à linge, et pour finir j'ouvre la fenêtre du balcon, je tourne sur moi-même et je balance le sac jusqu'au bout du jardin à l'arrière de la maison avec un « Han ! » de lanceur de marteau.

C'est fait.

Je suis libre.

Je redescends les marches. Je m'assois. Pose mon visage entre mes mains.

Il ne s'écoule pas dix minutes.

Puis je sors dans le jardin silencieux. Et je rapporte le sac.

*

Mon rendez-vous est à 3 h 30 du matin. Si je me drogue maintenant, je serai incapable de répondre à ce Yesfir Fammous. Alors je me contente d'une triple dose d'anxiolytique et d'un verre de whisky. Il y a de quoi assommer un cheval, mais dans mon cas il ne se produira rien. C'est juste assez pour diminuer mes tremblements. Sevrage, angoisse, montée, redescente : une simple question d'équilibre. Docteur Kovak, roi des funambules.

Je regarde la télé. Émeutes à la gare du Nord. Un ministre promet des sanctions. La calotte glaciaire continue de fondre. Trump vient de balancer un Tweet assassin. Les réseaux sociaux s'écharpent à propos d'une youtubeuse qui se laisse pousser les poils en signe de féminisme.

Je me lève, je fais trente pompes, je vide un paquet de chips, je me rassois.

À minuit vingt, je soigne une rage de dents. À minuit quarante-cinq, une angine. À 2 heures moins le quart, c'est une Française en vacances dans l'Utah qui me contacte. Elle est bien contente de cette consultation par webcam, me dit-elle, les prix là-bas sont délirants, 1 788 dollars pour son fils victime d'une simple allergie. Je la dépanne pour 65 euros, tarif de nuit entièrement remboursé. À 3 heures, j'effectue un renouvellement d'ordonnance pour un petit vieux. Il est insomniaque, il a une tête toute ridée, il aimerait bien discuter un peu. J'aurais voulu aussi, mais je dois raccrocher.

3 heures 30.

L'icône est là, sur mon bureau. Un bonhomme bleu sur un fond gris.

Qui es-tu, Yesfir Fammous ? Un petit plaisantin ? Ou tu as vraiment quelque chose à me dire ?

On va le savoir tout de suite.

Je déplace la flèche sur l'icône.

CLIC.

6

Une image apparaît.

C'est une chambre plongée dans la pénombre. L'ordinateur avec lequel je communique est posé sur un bureau. Sa lueur bleutée éclaire une table où traînent des feuilles abandonnées en désordre. Certaines frémissent dans les courants d'air. La chaise en face est vide. Il n'y a personne. Je ne distingue pas le reste de la pièce, seulement la fenêtre ouverte, au fond. Le vent de la nuit s'y engouffre en faisant bouger les rideaux. C'est pour ça que les papiers tremblotent. Au-delà, une enseigne lumineuse scintille dans la rue.

Je fronce les sourcils.

– Il y a quelqu'un ?

Pas de réponse.

Je m'approche de l'écran en plissant les yeux. Une masse sombre s'étend du côté gauche de la pièce. Ce doit être un lit. Je distingue des étagères au-dessus, avec des livres, et probablement des posters de groupes de musique.

Je reviens au lit. Il est encombré de formes. On dirait des peluches.

– Yesfir Fammous, vous êtes là ?

Rien ne bouge.

J'éteins toutes les lumières chez moi et reviens m'asseoir

devant l'image. Le contraste est meilleur à présent. L'enseigne lumineuse que l'on aperçoit par la fenêtre représente une pizza, avec un sourire au centre, comme un smiley. Un frisson me parcourt l'échine. Ce logo m'est familier, je suis sûr de l'avoir déjà vu, mais où ?

J'observe le lit. Il s'agit bien de peluches. Il y en a plein. Des chiens, des ours, des lions. L'une d'elles, au centre, est cependant plus grande. Beaucoup plus grande.

Je pose mes deux mains à plat sur mes genoux, les paumes devenues subitement moites.

– Vous avez un problème médical ? dis-je. Je peux vous envoyer les secours, si vous voulez.

C'est faux. En vérité, je ne peux pas, pour la simple raison que je n'ai aucune adresse. Le patient n'a pas l'obligation de la communiquer pour consulter en ligne.

– Qui êtes-vous ? je demande de nouveau. Quelqu'un a pris l'appel. Donc vous êtes là. Si vous ne dites rien, je vais devoir raccrocher.

Je me racle la gorge, puis j'ajoute :

– Vous vouliez… me parler de mon père ?

J'entends soudain un bruit.

Un claquement métallique.

Une forme se déploie sur le lit.

Je vois des éclats de couleur. Des petits carrés luminescents, verts, jaunes, orange. Je sais de quoi il s'agit : ce sont les touches d'un clavier rétroéclairé. Les joueurs de jeux vidéo utilisent ce genre de gadget pour taper dans la pénombre.

Une fenêtre de dialogue s'ouvre sur mon écran.

B… o… n… s… o…

Clic-clic-clic, font les touches, de plus en plus vite.

Bonsoir, docteur Kovak.

– Yesfir Fammous ? je demande à voix haute.

Non.

– Qui êtes-vous ?

Peu importe.

– Qu'est-ce que vous voulez ?

Nous avons peu de temps. Il a perdu l'épreuve.

– Qui ? Quelle épreuve ?

Votre père. Il a perdu. Il est mort.

Clic-clic, poursuivent les touches dans l'obscurité.

Votre père a baissé les bras. Donc…

– Attendez !

… Deuxième épreuve.

– Quoi ?

Je n'ai même pas le temps de poser d'autre question. Les phrases défilent.

Restez dans l'ombre. Des croix écarlates
sur des portes en bois. Si elle flotte, elle brûle.
Qui est-ce ?

Je fronce les sourcils, incrédule.

– C'est quoi ce charabia ?

La silhouette sur le lit est dissimulée sous une couverture sombre, c'est pour ça que je l'ai prise au début pour une peluche géante.

Répondez. Sinon elle meurt. Vous avez 60 secondes.

– Hein ? C'est une blague ?

Abandonnez toute raison. Fuyez les regards.
Ne réagissez pas. Qui est-ce ? 50 secondes.

– Je refuse de…

C'est une lente attaque de panique. 40 secondes.

– Vous êtes dingue ! Quelle épreuve ? Qui va mourir ?

Vous baissez les bras comme votre père ? 30 secondes.

– Je n'y comprends rien ! Arrêtez !

Nous savons où vous vivez. Qui est-ce ? 20 secondes.

– Attendez ! Attendez !

15 secondes… 14… 13…

Je secoue la tête. Ces phrases n'ont aucun sens. Tout ça semble irréel. Impossible. À 4 heures du matin, seul dans le noir, je parle à un écran. Dehors, l'obscurité se presse contre mes fenêtres. Est-ce que je rêve ? Est-ce que je vais me réveiller dans mon lit, complètement déboussolé ? À force de faire des mélanges, j'expérimente peut-être un état de dissociation mentale, un genre de bouffée délirante. À moins qu'il ne s'agisse d'une énorme farce. Après tout c'est Halloween, il y a peut-être quelqu'un d'assez dingue pour organiser ce canular stupide.

J'attrape mon écran par les côtés.

– Vous avez dit que mon père n'était pas mort dans un accident ! « C'est un meurtre », c'est ce que vous avez écrit ! Arrêtez de jouer à ça !

... 1, 0. Terminé. Dernière fois : qui est-ce ?

– Je ne sais pas ! fais-je en secouant l'écran. Je n'ai aucune idée de la putain de réponse !

Je retombe dans mon siège, le front couvert de sueur, les joues en feu. Je passe mes mains dans mes cheveux et les lisse en arrière. Puis je repose les doigts sur la table et tapote du bout des ongles.

– Bravo, dis-je avec un rire nerveux. Bien joué, les gars. C'était une sacrée blague. Vous êtes qui ? Des internes des urgences ? Des étudiants de ma fac ? Wang, espèce d'enfoiré, je parie que c'est vous ! Vous devez bien vous marrer avec vos copains flics. Le commissaire Batista est au courant de vos conneries ? Franchement, vous poussez, les mecs. Et maintenant rallumez, que je voie vos tronches...

Aucune réaction.

La forme est toujours là sur le lit. Il ne se passe rien. Pas d'écriture. Plus de claquement métallique. Les touches du clavier restent éteintes.

Je me penche en scrutant la pénombre.

On dirait que la silhouette a bougé.

Je me rapproche encore en plissant les yeux. Plus près. Mon nez se colle à la vitre.

BOUM !

Un objet heurte l'écran.

Ma tête part en arrière. Réflexe.

Un liquide sombre a laissé une tache au point d'impact. L'objet est retombé devant moi, dans l'autre pièce.

C'est une chaussure de femme. Un escarpin à bout ouvert.

Trois petites choses roses sont coincées à l'intérieur.

On dirait des boudins avec du vernis.

Trois orteils arrachés. Maintenus ensemble par des lambeaux de chair.

Un dernier mot s'affiche :

Perdu.

Et l'écran s'éteint.

7

Donatello regarde sa montre : 4 heures du matin. À cette heure, il ne se passe rien nulle part, et c'est tant mieux.

Il repousse sa sacoche en arrière et se masse les lombaires en clopinant dans les locaux de la gare. Il se sent vieux, et son métier de conducteur le fatigue, mais il l'adore. La retraite peut aller se faire voir. Pas question qu'il s'arrête. Tout ce qu'il demande, c'est qu'on le laisse mener son RER tranquille. La nuit, les Parisiens sont calmes et ça lui convient.

« Passez au moins en horaires de jour, lui répète son médecin traitant, ménagez vos articulations, prenez des anti-inflammatoires ! » Tu parles, ce jeunot n'a même pas la trentaine. Donatello parierait qu'il a encore des dents de lait. Qu'est-ce qu'il y connaît en douleurs lombaires ? Se lever tôt, marcher, pas de médicaments, voilà le meilleur remède. D'ailleurs sa souffrance s'estompe au fur et à mesure qu'il avance.

Il s'arrête à la Feuille – c'est le surnom que l'on donne au bureau de prise de service et de programmation des agents – et ouvre son casier pour récupérer les fiches roses et blanches nécessaires à sa journée de travail. D'habitude il commence gare de Lyon. Il préfère : c'est là où se trouve le splendide restaurant du Train bleu, bâti pour l'Exposition universelle de 1900, avec ses voûtes dorées et ses clients mythiques, de Coco Chanel à Marcel

Proust. Aujourd'hui, il est gare du Nord. Un autre genre. Les travaux en cours promettent de la transformer en centre commercial dernier cri. Escalators, verrières immenses, magasins d'informatique et de téléphones portables. Bof, songe Donatello en gonflant les joues. Qui a besoin de ces trucs ? De son point de vue, ces gadgets ne font que réduire l'homme en esclavage. Il suffit de les observer tous, dans les rames, avec leurs visages collés aux écrans. Avant, les voyageurs lisaient des livres. Maintenant ils font exploser des bonbons de couleur, ils mitraillent des cibles ou s'insultent à distance. Et on nous raconte que c'est le progrès.

À 4 h 50, Donatello s'installe dans sa cabine de pilotage. Ligne D, direction l'Oise, son carnet de bord et son crayon posés bien à plat devant lui comme d'habitude. Il pourrait accomplir sa routine les yeux fermés. Faire sonner le « ronfleur », vérifier ses écrans de contrôle, fermer les portes, accélérer et surveiller la vitesse, cela fait des années qu'il maîtrise le moindre aspect de ses diverses tâches.

À 4 h 57, il quitte le ventre de Paris pour s'aventurer dans les ténèbres extérieures. Le train ronronne telle une mécanique bien huilée. Monolithe noir de la tour Pleyel à gauche. Lumières du Stade de France à droite. Les gens montent, descendent, dans le calme feutré de la nuit.

À 5 h 09, Donatello dépasse Sarcelles tout en songeant à la basilique Saint-Denis loin derrière. Il aimerait bien visiter les tombeaux des rois, un de ces quatre.

À 5 h 21, la campagne commence. La voie est maintenant bordée de talus boisés, chênes, hêtres pleureurs, mûriers géants et de plus en plus de pins au fur et à mesure que la planète se réchauffe, paraît-il. Il ne les voit guère car le soleil ne se lèvera pas avant deux heures. Pourtant une clarté fragile vient déjà ourler l'horizon. C'est le moment qu'il préfère. Au retour, les couleurs de l'automne feront éclater les jaunes, les orangés, les rouges vermeils. Il aime moins. Ce sont des teintes trop violentes pour lui, comme cette époque.

À 5 h 37, Donatello embarque quelques voyageurs sur le quai de Coye-la-Forêt. Il ressent la secousse peu après, en pleine ligne droite, à 5 h 39 et 40 secondes précises. Il sursaute. Elle est brève. Accompagnée du « CLONG » d'un impact. Le train ne donne aucun signe inquiétant, mais un voyant rouge s'allume sur le tableau de bord.

– De Dieu ! lâche-t-il, prononçant ainsi son premier juron de la journée.

À tous les coups, il vient de percuter un daim. On est en pleine cambrousse et ces damnées bestioles arrivent parfois à traverser la ligne.

Il consulte ses indicateurs. Pas de problème technique.

Donatello réfléchit.

Il peut s'arrêter là, tout de suite, mais les passagers vont se retrouver au milieu de nulle part et il court le risque qu'un petit malin tente de forcer les portes pour sortir. Ou bien il peut continuer jusqu'à la gare suivante et il verra sur place.

Il choisit la deuxième option.

Le RER entre en gare de Chantilly-Gouvieux. Donatello sourit dans sa cabine, pour la forme, mais c'est un sourire crispé. Un daim, ça peut faire des dégâts.

C'est alors qu'une première voyageuse est prise de malaise sur le quai. Suivie d'une seconde. Donatello les observe, dubitatif. Un homme se met à crier. Il stoppe enfin le train. Sort de la cabine. Court au-devant.

À 5 h 43, le conducteur Donatello Tomazzi aperçoit, pour la première fois de sa carrière, ce qu'il décrira tout à l'heure aux gendarmes comme les restes d'un corps humain. « Elle s'est encastrée sous le nez de la motrice, expliquera-t-il d'une voix blanche. Je n'ai rien vu, rien pu faire… »

Il ajoutera qu'il s'agit d'une femme. Il a vu son visage et

sa poitrine partiellement dénudée sous son vêtement noir. Au-dessous il n'y avait rien : l'impact a sectionné le corps en deux au niveau du torse. C'était presque érotique, comme un buste de sirène posé sur la proue d'un navire. Il n'a jamais vu de suicide pareil. En vérité, il n'a jamais vu de cadavre tout court.

Voilà ce que Donatello dira tout à l'heure.

Mais pour l'instant, il ne dit rien.

Il se met juste à pleurer.

8

Je n'ai pas dormi.

Après mon tête-à-tête nocturne en vidéo, impossible de fermer l'œil.

La première chose que j'ai faite a été d'envoyer une requête au site de consultation en ligne. « GROS problème avec l'un de mes patients, ai-je écrit. J'ai besoin de parler à un administrateur le plus vite possible. »

J'ai réfléchi et j'ai ajouté : « Le patient est peut-être en danger, il me faut immédiatement son adresse ! » Puis j'ai réfléchi encore, et j'ai effacé cette dernière phrase.

Trop mélodramatique. Trop dingue.

Je suis médecin, je suis censé avoir du recul. Tenons-nous-en aux faits. Et les faits sont les suivants : un patient m'a contacté en pleine nuit, m'a tenu des propos délirants, et m'a jeté une chaussure avec trois orteils dedans. C'est peut-être une blague d'Halloween. Ou peut-être pas.

Bien entendu, aucun responsable ne me répond à cette heure. Je ne laisse pas tomber et j'adresse ensuite un message au site de l'Assurance Maladie, prétextant cette fois un problème administratif avec mon patient et la nécessité d'entrer en contact avec lui de façon urgente. Aurait-on l'amabilité de me communiquer ses coordonnées ? Un renvoi automatisé me dit que ma requête sera prochainement prise en compte. Point.

Je me lève, je récupère un paquet de gâteaux dans la cuisine et je retourne m'asseoir devant l'ordinateur. Il faut que je m'occupe, j'ai besoin d'agir. Qu'est-ce que je pourrais faire d'autre ? Je décide de commencer par le plus simple : entrer le nom « Yesfir Fammous » dans les Pages jaunes, divers annuaires et moteurs de recherche. J'obtiens des *Famous Beauty*, des *Famous Transport*, toutes sortes de *Famous*, mais aucune adresse d'individu ou d'entreprise correspondant au nom exact.

D'accord. Je sépare les deux mots et m'intéresse uniquement à Yesfir. Cela signifie peut-être quelque chose ? C'est le cas : Yesfir est la traduction du prénom Esther en langue russe. Je ne sais pas si c'est utile, mais je note ça dans un coin.

Il me vient une autre idée : et s'il s'agissait d'une anagramme ? Yesfir Fammous a une consonance bizarre, et je sais que de nombreux sites permettent de trouver des anagrammes, notamment pour vous aider à tricher quand vous jouez au Scrabble. J'essaye plusieurs d'entre eux. Les sites en français ne donnent rien. Ceux en langue anglaise, en revanche, m'en donnent beaucoup trop. Sur *wordsmith.org*, je trouve plus d'une centaine d'anagrammes dont « Imam suffers soy », soit : « l'Imam souffre du soja », et « Arouse Miffs My » qui signifie approximativement : « Ça me met les nerfs ». Marrant. Mais guère utile, encore une fois.

Quoi d'autre ? L'enseigne lumineuse que j'ai aperçue par la fenêtre de la chambre représentait une pizza avec un sourire. Le logo m'a paru familier. J'essaye « logo, pizza, smiley, sourire, pizzeria » dans Google. J'obtiens des centaines d'images. Aucune ne m'intéresse.

Je reviens au site de consultation en ligne : toujours pas de réponse à ma requête.

Je repousse le clavier.

Tout cela ne sert à rien. Quelle heure est-il ? Il fait encore nuit. Je retire le film plastique de mes gâteaux et me mets à les mâcher consciencieusement. Ce sont des Twinkies, des brioches jaunes fourrées à la crème à la vanille. Dans le film *Zombieland*, Woody Harrelson en raffole.

Je ne vais rien trouver. Je suis nul. Ma vie est accablante. Tout cela rime à que dalle. En y réfléchissant, le plus probable est qu'il s'agisse d'une blague, bien sûr, une farce sinistre.

Il n'y a aucun besoin que tu t'excites là-dessus, mon petit Christian. Ton excitation et tes recherches sont juste une façon de te détourner des vrais problèmes. L'arbre qui cache la forêt. Ta forêt à toi. La seule chose que tu devrais faire, c'est appeler ta mère pour lui demander de ses nouvelles. Si elle tient le coup depuis la mort de papa. Lui demander pardon de ne pas être allé à l'enterrement. Tu fuis pour éviter le dialogue, parce que fuir comme un lâche et te barricader, c'est tout ce que tu sais faire.

Je termine mes Twinkies.

Je vais tenter de sortir.

Il est tôt, l'aube n'est pas encore levée.

Ça pourrait marcher.

*

Je passe la corde autour de ma taille et j'effectue un nœud, puis j'attache l'autre bout à un barreau de l'escalier. Je tire dessus pour tester : mes boucles ont l'air solides. La corde mesure trente mètres, j'ai vérifié dans le jardin. J'enfile mon blouson et rabats ma capuche.

Prêt.

J'ouvre la porte. Le vent de la nuit s'engouffre dans le hall en faisant claquer les rideaux.

Lorsque vous êtes agoraphobe, l'une des meilleures méthodes pour vous soigner est de pratiquer la thérapie comportementale. Cela consiste à vous exposer de façon graduelle à la situation phobogène. J'ai choisi la technique de la corde. Les marques que j'ai tracées dessus au feutre jaune fluorescent permettent de mesurer mes progrès. La semaine dernière, j'ai quasiment atteint les quatre mètres.

Je sors devant la maison, là où ma dernière crise m'a anéanti tout à l'heure.

Cette fois il fait nuit noire, je préfère, parce que cela réduit ma perception des distances et qu'il n'y a personne pour me voir si je foire lamentablement. Mon cœur bat quand même à tout rompre, et je transpire sous mon blouson malgré le froid extérieur.

On y va.

Je descends les marches du perron et tâte le sol du bout de mes baskets. Crissement du gravier sous ma chaussure. Je pose un pied, puis l'autre. Un mètre. J'effectue quelques pas en tenant la corde à deux mains pour assurer ma prise, déroulant les boucles de façon progressive. Le vent nocturne caresse mes joues. Je me décide à ouvrir les yeux.

Le monde extérieur est toujours là, bien en place. Les réverbères diffusent une lueur fragile tels des phares dressés sur une côte lointaine. Je suis à mi-parcours de la grille d'entrée. Encore un mètre. Voilà, j'ai atteint la marque jaune. Je peux maintenant retourner à l'intérieur, si ça me chante.

J'accomplis un mètre de plus, puis un autre, et je tends la main pour me cramponner au métal froid et humide de la grille. Je tremble de tous mes membres. Dans un dernier effort, j'attrape la poignée et la tourne. Je me retrouve face à la rue, saisi de vertige comme si je contemplais l'océan.

Et dire que je me promenais partout il y a quelques mois encore.

Mes doigts serrent la corde jusqu'à ce que mes articulations blanchissent. Je peux faire mieux. J'en ai besoin.

Je sors.

Quelques pas sur l'étendue noire. La corde se déroule. Mes battements cardiaques adoptent un rythme effréné. La bête accrochée à mes tripes est de retour avec ses griffes qui me labourent le ventre. Tant pis. Vingt-cinq mètres. Trente. Ça y est.

J'ai atteint l'extrémité de la corde. Totalement au milieu de la rue. J'ai l'impression d'être un astronaute flottant dans l'espace au bout de son cordon ombilical.

Une chouette hulule dans un arbre. Ma sensation de vertige mêlée à la peur devient grisante. Je hume l'air nocturne. Remplis mes poumons. Sur les hauteurs de Saint-Prix, la forêt de Montmorency exhale de puissants parfums de mousse et de feuilles mortes. Je me retourne. Dans le lointain, j'aperçois les barres de lumière des cités de Sannois.

J'ai envie de rire. C'est vrai, je suis un vampire, exactement comme le disait mon père.

Je regarde la rue. Il y a des décorations sur les maisons, toiles d'araignées, chapeaux, chauves-souris en plastique. Sans lâcher la corde, je décris un arc de cercle et, tel un alpiniste effectuant un mouvement de balancier, je m'approche de la maison suivante. Une citrouille est accrochée à la porte. Elle s'illumine à mon approche : ses yeux rouges se mettent à clignoter tandis qu'une mélodie électronique résonne, et je trouve ça drôle.

La phrase me revient à cet instant précis, comme un boomerang.

« Des croix écarlates sur des portes en bois. »

Les mots me frappent de plein fouet.

Que disait le reste ? « Si elle flotte, elle brûle. » Et aussi : « C'est une lente attaque de panique, nous savons où vous vivez, abandonnez toute raison, fuyez les regards… »

La citrouille continue de m'observer de ses yeux rouges en diffusant sa musique.

Les phrases s'enchaînaient, apparemment dépourvues de sens, mais avec un certain rythme, un peu comme… dans une chanson.

Je remonte frénétiquement la corde. Retour à l'intérieur. Je cours jusqu'à l'ordinateur et j'entre toutes les phrases en même temps dans le moteur de recherche.

Le résultat tombe aussitôt.

Des croix écarlates sur des portes en bois
Si tu flottes, tu brûles
Abandonnez toute raison
Fuyez les regards
Ne réagissez pas
C'est une lente attaque de panique
Nous savons où vous vivez

C'est bien une chanson. Elle a été composée par le groupe Radiohead en 2016. Les paroles d'origine sont en anglais. Elles ont simplement été traduites par mon interlocuteur nocturne. Un interlocuteur qui n'a eu de cesse de me demander : « QUI EST-CE ? » encore et encore.

La réponse était là-dehors. Tout autour de moi.

Le titre de la chanson est *Burn The Witch.*

Que la sorcière brûle.

9

Audrey Valenti plaque son gyrophare sur le tableau de bord. Un coup de sirène deux-tons, les voitures s'écartent, et elle se faufile jusqu'à la bretelle de sortie.

Elle est en retard et ça l'agace. La capitaine Luz lui a demandé de se dépêcher pour un briefing de groupe. Elle pensait aller vite en prenant le périph. Mauvaise pioche. Qu'est-ce qu'ils ont tous à s'agglutiner ce matin ? La Toussaint, c'est pas un jour férié ?

Elle déboule porte de la Chapelle et s'engage dans la rue en slalomant entre les véhicules pendant que la radio égrène les nouvelles. ... *Nuit de violence en région parisienne, soixante-huit voitures brûlées dans l'Essonne, dans le XX*[e] *arrondissement des manifestants ont caillassé un commissariat, en Seine-Saint-Denis un gendarme s'est fait tirer dessus par des adolescents déguisés en clowns...*

Audrey coupe l'émission et branche la clé USB contenant sa playlist. Elle tombe sur une chanson de Radiohead, un morceau envoûtant et un peu hystérique. Parfait pour l'ambiance.

Des tentes de migrants sont plantées rue de la Chapelle. Plus loin, des poubelles brûlent sur le trottoir. À l'angle de la rue Boucry, un clochard édenté tient une pancarte « La fin du monde est proche ».

Audrey monte le son.

Elle ne sait pas si la fin est proche, mais la sienne oui, c'est sûr, si elle ne décélère pas. Elle a l'impression d'être ivre. Est-ce le chaos dehors, la musique qu'elle écoute ou le manque de sommeil ? Un peu des trois sans doute.

Elle donne un coup de frein place Hébert, crissement des pneus, quatrième sortie, et se retrouve rue de l'Évangile. Le surnom de l'endroit où elle travaille vient de là : Évangile, la Sûreté des Transports parisiens.

La grille s'ouvre devant l'énorme blockhaus de couleur crème. Elle se gare sur le parking, coupe le contact et arrache la clé USB avant de filer jusqu'à la porte.

Avant, Audrey s'arrêtait sur les dalles grises pour fumer une clope. Depuis elle a cessé de fumer. Mais elle éprouve encore le manque. Elle pénètre dans le bâtiment et se plante devant le gardien de la paix derrière la vitre blindée du comptoir.

– Je vous laisse mon arme, dit-elle.

– Bien sûr, mon lieutenant.

Le garde déverrouille la porte, récupère l'étui et le place au coffre.

C'est la capitaine Luz qui lui a conseillé de faire ça. « Quand tu es dans la boîte, laisse ton pistolet à l'entrée. Premièrement, c'est plus prudent, ça évite qu'un mis en cause ne tente de s'en emparer dans un couloir. Deuxièmement, arborer ton arme pourrait être perçu comme un aveu de faiblesse. Surtout pour nous, les femmes. L'autorité, c'est le dialogue. Un bon flic n'a besoin de rien d'autre. »

Audrey a retenu la leçon.

Elle examine le distributeur de boissons chaudes. Elle n'a pas déjeuné ce matin.

– Il est comment le thé citron ?

– Horrible, dit le gardien de la paix.

– Et le café ?

– Encore pire.

– Va pour un thé, dit-elle en introduisant cinquante centimes dans la machine.

La charte affichée au mur annonce : « Article 1 : l'accueil du public constitue une priorité majeure pour la police et la gendarmerie nationale. »

– Même si le public vous caillasse et vous tire dessus ?

– Vous dites, mon lieutenant ?

– Rien.

Elle s'engage dans les couloirs en sirotant le liquide. La boisson est ignoble, comme prévu, et elle l'abandonne dans la première poubelle. Les murs sont roses en bas, blancs en haut, avec une bande grise au milieu. Le sol est déjà sale alors que la journée commence. Elle tourne la tête : la plupart des bureaux sont des pièces étroites avec des fenêtres à barreaux. Peu de lumière, ou pas de lumière du tout, voilà l'impression dominante. Elle passe devant l'escalier montant à l'étage. Les enquêteurs occupent le rez-de-chaussée, l'état-major le haut. Elle continue tout droit. Groupe A, Groupe B, Groupe Q (ceux qui s'occupent des viols et des infractions à caractère sexuel, on se demande qui a choisi le nom, songe Audrey), puis les locaux des deux groupes de nuit, et pour finir le Groupe E : c'est là. E comme Élite. E comme Évangile. E comme Échec, d'après ce qui se raconte.

Elle entre.

– Bon Dieu ! dit Luz. C'est pas trop tôt !

*

La capitaine Louise Luz est une femme dans la trentaine, habituellement réservée et plutôt calme. Certains lui trouvent un air nordique, avec ses pommettes saillantes et ses cheveux blonds coupés court. Beaucoup s'accordent à dire que son visage serait joli avec du maquillage. Le dernier homme à lui avoir susurré la remarque à l'oreille, cependant, a retrouvé sa voiture entièrement taguée au rouge à lèvres. Depuis Luz est passée chef de groupe. Et les mecs se tiennent tranquilles.

– Audrey, quand je dis de venir en urgence, c'est urgent !

– Désolée.

– Le périph ?

– Oui.

– La sirène ?

– Je l'ai mise.

– Bon. Contente que tu sois là.

Louise croise les bras. Un instant plus tôt, ses yeux ressemblaient à deux puits de lave incandescente. À présent, ils ont repris leur aspect paisible, version lac de montagne. Audrey ne sait pas pourquoi sa chef est aussi indulgente avec elle.

– On n'est que deux ?

– Trois, dit Florian d'Apremont en entrant dans la pièce.

Le costaud du groupe, vêtu comme à l'ordinaire d'un T-shirt et d'un gilet à fleurs, dépose un carton de gobelets Starbuck's Coffee sur la table.

– Joli motif, dit Audrey en touchant le gilet.

– Feuilles de chêne sur champ d'argent. Le blason des d'Apremont.

– Sérieux ?

– Ouais. T'as écouté ma playlist ?

– Elle est top.

– Ça va ? dit Luz, je vous dérange pas trop ?

– Bois ton café, Chef, réplique Florian en lui collant un gobelet fumant entre les mains. Nous au moins, on est venus.

– Où sont les autres ? demande Audrey.

Louise hausse les épaules.

– Batista a pris trois jours.

– Et Wang est de repos.

– Et Blériot et Penneroux s'arrêtent.

Le regard d'Audrey va de l'un à l'autre.

– Quoi, qu'est-ce que ça veut dire ?

– Que tout le monde en a marre, soupire Louise. Ça fait des mois qu'on est sur la corde raide avec les manifestations. Manque d'effectifs, manque de moyens, les semaines sans repos, les nuits blanches, les heures sup non payées, tout ça pour que le groupe se fasse dézinguer à cause des mauvais chiffres. On est obligés de se cogner des millions de petites choses, la justice ne suit pas, et à la fin ils se plaignent qu'on ne sorte jamais de grosse affaire.

Elle boit une gorgée brûlante, grimace et repose le gobelet sur la table.

– Penneroux est mon adjoint depuis des années. Il a toujours été le doyen, le deuxième de groupe, celui sur lequel on compte pour les PV d'audition, les réquises. Et là, il vient de faire sa demande de mutation. Son cousin aussi.

– Ils vont partir ?

– En attendant, ils ont posé un week-end prolongé. Il a filé avec Blériot en balade.

Audrey visualise mentalement les deux cousins moustachus au look de hipster qu'elle surnomme les « Brigades du Tigre », pour les taquiner. Blériot est plus jeune, un peu foufou et imprévisible, tandis que Penneroux est plus âgé, posé et silencieux comme un chat. Elle les connaît depuis deux ans. Ils l'ont beaucoup aidée à s'intégrer. Elle se voit mal évoluer sans eux. Quant au commissaire Batista, c'est la première fois qu'il prend ainsi ses distances.

– Le bateau coule, c'est ça ? dit-elle sur un ton lugubre.

Luz joint les mains, les doigts entrelacés, et pose ses index dressés sur sa bouche.

– Pas encore.

– Tu vas recruter un nouvel adjoint ?

– Déjà fait.

– Qui ?

Louise pointe ses index sur elle.

– Toi.

– Hein ?

– Tu as de l'autorité. Tu maîtrises les procédures.

– Eh bien… d'accord. Je commence quand ?

– Tout de suite.

– Gare de Chantilly, intervient Florian. On y va ensemble.

Audrey fronce les sourcils.

– Ce n'est plus l'Île-de-France, ça.

– Exact.

– On enquête hors de chez nous ?

– C'est chez nous, dit Luz. Tant qu'un incident se déroule sur la ligne, on a la main. On peut intervenir jusqu'en Normandie, dans le Centre ou les Hauts-de-France. On gère jusqu'à Creil.

– Et y a quoi, à Chantilly ?

– Un accident bizarre. La ligne du RER D est interrompue. Et elle le restera tant que *toi*, tu ne donneras pas ton feu vert. Voilà pourquoi c'est urgent. La ligne D transporte six cent mille voyageurs par jour. Ça fait beaucoup de plaintes potentielles.

Louise s'assoit derrière son bureau, pose les coudes sur la table et se masse le visage. On dirait qu'elle n'a pas dormi depuis des lustres.

– Je vais rester ici pour écoper le navire. Trouvez-moi une affaire intéressante. On en a besoin. Et, Audrey, une dernière chose…

– Oui ?

– Il y a quelqu'un sur place. Tu connais. Il t'attend.

10

La gare de Chantilly ressemble à un petit hôpital de campagne, bâtie tout en longueur, avec son toit gris et ses fenêtres en arcades. Il y a même les pompiers et plusieurs ambulances garés devant.

– C'est quoi, ce souk ? demande Audrey en sortant de voiture. Je croyais qu'il n'y avait qu'une victime.

– Plusieurs voyageurs ont fait des malaises, dit Florian. Un service de navettes va être mis en place. En attendant les gens piétinent.

– Je vois un camion de télévision.

– C'est le sang.

– Quel sang ?

– Celui qui attire les requins.

Elle enfile son brassard et se dirige vers l'entrée. Les détails de la scène s'impriment dans son esprit.

La foule agglutinée dehors. Les voyageurs qui râlent. Ceux qui filment avec leur portable. Ceux qui tentent de récupérer leurs voitures sur le parking malgré les barrières. Ceux qui se font rappeler à l'ordre. Les pompiers débordés. Les gendarmes nerveux.

Et partout, en arrière-plan, les feuilles rouges des arbres agitées par le vent frais de l'automne, comme un bruit de fond, une migraine qui monte, une houle qui enfle.

Audrey secoue la tête pour s'éclaircir les idées. Une journaliste se matérialise soudain à ses côtés et se met à trotter auprès d'elle, le micro tendu. Elle a l'air très jeune, songe Audrey, et très excitée par ce qui se passe.

– Les témoins parlent d'un horrible suicide, vous confirmez ?

Audrey lève la main sans ralentir le pas.

– Pas de commentaire.

– La victime portait un costume noir.

– Et alors ?

– Déguisée en sorcière d'Halloween ! C'est étrange, non ?

– Pas si on est le lendemain d'Halloween.

– On ne sait rien sur cette jeune femme ?

– Je vous le répète : pas de commentaire.

– Vous êtes la police parisienne. Les gens sont dans la rue, et on a l'impression que vous ne faites strictement rien. Pourquoi vous intervenez ici, alors que c'est là-bas que ça chauffe ?

– Les journalistes. Neutres et objectifs, pas vrai ?

– Je fais mon métier, madame, ce n'est pas la peine de me prendre de haut ! Vous comptez répondre, oui ou non ?

Audrey s'arrête brusquement pour lui faire face.

– J'ai une devinette pour vous. Ma prochaine réponse sera...

La journaliste hausse un sourcil.

– « Pas de commentaire » ?

– Bingo, fait Audrey en claquant des doigts.

Elle soulève le cordon de sécurité et se glisse en dessous, suivie par Florian. Un groupe de gendarmes les accueille et les escorte à travers la gare. Audrey en profite pour les questionner : oui, le conducteur du RER a bien été interrogé sur place, non, il n'est pas mis en cause dans l'immédiat. Son alcoolémie est négative, le test salivaire n'a relevé aucune présence de cannabis, de crack, de MDMA ou d'autre toxique, il n'était pas en train de parler ni de jouer sur son portable puisqu'il était éteint, et il n'a aucun antécédent judiciaire. Quant aux systèmes d'alerte du train, tout semble avoir fonctionné. Il n'y a pas d'éclairage sur ce tronçon, le conducteur ne pouvait rien prévoir. La triste vérité, Lieutenant, c'est qu'on ne peut empêcher personne de se jeter sur les rails, voilà ce que lui dit le commandant de compagnie avant de l'abandonner sur le quai désert.

Audrey se tourne vers d'Apremont.

– C'est curieux, ils n'ont pas l'air contrariés par notre présence. La rivalité entre police et gendarmerie s'atténue ?

– Ils sont juste ravis qu'on s'y colle.

– Pourquoi ?

– Corps sous un train. Ils nous refilent la barbaque.

Elle hoche la tête, remonte le col de sa veste et se dirige vers l'avant du RER.

– Elle n'avait pas tort, la journaliste. Qu'est-ce qu'on fait là ?

– On suit la procédure, dit Florian.

– On ne fait pas les suicides.

– Lui dit que c'en n'est pas un.

Une silhouette apparaît devant la motrice et remonte sur le quai pour venir à leur rencontre. Cheveux gris, lunettes couvrantes en plastique, combinaison blanche intégrale des techniciens de l'identification criminelle.

Un sourire éclaire le visage d'Audrey.

– Éric Beauvau !

– Lieutenant Valenti…

Il ôte ses gants en latex et leur serre la main.

– Alors, dit-il, toujours à traquer les méchants ?

– Et vous, toujours habillé en lapin blanc ?

– Ma tenue favorite, dit Beauvau. Quand est-ce que vous venez me voir à Amiens ? On a de jolis cafés pour boire un verre. Je pourrais vous faire visiter les hortillonnages, et même porter une cravate, ajoute-t-il avec un clin d'œil.

Audrey se souvient de leur collaboration précédente. Les TIC sont plus que de simples techniciens : leur analyse peut changer la vision d'une scène de crime.

– Donc, dit-elle, c'est vous qui nous avez appelés ?

– Oui.

– Vous ne travaillez plus dans la Somme ?

– Le commandant de Chantilly a contacté la CIC 60, mais ils étaient sur un triple homicide, alors ils ont passé la balle à la CIC 80. Je suis d'astreinte. J'ai pris le camion pour faire la PTS.

Les militaires adorent les acronymes, songe Audrey, en se rappelant que « faire une Police technique et scientifique » signifie se rendre sur les lieux de l'incident pour en effectuer l'analyse. Elle se souvient aussi que sur les scènes dépendant de la gendarmerie nationale, les TIC ont tout pouvoir. Pour le moment, ils ne sont que des invités.

Beauvau leur tend deux paires de gants, des masques et des surchaussures.

– Je vous dispense de la combinaison réglementaire. Enfilez juste ça et restez à distance. Je vous montre.

La scène est protégée par un cordon jaune tendu entre des piquets. Des flèches de contournement en plastique posées sur le sol indiquent le chemin à emprunter pour descendre sur la voie sans contaminer la zone.

Ils sautent tous les trois entre les rails et avancent jusqu'au nez du train. Florian ne peut s'empêcher de mettre son bras devant son visage.

– Ouh là !

– Pas terrible, n'est-ce pas ? dit Beauvau.

– Vous voulez dire atroce, ajoute Audrey. Comment le corps a-t-il pu s'encastrer ainsi ?

– À cette vitesse, le train a arraché le torse, qui est resté prisonnier entre les tampons. Comme vous pouvez le constater, il s'agit du tronc et de la tête d'une jeune femme. La vingtaine. Pas d'identité pour le moment. Tout est humide parce que l'arrière du crâne est détruit. Le sang s'est agglutiné à l'huile du système de graissage et aux débris végétaux. De loin on pourrait croire à une blague, un épouvantail placé là par des gosses.

– Vous avez sorti deux housses ?

– Le corps est coupé en deux. Deux morceaux, deux sacs.

– Où est le reste ?

– Le bassin et les jambes doivent se trouver au point de choc. Sans doute étalés sur quelques dizaines de mètres. Il va falloir aller à leur recherche. On trouvera peut-être ses papiers.

– Merde, dit Florian en se détournant.

– À quel endroit ? demande Audrey.

Beauvau sort une carte d'état-major, la déplie sur le quai et leur montre un point.

– Ici.

– En pleine forêt ?

– C'est approximatif.

– On y va quand ?

– J'ai appelé le légiste. Il est en chemin. Pour l'instant on ne peut toucher à rien. Il faut attendre la levée du corps.

Audrey observe le visage de la jeune femme en essayant de faire abstraction du reste. Une partie de la face est encore intacte. Un visage livide, au milieu d'un linceul noir.

– Je ne comprends pas, dit-elle. Elle se déguise en sorcière, elle va dans les bois, et se tue ?

– Le suicide en forêt est un classique, dit Beauvau.

– Peut-être qu'elle comptait se pendre, ajoute Florian, mais elle a opté finalement pour le train.

– T'es gai, toi.

– Je fais juste une suggestion.

– Ce n'est pas bête, dit Beauvau. Mais il y a un détail.

Il sort une petite pince en plastique bleu.

– Regardez ses lèvres, dit-il en les saisissant avec délicatesse.

Ce n'est pas du maquillage comme je le croyais au départ. Elles sont cyanosées.

– Et ?

– Ça veut dire qu'elle manquait d'oxygène quand elle est morte. On aurait pu l'étrangler, par exemple, et la jeter sous le train ensuite. Les circonstances sont suspectes. Il fallait que je vous prévienne. Sur cette ligne, la Sûreté des Transports est l'autorité compétente.

Audrey regarde sa montre.

– On ne peut vraiment toucher à rien ?

– Non.

– Et si le légiste met trois plombes ?

– On l'attend.

– Je vois des feuilles vertes, derrière son crâne.

– C'est normal. Le RER a traversé la forêt.

– Je soulève juste les cheveux. Y en a une qui m'intéresse.

– On doit attendre le…

Audrey sourit.

– Éric. Vous le voulez ce pot à Amiens, oui ou non ?

Il lève les yeux au ciel.

– OK. Prenez ma pince, mais allez-y en douceur.

Audrey s'approche. Ce qu'elle est en train de faire est horrible, mais elle ne veut pas y penser. C'est juste le job. Elle s'en sent capable.

Elle déglutit.

Ses doigts tremblent tandis qu'elle tend la pince. Si elle fait le moindre faux mouvement, si la tête se détache et tombe, son cœur à elle va s'arrêter de battre, elle en est sûre.

Elle saisit un bout de feuille verte. Tire. Ça vient.

– Regardez. Elle est ronde, fendue au bord.

Elle réfléchit.

– L'un de vous fait du *paddle* ?

– Ça m'arrive, dit Beauvau.

– Tu pratiques le *paddle* ? s'étonne Florian.

– Avec mon ex. Il y a longtemps. Sur les plans d'eau de la région parisienne.

Elle agite la feuille.

– Et ça, c'est un banal nénuphar.

– Effectivement, admet Beauvau. Je ne l'avais pas vu.

– Remontrez-moi le point de choc.

Il ressort la carte.

– Et si l'impact n'avait pas eu lieu ici, mais là ? dit-elle, la voix soudain rendue vibrante par l'excitation.

– À quoi tu penses ? dit Florian.

– Mate le secteur. Il y a des étangs pas loin. Les lèvres cyanosées. Le nénuphar. Et les cheveux sont humides : je te parie qu'à l'autopsie on trouvera de l'eau douce dans ses poumons.

Elle récupère la carte d'état-major.

– Beauvau, vous restez ici. Florian, on fonce sur place.

Elle remonte sur le quai et se met à courir.

– Vous aviez raison, elle s'est noyée ! Je vois mal comment elle aurait pu se jeter sous un train !

11

Je pensais les surprises terminées. Ce n'est pas le cas.

Je passe la matinée les mains tremblantes et l'esprit agité à cause des événements de la nuit. L'Assurance Maladie ne m'a pas répondu, je les ai appelés, mais leurs bureaux sont fermés. Quant au site des consultations en ligne, ils ne peuvent rien pour ma pomme. Ils n'ont pas le droit de me communiquer de renseignements confidentiels à propos du dénommé Yesfir Fammous. Si je pense qu'un mineur est en danger, ou si je pense qu'il y a eu un crime, je dois le signaler au procureur de la République.

Ben voyons.

Je bâille à plusieurs reprises.

À vrai dire, je ne pense plus rien. La nuit, le cerveau bat la campagne. Le jour, tout prend une tournure différente. L'humain est ainsi fait : durant la phase nocturne, la surface de notre cerveau – le cortex – se repose, mais dans ses profondeurs le système limbique continue d'agiter nos peurs primitives, tel un monstre produisant des remous dans les tréfonds d'un lac.

Est-ce que mon père a été assassiné ? Rien ne le prouve. Je sais juste que je suis en colère. En colère parce que j'ai passé ces dernières années loin de lui et qu'il est mort sans que nous ayons eu de véritables conversations. En colère contre l'auteur des messages nocturnes qui prend plaisir à cette torture mentale. Mais surtout en colère contre moi. Car l'agitation, les tremblements et ces bâillements qui se répètent n'ont rien à voir avec ces questions. Ce sont des signes cliniques : ceux d'un sevrage aux opiacés. Je suis nerveux parce que j'attends qu'on me livre mes courses.

Je décide de tromper l'attente en m'activant un brin. Je passe l'aspirateur, range la vaisselle, mets en route une machine à laver et ouvre les fenêtres pour aérer mon caveau. Un air glacial s'engouffre. Dehors, le temps est gris, maussade. Le murmure du vent sur les feuilles des arbres ressemble au bruit du grain qui s'écoule. J'enfile un pull et me laisse tomber dans un fauteuil. Mes consultations ne commencent pas avant l'après-midi. Je devrais peut-être en profiter pour lire un livre. Dans *Dracula*, de Bram Stoker, il est écrit : « Nul homme ne sait, tant qu'il n'a pas souffert de la nuit, à quel point l'aube peut être chère et douce au cœur. »

On toque à la porte. Je bondis de mon fauteuil.

– Salut, Djay ! dis-je avec enthousiasme.

– Salam.

Le petit moustachu qui entre est pakistanais. Son vrai nom est Djalal quelque chose. Il ne parle pas bien notre langue mais on se comprend. Son boulot consiste à récupérer mes courses au drive du supermarché. Et accessoirement, à me ravitailler en opium.

Djay s'occupe de travaux de peinture et de maçonnerie. C'est Marianne Dutilleul, la rousse plantureuse de l'agence immobilière, qui me l'a fait connaître. « Les Paks-Paks, y a pas mieux pour entretenir ces vieilles bicoques, elle a dit en me collant sa poitrine sous le nez. Ils sont faciles à repérer, ils viennent de Paris en train, et se promènent dans les rues du village avec leur petit sac à dos, vous en embauchez un, y en a dix qui débarquent, vous ne trouverez pas moins cher ! »

Nous avons sympathisé, Djay et moi. Il m'a filé un coup de main pour installer mon lit au grenier, je lui ai donné quelques boîtes de médicaments en échange, et je l'ai finalement engagé pour faire les courses. Au bout d'un moment, il m'a confié qu'il me trouvait nerveux. C'est là qu'il m'a parlé du chandoo. J'ai décidé de tenter l'expérience. On dit que l'opium est la drogue des poètes, et j'ai besoin de fantaisie.

Il dépose mes paquets dans la cuisine.

– Interphone est cassé.

– Ouais.

– Porte-fenêtre, aussi.

– Je sais.

– Je réparer. Par-ci par-là.

– Non.

Il revient vers moi.

– Une piscine gonflable pour ton jardin, tu veux ?

– On est en automne.

– Je repeindre tes volets, peut-être ?

– Merci, Djay, c'est bon... Attends, si, j'ai un truc à te demander. Une pizzeria avec une enseigne en forme de smiley, un sourire géant, ça te dit quelque chose ?

Il me regarde en clignant des yeux.

– Désolé, je parle trop vite, tu m'as compris ?

– Oui-oui.

– Tu peux m'aider ?

Il hoche la tête.

– Je regarder. Par-ci par-là.

Il ressort. Je me précipite sur les sacs et m'empare de la boîte hermétique contenant l'opium. Djay a même ajouté une nouvelle pipe. Bon sang, j'ai envie de l'essayer immédiatement. On toque de nouveau.

– Vas-y, Djay, entre ! dis-je en faisant sauter le couvercle.

J'entends des talons qui claquent.

Je me retourne. Ce n'est pas le Pakistanais.

Il s'agit d'une dame d'un certain âge, mince et élégante. Elle porte des gants et un manteau. Elle ôte sa toque en fourrure et secoue ses cheveux qui retombent sur ses épaules en longues boucles argentées. On dirait une actrice échappée d'un vieux film. Mais ce n'est pas le cas.

Elle s'appelle Lauren Kovak.

C'est ma mère.

12

– Salut, dit-elle en ôtant ses gants l'un après l'autre.

Je ne réponds rien. Médusé.

Cela fait trois ans que je ne l'ai pas vue. J'ai failli ne pas la reconnaître. On dirait qu'elle a moins de rides, des pommettes plus gonflées et plus hautes. Son sourire inversé, en revanche, est le même qu'avant. Il ressemble à une grimace.

– C'est quoi, cette boîte ? demande-t-elle.

– Quelle boîte ?

– Celle que tu tiens, avec la pipe. C'est de la drogue ?

– Bien sûr que non, dis-je d'un ton énervé pour masquer ma surprise.

Elle hausse les sourcils d'un air dubitatif.

– Un type vient de sortir. Le genre dealer.

– Tu te trompes.

– Vraiment ?

– De toute façon, ça me regarde.

– Je ne te juge pas, pour la drogue.

– Moi non plus, pour la chirurgie esthétique.

On se dévisage. Elle finit par détourner les yeux, et la tension retombe.

Je remets le matériel dans le sac, sans me presser, et je fais place nette sur la table de la cuisine.

– Tu veux t'asseoir ? Un verre d'eau ?

– Plutôt un cognac.

Je lui sers tandis qu'elle s'installe. Elle jette un coup d'œil circulaire.

– Alors tu vis ici ?

– Comment tu m'as trouvé ? Je ne t'ai pas donné l'adresse.

– Tu as dit Saint-Prix. Notre famille a toujours habité le coin.

Deux notions intéressantes. La famille. Le coin.

Je me souviens des cités du Val-d'Oise. Les bandes dans la rue. Les bastons sur les parkings d'immeubles pour un bout de territoire. Mon premier cyclo pétaradant sur les collines d'Argenteuil, et moi, perché sur les pédales, à regarder les lumières de la ville. Notre coin, ce n'était pas vraiment celui où je vis aujourd'hui.

Quant à la famille, elle se limitait à nous trois. Mon père est immigré polonais, ma mère américaine. Elle habitait New York, étudiante en histoire, hippie sur les bords, le genre à fumer des pétards pour faire chier ses parents. Un jour, elle est partie faire le tour de l'Europe avec ses copines pour les vacances. En France, elle a rencontré mon père. Elle n'est jamais rentrée. Je suis arrivé un an plus tard. Anton Kovak bossait sur les plateaux de tournage. Elle donnait des cours d'histoire et d'anglais. On a vécu dans une cité bordélique, des étrangers parmi d'autres étrangers, ce que j'ai toujours trouvé joyeux. J'ai failli mal tourner. *J'ai* mal tourné. Mais Lauren ne m'a jamais laissé tranquille. Elle venait d'une famille bourgeoise. En vieillissant son côté hippie rebelle l'a un peu lâchée, et elle s'est mise à repenser à l'avenir. La médecine, c'était son idée à elle, comme si elle réalisait ses propres ambitions à travers moi. J'ai réussi. Mais nous avons toujours conservé une distance, presque une manière de nous affronter. On s'appelle d'ailleurs par nos prénoms. Il paraît que j'ai hérité de sa silhouette longiligne. De ça, et de son côté tête de mule.

– Je répète : comment m'as-tu trouvé ?

– Par une connaissance.

– Qui ?

– Peu importe, élude-t-elle. Tu vas bien ?

Je bats lentement des cils.

– Lauren, cette conversation est un brin surréaliste.

Elle finit son cognac d'un trait.

– Ce qui est surréaliste, Christian, c'est que tu m'appelles il y a six mois – alors qu'on ne se parle jamais – pour m'annoncer que tu arrêtes tout. Que tu es devenu agoraphobe. Que tu as déménagé. Que je ne dois rien dire à ton père. Et que tu ne m'appelles plus ensuite. *Ça*, c'est surréaliste.

– J'étais ivre.

– J'avais compris.

– Parce que tu bois toi-même ? fais-je en désignant le verre.

– Seulement quand j'ai besoin de courage.

– Le courage de quoi ?

Elle sort une boîte de son sac et la place devant moi.

– Je t'ai apporté ses cendres. Ce n'est qu'un échantillon. Une petite urne. Tu ne pouvais pas venir. Alors je suis passée te la remettre.

Aucune trace de méchanceté, ni de sarcasme.

L'émotion me submerge tout d'un coup. Des images de papa me reviennent en rafale. Je me mords l'intérieur de la joue pour demeurer impassible.

– Je ne t'en veux pas, dit-elle. C'était une belle crémation. Plein de ses amis du cinéma sont venus. Je sais que tu l'aurais fait, si ça avait été possible.

– Comment… Comment il est mort ?

– Tu le sais. Un accident de la route.

– Rien d'autre ?

Elle soutient mon regard. Toujours le sourire inversé.

– Si.

– Raconte.

– Inutile de te perturber avec ça.

– Je ne suis pas perturbé. Je suis malade.

– Bien. Comme tu voudras.

Elle replace une mèche de ses cheveux argentés derrière son oreille.

– Un soir, je discutais avec ton père, il a fini par me tirer les vers du nez à ton propos. Quand il a compris que tu n'allais pas bien, il a décidé de monter te voir. Dieu sait qu'il n'aimait pas l'autoroute. Il nous a fait cent fois le coup, lorsque nous allions en vacances, il fallait toujours qu'il emprunte la route la plus longue et…

– Maman.

Elle sursaute presque en m'entendant l'appeler ainsi.

– Bref… il a pris cette fichue nationale. La nuit. Alors qu'il n'y voit rien. Il a heurté une voiture. Ou bien c'est l'autre qui l'a heurté. On ne sait pas. Mais la sienne s'est écrasée contre un arbre. D'après les gendarmes, il est mort sur le coup.

– Et c'est tout ?

– Oui.

– L'autre conducteur ?

– Il a pris la fuite.

Je m'efforce de digérer ces informations.

– Donc, il y a bien un responsable.

– Je te l'ai dit, c'était un accident.

– On a une piste pour le salopard en cause ?

– Pas que je sache.

– Et ça ne te fait rien ?

– Si. Bien sûr.

Je me lève. J'ai envie d'exploser.

– Comment peux-tu réagir ainsi ? Tu as l'air carrément… pimpante ! Et c'est quoi ces changements, ton visage, tes fringues ?

Elle regarde ses vêtements, désarçonnée, puis se reprend en bredouillant un peu.

– Tu me juges sans savoir, Christian. Mais je te le répète : je ne t'en veux pas. Parce que cette dureté, cette muraille que tu t'es construite, cette tendance à la solitude, c'est de moi que tu les tiens. Ça a toujours été mon caractère…

Je serre les dents, tandis qu'elle reprend avec plus d'assurance.

– Je sais ce que tu endures. Ton sentiment d'impuissance. Le fait de ne pouvoir te confier à personne. D'être seul…

Elle tend sa main vers moi.

– Tu dois te faire aider.

– Pas question.

– Demander de l'aide est synonyme de force.

Sa paume effleure ma joue.

Je me détourne.

Elle retire sa main.

Il y a un long silence durant lequel elle baisse la tête.

– Je ne vivais plus avec ton père. Depuis un an déjà. C'est moi qui l'ai quitté. Il voulait te l'annoncer en face. Maintenant tu sais.

Puis elle se lève et sort.

Je me rends jusqu'à la porte et l'accompagne du regard. Elle franchit la grille. Dans la rue, une grosse berline noire aux vitres teintées l'attend, le moteur en route, ronronnant comme un avion. L'engin fait carrément tache au milieu des vieilles pierres du village. Ma mère ouvre la portière arrière et monte à l'intérieur. Il y a quelqu'un d'autre. Une silhouette sombre que je distingue à peine. Pourtant je peux sentir sa présence. Ses yeux rivés sur moi.

Un frisson puissant, inexplicable, me parcourt l'échine.

Puis la portière se referme.

Et la voiture s'en va.

13

Audrey roule sur la route forestière, concentrée, le buste penché en avant, le pied écrasé sur l'accélérateur. Voûte des arbres qui défile. Alternance de bandes noires et orange, comme les rayures d'un tigre.

– Que dit le GPS ?

– Cinq bornes, dit Florian en consultant son portable.

– On y sera quand ?

– Vingt-deux minutes.

– Je peux y être en quinze.

La voiture bondit sur un dos-d'âne et retombe sur la route mal goudronnée. Florian s'agrippe au siège.

– Vas-y mollo.

– Au contraire. Je veux aller vite.

Audrey rétrograde.

– J'ai bloqué tous les transports. Y a la télé sur place. Luz attend mon avis. Si ce n'est pas une affaire criminelle, si je me suis plantée…

– Tu ne t'es pas plantée. Fais juste attention aux…

Un randonneur sort du sous-bois. Audrey fait une embardée et l'évite de justesse. L'homme crie, poing en l'air.

– … aux promeneurs, termine Florian.

– J'avais vu. J'ai rétrogradé.

D'Apremont pousse un grognement.

– Moi aussi, je suis nerveux. Je déteste la barbaque. Cette pauvre fille, on aurait dit un insecte écrasé. Quand je pense à ce qui nous attend sur les rails, il vaudrait mieux qu'on relâche un peu la pression…

Audrey ne répond pas, mais elle décélère. Deux kilomètres. Ils tournent à gauche. Un de plus, et ils obliquent à droite. La forêt les enserre, de plus en plus proche.

– Au prochain carrefour, prends la route forestière des Tombes, dit Florian.

– Sans blague.

– C'est le nom sur la carte.

Ils s'engagent sur un chemin cahoteux et parcourent un demi-kilomètre dans la voiture qui tressaute, avant d'apercevoir une trouée dans la verdure.

– Voilà l'endroit, dit Audrey.

Ils s'arrêtent. Descendent. Font quelques pas et atteignent une sorte de quai minuscule, une petite esplanade rectangulaire en béton à laquelle on accède par deux marches. La voie ferrée est là, sans le moindre grillage et parfaitement accessible. Il n'y a personne, juste des arbres dont les cimes oscillent dans le vent frais, semblables à des géants échangeant des murmures.

– C'est le coin que j'avais remarqué sur la carte d'état-major, dit Audrey. On y voyait cet endroit. C'est un îlot d'entretien. Je me suis dit que ça serait idéal.

– Pour ?

– Jeter un corps et simuler un suicide.

Elle désigne les rails.

– J'aperçois un truc rose.

– Merde, dit Florian. Je crois bien que c'est une jambe.

Il lâche un soupir.

– Bon, c'est bien ici. On s'y colle ?

– Attends, dit Audrey. Avant de piétiner les indices, on doit réfléchir. Ce qu'on voit là, c'est la fin de l'histoire. Moi je veux le début. Les étangs.

– Ils sont à combien de distance ?

Elle examine la carte.

– Trois cents mètres, à vol d'oiseau.

– OK, dit Florian. Disons que la fille est morte noyée.

– C'est certain.

– Comment son cadavre est arrivé jusqu'ici ?

– On l'a transporté, bien sûr.

– Genre, à la pleine lune, dans un coffre de voiture, sur le chemin des Tombes ?

– Sinistre.

– Grave sinistre.

Audrey observe la forêt alentour.

– Ou bien à pied. Sur le sentier qu'on voit là-bas.

Elle s'approche de l'endroit en question.

Et s'arrête net.

– Regarde, un morceau de vêtement s'est accroché aux branches. Y a un autocollant dessus. Une citrouille.

*

Ça fait maintenant plusieurs minutes qu'ils marchent dans les bois. Au début, c'était facile, il suffisait de suivre le chemin. Mais les conditions ont changé. Il n'y a plus de vent. L'air est froid. Et du brouillard se forme.

Audrey sait que ce phénomène est dû à la proximité des étangs, à cause de la différence de température entre l'eau et l'air. Lorsqu'elle fait du *paddle*, elle trouve ça beau. Mais pas aujourd'hui. La visibilité réduite rend leur progression incertaine.

Les arbres ont pris la teinte des ecchymoses. La végétation dense a tissé un canevas filandreux, comme un réseau d'artères.

– Encore un bout de tissu.

Elle montre le fragment sans y toucher.

– Planté sur un buisson de roses, observe-t-elle. Bien visible.

– Le corps aurait été transporté tout du long ?

– C'est probable.

Elle se retourne vers d'Apremont. Le jeune homme a l'air mal à l'aise, occupé à décrocher son gilet des ronces.

– Un problème ?

– Ouais, dit-il en arrachant le tissu. Je suis flic en milieu urbain, moi. Mon truc, c'est le bon gaz carbonique. Si j'avais voulu être garde forestier, j'aurais fait une autre carrière !

– Regarde plutôt là-bas. Y a un ballon orange.

Ils atteignent un plan d'eau. Le ballon est accroché à mi-hauteur d'un arbre. Il flotte entre les voiles de brume, tel un fanion sinistre. Au-delà, un chemin étroit s'éloigne.

– C'est ça, les étangs ? demande d'Apremont.

– Non, dit Audrey en rangeant la carte dans sa poche. Juste un trou d'eau. Les étangs sont plus loin.

Elle observe le décor.

– Mais c'est ici que ça s'est passé.

– La noyade ?

– Le meurtre.

C'est la première fois qu'elle emploie ce terme. Ça fait un moment qu'elle y pense.

– La fille a dû arriver en voiture là-bas, par l'autre chemin, où est accroché le ballon. On voit encore de grosses traces de pneus. Et ici, au milieu des nénuphars, c'est l'endroit où elle est morte.

– Comment peux-tu en être sûre ?

– Je n'en suis pas sûre. Mets des gants.

En moins d'une minute, ils découvrent le parpaing et la corde. Quelques instants plus tard, la paire de pinces. Et pour finir l'unique escarpin. La chaussure est à bout ouvert. L'intérieur est rempli de sang coagulé.

– Mon Dieu, dit Florian, qu'est-ce qui s'est passé ?

Le visage d'Audrey reste de marbre.

– Je ne peux que faire des suppositions. Mais d'après moi, le parpaing et la corde ont servi à la maintenir sous l'eau. Quant à la pince, c'était probablement un instrument de torture. La pauvre a dû passer un moment horrible. Et quand elle est morte, on a traîné son cadavre pour le jeter sur la voie.

Audrey s'éloigne, écartant les herbes de ses doigts gantés.

Florian l'observe.

– Qu'est-ce que tu cherches ?

– Il y a un truc qui cloche.

– Lequel ?

– Tout. Il y a trop d'indices.

Elle se fige, puis lève la main, sans cesser de regarder le sol.

– Appelle Luz. Qu'elle joigne le proc. On prend l'affaire. Si les gendarmes veulent nous mettre des bâtons dans les roues, on négocie. On rapatriera tous les éléments à l'IRCGN[1]. Mais c'est nous qui gérons l'enquête.

– Tu peux me dire ce qui se passe ? demande Florian.

Elle se tourne vers lui.

– Il savait qu'on viendrait.

– Qui ?

– Réfléchis… Le cadavre mouillé, le nénuphar placé dans les cheveux, comme par hasard, l'esplanade en béton parfaitement repérable au bord des rails, le chemin pour nous amener jusqu'ici, les indices semés dans les ronces, jusqu'au ballon orange. Tu ne vois pas ? On n'a fait que suivre ses petits cailloux. Le meurtrier a tout fait pour qu'on découvre son crime. Et cet enfoiré se fout carrément de notre gueule !

– Comment tu le sais ?

La voix d'Audrey vibre de colère contenue.

---

1. IRCGN : Institut de recherche criminelle de la gendarmerie nationale, dans le Val-d'Oise.

– Parce qu'à mes pieds, il y a un carton. Et un gros orteil sectionné, plein de sang. Il s'en est servi pour faire un dessin. Et il a posé ça là, bien en évidence.

Elle se tourne vers lui.

– Il nous a dessiné un grand sourire de bienvenue, Florian. Un putain de smiley.

14

Mon téléphone sonne.

Djay.

– C'est pas smiley ! dit-il.

– Quoi ?

– Pizza avec smiley dessus. Tu demandes. Alors je cherche.

Je change mon téléphone d'oreille. Ce n'est déjà pas facile de mener une conversation avec mon Pakistanais quand on discute face à face. Alors à distance…

– Tu as découvert quelque chose, Djay ?

– Oui-oui !

Il rit. Il a l'air content.

– Et c'est quoi ?

– Bouclier !

Je pince la racine de mon nez entre mon pouce et mon index.

– Désolé. J'y comprends rien.

– Ça ressemble à pizza. Mais c'est pas pizza, c'est bouclier !

J'entends des bruits dans le téléphone, puis il ajoute :

– Attends. Je montre.

Je patiente quelques secondes. Le réseau ne capte pas très bien à Saint-Prix. J'ai parfois l'impression que ce village n'est pas niché sur les hauteurs de la vallée, mais au cœur d'une forêt profonde.

Un « ding » résonne. Mon portable m'envoie une notification. J'ai reçu une photo.

– Regarde ! fait Djay.

J'éloigne l'appareil, appuie sur « messages ». J'agrandis le cliché.

C'est un dessin. Le symbole est identique à celui que j'ai vu par la fenêtre de Yesfir Fammous durant notre conversation nocturne. J'étais persuadé qu'il s'agissait d'une pizza. J'en ai logiquement déduit que j'avais affaire à l'enseigne lumineuse d'un restaurant. Mais ce n'est pas ça.

De loin, l'image ressemble à un grand rond jaune, avec une périphérie rouge. La partie jaune contient plusieurs lignes noires irrégulières, des taches rouges semblables à du pepperoni, et deux traits blancs comme des oignons.

Sauf que le pepperoni représente des yeux. Les traits blancs, du maquillage. Et les traits noirs forment des sourcils en haut, et un sourire en bas.

Il y a également plusieurs petits traits noirs, de part et d'autre, comme les moustaches d'un lion ou d'un tigre. D'autres taches rouges, purement décoratives, ajoutent à la confusion. De loin, on dirait vraiment une pizza.

– C'est bouclier ! répète Djay, très excité.

– Comment ça ?

– Pour combat ! Arts martiaux !

– Où est-ce que tu as trouvé ce truc ?

– Pas loin ! Pas loin !

Son excitation commence à devenir communicative.

– Attends, dis-je. Où exactement ?

– Je te montrer !

J'active le mode haut-parleur.

Un autre « ding ».

Nouvelle photo.

Cette fois il s'agit de l'enseigne elle-même. Mon cœur pique une accélération. Djay a capturé l'image. Donc il a trouvé l'endroit. La photo est prise de jour et l'enseigne n'est pas éclairée, mais je la reconnais, c'est bien elle. Elle est accrochée au premier étage d'un petit bâtiment lépreux, avec des coulées de moisissures qui descendent de la toiture. Il y a une rangée de fenêtres. La plus proche de l'enseigne est entrebâillée. Je peux voir les rideaux derrière.

Tout colle.

– Bon sang ! Où est-ce que tu l'as prise ?

– Ici ! annonce la voix du Pakistanais dans le haut-parleur.

DING.

Une image de plus. Photographiée d'un peu plus loin.

Je vois le bâtiment entier. Au rez-de-chaussée, sous l'enseigne, il y a un petit magasin d'accessoires sportifs. Le panneau dit :

DRAGON SPORTS
Tactical Games, Airsoft, Arts Martiaux
Déstockage au meilleur prix !

J'aperçois plusieurs boucliers jaunes en vitrine. J'effectue un agrandissement avec deux doigts. « Boucliers traditionnels pour combat synchronisé », disent les lettres en gros caractères sur la vitre. J'éloigne la photo. À droite, il y a un restaurant japonais de sushis, le genre bas de gamme avec des chaises en plastique. Plus loin, une gargote italienne à la devanture racoleuse surchargée de néons. Des petits restos tels qu'on en trouve dans toutes les banlieues populaires.

Je commence à comprendre.

DING.

Encore une photo.

– Beaucoup de magasins ici, explique Djay. Je passer tout à l'heure. Alors je prendre des photos pour toi. C'est bien ?

Il a pris un cliché de l'avenue. Effectivement, je connais l'endroit : je m'y suis rendu à de nombreuses reprises à l'époque où je n'étais pas encore agoraphobe. La Patte-d'Oie d'Herblay. L'une des plus anciennes zones d'activité du Val-d'Oise. Elle longe la départementale 14 et s'étend en réalité de Franconville à Pierrelaye, et au-delà jusqu'à Cergy. On y trouve de tout : magasins de meubles, cheminées, cuisinistes, supermarchés de bricolage, et très peu de logements. La plupart ont été absorbés par les magasins d'usine et les entrepôts de banlieue. J'ai dû passer devant Dragon Sports des dizaines de fois sans y prêter attention... À part l'enseigne, qui est restée imprimée dans un coin de ma tête.

– Oui, Djay. C'est très bien.

La personne qui m'a contacté la nuit, et qui prétend connaître la vérité à propos de la mort de mon père, habite à six kilomètres de chez moi.

15

Audrey commet l'erreur sans s'en rendre compte.

Malgré le brouillard épais, elle décide de fouiller les buissons alentour à la recherche de nouveaux indices. Elle suit un sentier, puis un autre. Le temps qu'elle se décide à admettre la situation, il est trop tard.

Elle remue les feuilles sur le sol.

– Je crois qu'on est perdus.

– Quoi ?

– Le sentier n'est plus là.

– Tu plaisantes ?

– Ce n'est pas grave. Nos téléphones captent et j'ai l'application boussole. On va tenter de revenir jusqu'au plan d'eau. On va retrouver une route. Il y en a plein.

La vérité, c'est qu'Audrey est convaincue d'être sur une affaire hors normes, et qu'elle n'avait pas la patience d'attendre la police scientifique. Elle a voulu quadriller le secteur toute seule et s'est laissé emporter par son enthousiasme.

Maintenant elle s'en veut.

Durant une minute ou deux, ils progressent au milieu des arbres sans échanger un mot. Le temps s'étire. Puis Audrey s'arrête.

– Qu'est-ce que tu fiches ? dit Florian.

– Chut, dit-elle en levant la main.

Elle se remet à marcher, puis s'arrête de nouveau, l'oreille tendue. Elle se retourne. D'Apremont est là, enveloppé de brume, à deux mètres à peine. Au-delà, il n'y a rien d'autre que de la grisaille.

– Tu as entendu ?

– Non.

– On dirait que quelqu'un avance en même temps que nous.

Florian hausse les épaules. Une branche craque. Audrey remet son téléphone dans sa poche.

– Je ne suis pas parano, dit-elle, mais il vaudrait mieux…

La fin de sa phrase reste coincée dans sa gorge.

Il y a quelque chose derrière le buisson le plus proche. Elle peut voir une silhouette. Une tête noire.

Avec, au centre, deux yeux qui l'observent.

Soudain un éclair jaillit. S'élève dans les airs. Et s'abat.

TONK !

Audrey ressent l'onde de choc dans ses jambes. Comme la vibration produite par une bûche qui tombe. Un cri. Elle se retourne. Flot rouge. C'est d'Apremont. Ses mains sont rassemblées sur son visage. Du sang gicle de sa tête. Un jet vif, que ses doigts peinent à contenir. Il coule entre ses sourcils et vient tacher son gilet. Il hurle. Les yeux de Florian roulent dans leurs orbites. Puis il s'effondre.

Audrey a contemplé la scène comme si elle se déroulait au ralenti, privée de bande-son.

Puis, sans prévenir, le son revient.

– … AAACHHHHEEE ! hurle Florian.

Son collègue est tombé dans les feuilles. Il bouge les bras et les jambes. Il braille comme un veau.

Mon Dieu, songe Audrey, il est toujours vivant.

Comment est-ce possible ?

– UNE HACHE !... IL A UNE PUTAIN DE HACHE !

L'arme siffle à nouveau, visant cette fois sa tête à elle. Audrey a le temps de voir l'homme qui la manie : il dépasse à présent du fourré, c'est un colosse, vêtu d'une combinaison dotée de protections métalliques, et d'une cagoule pour masquer son visage. Elle a également le temps de réaliser, pendant la seconde durant laquelle elle se jette à terre, que le manche de l'arme est aussi long qu'une lance, et que l'énorme lame va certainement la sectionner en deux.

Mais cela ne se produit pas.

L'instrument passe en vrombissant au-dessus d'elle, tandis que sa tête heurte le sol sous les feuilles. Elle est sonnée. Sa lèvre est fendue. Le goût du sang la rappelle à l'ordre : elle doit se relever. Ou l'autre les massacre. Elle prend appui sur ses mains. Le bruit d'une course et des branches qui craquent la force à se retourner. Leur assaillant s'enfuit. Il disparaît dans la brume.

– Merde ! dit Audrey.

C'est tout ce qui lui vient.

– J'ai rien.

– Quoi ?

Florian s'assoit, une main plaquée sur le front. Il ne saigne presque plus.

– Ce connard m'a fendu l'arcade.

– Mais le bruit...

– Sa hache a frappé la terre.

Derrière ses doigts, la plaie mesure plusieurs centimètres. D'Apremont a l'air plus furieux que mourant. Audrey considère tour à tour la blessure et la direction dans laquelle s'est enfuie la silhouette.

– Fonce, grogne Florian.

– Tu rigoles ? Je te laisse pas seul !

Il plisse les paupières.

– Putain… Nique cet enfoiré.

Audrey se redresse.

Puis elle s'élance.

*

Elle court à travers la forêt, ignorant les branches qui la fouettent.

Chaque foulée est une nouvelle prise de risque. Le moindre écart peut lui briser la cheville. Elle ne ralentit pas. L'adrénaline inonde son organisme, son cœur bat à cent quarante pulsations minute, elle n'éprouve ni peur, ni douleur, ni fatigue. Juste de la haine et l'envie de rattraper l'autre. Elle ne sort pas son arme, ce n'est pas le moment de la perdre. Mais elle sent le poids du Glock à sa ceinture.

S'agit-il du meurtrier ? Était-il tapi là, à guetter l'arrivée des flics ? Ou est-ce une rencontre fortuite ? Des images de film d'horreur avec des cannibales arriérés piégeant les touristes dans les bois défilent dans sa tête.

Ton esprit est embrouillé, lui signale une zone de son cerveau. *Rien à foutre. On a un flingue*, lui répond une autre.

Nique cet enfoiré.

– Arrêtez-vous ! hurle-t-elle. Police !

Évidemment ça ne fonctionne pas. L'autre court toujours devant. Elle ne le voit pas, à cause de la brume, mais elle peut l'entendre. Ses pas sont lourds. Il peine plus qu'elle. Sa tenue étrange doit freiner sa course. Audrey est plus légère, avec ses jeans baskets.

Combien de temps s'écoule, trente secondes ? Deux minutes ? Elle n'en sait rien. Son souffle devient régulier. Elle perçoit l'odeur de la terre, le froissement des végétaux, les battements dans ses tempes. Peu à peu, sa colère reflue.

Il est temps de ralentir. Surtout qu'elle n'entend plus courir son adversaire.

Soudain la brume s'éclaircit.

Et le château est là.

*

Elle n'en croit pas ses yeux.

Deux tours blanches. Des gargouilles. Une balustrade. La bâtisse étroite vient de jaillir du brouillard. Plus près, sur la droite, il y a un bâtiment. Sans doute une ancienne écurie. Elle voit plusieurs box, ils sont ouverts, donnant chacun sur la pénombre. Il flotte une odeur animale mais aucune bête n'est en vue.

Audrey dégaine son Glock 17 et le place devant elle à hauteur du visage, puis s'avance lentement en balayant les ouvertures.

Son haleine forme de petits nuages dans le froid. Son cœur cogne furieusement.

Si elle portait un gilet pare-balles, elle se tiendrait de face pour offrir la cible la plus large possible et profiter ainsi de la protection offerte par le gilet. Là, elle s'avance de profil. De toute façon, un gilet serait-il efficace contre un coup de hache ? Elle en doute.

Elle n'a pas ôté la sécurité. Le pistolet est là pour servir de menace. Il n'y a que dans les films débiles qu'un flic tire dans tous les sens.

Elle avance vers le premier box.

– Il y a quelqu'un ?

Sa voix semble avalée par l'obscurité.

– Attention, je suis armée ! prévient-elle.

Un craquement à l'arrière. Elle se retourne.

Avec un cri rauque, l'homme émerge d'un fourré et la charge comme un taureau, tête baissée en avant, la pointe de sa hache vers le bas.

Elle l'esquive. Elle ne sait pas comment.

Il se retourne et remonte les bras comme s'il maniait une pelle. Sa lame fend l'air de bas en haut. Audrey se décale une fois de plus. Au lieu d'être éventrée du nombril au sternum, elle sent un souffle d'air passer sur sa joue.

Elle pousse un cri. Il grogne. Tout cela forme un ballet rapide, irréel.

Elle lève la main pour ajuster son tir. Il projette la pointe de sa hache en avant. Un coup d'estoc. Elle recule. Trop tard. Il n'a pas cherché à l'embrocher, c'est une ruse. D'un moulinet habile, le manche de l'arme frappe son poignet. Le Glock s'envole. L'homme pivote aussitôt sur sa jambe gauche et, de la droite, lui assène un coup de pied fouetté dans le ventre. La protection métallique de son tibia s'enfonce dans les côtes d'Audrey avec un craquement sinistre. Elle tombe à terre, des éclairs devant les yeux, tandis que l'air s'extirpe de ses poumons.

Elle lutte pour retrouver son souffle. Il s'approche, la retourne du bout du pied et pose tranquillement sa chaussure sur sa tête pour la maintenir au sol. Puis il applique le tranchant de sa hache sur sa gorge.

Audrey ne bouge plus.

La semelle lui écrase le crâne. Elle sent la lame. Elle voit le fer. La longue hampe, et tout au bout, elle le voit lui. Immense et sombre. On dirait un pont-levis sur le point de s'abattre.

Puis sa vision se brouille.

Quand Audrey rouvre les paupières, il n'est plus là. Elle est pourtant certaine de ne pas avoir perdu connaissance plus de quelques secondes. Elle se remet péniblement debout, haletante, une main coincée contre le ventre. Son cuir chevelu lui fait mal. Elle a envie de vomir. Elle ne le fait pas. Inexplicablement, son pistolet est toujours là, par terre. Elle ramasse le Glock, ôte la sécurité et fait monter une cartouche dans la chambre.

Son esprit est enveloppé d'un voile rouge.

Finis les avertissements.

Elle entend des voix, plus loin. Elle contourne le château.

Il est carré, et comporte non pas deux tours, mais quatre. Sa base n'est pas plus grande qu'une maison.

Elle émerge de l'autre côté. Le brouillard se lève. Il y a un lac.

Elle a juste le temps de les voir : deux groupes composés d'une douzaine de personnes chacun. Ils portent les mêmes combinaisons, les mêmes protections métalliques. Des casques pour la plupart, et des cagoules noires en dessous. Tous sont armés de haches – des hallebardes, elle se souvient à présent du nom.

Puis les deux meutes brandissent leurs armes.

Et la chargent en hurlant.

16

J'annule toutes mes consultations en ligne de l'après-midi. Il faut que je réfléchisse.

Je passe et repasse devant la table de la cuisine. J'ai disposé l'opium d'un côté et les comprimés de codéine de l'autre, comme sur les deux plateaux d'une balance. Je m'arrête de marcher, lève ma main et la regarde trembler. Si je prends la codéine, je temporise. Si je prends l'opium, je sombre dans le bonheur et tous mes soucis s'envolent. Cette situation, d'après la classification du DSM5[1], s'appelle le *craving*, autrement dit l'envie irrésistible de prendre de la drogue. J'ai déjà fait ma propre évaluation sur une fiche patient. En plus de *craving*, j'ai coché les cases « abandon progressif des autres activités quotidiennes », « persistance de l'usage de la drogue malgré les difficultés que cela engendre », « mise en situation dangereuse » et « apparition de symptômes de sevrage ». Je suis ainsi arrivé à 5 points, ce qui me classe à un point seulement d'« addiction sévère ».

Sévère ? Sans déconner. Comme si je ne le savais pas.

Dois-je préciser que l'agoraphobie ne fait pas partie des symptômes, et se rajoute au problème ?

---

1. *Diagnostic and Statistic Manual*, 5e édition, de l'Association américaine de psychiatrie : l'une des références incontournables pour l'évaluation des troubles mentaux.

J'avale les comprimés avec un verre d'eau, puis balance rageusement l'opium au fond d'un tiroir.

Il faut que je m'active.

Je fonce au garage.

Il y a quelque temps, je me suis fait livrer l'un de ces tapis de course dernier cri. Il peut se connecter à votre tablette numérique pour visualiser les parcours. Il y a même un petit ventilateur pour vous rafraîchir la figure et simuler le vent. Pour l'instant, c'est tout ce que j'ai trouvé pour remplacer une véritable balade.

Je règle la vitesse du tapis sur sept kilomètres-heure et démarre le programme sur ma tablette. Le parcours que j'ai choisi suit une route touristique de l'archipel d'Hawaï. Tandis que les paysages verdoyants de Hāna Highway défilent, mes pieds frappent le tapis roulant et les mouvements de mon corps passent par plusieurs phases, d'abord désordonnés, ensuite douloureux, et finalement agréables. Au bout d'une trentaine de minutes, les endorphines que je fabrique et la codéine que je viens d'absorber font leur boulot, et je parviens à me détendre un peu.

Bien. Maintenant que mon corps me lâche la grappe, tâchons de remettre de l'ordre dans mes idées. Elles sont assez simples.

Petit a : mon père est mort dans un accident. Petit b : ma mère vient de m'avouer qu'il a été percuté par une voiture et que le coupable s'est enfui. Petit c : un inconnu m'a contacté par messagerie et prétend en savoir plus. Cet inconnu semble mentalement dérangé, certes. Mais moi, petit d : je viens de découvrir où il habite.

Quand mon père est mort, il y a eu quelques articles dans la presse locale et les journaux de cinéma. Certains de ces articles mentionnaient mon nom. Partant de là, il était facile de me retrouver sur le site de consultations en ligne. Il suffisait de taper « docteur Kovak » dans n'importe quel moteur de recherche.

Qui est ce dingue qui m'appelle ? Sait-il réellement quelque chose ? Est-il dangereux ? Je n'en sais rien. Mais à ce stade, quelqu'un de raisonnable appellerait les flics.

Essayons.

Sans cesser de courir, je donne quelques ordres à voix haute à l'*Assistant personnel intelligent* inclus dans ma tablette (c'est comme ça qu'on dit aujourd'hui, même si parler à une machine me fait me sentir surtout idiot et seul, plutôt qu'assisté et intelligent). La route d'Hawaï disparaît et une application de messagerie la remplace. Je dicte un SMS pour Lauren Kovak, m'excuse pour ces retrouvailles ratées, et lui demande les coordonnées de la gendarmerie qui enquête sur la mort de papa. Lauren m'envoie la réponse quelques minutes après : « Les voici. J'espère que tu vas aller mieux. »

Ma mère ne me fait pas la gueule, c'est déjà un point positif.

Je réduis ma vitesse de course à trois kilomètres-heure, et demande à l'Assistant personnel de composer le numéro. J'aime bien parler tout en marchant.

– Gendarmerie ? Christian Kovak. Le fils d'Anton Kovak.

– Qui ?

– Le véhicule percuté. Il y a eu délit de fuite.

Je rappelle la date et les circonstances.

– Veuillez patienter, dit la voix.

Une musique de Vivaldi la remplace, puis :

– Quel est votre nom ?

Je redonne mon identité.

– Et vous appelez pour quoi ?

– Je viens de vous le dire.

– Je ne suis pas le même interlocuteur.

Je répète tout depuis le début, en ajoutant cette fois que j'ai peut-être une piste.

– Une piste ?

– J'ai reçu un coup de fil anonyme.

– Mmm.

– Pas vraiment un coup de fil, en fait. Une communication par webcam.

– Une webcam.

– Je consulte en ligne, et… bref. C'était étrange. La personne m'a dit que mon père a été assassiné.

– Assassiné.

– Vous comptez répéter tout ce que je dis ?

– Ne le prenez pas sur ce ton, monsieur. J'essaye juste de comprendre.

– Pardon, désolé si je suis nerveux. Je sais où cette personne habite. Je me disais que vous pourriez aller voir chez elle. Pour l'interroger.

Un blanc. J'arrête complètement mon tapis de course.

– Allô, vous êtes toujours là ?

– Oui, dit la tablette. Résumons-nous. Vous êtes le fils de la victime, et vous avez des soupçons. Mais en réalité, vous n'êtes sûr de rien.

– Je sais, raconté comme ça, c'est bizarre.

– Effectivement.

– Bon. Mais je fais quoi ?

– Commencez par déposer plainte, ou une main courante.

– Je dois venir ?

– Oui.

– J'habite Paris, vous êtes en province.

– Allez à la gendarmerie la plus proche.

– Et si je ne peux pas me déplacer ?

– Comment ça ?

– Physiquement. Si je suis malade.

Un soupir monte de la tablette.

– Écoutez, monsieur Kovak, si vous avez quelque chose de sérieux à nous dire, nous serons ravis de vous entendre. Sinon, évitez de nous déranger pour rien.

Et ça raccroche.

Je regarde la tablette.

– Assistant ! Rappelle ces enfoirés !

– Ce n'est pas très sympa, commente l'Assistant personnel intelligent.

Je réprime l'envie d'écraser la vitre d'un coup de poing. En même temps, je peux comprendre, il a fallu des années pour rendre les services administratifs accessibles aux fauteuils pour handicapés, alors avant qu'on gère les agoraphobes…

Je chope une serviette et m'éponge le front. Je transpire, et pas seulement à cause de l'effort. Le tremblement m'a repris.

Que puis-je faire d'autre ? Je n'ai pas envie d'appeler Wang, ni d'autres personnes d'Évangile, pas question qu'Audrey débarque ici. Et je ne veux pas attirer d'autres policiers chez moi, pas avec ma tronche, il suffirait qu'ils fouillent pour que je me retrouve en cabane.

Bon sang, l'adresse n'est qu'à six kilomètres, je suis sûr qu'il y a quelque chose à découvrir !

Qu'est-ce que tu vas faire, mon petit Kovak ? Et si tu avais un problème grave, hein ? S'il fallait t'opérer de l'appendicite en urgence, tu resterais là à crever sur place ?

Le problème, je m'en rends bien compte, n'est pas seulement de satisfaire un élan de curiosité. Le problème est de ne pas finir emmuré vivant dans ma propre maison.

– Assistant personnel ?

– Que puis-je pour vous, Chris ?

– Appelle-moi un Uber.

Douze kilomètres aller-retour. Juste un coup d'œil et je reviens. Ce n'est pas la mer à boire. Je n'ai jamais tenté le coup dans une voiture avec chauffeur, mais si je ne pense pas au parcours, si je reste concentré sur un écran, ça doit être possible.

Je cours m'habiller.

– Assistant, mets la chaîne d'informations en continu. Passe-moi le direct. Mets le son plus fort.

Du bruit. Des images. Saturer mon cerveau. Ne pas réfléchir.

Le temps de passer quelques fringues, la voiture est là. Je sors sur le perron. C'est facile. Je n'ai qu'à monter à l'intérieur. J'avance jusqu'à la grille, ma tablette serrée sous le bras. Le chauffeur vient m'accueillir. Je tremble comme une feuille.

– Ça va ? demande-t-il.

– Oui.

Je m'installe sur la banquette. Il referme la portière. Je tremble encore plus. Je garde les yeux fixés sur la tablette, concentré sur l'émission, en essayant de ne pas penser à l'endroit où je me trouve. Le moteur démarre.

– Non ! dis-je. J'ai changé d'avis !

Je sors et regagne la maison en courant. Je referme la porte.

Merde de merde. Tu pars en vrille.

Je jette ma tablette sur le canapé et prends ma tête à deux mains.

Je ne peux pas sortir, je ne peux pas me droguer, je ne peux pas courir jusqu'à l'épuisement total. Il y a sûrement un moyen d'agir, Bon Dieu !

Et puis le son de cette tablette est insupportable !

... *Nouvel épisode de violence. L'enquête du RER D vire au drame. Alors que la ligne est toujours paralysée, une altercation avec un groupe de personnes aurait dégénéré, entraînant plusieurs coups de feu. Nous apprenons à l'instant le décès de la femme lieutenant de police chargée de l'enquête...*

– Assistant, éteins les informations !

Je réfléchis.

Ça y est.

Je viens d'avoir une idée.

17

Trois coups de feu claquent dans la forêt.

Florian d'Apremont sursaute.

Les sons provenaient de là-bas, au milieu du brouillard. À trois cents mètres maximum.

Audrey.

Il lâche le mouchoir sur son front et se met à courir.

Il pique un sprint, sautant au-dessus des arbustes, courant à travers les branches, s'égratignant sur les ronces sans pour autant ralentir le rythme. Il dégaine son flingue et arme la chambre. Des langues de brume viennent caresser son visage.

C'était quoi ? Tir de sommation ? Ou canardage en règle ?

Il s'arrête brusquement – il a failli se foutre à la flotte. C'est un petit cours d'eau, à peine plus large qu'un ruisseau. Il réfléchit aussi vite que possible. L'eau provient des étangs, il l'a vu sur la carte. S'il veut les atteindre, et sortir de la forêt, il suffit de remonter le courant. Ce n'est pas exactement la direction des tirs, mais d'un autre côté, s'il continue de courir au hasard, il risque encore de se perdre.

Il tend l'oreille. Plus aucun son.

Sa décision est prise. Il choisit le ruisseau.

Il court, galope même, longeant le cours d'eau le plus vite possible. L'écran de verdure se déchire d'un coup.

Nappe de marbre gris. Volutes de nuages bas. Comme un ciel inversé. C'est bien un lac, recouvert par la brume, et plus grand qu'il ne l'aurait cru. Voilà donc les fameux étangs.

Sous ses baskets, l'herbe a laissé la place à une route goudronnée. Celle-ci tourne et disparaît dans la grisaille, à droite et à gauche, en suivant les berges. À droite : des cris.

Florian serre la crosse de son arme et se remet à courir.

Le manoir émerge du brouillard quelques secondes plus tard. Incongru. Féerique. Au sommet, trois chevaliers de pierre contemplent Florian d'Apremont. À sa base, un chevalier bien réel émerge de la brume, un bouclier dans une main, une épée dans l'autre.

D'Apremont bat des paupières comme au sortir d'un rêve.

Puis le met en joue.

– Bouge plus, enculé !

L'autre se fige.

– Où est-elle ? dit-il.

D'autres silhouettes émergent. Ils sont quatre. Puis dix. Puis beaucoup plus.

Florian lâche un juron, s'essuie le visage, où sa blessure s'est remise à saigner, puis les aligne tour à tour, frénétiquement, dans le désordre.

– Reculez ! Reculez tous, putain, sinon je vous bute !

Il se met à hurler.

– AUDREY ! OÙ TU ES ?

– Je suis là, répond Audrey en émergeant du groupe.

18

Fourgon bleu de la gendarmerie nationale, porte coulissante ouverte sur le flanc. Florian d'Apremont est assis au bord, les jambes pendant dans le vide. Le lieutenant Valenti termine de lui enrouler un bandage autour du front, puis applique un sparadrap pour le fixer. Derrière elle, debout dans son armure, la main gauche appuyée sur un bouclier, un chevalier les toise d'un air arrogant. Il est petit, mais massif, dans les cent vingt kilos, avec un visage aux traits asiatiques. Un genre de chevalier sumo avec une barbe tressée enserrée dans un anneau.

Florian le fixe. La barbe ressemble à une queue d'écureuil. L'autre la lisse avec amour, comme un petit animal familier. Si ça ne tenait qu'à lui, Florian lui arracherait le bouclier et l'écrabouillerait avec, histoire de faire disparaître son petit sourire narquois.

– Tu peux me réexpliquer ? dit-il entre ses dents.

Audrey range la trousse de secours dans le camion.

– Je suis tombée sur une vingtaine d'entre eux, dit-elle. Deux groupes en train de se combattre. J'ai fait des tirs de sommation. Ils ont arrêté net. La gendarmerie de Chantilly est arrivée à ce moment-là, puis ça a été ton tour.

– Pas de bobos ?

Elle touche sa gorge et son thorax meurtris.

– Pas de leur part.

– Et l'autre enfoiré avec sa hache ?

– Introuvable.

– Ce n'est pas l'un d'entre eux ?

– Non. J'ai vérifié.

– C'est qui ces guignols ? demande Florian.

– Nous ne sommes pas des guignols, intervient le chevalier avec dédain. Nous pratiquons le béhourd. C'est un sport de combat médiéval. Un art martial noble et exigeant.

– Toi, on t'a pas sonné…

L'homme s'avance en bombant le torse.

– Pardon ? Êtes-vous un fonctionnaire de police, ou un crétin sans cervelle ?

Florian se lève.

– Qu'est-ce qu'il raconte, Kung Fu Panda ?

– Florian ! Stop !

D'Apremont se rassoit en grommelant.

Audrey se tourne vers le chevalier.

– Désolée. Mon collègue est impulsif.

– Un odieux personnage ! Il n'a aucun droit de…

– Mais il n'a pas tort. Taisez-vous. Contentez-vous de me répondre. Comment vous appelez-vous ?

– Jorge Tsarong.

– Et vous faites quoi dans la vie ?

– Professeur d'arts martiaux. Je suis ici avec mon club.

Audrey montre la trace rouge sur sa gorge et le bandage sur la tête de Florian.

– Très bien, monsieur Tsarong. Vous voyez ces blessures ? Ça s'appelle une tentative d'homicide sur personne dépositaire de l'autorité publique. D'après l'article 221-1 du Code pénal, ça rapporte trente ans de réclusion criminelle. On nous a attaqués à la hache.

– Nous ne sommes pas responsables.

– Il portait la même tenue. Il a failli me couper en deux.

– Impossible.

– Pourquoi ?

– Nos armes d'hast comportent des lames émoussées pour ne blesser personne. Les angles de percussion sont supérieurs à vingt millimètres, et les lames ont plus de deux millimètres d'épaisseur. Elles ne sont pas conçues pour trancher, mais pour infliger un choc.

– Il y avait pourtant ce gars dans la forêt.

– Eh bien, décrivez-le, dit Jorge Tsarong avec un sourire.

– Il était… très grand, hésite Audrey.

– Vous nous avez passés en revue. Est-ce l'un d'entre nous ?

Elle se tourne vers Florian, puis vers l'homme, de nouveau.

– Non. Je ne crois pas.

– Vous deux, en revanche, dit Tsarong en les pointant du doigt, vous avez déboulé l'arme à la main au milieu d'une rencontre sportive. Tiré des coups de feu. Terrorisé nos familles. Vous auriez pu blesser quelqu'un, vous vous en rendez compte ? C'est vous la menace, ici !

– Nous menons une enquête criminelle.

– Au château de la Reine Blanche ?

Audrey hésite une fois de plus.

– Dans la forêt voisine, depuis le chemin de fer.

Le professeur d'arts martiaux se lisse la barbe.

– Eh bien, voyez-vous, c'est très différent. Les étangs de Commelles font partie du domaine public. Mais le château est une propriété privée. Je vais donc vous demander de partir, en emmenant votre énergumène.

Florian se relève.

– Toi, j'ai bien envie de te secouer un peu.

Jorge Tsarong lui adresse un rictus.

– Encore faudrait-il en être capable, pas vrai ?

La main d'Audrey se pose sur le bras de Florian.

– On dégage.

– Quoi ?

– Je te dis qu'on y va.

Elle l'entraîne à l'écart.

– Il a raison. Notre scène de crime n'est pas ici. On ne sait rien à propos du gars qui nous a attaqués.

– Ce Tsarong est un menteur ! L'autre fait forcément partie de son club, il doit le couvrir !

– Sans doute, mais on ne peut pas les mettre en cause. Ils sont arrivés dans un bus familial vers 8 heures du matin, accompagnés de leurs gosses et de leurs épouses. Ils jouent les fanfarons, mais ils n'ont sûrement rien à voir avec notre histoire. Peut-être que l'un d'eux est allé pisser dans les bois, qu'on lui a fait peur et il a mal réagi ?

– Et s'il s'agissait du tueur ?

– Je ne crois pas, dit Audrey. Je me suis battue contre lui. C'était une brute. Il m'a fait penser à ces ultras qu'on gère parfois dans les manifs. Il voulait se bagarrer, montrer qu'il était le plus fort, se payer un flic peut-être, mais pas me tuer. À tout moment, j'aurais pu lui coller une balle. Il n'a jamais mesuré le risque. Ce qui fait de lui un crétin. Alors que pour torturer, noyer une fille, jeter son cadavre sous un train et planifier un jeu de piste, il faut être un psychopathe sacrément intelligent.

– Donc on nous tape dessus, mais on laisse courir ?

– On gère les priorités. Nuance.

Elle frotte ses côtes endolories.

– Pour le moment, on a besoin que nos techniciens ratissent tous les indices entre la voie ferrée et le marécage où cette fille est morte. C'est mon travail. Toi, tu files aux urgences, tu as besoin de points de suture.

Audrey s'assure que d'Apremont s'en va.

Elle l'a éloigné rapidement avant qu'il ne crée un esclandre.

Plus loin, des femmes et des enfants s'agitent sur le parking d'une petite auberge. Les gamins pleurent et les femmes s'énervent contre les gendarmes. Certaines d'entre elles sont déjà en train de filmer la scène, les portables braqués comme des armes de poing.

Audrey se détourne. Sinon son visage risque de se retrouver sur les réseaux sociaux, assorti d'insultes et d'incitations à la violence.

La télévision est arrivée. La même journaliste que tout à l'heure. Celle-ci lui lance un regard agressif, avant de se diriger vers les familles pour recueillir leurs protestations véhémentes.

Audrey préfère retourner dans la forêt.

Les feuilles écarlates bruissent à nouveau sous le murmure du vent.

Le reste de sa journée est fatigant. Elle le passe à accomplir des allers-retours entre les trois scènes, le trou d'eau, la voie ferrée et la gare, accompagnée des techniciens et de divers officiels. Le procureur de Senlis s'est déplacé en personne. Il a accepté de dessaisir les gendarmes de Chantilly, leur a demandé de finir leurs constatations puis de transférer les scellés et les pièces de procédure au groupe Évangile. L'autopsie aura lieu en début de semaine à l'Institut de recherche criminelle de la Gendarmerie nationale. Il n'y a pas eu de frictions, tout s'est déroulé en bonne intelligence. Mais personne n'a retrouvé les papiers de la jeune femme. Pas de nom, pas d'adresse, pas de mobile du crime. En fait, Audrey ne sait rien. Elle n'a pas l'ombre d'une piste, alors que les indices sont légion.

Elle a l'impression de voir le smiley dessiné par le tueur ricaner, tandis que le vent souffle de plus belle. Elle entend presque les paroles de Batista : *N'allez pas vous perdre dans une forêt profonde.*

En fin de journée, elle rentre à Paris complètement claquée avec le sentiment d'être passée sous un rouleau compresseur. Elle a mal au thorax quand elle respire. Elle ferait bien de consulter un médecin. Dans la voiture, son téléphone sonne. Elle regarde l'appel et sourit.

– Chérie, tout va bien ? demande une voix d'homme.

– Oui, dit Audrey, je suis heureuse de t'entendre.

– Je m'inquiétais. À la télé, ils ont dit que tu étais morte.

Elle s'efforce de rire sans trop bouger les côtes.

– Sûrement un coup de cette journaliste. Ou des *fake news*. Pas besoin d'annuler notre mariage, je suis toujours vivante.

– Je sais, ils ont rectifié l'information.

– Je sens venir le « mais », dit Audrey.

– En effet. Ils ont rectifié, mais… ils disent maintenant que tu as tiré sur la foule.

Audrey fait une embardée sur l'autoroute. Un klaxon retentit dans la file voisine.

– Quoi ? Bien sûr que non !

– La chaîne ne fait que rapporter l'info. De nombreux témoins ont posté des vidéos parlant de violences policières. Des images d'enfants qui pleurent tournent en boucle.

– C'est une intox ! On a perturbé un club sportif, ils avaient l'air nerveux, alors ils se vengent. Est-ce que tu connais l'affaire, au moins ? Cette enquête est tout simplement incroyable ! Un crime maquillé en suicide, une femme déguisée en sorcière, torture, mise en scène…

– Chérie, tu aurais dû me prévenir, l'interrompt sèchement son interlocuteur.

Audrey fronce les sourcils, surprise par le ton, mais cette fois sans commettre de mouvement brusque avec son volant.

– À quel propos ?

– Mépriser cette journaliste était une mauvaise idée.

– Je n'ai méprisé personne.

– J'aurais pu t'aider pour les coups de feu. Là, c'est trop tard.

– Trop tard pour quoi ?

– J'ai parlé à ta capitaine Luz. Elle dit que t'as foutu une merde pas possible.

Audrey se mord les lèvres.

– Elle a vraiment employé ces mots ?

– Tu n'étais pas faite pour ce travail. Je te l'ai dit cent fois.

– Je... je dois repasser par Évangile.

– Inutile. J'ai discuté avec Luz. Penneroux a repris son poste. Ils s'occupent de tout. Ne t'inquiète pas, j'ai arrondi les angles. Pour le moment, tu n'es pas écartée de l'enquête. Tu fais toujours partie du groupe.

– Comment ça *pour le moment* ?

Soupir à l'autre bout.

– Audrey. Ta vie vient de basculer. On dirait que tu ne t'en rends pas compte. L'Inspection générale va te tomber dessus. Des coups de feu au milieu de la foule, franchement, tu t'attendais à quoi ?

Elle reste sans voix.

– Poussin ? Rentre à la maison.

19

Vous voulez visiter un endroit, mais vous êtes coincé chez vous. Vous faites quoi ?

Vous envoyez quelqu'un en éclaireur. La voilà, mon idée.

– Djay, tu m'entends ?

– Oui.

– Tu as mis tes écouteurs ?

– Oui.

– Place ton téléphone dans la poche avant de ta chemise, sur ta poitrine, avec la caméra qui dépasse.

– D'accord.

Le Pakistanais s'est rendu sur place. Route départementale 14, zone d'activité commerciale. C'est le soir de la Toussaint, les magasins sont fermés. Le téléphone de Djay me retransmet l'image en direct. La vidéo saute un peu lorsqu'il bouge, mais j'y vois correctement. De l'autre côté de la rue, le volet métallique du magasin Dragon Sports est descendu jusqu'en bas. L'enseigne est éteinte. Au premier étage, la fenêtre de l'appartement est toujours entrouverte. Pas de lumière. Les rideaux bougent légèrement dans le vent, comme dans mon souvenir.

Je suis chez moi, avec mon portable en mode vidéo posé sur la table, et mon ordinateur connecté à Google Street View. Les images des rues enregistrées par Google ne correspondent pas exactement à la réalité, il y a eu quelques petits changements depuis que leur dernière voiturette a filmé le secteur. Mais ça m'a suffi pour explorer les lieux à distance et préparer la suite.

J'ai raconté à Djay le mensonge suivant : je lui ai fait croire que je possédais cet appartement, mais que mon locataire ne me payait plus, et qu'il avait fait changer les serrures. Contre quelques billets, Djay a accepté d'aller jeter un coup d'œil.

– Traverse la rue, dis-je à Djay.

– OK.

Je vois les silhouettes noires des voitures, les lueurs rouges des feux de position dans la nuit. La circulation est calme. Il atteint l'autre bord.

– Tu vois le restaurant japonais à droite ?

– Oui-oui.

– Il y a du monde à l'intérieur ?

Avant même qu'il ne me réponde, je constate que personne n'a eu envie de sushis ce soir. Beaucoup de gens doivent être restés chez eux, en famille, à feuilleter de vieux albums photos et à se raconter des souvenirs. La Toussaint, qu'on soit religieux ou non, c'est un temps pour l'amertume. Un peu comme l'enterrement d'un vieux président où tous les partis politiques se retrouvent et les querelles s'estompent. Comme disait papa, « la mort, ça met tout le monde d'accord ».

– Le restaurant est désert, dis-je, on est tranquilles. Rapproche-toi. Est-ce que tu vois une entrée d'immeuble ?

– Non. Seulement entrée du restaurant.

– Contourne le bâtiment, alors.

– Je passer par-derrière ?

– Oui. Tu devrais tomber sur un petit parking, dis-je en surveillant la version Google Street.

Djay remonte la rue latérale. Il passe devant un utilitaire blanc sur le flanc duquel est inscrit « Huggy les Bons Tuyaux, plombier 7 j/7 ». Le nom me fait sourire. Il atteint l'arrière du bâtiment.

L'image retransmise par son portable me le confirme : il y a bien quelques places de parking derrière l'édifice crasseux. Une demi-douzaine d'emplacements, coincés entre des entrepôts grillagés.

– La porte devrait se trouver dans le secteur, dis-je.

Je n'ai pu explorer qu'un bout de la zone avec Google Street, mais c'est le seul endroit où peut se trouver l'entrée si elle n'est pas côté rue.

Effectivement, Djay ne tarde pas à la découvrir : c'est une solide porte en acier, avec une lucarne transparente au centre. Il y a un interphone à huit boutons, chacun orné d'un numéro.

– Sonne n'importe où.

– Je dis quoi ?

– Que tu es un livreur de pizza.

– J'ai pas pizza.

– Que tu vends des calendriers, alors.

Djay appuie sur un bouton au hasard. Pas de réponse. Il essaye tous les autres, sans plus de succès.

Mince. Peut-être que l'interphone est hors service. Ou bien tous les appartements sont vides. Depuis la rue, je n'ai vu que des volets clos, à part la fenêtre qui m'intéresse, et aucune lumière nulle part.

– Regarde si tu aperçois des boîtes aux lettres.

Djay colle l'objectif de son portable contre la lucarne. Des papiers traînent dans le hall. Boîtes éventrées, prospectus qui débordent.

– Tu peux faire un gros plan ?

Son smartphone possède un excellent appareil photo intégré. Je vois les boîtes aux lettres qui se rapprochent, jusqu'à pouvoir lire les étiquettes. Sur la deuxième en partant du haut, il est écrit « Yesfir Fammous ».

Incroyable.

C'est vraiment son nom. Cette personne existe.

Un frisson me parcourt l'échine. Je réalise que je ne m'attendais à rien de très précis en venant ici. Mais pour la première fois, cette histoire devient réelle. Ce n'est pas qu'une blague sinistre. Je songe à la chaussure à talon avec des bouts d'orteils dedans.

– Tu peux ouvrir ? je demande encore à Djay.

Il sonne de nouveau. Secoue la porte.

– Non.

– Zut. Est-ce qu'il y a des véhicules sur le parking ?

Il se retourne. À part l'utilitaire blanc que nous avons croisé tout à l'heure dans la rue, il n'y a qu'une seule voiture : un vieux tacot recouvert de stickers, publicités pour des glaces, dessins de citrouilles, fantômes et chapeaux de sorcière. Il comporte également des ballons orange éclatés sur les flancs.

– Approche-toi, dis-je.

Djay s'exécute.

– Touche le capot.

Il pose sa main à plat dessus.

– Le moteur est chaud ?

– Non.

– Tu vois quelque chose de particulier ?

– Très sale.

Il s'abaisse pour me montrer les traces de boue sur la carrosserie et les jantes. La voiture a dû rouler récemment sur un chemin en terre.

Je soupire. Et maintenant je fais quoi ? Djay s'active.

– Chris Kovak ? J'ai proposition pour toi.

– Laquelle ?

– Je monter voir. Escalader. Facile.

– Quoi ? Oh là ! Doucement, mon ami...

– Mauvais payeur, mauvais locataire ! insiste Djay. Toi pas accepter ça.

Avant que j'aie eu le temps de protester, Djay s'approche d'un gros climatiseur fixé au rez-de-chaussée, sous une petite fenêtre. Il s'agit probablement de l'arrière-boutique du magasin Dragon

Sports. Il s'accroche à l'appareil, puis aux barreaux de la fenêtre et se hisse. L'image est secouée durant quelques secondes. Je vois le mur en gros plan. Je comprends qu'il est parvenu à prendre pied sur le climatiseur, se rehaussant ainsi d'un bon mètre quatre-vingts. J'entends des grincements. J'ai l'impression que le mécanisme va s'arracher du mur. Il grince, mais tient bon.

Nouveau mouvement en saccades. Puis j'aperçois la rue vue de haut.

– Djay, bon sang, qu'est-ce que tu fabriques ?

Il rit.

– Monter sur toit du magasin.

Il me montre : il est passé du climatiseur à une gouttière, l'a escaladée, s'est déporté sur le côté, et a réussi à prendre pied sur l'avancée du magasin Dragon Sports.

Je vois l'avenue, maintenant. L'enseigne éteinte en forme de pizza – ou plutôt en forme de bouclier pour le combat traditionnel – se trouve juste devant mes yeux. Le restaurant de sushis est en dessous de nous, sur la droite.

– Accroupis-toi ! dis-je. Quelqu'un pourrait te voir !

– Je rentrer.

Il fait deux pas. Enjambe la fenêtre. Écarte les rideaux.

Ça y est.

Djay vient de s'introduire dans l'appartement de Yesfir Fammous.

20

Yesfir Fammous est une jeune femme.

C'est facile à comprendre : sa chambre, même faiblement éclairée par les réverbères du dehors, comporte de nombreuses peluches sur le lit, comme je l'avais déjà vu, et aussi une coiffeuse remplie de bijoux de pacotille, des posters de chanteurs pop scotchés aux murs, et des fringues de fille suspendues par douzaines sur une tringle portemanteau.

En outre, ses papiers d'identité avec sa photo sont éparpillés sur le sol, à côté de son sac à main. Carte Vitale, porte-monnaie, passe Navigo, carte de crédit, deux tampons hygiéniques et une boîte de chewing-gums à la menthe. Comme si on avait déversé le contenu par terre.

– Hello ! crie subitement Djay. Il y a quelqu'un ? Je pas voleur, je perdu ma clé d'appartement ! Je passer par votre fenêtre pour rentrer chez moi !

Waouh. Mon petit Pakistanais a de la suite dans les idées. Il vient d'inventer cette excuse en direct. On dirait qu'il a fait ça toute sa vie.

En tout cas, personne ne lui répond.

– Ta locataire, pas là, fait remarquer Djay.

– C'est vrai.

– Alors pourquoi ses papiers ici ?

Effectivement. On peut se poser la question.

– Fais le tour de l'appartement, dis-je.

– D'accord.

En dehors de la chambre, il n'y a qu'une salle de bains crasseuse et une cuisine remplie de cartons de livraison. Certains sont ouverts et débordent de friandises en sachets portant la mention « Confiserie foraine, bonbons au kilo, en gros et demi-gros ». Il y a aussi des ballons gonflables orange aux motifs d'Halloween. Personne nulle part.

Djay se rend jusqu'à la porte d'entrée. Elle est verrouillée. Pas de clé dans la serrure. Il revient dans la chambre.

– Bizarre, dit-il.

– Oui, reconnais-je. Allume la lumière. Tire les rideaux pour éviter qu'on te voie, et montre-moi les papiers.

Il s'exécute.

Je plisse les yeux tandis que le sol se rapproche.

D'après la photo sur sa carte Vitale, Yesfir est une jolie blonde aux yeux bleus. Les premiers nombres de son numéro de Sécurité sociale sont 2, 96, 07, 99. Ce qui signifie qu'elle est une femme, née en juillet 1996, dans un pays étranger, sans quoi le 99 serait remplacé par son département de naissance.

– Ta locataire, origine russe ? demande Djay.

Il vient de repérer un passeport rouge frappé d'un aigle à deux têtes enserrant un blason. Les mots « Russian Federation » sont inscrits sous les caractères cyrilliques. Je me souviens que le prénom Yesfir est la traduction d'Esther, je l'avais noté durant mes recherches.

– Oui, dis-je en faisant semblant d'être au courant.

– Si pas payer, tu dois pas accepter ! s'énerve Djay. Argent, c'est argent ! J'ai des hommes, eux travailler pour moi. Ils font peinture, maçonnerie, et aussi sécurité. Eux costauds. Si j'ordonne, ils récupérer ton fric. Je m'en occupe ?

– Non merci, dis-je, surpris par sa véhémence.

Décidément, Djay a l'air très remonté par cette histoire d'argent. Je réalise que sa facilité à escalader tel un cambrioleur, ajoutée au fait qu'il me fournisse de l'opium, et qu'il m'avoue maintenant être plus ou moins à la tête d'un gang, me fait me poser des questions. J'ai sûrement été très naïf. Il ne ressemble plus au Pakistanais inoffensif qui me livrait mes courses au début.

– Regarde sur le bureau, dis-je. Il doit y avoir un ordinateur.

Il est bien là. Un PC standard. Je reconnais le clavier de *gamer* à touches lumineuses. Djay l'effleure et l'écran s'allume.

Il y a un fichier vidéo, au centre, bien visible.

Il porte le nom : « REGARDE-MOI ».

Si j'étais raisonnable, je prendrais le temps de réfléchir à toutes les bonnes et les mauvaises raisons qui m'ont conduit jusqu'ici. À l'enchaînement des événements. À la présence de ce fichier, « Regarde-moi », qui me fait penser à la potion et au gâteau « bois-moi », « mange-moi », d'*Alice au pays des merveilles*. À ce stade, il est encore temps de m'arrêter, avant de commettre un acte qui va me transformer définitivement, et transformer l'univers qui m'entoure.

– Vas-y, dis-je à Djay. Ouvre le fichier.

*

Une vidéo démarre.

Une tête dans l'eau, vue en gros plan. Il fait nuit. Son visage est éclairé par une lampe torche. La personne est immergée jusqu'au menton. Une eau noire et boueuse lui entre parfois dans la bouche, et elle la recrache avec difficulté. Elle ne peut pas se servir de ses mains. Des nénuphars et des lentilles d'eau flottent autour de son visage. J'ai du mal à la reconnaître, tant ses traits sont altérés par la souffrance et la peur. Mais c'est bien elle : Yesfir, la fille qui vit dans cet appartement.

– C'est quoi ça ? s'indigne Djay.

Je suis tétanisé. Mais j'arrive à lui répondre.

– Ne bouge pas. Reste face à l'écran. Je dois voir ce truc.

Une corde est passée autour du cou de la jeune femme et sort de l'image vers la gauche. Elle est tendue, comme si elle était reliée à quelque chose. Ou quelqu'un.

– Bonsoir, dit soudain une voix d'homme. Je ne sais pas lequel d'entre vous découvrira cette vidéo en premier. Mais des enquêteurs la verront. Donc, pour des raisons évidentes, je vais rester en dehors du champ. Ma voix est altérée. Vous ne découvrirez rien en la passant dans vos logiciels d'analyse. Ni d'autre indice nulle part. Mais je vous laisse chercher, après tout c'est votre job. En attendant, sachez que la jeune Yesfir, ici présente, a beaucoup donné de sa personne. N'est-ce pas, Yesfir ?

– Allez vous faire foutre !

– Ce n'est pas gentil. Ça prend du temps, ces allers-retours entre votre appartement minable et cet étang perdu.

– Vous êtes…

– Chuuut, interrompt la voix. Ne parlons pas de *ce que je suis*, ni de *ce que je ne suis pas*. D'accord ?

La corde se relâche.

La tête de Yesfir disparaît sous l'eau.

– Comme vous pouvez le constater, poursuit la voix sur un ton désinvolte, cette jeune femme a les mains liées. Et le corps lesté par un parpaing. Quand je relâche la corde, elle coule.

Mon cœur se met à cogner dans ma poitrine. Je retiens instinctivement mon souffle pendant les secondes suivantes. Lesquelles me paraissent atrocement longues. J'ai le temps de sentir mes mains devenir moites. Je vois aussi l'image trembler, traduisant la réaction de Djay.

Au bout d'un temps infini, la corde se tend à nouveau. La jeune femme émerge. Tousse. Aspire une grande goulée d'air. Tousse encore. À ce moment-là, je suis à peu près certain qu'elle va s'étouffer et mourir sous nos yeux. Mais elle finit par reprendre sa respiration. Et moi la mienne. J'entends Djay lâcher des jurons, probablement dans sa langue natale. Je lui demande de nouveau de rester là, immobile, même si je m'en veux de le faire. Qui suis-je, pour regarder cette vidéo atroce, qui n'a rien à envier au pire des *snuff movies* ?

– Continuons, dit la voix. Tout le monde vous prend pour une gentille fille, Yesfir. Une jolie blonde qui distribue des bonbons. Mais vous ne l'êtes pas.

– Pitié, parvient-elle à articuler. Arrêtez…

– C'est un peu tard pour supplier.

– Je ne comprends rien…

– Je crois que si, au contraire. Votre petit commerce, vous balader dans les foires avec votre estafette, les friandises que vous vendez, ce n'est qu'une couverture, pas vrai ? Il y a quelques jours, vous avez tué quelqu'un.

Je fronce les sourcils.

– Vous êtes dingue, dit la jeune femme.

– L'un n'empêche pas l'autre.

– Je n'ai rien à vous dire.

– Inutile. Je sais déjà tout. Parlez à la caméra, Yesfir.

– Je vous emmerde, crache-t-elle avec un accent étranger, comme si elle perdait peu à peu son contrôle.

– J'ai mis votre portable sur écoute.

– Quoi ?

– Eh oui.

– Vous n'êtes pas flic.

– Vous avez tué un vieil homme. Provoqué un accident.

– Non.

– C'était une commande.

– Non !

– Comme on commande une pizza. Allô, Yesfir ? Bute-moi ce type.

– Vous n'avez aucune preuve, *moudak* !

– Oh, je n'en ai pas besoin.

Il relâche la corde.

Elle coule de nouveau.

Il attend.

Cette fois je ne détourne pas le regard. Je ne demande pas à Djay d'arrêter de filmer. J'observe, les yeux grands ouverts.

La corde se tend. La jeune femme émerge.

– Yesfir ? Toujours parmi nous ?

Elle est livide. Elle n'en peut plus.

Mon visage doit avoir la même couleur que le sien. Mais pas pour les mêmes raisons.

– Je disais donc, reprend la voix, vous avez pris votre vieux tacot. Vous avez heurté l'autre voiture. Le vieil homme est parti dans le décor. Il est mort. Je pense que si les flics recherchent les traces de peinture sur votre carrosserie, ils les trouveront sans problème. Mais je ne suis pas là pour ça. Je me fiche de vos aveux, ou de votre procès. Nous allons passer directement au jugement.

– Le jugement ?

– Vous avez remarqué que je me suis absenté, tout à l'heure. Je vous ai coupé trois orteils, puis je vous ai laissée seule, attachée, hurlant dans le noir, en pleine forêt. Demandez-moi pourquoi j'ai fait ça, Yesfir.

– Pourquoi ? lâche-t-elle dans un souffle, le visage blême.

Je réalise alors que sa pâleur n'est pas due à sa fatigue. Ni au fait de lutter pour ne pas se noyer.

Elle saigne.

Elle saigne depuis des heures, dans l'eau, sans cicatrisation possible. S'il ne s'agit pas d'une artère importante, elle peut survivre un certain temps ainsi, en hypotension, les vaisseaux contractés par l'eau froide de la mare.

– J'ai appelé le fils de cet homme, reprend la voix. Je lui ai soumis une énigme. Une épreuve. La règle était simple. S'il trouvait la réponse, vous restiez vivante. S'il ne trouvait pas, vous mouriez. Voilà ce que j'appelle un jugement. Ça me paraît équitable, non ?

– Et… il a trouvé ?

– Non, dit la voix en relâchant la corde.

La tête de Yesfir Fammous repasse sous l'eau.

On entend un mouvement de tissu froissé, comme si quelqu'un s'approchait du micro en restant invisible.

– Un dernier message. Celui-là est pour Chris Kovak. Salut, Chris. Mes condoléances pour ton père. Bientôt la prochaine épreuve. Sois attentif. Comme pour le reste, tout sera de ta faute. Le principe est simple…

Sa voix devient presque un chuchotement.

– À chaque fois que je t'appelle, quelqu'un crève.

21

Clac-clac-clac, font les doigts aux ongles longs.

Ils tapotent le tapis de caoutchouc, tandis que la caissière scanne les articles. Derrière l'employée, une armoire vitrée abrite des bouteilles d'alcool. Le Chien observe son reflet dedans.

Il voit un homme de grande taille, aux cheveux gris tirés en arrière et maintenus par une queue-de-cheval, au visage émacié, aux yeux comme des puits d'ombre, aux innombrables tatouages, comme des cicatrices de bataille. Il en porte jusque sur ses doigts : une croix, un crâne, une auréole, une vierge. Et une épée sur chaque pouce.

Le Chien émet un grognement.

Ce n'est pas vraiment lui. Il contemple son apparence *en dedans*. Sa véritable nature à l'intérieur. C'est assez étrange, d'ailleurs, d'observer son reflet dans cette vitre, comme s'il était réel.

Il s'ébroue, et la vision disparaît.

– Ce sera tout ? dit la caissière.

– Oui.

– Saumon, alcool, caviar… On dirait que quelqu'un va faire la fête, dit-elle avec le sourire.

– Pas moi.

– C'est un cadeau ?

– Oui.

– Je vois que vous aimez la lecture…

Le Chien suit son regard posé sur le livre dépassant de sa poche. Il porte un coupe-vent gris qui le couvre telle une cape. L'une de ses tenues pour passer inaperçu. En cherchant son portefeuille, il a fait ressortir ce recueil écorné.

– C'est de la poésie ? demande la caissière.

Il renifle sans répondre.

– J'adore ça ! Vous devez être quelqu'un de sensible…

– Qui en a à branler de votre avis ? dit le Chien.

Le sourire de la femme s'évanouit.

– Mettez tout dans un sac, ordonne-t-il.

Elle s'exécute sans un mot.

Il sort dans la rue. Rabat sa capuche. On dirait un moine.

Les bruits de son quartier lui paraissent lointains. En passant devant l'église, dont les portes sont ouvertes, il entend des chœurs. La lumière rouge de l'automne s'infiltre entre les arches. Il plisse les yeux, et laisse la chaleur baigner son corps. On pourrait croire que le monde brûle.

Dic nobis, Maria, quid vidisti in via ?
– La lumière frissonner, humble dans le matin.

Il remonte la rue et longe une animalerie. Les chiots se mettent à aboyer dans les cages. Les animaux s'agitent.

Arrivé devant chez lui, il s'arrête devant un couple de sans-domicile. Ils vivent entre deux poubelles, un homme et une femme, assis sur un matelas défoncé. Ils se tiennent la main. Ils écoutent les chœurs de l'église.

Le Chien dépose le sac de victuailles.

– Bonne fête des Morts, dit-il.

Il tape son code. Entre dans la cour. Et monte chez lui.

Dic nobis, Maria, quid vidisti in via ?
– Des blancheurs éperdues palpiter comme des mains.

Troisième étage. L'appartement quelconque, d'une rue quelconque, d'une existence quelconque. Une grosse femme l'attend avec une serpillière. C'est la concierge. Elle s'appelle Mme Triboulet. Elle fait semblant de faire le ménage sur son palier, mais en réalité elle fouine.

– Bonjour, dit le Chien.

Elle lui répond par un hochement de tête. Le Chien a consulté son TAJ[1], le fichier informatisé de ses antécédents judiciaires. Peu de personnes le savent, mais Maryvonne Triboulet a été condamnée pour violences conjugales, elle frappait son mari, ses enfants, et même ses petits-enfants. Quand il en aura fini avec les autres, il la tuera dans la foulée. En attendant, il se contente de renifler sa peur.

– Pourquoi on ne voit jamais votre famille ? demande-t-elle.

Il s'approche de son visage.

– Chère Maryvonne, vous me faites penser à quelqu'un.

– Ah bon ? Qui ?

– La grand-mère du Petit Chaperon rouge, dit-il en découvrant ses dents. Vous savez, celle qui se fait manger dans l'histoire.

Triboulet bat en retraite.

Le sourire du Chien retombe, et il entre chez lui. Dans son couloir : des portraits de famille, des vêtements suspendus, des lettres sur un guéridon. Le Chien accroche son coupe-vent. Il n'y a aucune famille ici. Les portraits ont été découpés dans des pages de magazine. Les vêtements portent encore des étiquettes neuves. Les lettres sont des prospectus. Parfois, le Chien diffuse des bruitages via des haut-parleurs à l'intention des voisins, rires, disputes, ébats sexuels.

---

1. Traitement d'antécédents judiciaires, fichier du ministère de l'Intérieur alimenté par la gendarmerie et la police nationale.

Tout n'est qu'apparence. L'appartement est vide. Un espace mort. Une coquille creuse. Comme lui.

Il s'installe sur l'unique chaise en bois qui trône dans un angle, pose ses bras sur les accoudoirs et laisse aller sa tête en arrière. Le chant liturgique est toujours là, dans son esprit. Il est fatigué. Ce n'est pas facile d'avoir une double vie, de mener ses plans à bien et de surveiller tout le monde. Mais ce n'est pas lui qui décide. Il n'est qu'un instrument au service de Dieu. Un modeste inquisiteur. Il est seulement le Chien.

Dic nobis, Maria, quid vidisti in via ?
– L'augure du printemps tressaillir dans mon sein.

À la tombée du soir, il se rend dans le Val-d'Oise pour s'installer dans sa planque habituelle. Un sous-marin, un « soum », comme on dit. Il a choisi une apparence amusante : un van blanc de plombier avec « Huggy les Bons Tuyaux » peint dessus. L'humour, ça rend insoupçonnable. Qui imaginerait sa présence ?

Il lit quelques pages de son livre, *Les Pâques à New York*, de Blaise Cendrars. Pas mal.

Soudain il lève les yeux. Quelqu'un vient de passer. Il actionne une manette, effectue un agrandissement. C'est qui ? Il l'a déjà vu. Oui, il se souvient de lui : Abdul Rahman Djalal, surnommé « Djay », le Pakistanais qui fournit de l'opium à Kovak. Il a déjà lu un rapport sur son compte. Djay est un petit chef de gang déjà fiché dans son pays. En France, il exploite ses compatriotes clandestins en leur fournissant un toit et un travail, puis en leur extorquant tous leurs bénéfices.

Les narines du Chien se retroussent.

Mais qu'est-ce qu'il fout là ?

Manette numéro 2, le micro directionnel. Le soum est super équipé. Il l'entend qui parle. Voilà. Djay est en train de discuter, avec… Chris Kovak. Il vient juste de prononcer son nom.

Stupéfiant. Incroyable.

Donc le toubib a découvert cet endroit ? Il n'avait presque aucune indication, comment il a fait ? Et maintenant il se sert de Djay pour repérer les lieux ? Diantre ! Les premiers sur place auraient dû être les flics. Ou d'autres personnes. Les indices qu'il a laissés sont prévus pour ça. Cette évolution perturbe tout son dispositif de surveillance !

Il se gratte la tête. Il doit réfléchir vite.

Dehors, le Pakistanais escalade le mur, il monte sur le toit, s'introduit par la fenêtre. Ça y est, il est à l'intérieur.

Le Chien tourne en rond dans le van.

Du calme. Tout va bien. Que va-t-il se passer ? Ils vont voir la vidéo sur l'ordinateur, forcément. Le Chien l'a conçue dans ce but. La scène de crime est étudiée pour provoquer certaines réactions. Jusque-là, tout fait partie du plan. Sauf que Kovak n'était pas censé tomber dessus en premier. D'un autre côté... ce n'est pas plus mal, non ? Il suffit juste d'accélérer le tempo.

OK. En avant.

Le Chien sort du camion, sa sacoche de plombier en bandoulière.

Il prend les clés. Entre dans l'immeuble. Grimpe les marches. Premier étage, il se colle à la porte. Facile d'écouter, ces appartements ont une isolation merdique. D'après les sons qu'il perçoit, ils sont bien en train de regarder la vidéo. Il introduit sa clé dans la serrure. Doucement. Voilà, la porte est entrouverte.

« *Alors, Yesfir, toujours parmi nous ?* » annonce sa propre voix dans la chambre.

Il imagine leurs têtes. Il en rirait presque. Il ouvre sa sacoche, saisit l'arme à l'intérieur, et tend l'autre main vers le disjoncteur dans l'entrée. Ils sont presque arrivés à la fin. Il doit attendre encore.

« *Un dernier message, celui-là est pour Chris Kovak...* »

Le poil du Chien se hérisse. Ça y est.

Trois. Deux. Un.

Il coupe le disjoncteur.

Tout s'éteint.

– Hé ! fait le Pakistanais.

En deux enjambées, le Chien est sur lui. Il le neutralise avec son taser. L'homme perd aussitôt le contrôle de ses muscles et s'effondre tel un tas de chiffons. Il le tase encore.

– Djay, qu'est-ce qui se passe ? dit Kovak dans le téléphone.

Le Chien coupe la communication. Sort un adhésif de sa sacoche, bâillonne le Pakistanais, et attache solidement ses mains à l'aide d'un garrot en plastique.

Le téléphone sonne.

Kovak.

Pile à temps.

Il place son synthétiseur vocal sur sa gorge. Et décroche.

– Djay ?

– Non.

– Qui êtes-vous ?

– Devine.

Le Chien l'entend déglutir à l'autre bout.

– Alors, Chris, prêt pour la troisième épreuve ?

22

Quand ça arrive, il est 3 heures du matin.

Audrey est encore debout. Elle observe les lumières de Paris en faisant tourner sa bague de fiançailles sur son annulaire. Depuis quelques mois, elle habite au vingt-septième étage d'un immeuble sécurisé, quai de Grenelle. Par les fenêtres panoramiques de son appartement – l'appartement de son mari, en réalité – elle bénéficie d'une vue imprenable sur la tour Eiffel. Audrey aime la contempler. Son scintillement l'apaise, l'hypnotise. Mais à cette heure, elle est éteinte.

Audrey fait décrire à sa bague un tour supplémentaire.

Xavier dort dans la chambre. Leurs invités sont partis. Il a dit qu'il était épuisé. Elle a dit qu'elle allait ranger un peu. Il n'a rien ajouté. À aucun moment il ne l'a questionnée à propos de son enquête. Pas plus qu'il n'a évoqué de nouveau cette menace de convocation par l'IGPN. « Ta vie viens de basculer », c'est bien ce qu'il a prétendu, non ? Pourtant rien. Niet. Que dalle. Comme s'il s'agissait de questions trop vulgaires pour être évoquées dans l'enceinte de cet appartement aux lignes épurées, décoré par les meilleurs architectes.

Toute la soirée, Xavier s'est montré brillant et drôle avec ses invités. Glacial avec elle. Lorsqu'ils se sont croisés dans la cuisine, elle lui a demandé : « Xav, il y a un problème ? » Il a répondu : « Bien sûr que non, mais ne m'appelle pas comme ça, tu sais que je déteste. »

Durant le dîner, Audrey a bu quelques verres. Pour compenser. Pour être capable de rire avec les autres. La plupart sont des snobs, magistrats, bobos arrivistes, jeunes loups de la politique. Xavier s'apprête à être nommé procureur général, alors il soigne ses relations publiques. À chaque fois qu'elle attrapait la bouteille, il lui balançait des regards noirs. À un moment, il lui a même refilé un coup de pied sous la table. Elle a eu mal. « J'ai horreur que tu picoles, lui a-t-il chuchoté en saisissant son poignet tandis qu'elle se rendait aux toilettes, tu as l'air d'une idiote. »

Audrey sait que ce n'est pas la raison. Xavier a peur qu'elle lui échappe. Elle l'a déjà fait. Ils ont été mariés. Elle a divorcé. Ça a duré un temps. Puis il lui a refait la cour, avec insistance. Et elle est revenue.

Elle fait tourner sa bague une fois de plus.

Demain il s'excusera. Il s'excuse toujours. Ensuite il lui offrira un autre cadeau. La bague d'Audrey vaut six fois son salaire. Avant, elle était juge. Maintenant, elle est sur le terrain. Une carrière improbable. Elle a tout plaqué. Et la voilà de retour.

Pourquoi ? Vaste question. Pourquoi a-t-on envie d'une chose, et pourquoi fait-on son contraire ? À quel moment devient-on une victime consentante ?

La tête d'Audrey tourne. Elle est un peu ivre.

À cet instant, son téléphone émet un signal sonore.

*

Au même moment, Florian d'Apremont est au lit avec Samia Naïm. Samia travaille à l'IRCGN. Elle recoud les cadavres une fois qu'ils ont été autopsiés par le médecin légiste. Ils se sont rencontrés il y a un an, et pour l'instant ça colle. On peut même dire que c'est le feu. Florian est rentré tard, il a été très occupé,

Samia a tenté sans succès de le joindre, alors pour se faire pardonner, il lui a fait l'amour sous la douche. Puis ils se sont glissés sous la couette pour regarder *Game of Thrones.* Florian lui demande si elle veut voir l'épisode suivant. Samia dit non. Florian la trouve songeuse, alors il l'interroge à propos de son boulot de garçon d'amphi. Samia lui fait remarquer qu'on ne dit plus garçon d'amphi, mais assistante, merci *#metoo* et les lobbies féministes. Florian rigole. Il lui demande si c'est elle qui s'occupera de l'autopsie de la fille écrasée par le train. Samia dit oui. Il lui montre sa cicatrice. Est-ce qu'elle est belle ? Ce n'est pas tous les jours qu'on se fait ouvrir le crâne en deux à coups de hache, pas vrai ? Samia passe sa main sur son front. Elle répond que la suture est pas mal, mais qu'elle aurait fait mieux. Puis elle l'embrasse avec tendresse. Florian trouve ça cool. Il lui demande pourquoi.

– Parce que je suis enceinte, répond Samia.

Puis leurs portables sonnent. Tous les deux en même temps.

*

Au même instant, la capitaine Louise Luz est dans un club de rencontre. Un club féminin. L'endroit s'appelle La Mutinerie. Il est situé rue Saint-Martin. Luz y a rencard avec une secrétaire d'Évangile. Elle a préféré la retrouver là, loin des quartiers que ses collègues fréquentent. Elle n'a pas envie que les autres commentent ses goûts en matière de sexe.

Luz est adossée au billard. La foule est dense, la musique un peu forte, juste ce qu'il faut. La fille s'approche en chaloupant. Son visage est quelconque mais elle a un corps d'enfer. Lorsqu'elle se colle à elle, une onde de désir la parcourt. La fille glisse une main dans son jean. Luz ferme les yeux. La main ressort en tenant son smartphone.

– Hé ! T'as un truc qui vibre, dit l'autre en riant. Tu reçois des messages à n'importe quelle heure ?

– Fais voir, réplique Luz.

*

Lorsque ça se produit, Blériot, Penneroux et Wang traînent dans les locaux d'Évangile.

Blériot s'est endormi sur le baby-foot. Penneroux étudie des rapports. Charlie Wang joue à Fortnite. Il est en train de mettre une raclée aux concurrents adverses. Ses mèches noires en pointe sont écrasées par son casque audio. Plus loin, dans un autre bureau, quelqu'un du groupe de nuit a mis un CD de Pavarotti à fond les manettes. La voix du ténor résonne dans les couloirs déserts.

Ils n'ont rien à faire là. Leurs horaires de boulot sont 9 heures, 19 heures, alignés sur les horaires du parquet. Et puis les cousins Blériot et Penneroux sont censés être loin. Mais la nouvelle enquête a changé la donne. On ne parle plus que de ça. C'est une belle affaire, un graal pour n'importe quel groupe. Alors ils sont revenus.

Le brigadier-chef Penneroux vérifie que tous les actes ont bien été effectués. Il tient à savoir ce qui se trame. Il semblerait qu'un club sportif soit venu mettre son grain de sel. Il faut faire attention, veiller à ne pas stigmatiser une association ou une communauté. Et aussi éviter que des infos erronées ne filtrent dans les médias, comme pour cette histoire avec le lieutenant Valenti, d'abord réputée morte, puis censée avoir tiré dans la foule. Comment vont-ils gérer la suite ? C'est un problème, ils devront en parler avec leur hiérarchie. Peu de gens le savent, mais en interne, la com est presque aussi importante que l'enquête.

Dans un coin, le portable de Blériot se met à vibrer. Suivi par celui de Penneroux. Et finalement de Wang.

– Fuck ! grogne ce dernier en arrachant son casque. Ils m'ont tué au dernier moment, les bâtards…

Il étudie l'écran de son smartphone.

– Putain, les mecs, c'est quoi ?

*

Quand ça arrive, le commissaire Batista est endormi.

Armando Batista a raconté qu'il prenait trois jours pour aller retrouver ses enfants au Portugal. Il a menti. Son téléphone sonne, il tend la main dans le noir. Il faisait un cauchemar. Il en fait beaucoup, ces derniers temps. Il rêvait que Camilla obtenait le divorce à son avantage, la garde exclusive des gosses, et qu'il ne les verrait plus. Il rêvait de la dissolution d'Évangile, du site déplacé ailleurs, absorbé par une structure plus grande. Il rêvait de lui-même, Armando, avalé par une créature immense, sombre et tentaculaire. Tous ces rêves avaient un goût étrange. Prémonitoire. Quasi mystique.

Est-il en train de faire un *burn out* ? Va-t-on le retrouver dans son bureau, la cervelle brûlée, suicidé avec son arme de service ? Cinquante-deux morts depuis le début de l'année parmi les fonctionnaires, en voilà, un autre chiffre. Cinquante-deux cercueils en carton-pâte, portés par ses collègues lors de la Marche de la colère policière. C'était la manifestation du mois dernier, et Batista s'y est rendu. Il y a croisé de vieux amis de l'école de police. « Alors, Patron, vous êtes là ? » Oui, il était présent. Il n'avait pas tombé la cravate, il s'était mêlé aux uniformes, on ne lâche rien. La solidarité, c'est ce qui les fait tous tenir. Malgré le ras-le-bol, l'ambiance était bon enfant. Pas pour lui.

Il le sent. Quelque chose est en train de se produire. Les événements s'enchaînent, à petite et à grande échelle, sans lien apparent les uns avec les autres. Mais il les voit. Il connaît les rouages de sa ville, il ressent ses vibrations, ses moindres grincements de cordes. Il a toujours eu de l'intuition pour ça. Et bizarrement, ça l'excite.

Quand il se réveille, sa main étreint le médaillon de saint Antoine offert par sa mère. Toutes ces pensées ont traversé son esprit en une fraction de seconde.

Deuxième sonnerie.

Il est 3 heures du matin.

Le commissaire Batista décroche.

*

Au même instant, Jorge Tsarong pousse un cri.

Il hurle, il beugle avec les autres, dans le grondement de milliers de watts. Les Dragons noirs font la fête, ils dansent, ils se bousculent au son de la musique, dans un espace en plein air. Des bannières ont été plantées. Il y a des tentes médiévales, des rôtissoires qui tournent sur des feux de camp, des drapeaux qui claquent. Malgré l'heure tardive, tous les membres du club et leurs familles sont là. Beaucoup ont revêtu leur armure, qui brille à la lueur des torches.

La Bataille des Nations approche. C'est un moment décisif. Une compétition hors norme dans le monde du béhourd. Tsarong a besoin de galvaniser ses troupes et ranimer leur fureur sauvage.

Soudain il saute sur une table et lève son épée.

– GUERRIERS ! QUEL EST VOTRE MÉTIER ?

– AHOU ! AHOU ! AHOU ! répond la foule en transe.

Il redescend, sourire aux lèvres, et remet la sono à fond.

Il parcourt les allées, serre des mains, flanque des grandes claques amicales sur les épaules. Il n'est plus professeur d'arts martiaux, il est un général en campagne, et son armée est là.

Soudain, une vibration interrompt son enthousiasme.

Jorge Tsarong met la main dans sa poche arrière.

En tire son portable.

Et le présent le rattrape.

*

Au moment où cela se produit, Lauren Kovak regarde une photo de son fils.

Elle est dans sa chambre, en chemise de nuit, le visage décomposé, un verre dans une main, la photo dans l'autre.

Sur ce vieux cliché, Christian joue. Il a dix ans. Il essaie son nouveau vélo. Dans quelques minutes, il va faire une chute dramatique. La première d'une longue série, les autres étant de nature émotionnelle. En ce qui concerne celle-ci, Chris va s'en remettre. Son père Anton va le prendre dans ses bras et le conduire à l'hôpital à pied, en courant tel un sprinteur, comme si sa vie en dépendait. Et de fait, elle en dépend. Chris a été victime d'un traumatisme crânien. Dix jours de réanimation. Dix jours à prier, à espérer. Il s'en sortira.

Lauren boit une gorgée d'alcool.

Est-ce à ce moment précis que sa dépendance aux morphiniques s'est plantée dans l'esprit de son fils, telle une graine maléfique ? Non. Elle en doute. Il était trop jeune. En grandissant, Chris est devenu plus malin. Plus complexe. Ils sont ainsi, dans la famille.

Chacun fabrique son enfer.

Lauren comme les autres.

Elle repose la photo sur le lit et se ressert un verre.

Quand soudain, son téléphone sonne.

23

Je suis complètement bouleversé, mais je ne fais rien. Je n'ai pas le choix. J'attends.

D'après ce que j'ai vu tout à l'heure, mon père est bien mort assassiné. Puis sa meurtrière s'est fait zigouiller à son tour. Après quoi la communication avec Djay a brusquement été interrompue. J'ai rappelé aussitôt. Quelqu'un m'a répondu, mais ce n'était pas le Pakistanais. Il s'agissait d'une voix grave et inconnue.

La voix a dit :

– Troisième épreuve. Maintenant que c'est parti, on se retrouve dans quelques heures, mon petit Christian. D'ici là, tu ne fais rien. Tu ne bouges pas une oreille. Je ne veux pas de flics. Pas de vagues. Sinon, tu sais ce qui arrive aux personnes que tu aimes…

Et elle a raccroché.

J'ai regardé mon téléphone, les yeux écarquillés, incrédule.

J'ai aussitôt composé le numéro de la police, comme ça, direct, par pure rébellion. Puis j'ai repensé à ce qui est arrivé à papa. Et j'ai interrompu l'appel.

Depuis, je tourne en rond dans la baraque.

Je m'assois, je me relève. J'ouvre et je ferme les fenêtres. Je tape sur mon clavier pour faire des recherches, mais je lis sans lire, incapable de la moindre concentration. Je m'excite sur n'importe quoi.

– Assistant, mets les infos ! Mets plus fort ! Assistant, coupe les infos !

À un moment je m'assoupis.

J'attends.

J'attends, bordel de Dieu.

À la fin, il va bien se passer quelque chose.

*

Ça se produit à 3 heures du matin.

Dix téléphones portables, plus le mien, se mettent à s'agiter en même temps. Un concerto nocturne et bref : ils reçoivent un message.

Une vidéo.

Voici ce qu'elle montre.

*

Un petit Pakistanais, la trentaine, est collé au volet roulant d'un magasin.

Rien ne permet de deviner la localisation précise, ni l'identité de l'homme. Je suis le seul à savoir.

Il fait nuit. Ses bras et ses jambes sont écartés. Chaque membre a été cloué à l'aide d'un pistolet pneumatique. On voit encore plusieurs clous qui dépassent. Il est bâillonné, mais vivant. Sa tête tourne dans tous les sens, hurlant d'horreur sans doute. La vidéo n'a pas de son, on n'entend rien. Et de toute façon, il porte un bâillon qui l'étouffe. On dirait que ses yeux vont lui sortir de la tête.

Au-dessus de lui, l'enseigne en forme de smiley du magasin est nettement visible. DRAGON SPORTS, Tactical Games, Arts Martiaux, peut-on lire.

Puis un liquide s'écoule, venu du premier étage, hors champ. Il dégouline sur la tête de l'homme. Imprègne son torse, son ventre, son pantalon, puis s'étale à ses pieds sur le sol. Une véritable douche. Le Pakistanais s'agite de plus belle. Dans ses efforts pour se libérer, sa main droite se déchire et ses doigts griffent l'air, inutiles, tandis que le reste de son bras reste cloué au volet.

Ensuite, quelque chose tombe.

Sur le moment, je crois qu'il s'agit d'une luciole. Pas du tout. C'est une flammèche. Peut-être un morceau de tissu. Il flotte quelques instants dans les airs.

Et d'un coup, tout s'embrase.

Le liquide prend feu, engloutissant l'homme comme une torche. Ses membres s'agitent. Ses vêtements se craquèlent. Son chiffon brûle dans sa bouche. Le feu se referme sur son visage. Ses yeux fondent. Ses traits disparaissent. Ses cheveux se racornissent. Sa tête retombe sur sa poitrine.

La vidéo s'arrête là.

Il n'y a plus rien.

Juste le noir.

Puis un mot apparaît :

BRÛLE

Deuxième partie

DES LOUPS VORACES

24

Le chaos. Voilà l'impression d'Audrey.

On est samedi matin, il est 8 heures. Elle devrait être sous sa couette à profiter d'un week-end prolongé. Au lieu de ça elle est là. La départementale 14 est barrée dans les deux sens. Il y a au moins une vingtaine de véhicules officiels : flics, police anti-émeute, pompiers, techniciens de l'Identité judiciaire, plus la police municipale qui semble un peu perdue. La zone commerciale ressemble à une zone de guerre.

En voyant le gyrophare sur son tableau de bord, un uniforme lui fait signe d'avancer et de se garer dans la rue de Beauchamp, transformée en parking. La circulation est bloquée à Franconville, Montigny, Herblay, sur toute la longueur de la route.

Audrey sort.

Un hélicoptère passe au-dessus d'elle dans un vrombissement de pales.

Elle compte au moins cinq camions de télévision. Une meute de journalistes se presse derrière les barrières. Plus loin, des gens filment par dizaines avec leurs smartphones. L'information doit déjà tourbillonner sur les réseaux sociaux comme un essaim de guêpes.

Elle repère le magasin. L'enseigne en forme de smiley jaune. L'énorme trace de brûlé sur le rideau de fer. Pas de fumée, ni de cadavre, bien sûr, il n'y a déjà plus rien. Mais il flotte dans l'air des relents d'essence qui agressent sa gorge. Il paraît que lorsqu'on perçoit une odeur, des molécules de la substance concernée pénètrent en nous. Audrey imagine des fragments de chair carbonisée flotter dans ses narines. Elle secoue la tête.

Florian d'Apremont vient à sa rencontre.

– Quel bordel ! il soupire.

– T'es venu en moto ?

– Avec Samia.

– J'ai mis cent ans pour arriver, dit Audrey.

– Pareil pour tout le monde.

– Où est le patron ?

– Dans le restau japonais. C'est notre QG temporaire.

Audrey l'accompagne jusqu'à l'établissement. Elle a une sensation de boule dans le ventre, mais n'en montre rien.

Xavier ne s'est même pas levé. Il ne lui a pas demandé pourquoi elle n'avait pas dormi, ni pour quelle raison elle quittait l'appartement si tôt. En un sens, c'est aussi bien. Avec lui, elle a toujours l'impression d'avoir commis une faute sans savoir laquelle. Dès qu'elle a eu quitté la tour du quai de Grenelle – *tour d'ivoire*, a-t-elle pensé spontanément –, elle s'est sentie mieux. Un café acheté à la station-service, un peu de musique, un Doliprane pour sa douleur des côtes, et roule.

Puis la boule au ventre est revenue.

J'ai parlé à ta capitaine Luz. Elle dit que t'as foutu une merde pas possible. Mais tu n'es pas écartée de l'enquête. Tu fais toujours partie du groupe. Pour le moment.

C'était les paroles de son mari. Tout comme cette menace de convocation par la police des polices. Vérités ou exagérations de sa part ? Audrey n'en sait rien.

Elle pénètre dans le restaurant japonais.

Stores descendus. Nappes en papier. Tables en plastique.

Les visages se tournent. Elle les connaît tous.

D'abord, il y a le commissaire Batista, au fond, qui préside. Il lui sourit. C'est déjà ça.

Elle prend une inspiration, et se décide à regarder les autres.

À sa droite, assise en retrait, une main posée sur son ventre, se trouve Samia Naïm, la compagne de Florian. Samia est assistante légiste. Son look va bien avec sa fonction. Cheveux corbeau, piercings multiples, maquillage noir. L'année dernière, la jeune femme a échappé à un meurtre. Audrey également. Elles en ont très peu parlé ensemble, mais depuis il existe un lien invisible entre elles : elles sont des survivantes. Samia hoche la tête avec douceur à son intention. Audrey lui rend son sourire. Samia vit seule, malgré l'insistance de Florian. Elle tient à son indépendance. Peut-être qu'Audrey devrait en faire autant.

À ses côtés est assis d'Apremont. Le colosse du groupe porte toujours son pansement sur la figure. C'est un peu ridicule, et son côté macho en prend un coup. Au début, ça n'a pas collé entre eux. Mais chacun a évolué, et ils se font maintenant une confiance totale. Il lui adresse un clin d'œil complice, le bras passé autour de sa compagne.

Le suivant à la table est Charlie Wang, le geek aux habits démodés. Il est occupé à jouer sur son portable. Ses réactions sont parfois étranges, et Audrey a souvent du mal à savoir ce qu'il pense. Il est aussi le premier à lui avoir tendu la main lorsqu'elle a intégré le groupe, et cela, elle ne l'oublie pas.

Plus près, les inséparables Penneroux et Blériot lui souhaitent la bienvenue. L'un est calme, l'autre plus dissipé, mais les deux ont toujours été respectueux envers elle. Les cousins moustachus possèdent un charme désuet qu'elle apprécie beaucoup. Leur soutien ne s'est jamais démenti.

Cependant, la personne la plus importante à ses yeux est la dernière. Celle qui lui a donné sa chance : la capitaine Luz.

Audrey la sonde du regard. Pas d'hostilité évidente. Louise sirote son café, aussi calme que d'habitude. L'aurait-elle vraiment dézinguée dans son dos ? Dans ce métier, les femmes peuvent se montrer impitoyables entre elles. Leur chef de groupe n'est pas comme ça. Luz écoute ses collègues, soutient leurs initiatives, prend les décisions, sans participer aux guerres de pouvoir qui pourrissent l'ambiance. Elle ne mélange pas vie privée et vie professionnelle. Ses reproches sont directs. Ses compliments rares, et d'autant plus précieux.

Audrey n'a jamais eu de meilleure amie. Avec Louise, ça aurait pu.

Elle soupire intérieurement. Si la capitaine la vire, tant pis. Cette expérience restera inoubliable. Le groupe, l'enquête, l'adrénaline lui auront procuré des sensations extraordinairement puissantes. Ici, tout repose sur la loyauté. Une confiance absolue entre les partenaires. En vérité, il y a des mariages qui fonctionnent moins bien.

Elle s'assoit parmi ses collègues, et sourit.

Batista entrelace ses doigts de satisfaction, comme si la dernière pièce d'un puzzle venait de se mettre en place.

– Bien. Nous voici au complet, dit-il. Prêts ? On y va.

*

C'est Audrey qui a pris l'initiative de contacter les autres à 3 heures du matin. Batista a pris la suite. Il leur a ordonné de ne pas bouger, dans un premier temps, puis de venir le rejoindre à partir de 7 heures, afin d'organiser les choses. Depuis, personne n'a fermé l'œil.

Du café circule. Luz remercie le personnel de l'établissement de les accueillir et leur demande de quitter la salle.

Batista redresse sa silhouette massive. Les lampions font briller son crâne chauve et jettent des taches de couleur sur sa chemise blanche. Audrey examine son patron. Il lui fait penser à un peintre qui aurait passé la nuit dans son atelier, en pleine poussée créatrice.

– Rien ne doit sortir de cette pièce, compris ?

Hochement de tête général.

Il pose son smartphone sur la table.

– L'homme qui brûle. On l'a tous reçu.

– Samia aussi ? demande Penneroux.

– Oui, confirme Florian.

– Donc elle reste ? dit Luz.

– Elle est concernée, j'autorise sa présence, tranche Batista.

– On a le nom de la victime ? dit Blériot.

– Abdul Rahman Djalal, répond le commissaire. C'est un petit dealer pakistanais, il est fiché, on a ses empreintes.

– D'autres personnes ont reçu la vidéo ? demande Audrey.

– On n'en sait rien. Mais la façon dont il est mort s'est déjà répandue. Il y a des visuels qui circulent. Des gosses d'une cité voisine ont réussi à filmer le cadavre vers 4 heures du matin. Nous n'étions pas nombreux à ce moment-là. Depuis, l'histoire fait le buzz.

– Vous auriez dû nous laisser venir, proteste Louise.

Batista secoue la tête.

– Sûrement pas.

– Pour quelle raison ?

– Parce qu'on est sur le terrain de la police judiciaire. On n'avait aucune raison d'intervenir les premiers. Et vous avez vu le cirque, là-dehors ? Vous voulez votre photo partout ? Un type a été immolé par le feu, les bras en croix. Tout le monde y va de sa théorie fumeuse. Crime religieux, racisme, extrême droite, règlement de comptes entre gangs... Les cités du coin sont en ébullition. Et je ne parle pas des médias. La moindre erreur de communication peut avoir des conséquences explosives. Pas question d'exposer mon groupe sans savoir où on va.

– Mais maintenant vous savez, dit Audrey.

Il se tourne vers elle.

– Valenti ?

– Vous êtes là depuis un moment. Vous dites que ce sont des théories fumeuses. Donc vous avez la vôtre.

Batista attrape un ordinateur portable et le pose devant eux.

– En effet. Et ce n'est pas qu'une théorie. Cela concerne votre enquête d'hier, Valenti. Je vous préviens, si vous avez été choqués par la vidéo sur nos téléphones, ce n'est rien à côté de celle que vous allez voir.

Il tourne l'écran vers eux.

– Djalal se trouvait sous la fenêtre d'un appartement. La fenêtre était ouverte, avec un bidon de white-spirit posé sur le rebord. Dans l'appartement, on a découvert un ordinateur avec une seconde vidéo. Le bidon, l'ordinateur, la vidéo : tout était en évidence, pour qu'on les remarque. Une copie m'a été remise par les techniciens de l'Identité judiciaire. Je vous laisse regarder.

Les images démarrent.

La tête dans l'eau. Le discours prononcé par la voix grave. La jeune femme qui se noie. Quand elle disparaît dans les profondeurs de l'étang, des exclamations fusent dans la pièce. Puis Audrey entend le message adressé à Kovak. Sur le moment, elle croit avoir mal compris. Mais Batista repasse le tout une deuxième fois. À la fin, la salle est plongée dans le silence.

Le brigadier-chef Penneroux est le premier à s'exprimer.

– Donc, la sorcière d'Halloween n'est pas morte sous un train, mais noyée dans un étang. Elle s'appelait Yesfir. Et auparavant, elle aurait tué le père du docteur Kovak. C'est bien ça ?

– Apparemment, dit Batista.

– On va pouvoir décrypter la voix ? demande Blériot.

– Les techniciens s'y attellent.

– Ça paraît dingue, dit Florian.

– Oui.

– Pourquoi une telle mise en scène ? interroge Samia.

Batista hausse les épaules.

– Le meurtrier poursuit un but que nous ne comprenons pas encore. Mais il nous défie, c'est clair.

– Et Kovak est encore mêlé à l'histoire, intervient Blériot en tripotant sa moustache. Vous ne trouvez pas ça étrange ? Quoi qu'on fasse, le mec est dans le coin.

– Je vous avais dit qu'il était toxique, rajoute Wang.

– C'est vous qui l'avez engagé comme consultant, fait remarquer Luz.

Le commissaire lève les mains.

– On se calme ! Kovak n'est pas le problème. Observez plutôt le panorama d'ensemble.

Il ferme le poing et lève le petit doigt.

– Meurtre numéro un. Commis en dehors de l'Île-de-France, mais sur la ligne D du RER. Donc l'affaire nous revient. Un hasard ? Non, certainement pas.

Il relève l'annulaire.

– Meurtre numéro deux : l'affaire Djalal. Elle se produit ici. Elle n'est pas de notre ressort, cette fois. Mais quelqu'un nous rajoute soigneusement au tableau. Et y fait figurer aussi Samia Naïm, d'un coup de pinceau supplémentaire. Samia qui, je vous le rappelle, a participé à notre plus grosse affaire l'an dernier[1], et qui était également présente en tant que stagiaire il y a deux ans.

Il lève le majeur.

– Meurtre numéro trois. Le père de Christian Kovak. Ce qui place le bon docteur dans le paysage, en effet. Un homme impliqué dans plusieurs de nos dossiers importants au cours des années précédentes.

Batista fait quelques pas en caressant son crâne chauve.

– Alors voilà mon idée. Je vois ça comme une fresque. Le sujet, c'est nous : Évangile. Le peintre nous a mis dans son tableau, les

---

1. Dans *La Nuit de l'ogre.*

uns après les autres, tels de petits personnages. Tout cela dessine quelque chose. Comme dans les toiles des impressionnistes, il faut plisser les yeux, et peu à peu, on va le voir apparaître…

La voix de Batista ralentit et se perd dans le vague.

Louise émet un claquement de langue agacé.

– Bon, d'accord, mais concrètement, on fait quoi ?

Les yeux du commissaire redeviennent limpides et se posent sur elle.

– Qu'est-ce qu'il y a, Luz ? Vous pensez que, depuis ce matin, je me contente de métaphores ? Je vous rassure. J'ai aussi travaillé un peu.

La capitaine devient écarlate. Batista poursuit.

– Je me suis entretenu avec le procureur. Il a ouvert une information judiciaire. Étant donné ce qui se passe, nous enquêterons sur les trois meurtres. C'est notre plus grosse affaire depuis qu'Évangile existe.

Exclamations dans la pièce.

– Mais…, interrompt le commissaire, pour l'affaire Djalal, la DRPJ de Versailles est saisie en même temps. On n'y peut rien : ils sont compétents, c'est leur terrain, et ils la veulent tout autant que nous. On devra coopérer avec leur groupe.

Brouhaha général.

– Quoi ? dit Luz. Mais ils vont s'accaparer l'enquête !

– Je coopère que dalle ! renchérit Florian. Celui qui nous a balancé les vidéos a nos portables ! Il a celui de ma meuf, bordel ! C'est à nous de régler le problème !

– Le mec a dit : « brûle », ajoute Wang. Il nous menace directement, Patron ! On ne peut pas se laisser faire !

– Je suis d'accord ! dit Blériot. Et mon cousin aussi !

– Alors on va se casser la tête, et les gars de Versailles vont tirer les marrons du feu ? rajoute Penneroux.

Audrey lève la main.

– Excusez-moi…

Les exclamations continuent de fuser.

Elle tente de se faire entendre. Sans succès. Elle se lève.

– FERMEZ-LA, BON SANG !

Tout le monde s'interrompt, surpris.

– Désolé, dit-elle. J'ai un truc à dire… Il y a une enseigne, là-dehors, au-dessus du magasin. Un smiley jaune. Il y avait aussi un smiley sur la scène de crime, tracé avec du sang sur un carton. Ce n'était pas une coïncidence, on voulait attirer notre attention.

Batista fronce les sourcils.

– Expliquez-vous, Valenti.

Elle désigne son smartphone.

– Pendant que vous discutiez, j'ai fait une recherche sur Internet. Dans le registre du commerce, j'ai tapé le nom du magasin et téléchargé les statuts de la société. Commissaire, vous avez comparé le meurtrier à un peintre. Si c'est vrai, je peux vous dire qu'on n'est pas les seuls dans son tableau.

Elle montre son écran.

– Vous savez qui possède Dragon Sports ? Jorge Tsarong. Le professeur d'arts martiaux. Les gars en armure médiévale qu'on a rencontrés dans la forêt. Quant à l'appartement du dessus, là où vous avez trouvé les indices, il sert de local à la gérante du magasin. Devinez comment elle s'appelle ?

Elle les regarde tous.

– Yesfir Tsarong. Nom de jeune fille, Yesfir Fammous. C'est sa femme.

25

Il sort du restaurant japonais excité comme une puce.

C'était chouette de se retrouver là. Le café de bon matin, une nouvelle enquête criminelle, la discussion à bâtons rompus, il aime quand ça frétille. Pas facile pour lui de rester tranquille jusqu'au bout, mais bon, tout est en place. Les membres du groupe ont un peu grogné, bien sûr, cela faisait partie du plan. Stimuler leur instinct combatif, provoquer une réaction animale : parfait pour la suite.

Dans la rue, c'est toujours autant l'effervescence. Il tend le nez en direction de la foule. Il est capable de flairer les sentiments des autres. Haine, peur, colère... Il les comprend. Ce n'est pas tous les jours qu'on retrouve un homme carbonisé en bas de chez soi. En même temps, il trouve ça bizarre. Pourquoi les gens détestent-ils la police, et s'identifient toujours aux victimes ? Si on leur disait que le Pakistanais cramé était un ignoble chef de gang, un dealer de première, et un enfoiré de criminel, on en trouverait encore pour dire : « Je ne comprends pas, c'était un homme si gentil, tellement sympathique, il aidait même les petites mémés à traverser la rue. »

Il souffle. Se gratte la tête. Puis va rejoindre l'un des techniciens de l'Identité judiciaire.

– Salut. Je suis avec le groupe Évangile.

– Bonjour, dit le technicien.
– Plusieurs d'entre nous vont jeter un coup d'œil.
– C'est normal.
– On doit tous enfiler des tenues ?
– Oui. Sinon vous allez contaminer la zone.
– J'ai peur que certains ne l'aient déjà fait.
– Je sais, soupire le technicien. C'est toujours pareil.
– De toute façon, vous allez éliminer notre ADN et nos empreintes digitales, pas vrai ?
– C'est la procédure, répond le technicien. Pour chacun d'entre vous, on effectue un relevé distinct. Ça part au labo, et on l'efface ensuite. Dans ce type d'affaire, c'est obligatoire. On a besoin d'avoir les profils ADN de chaque enquêteur sur place, pour faire la part des choses. Sinon on vous confondrait avec les méchants, ha ! ha !
– Ha ! ha ! Bien sûr. Mais j'ai entendu dire que le ministère voulait créer un fichier génétique pour les flics. C'est déjà en place ?
– Non. Les syndicats sont contre. Seuls les suspects sont stockés. Tous les profils des enquêteurs sont détruits.
– Donc si vous trouvez mes empreintes sur place, ça ne compte pas.
Le technicien sourit.
– Oui. Rassurez-vous. Vous pouvez gambader tranquille. Faites juste attention de ne pas mettre vos pattes partout, ça me file du boulot en plus.
– Parfait. Vous savez quoi ? J'adore vos expressions.
Dit le Chien.

26

– J’ai tué Djay. C’est de ma faute…

Voilà les mots qui franchissent mes lèvres. Ou bien est-ce une simple pensée traversant mon cerveau ? Je suis allongé dans le grenier de la maison. J’observe les poutres. Les volutes de fumée montent à la rencontre du bois. D’immenses doigts noueux sont croisés au-dessus de ma tête, tel un géant me berçant en son sein.

Je n’ai rien fait de la journée. J’ai traîné et perdu mon temps, abandonnant peu à peu toute résistance, avant de me décider à l’arrivée du soir.

La préparation a été longue. C’est un rituel. Vous fabriquez une boulette de la taille d’un petit pois, vous la plantez sur une aiguille et l’approchez de la bougie, tout doux, à quelques centimètres de la flamme. Il ne faut pas qu’elle brûle, seulement la chauffer, la malaxer longuement. Puis vous placez la boule dans la pipe, la pipe au-dessus de la braise, et là, doucement, vous laissez se consumer la boulette. Une fumée se dégage. Vous aspirez.

Odeur de sucre brûlé, avec un arrière-goût de réglisse. Dickens, Baudelaire et Poe l’ont fait avant moi. Jean Cocteau a même publié un manuel de la fumette, vous le saviez ?

– Je l’ai tué de mes mains ! se lamente quelqu’un dans la pièce.

Une autre bouffée s'envole.

Si je ne l'avais pas envoyé là-bas, Djay serait encore vivant. J'ai provoqué sa mort. Je me rendais compte que j'étais pris dans un engrenage. Mais j'ai préféré l'ignorer. Au lieu de tout raconter aux flics, j'ai voulu… quoi, d'ailleurs ? Résoudre l'affaire moi-même ? Trouver l'assassin de mon père ? Satisfaire ma curiosité morbide ? Ou peut-être, soyons honnête, me trouver une distraction pour ne pas penser à la drogue ? Quoi qu'il en soit, le résultat est le même. J'ai vu Djay brûler vif. Hurler en silence sur cette vidéo. Je suis responsable.

Je ris stupidement entre deux bouffées d'opium.

– Qu'est-ce que vous dites de ça, hein ? Ça vous ferait quoi d'être coupable de la mort de quelqu'un ?

Je pose la pipe. Ma tête retombe sur le lit.

Une fois, quand j'étais jeune, mon chef m'a invité en salle de garde. L'hôpital était silencieux. Il n'était pas loin de minuit. Nous n'étions que deux. Il a ouvert le meuble de la réserve, nous a servi de la vodka – de la Zubrówka à l'herbe de bison, je m'en souviens très bien – et il a trinqué avec moi, les yeux dans le vide. Ça a duré un moment. Il faisait tourner l'alcool dans son verre sans dire un mot. C'était l'une de mes toutes premières gardes, je ne connaissais rien à la médecine ou presque. Mon chef m'a dit :

– Chris, que feras-tu le jour où tu plieras un patient ?

– Je ne comprends pas.

– Quand tu tueras quelqu'un.

– Quoi ?

– Tu ne connais pas l'expression ? a-t-il demandé.

– Non.

– C'est comme ça qu'on dit.

Il a avalé son verre d'une traite et s'en est resservi un autre. Je n'avais pas encore touché au mien.

– On le fait tous. On plie des patients. Tu as les meilleures intentions du monde. Tu es chirurgien. Médecin. Anesthésiste. Mais tu fais le mauvais geste. Tu donnes le mauvais traitement. Et il meurt. Tu l'as plié.

Il m'a regardé. Ses yeux étaient humides.

– Ça t'arrivera, il faut que tu le saches. Ça fait partie du jeu.

Il avait la trentaine, chirurgien orthopédiste, avec un talent fou. Un personnage dont tout le monde disait qu'il deviendrait le prochain grand patron.

– Et vous en avez… plié ? ai-je demandé du bout des lèvres.

Il ne m'a pas répondu. À la place, il a dit :

– Je te recommande d'aller crier dans les bois.

– Hein ?

– Prends ta voiture. Va dans la forêt, loin de tout le monde, tu marches un peu. Et quand tu es seul, tu cries. Ça peut durer un certain temps. Mais à la fin, tu verras, ça va mieux.

Il s'est resservi un verre. J'ai baissé les yeux. Ça commençait à faire beaucoup d'alcool pour un soir de garde.

– On est obligé ? ai-je demandé.

– De plier un patient ? Oui. De crier, non.

Il a bu une gorgée de plus.

– Mais si tu ne cries pas, tu vas devoir trouver autre chose. Une échappatoire quelconque. Il nous en faut tous. Tu as l'embarras du choix. Morphiniques : faciles à se procurer, tu prends l'ampoule, tu signes le registre, tu injectes de l'eau à la place, tu la gardes dans ta poche. Mais la morphine t'endort. Les benzodiazépines, leur effet s'épuise vite. Je te déconseille la coke, ou les amphés, l'excitation est visible. J'ai connu une psychiatre qui avalait des gouttes d'Acupan sur du sucre. Elle a fini toxico. Il y a toutes sortes de refuges. Maintenant tu as ça aussi, bien sûr, le plus vieux tranquillisant du monde…

Il a fait tinter son verre contre le mien. Le son a retenti dans la salle de garde. Nous étions éclairés par une lampe posée sur le buffet de la réserve. Nos silhouettes dessinaient des ombres sur les murs couverts de fresques.

Il s'est penché vers moi.

– Ou alors, si t'es un veinard, peut-être que tu ne tueras jamais personne. Qui sait ?

27

À cent mètres de la maison de Kovak, un minuscule parking est niché sous les arbres. Deux voitures viennent de s'y garer.

La capitaine Luz et le commissaire Batista sortent de la première. Wang et le lieutenant Valenti de la seconde.

Audrey claque la portière, puis regarde le décor. Le marquage au sol s'efface, le goudron est mangé par les racines et les métastases de mousse. Une tache de civilisation lépreuse que la forêt ravale. En contrebas, les lumières de la vallée semblent loin. Un clocher sonne 18 heures dans le village silencieux. Batista remonte son col et met son chapeau pour protéger son crâne de la morsure du froid.

– Qu'est-ce qu'on fait là ? demande Audrey.

– À votre avis ? répond le commissaire.

Elle se tourne en direction de la maison. Elle n'est jamais venue. Mais elle connaît l'adresse.

– Vous allez interroger Christian.

– C'est ça.

– Pourquoi à quatre ? Pourquoi moi ?

– Vous étiez proches.

– Mais encore.

Batista soupire.

– Si vous êtes présente, peut-être qu'il se laissera faire.

– Parce que vous comptez l'arrêter ?

– C'est possible, dit Luz.

– On devrait plutôt se concentrer sur Tsarong, insiste Audrey. Sa femme. Son club sportif.

– Florian et les cousins s'en chargent.

La capitaine s'approche.

– Audrey, j'ai les fadettes de Djalal.

– Ses relevés téléphoniques ? Comment est-ce possible, on a passé la journée sur place, aucun d'entre nous n'est rentré pour taper les réquises.

– C'est l'autre groupe, les gars de Versailles. Ils sont à fond dessus. Ils s'en cognent de la cosaisine, ils veulent nous prendre de vitesse, alors ils passent le Pakistanais à la moulinette. Antécédents, fréquentations, la totale. Mais pendant qu'ils s'excitent, le patron a contacté quelqu'un chez eux, et réussi à récupérer leurs fadettes.

Wang sourit.

– Fadettes. « Fac. Det. » La facturation détaillée.

– Bref, dit Luz. Le dernier appel reçu par Djalal, c'était hier. 20 h 30. Christian Kovak.

– Ah.

– Ils ont parlé trente minutes. Puis une deuxième fois, très brièvement. Ensuite, plus rien. Le portable de Djalal n'a pas borné ailleurs, donc il est resté sur place. Son meurtrier l'a tué entre minuit et 3 heures du matin. On a reçu la vidéo ensuite.

Batista hoche la tête.

– Le point important, dit-il, c'est que Versailles ne sait pas grand-chose sur Kovak. On a un coup d'avance.

– Donc vous lui tombez dessus, répond froidement Audrey.

– Si on ne le fait pas, ce sera eux, dit Luz. Dernière communication téléphonique avec la victime, tu ferais quoi ? Tu ne l'interroges pas pour lui demander ce qu'ils se sont raconté ?

– Si, reconnaît Audrey.

– Alors, imagine les autres. DRPJ, le groupe crime, des cow-boys. Ils viennent ici, ils tombent sur Kovak qui, aux dernières nouvelles, se drogue, vit barricadé, et présente de sérieuses tendances paranos. D'après toi, ça va donner quoi, la rencontre ?

Audrey lâche un soupir.

– Selon vous, Chris est impliqué dans la mort de Djalal ?

– Non, dit Batista.

Elle hausse les sourcils.

– Ah bon ? Pourquoi une telle certitude ?

– On sait qu'il n'a pas bougé de chez lui. Il surfait sur le Web.

– Comment ça : « vous savez » ?

– J'ai piégé son ordinateur, intervient Wang.

Elle se tourne vers lui. Écarquille les yeux.

– Tu rigoles ?

– Non.

– Explique.

– Quand je suis allé chez lui, j'ai installé un programme qui me permet de récupérer son historique de navigation.

– C'est complètement illégal !

– J'ai donné l'ordre, intervient Batista.

Audrey se redresse. Ils restent impassibles. Elle sent la moutarde lui monter au nez. Elle fait quelques pas sur le parking pour digérer la nouvelle, les poings sur les hanches. Autour d'eux, le mugissement du vent fait trembler les feuilles. Plus loin, des gargouilles médiévales sont enfouies dans l'herbe. Un griffon. Un loup. Une statue d'ange décapitée. Il n'y a aucun promeneur. Pas âme qui vive. On se croirait au milieu de ruines oubliées dans la jungle. Ce village est vraiment un endroit étrange.

Elle revient vers Batista, des éclairs dans les yeux.

– Je croyais qu'on était une équipe.

– On l'est.

– Mais vous trichez.

– Un peu.

– Qui était au courant de votre petit espionnage ?

– Doucement, Lieutenant…

– Si je veux, Commissaire.

– Seulement nous trois, intervient Luz. Avec toi ça fait quatre.

– Et vous avez préféré ne rien dire.

– On le fait à présent.

Elle soutient leurs regards sans ciller, surveillant leurs réactions.

– Parce que vous avez besoin de moi, n'est-ce pas ? Comme ça, je vais pouvoir discuter avec Chris. L'attirer dans un coin. Calmer le jeu.

Elle plante un doigt dans la poitrine de Wang.

– Pendant que lui, il retirera son putain de programme du putain d'ordinateur. Parce que, et arrêtez-moi si je me trompe, imaginons que l'autre groupe débarque, saisisse son matériel informatique, et découvre ce que vous avez trafiqué sans la moindre autorisation d'un juge. On serait tous dans une sacrée panade. J'ai raison ? Ou bien j'ai raison ?

Luz gonfle les joues, et les relâche avec un bruit sec.

– Tu as raison.

– Pourquoi vous avez fait ça ?

– On cherchait des réponses.

– Telles que ?

Batista remue quelques instants les lèvres, comme s'il réfléchissait à la meilleure façon de présenter la chose.

– Valenti. Je vais être honnête avec vous. Nous avons toujours eu des doutes à propos du docteur Kovak. Nous en avons souvent discuté, la capitaine et moi. Bien avant votre arrivée dans le groupe. Je lui ai demandé de collaborer avec nous, certes. Mais maintenant…

Il écarte les mains.

– Il perd les pédales. On s'est montrés imprudents. Il a eu accès à nos dossiers. Imaginez qu'il divulgue les noms et adresses de nos différents collègues. Aujourd'hui, beaucoup de policiers vivent dans la crainte qu'on les agresse chez eux. On ne peut pas courir ce risque. Nous devons savoir ce qu'il fabrique.

Audrey s'apprêtait à répliquer de façon cinglante.

Elle se retient.

Depuis que des flics sont devenus des cibles, la peur est là, inutile de le nier. Dans l'affaire Mickaël Harpon, quand on a découvert que ce dernier, après avoir poignardé quatre policiers en plein cœur de la préfecture de Paris, possédait une clé USB contenant des informations sensibles sur ses collègues, c'est toute la chaîne de commandement qui s'est mise à trembler. La moindre erreur se répercute très haut.

– Alors, vous espionnez son historique, et c'est tout ?

– Oui, répond Wang. L'idée, c'était que si je le voyais faire un truc louche, genre se balader sur le Dark Web, consulter certains sites, ou tenir des propos inquiétants, je devais procéder à son signalement. Kovak aurait été fiché S.

– Fiché S ? Tu sais ce que ça implique ?

– Fin de notre collaboration. Terminé.

– Et terminée sa carrière, dit Audrey.

– Il l'a coulée avant, soyons honnêtes.

– L'honnêteté ? Tu veux vraiment qu'on en parle ?

– Stop ! dit Luz. Wang, tu files devant avec le patron. On vous rattrape. Je dois discuter avec le lieutenant Valenti.

Elle entraîne Audrey à l'écart. La capitaine Luz fourre ses mains dans ses poches. Elles marchent sur l'herbe entre les gargouilles de pierre. La pluie se met à tomber. Elles rabattent leur capuche. *Deux moines marchant au milieu des ruines d'une abbaye*, songe Audrey.

– Dès qu'on parle de Kovak, tu n'es plus objective, dit Luz.

– Je crois que si, rétorque Audrey.

– Non.

– Pourquoi tu dis ça ?

– Tes sentiments transparaissent.
– Je n'ai aucun sentiment.
– Mon œil.
Louise s'arrête et se tourne vers elle.
– Tu le protèges. C'est évident.
– Et alors ? Protéger les innocents, ce n'est pas notre travail ?
– Qui te dit qu'il l'est ?
De sous sa capuche, Luz l'observe.
– Ça fait plusieurs années qu'on se tourne autour, lui et nous. Tu ne trouves pas ça étrange ? À chaque fois qu'une grosse affaire éclate, il est là. Et aujourd'hui encore. Comme si la Mort le suivait partout. On découvre une tombe, puis une autre, et encore une. C'est pas normal. Il y a un mystère chez ce type. Et toi, tu as toujours été attirée par lui. Comme par un aimant.
– Je ne suis pas…
Luz lève la main pour l'interrompre.
– Si. Tu l'es. Laisse-moi finir.
La capitaine se remet à marcher.
– Je vais te parler crûment. Le sexe, Audrey, l'amour, c'est compliqué. J'ai mes propres besoins, et je n'ennuie personne avec. Qui baise qui, ce n'est pas notre problème. Mais si ça commence à foutre le bordel chez ma deuxième de groupe, ça le devient. Ton mari, Xavier, il m'a appelée. Pour me mettre la pression.
– Quoi ?
– Il le sent. Il s'en rend compte. Tu vas te remarier, mais tu es ambiguë. Batista te découvre au bureau tard le soir, tu traînes jusqu'à pas d'heure. Tu as accepté tes nouvelles responsabilités sans sourciller une seconde. Tu t'investis à mort. Qu'est-ce que tu branles ?
– Je ne comprends rien.
– Ton mec, monsieur le futur procureur général, dit que tu vas partir.
– Quoi ?

– On a eu une petite conversation, lui et moi. Ou plutôt, il a parlé, et j'ai écouté en fermant ma gueule. Il n'a pas l'air très réceptif aux femmes, ce brave homme. En substance, voilà ce qu'il dit. Tu as tiré au milieu de la foule, et tu t'es mise en position délicate, tant vis-à-vis des médias que de l'IGPN. Sur ce point, il a peut-être raison. J'en sais rien. Et je m'en tamponne. On n'a rien reçu, donc on verra. Mais ce n'est pas son avis. Il prétend que tu comptes retourner à la magistrature. Tu étais juge, tu n'apprécies pas ton nouveau salaire, ni ton rang, ni nos méthodes. Tu ne veux pas que ton passage chez nous puisse entacher ta carrière. Bref, il me demande, ou plutôt il m'ordonne, de te ficher la paix. On doit te mettre sur la touche et te laisser tranquille. Jusqu'à ce que tu démissionnes. Sinon, il menace de nous mettre la misère, avec le bras très long et très puissant qui est le sien.

Audrey ne sait pas quoi répondre. Elle est estomaquée.

– J'ajoute, dit Luz, qu'il a dit que tu nierais tout en bloc, bien sûr, si on te mettait mal à l'aise en te posant des questions directes.

Luz se plante devant elle en croisant les bras.

– Donc voilà. Je te mets mal à l'aise. Tu comptes te barrer ?

Audrey se sent prise de vertige. Elle a l'impression que le sol se dérobe sous ses jambes.

– Non… mais après ça, quoi que je dise…

– Dis juste que c'est faux.

– C'est faux !

– Je le savais, dit Luz en souriant. (Elle frappe dans ses mains.) C'est réglé. Tu viens ? J'ai besoin de ma deuxième de groupe.

*

Quand elles atteignent la maison de Kovak, la grille est ouverte. La porte aussi. Le commissaire ressort.

– Quoi, dit Luz, c'est déjà fini ?

Batista serre les mâchoires, le regard mauvais.

– Vous m'aviez dit qu'il était devenu agoraphobe.

– Agoraphobe ? répète Audrey.

– C'est probable, lui glisse Luz. Kovak a fait de nombreuses recherches sur la question, on l'a vu dans son historique. Ça expliquerait son comportement récent.

Wang ressort à son tour.

– C'est bon. J'ai récupéré le programme.

– Vous m'expliquez ce qui se passe ? demande Audrey.

– Il ne répondait pas à sa sonnette. On a fini par entrer par-derrière. Une porte cassée.

– Et ?

– Dans le grenier, il y a une pipe à opium. Elle fume encore.

– Il s'est enfui ! s'emporte Batista. On l'a perdu !

– Impossible, dit Luz. Peut-être qu'il vous a vus arriver, ou qu'en vous entendant sonner, il est parti. Mais un agoraphobe ne supporte pas le monde extérieur, ni les transports, et encore moins la foule. Il est forcément à pied. Et seul. Dans ces rues désertes, il n'ira pas loin.

Le commissaire retire son chapeau. La pluie coule sur son crâne chauve. Ses yeux sont étrécis. Avec ses oreilles légèrement pointues, l'ensemble lui donne un air vaguement démoniaque.

– Écoutez-moi bien. Je crois que vous avez mal évalué la situation. Nos résultats sont mauvais. Évangile est sur la sellette. Si l'autre groupe l'attrape en premier, ils le colleront au trou. Son interrogatoire durera des jours. On perdra l'avantage. Et peut-être l'affaire. Et si on perd l'affaire…

Il lève l'index. Personne ne bronche.

– Ramenez-le, ordonne Batista.

28

Ce n'est pas moi. J'avance caché dans une armure.

Les cloches de l'église sonnent. Il est 18 heures. Il pleut sur le trottoir. Le contact du mur en pierre sous mes doigts, le son des gouttes de pluie tapotant mes épaules, l'odeur des jardins fanés emplissant mes narines : toutes mes perceptions sont modifiées. Mes sens sont altérés par mon carcan chimique. Tantôt en sourdine, tantôt d'une ampleur à peine supportable, comme si mes terminaisons nerveuses oscillaient entre capteurs hypersensibles et synapses mortes.

Je marche lentement, appuyé au mur, en essayant de garder le contrôle. Je remonte la rue, solitaire, une ombre grise dans un décor gris. Qui peut le savoir ? Pas vous. Comment pourriez-vous me reconnaître ? Je me tiens voûté, le corps emmitouflé dans des fringues, le visage protégé d'une capuche, enivré de substances et d'opium.

J'avance tel un zombie. C'était ma seule issue.

Les morphiniques pour modifier le monde.

Les benzodiazépines pour apaiser la peur.

Les amphétamines pour actionner mes membres.

L'alcool pour relier le tout.

Je suis un fantôme. Un guerrier. Un alchimiste. J'ai revêtu ma cuirasse et je peux maintenant avancer dehors. Pourquoi ? Pour fuir. La peur au ventre.

C'est arrivé comme ça : il y a une demi-heure, dans le grenier de ma maison, mon téléphone vibre contre ma poitrine. Je suis allongé sur mon lit. Premières bouffées d'opium. Je n'ai pas encore sombré. Cette vibration est réelle, je la sens sur mes côtes. Elle persiste. Alors je décroche.

– Barre-toi, dit la voix.

– Quoi ?

– Il te reste trente minutes.

J'essaye de rassembler mes esprits. C'est comme vouloir attraper du sable mouillé pour lui redonner forme. Au bout d'un moment ça vient. Je reconnais la voix. Elle est rauque, bizarre. Synthétique.

– Qui êtes-vous ? parviens-je à articuler.

– Tu le sais.

– Vous voulez quoi ?

– Ils arrivent, mon petit Christian. Pour t'arrêter.

– Je ne comprends pas.

– Batista et sa clique.

Je me redresse sur le matelas. Depuis quelques secondes, ce trip n'est plus marrant du tout.

– Je n'ai rien fait.

– Oh que si.

– Si vous parlez de Djay, c'était…

– … entièrement de ta faute, mon vieux.

– C'est faux ! C'est vous qui l'avez tué !

– Mais ça a été ton choix. Ton œuvre. J'attendais quelqu'un d'autre. Tu me l'as envoyé. J'ai dû adapter mes plans.

Mes mains viennent pétrir mon visage. Mon esprit pourrait-il fabriquer ça ? Non. Je n'ai pas assez fumé encore.

– Vous me persécutez. Vous êtes malade.

– Et toi toxico.

– Hein ?

– Je suis au courant, pour l'opium.

Je regarde autour de moi, cherchant une présence.

– Vingt-neuf minutes, Chris. Le temps s'écoule.

– Je n'ai pas peur des flics.

– Tu devrais.

– Je n'ai rien à cacher.

– Sauf la drogue.

– Ça me regarde.

– Pour un médecin ? Je doute qu'un juge soit d'accord là-dessus. Il ne te reste plus grand-chose, mais tu vas tout perdre, susurre la voix tel un serpent de velours.

– Je suis innocent !

– Vraiment ?

– Qu'est-ce que vous insinuez ?

– Voyons, Christian, sois raisonnable. Il y a des zones d'ombre dans ta vie. Mes épreuves ont un sens. À toi de le découvrir. Tu es intelligent, fais quelque chose, trouve de l'aide. Parce que, dans vingt-huit minutes, plutôt vingt-sept, ils vont te choper, à moitié nu, l'air hagard, une pipe à la main. Et le monde que tu connais disparaîtra pour toujours.

Je ravale ma salive.

– Je n'ai pas peur.

– Oh… Je crois que si.

Et il a raccroché.

*

Il a raison. Je tremble de la tête aux pieds. Peu importe qu'il s'agisse d'un mauvais trip, il faut que je bouge. Usage et détention de drogue, trafic de stupéfiants, c'est quoi la dénomination exacte ? J'en sais rien. Mais il est inutile de chercher dans le Code pénal. Ça m'étonnerait que ce soit compatible avec l'exercice de la médecine. Et pas plus avec ma liberté.

Sauf que tu es incapable de sortir. Comment tu vas faire ?

Entre la peste et le choléra, quel choix possible ?

Je descends du grenier en titubant, manquant de chuter à chaque marche. Mon intestin gargouille. La peur me noue le ventre.

Trouve de l'aide.

Ma tablette numérique.

– Assistant. Au secours.

– Voulez-vous que j'appelle les secours ?

– Non.

Je me force à réfléchir.

– Assistant, donne-moi la liste des événements locaux.

– Les manifestations à venir pour la ville de Saint-Prix sont...

J'écoute les réponses, pendant que je m'active.

Fabriquer le bon mélange me prend plusieurs minutes. Je commence par l'amphé sous la langue – absorption rapide. Une giclée d'eau froide sur la tête – réveil efficace. Une tonne de fringues sur le corps – déguisement protecteur. Une barrette de benzo – pour contrôler mon agitation. Je termine par une rasade d'alcool, histoire de me donner du courage et de potentialiser le tout. Pas le temps d'attendre, je dois catapulter le démarrage des psychotropes dans mon sang, sinon ce sera trop long.

– Voulez-vous un autre renseignement ?

– Non merci, Assistant. Mets-toi en veille.

Je fourre la tablette dans un sac avec quelques affaires et de l'argent liquide. Mais j'abandonne mon téléphone ici. Ce serait trop facile de me localiser si je l'emporte.

Il va falloir sortir, maintenant. C'est ça, ou les flics m'embarquent, et dans mon état ce sera pire. La garde à vue, la condamnation, la radiation par le conseil de l'ordre, et la prison sans doute. J'ai des antécédents. Batista le sait. Quand je travaillais à l'hôpital, j'ai été placé plusieurs fois sous surveillance administrative, et même temporairement viré. Pourtant, quitter ma maison me terrifie. J'ai l'impression que si je sors, je vais mourir aussitôt.

Concentre-toi.

Pour lutter contre l'agoraphobie, il faut un objet contraphobique. C'est une astuce supplémentaire. Choisissez quelque chose, un talisman. Tant que vous l'avez sur vous, il ne vous arrivera rien. Ça peut être n'importe quoi du moment qu'il existe un lien émotionnel et que vous y croyez. Le problème, voyez-vous, c'est que je ne suis ni croyant ni superstitieux, donc je n'ai pas ça sous la main. À moins que… Si. En réalité, un objet pourrait faire l'affaire. Il contient une vraie force.

Je le récupère et le place dans ma poche. Puis je sors derrière la maison par la porte du local à poubelles. Un coup d'œil dans la rue, personne. Il y a deux voitures stationnées sur le parking du haut. Je vois des gens. Pas par là. Au lieu de monter la rue, je redescends. J'avance comme un automate, les yeux fixés sur le sol.

Je suis dehors.

Une sueur glacée m'envahit. Mon cœur s'emballe. Un cheval fou qui se cabre. Je serre l'objet, récitant pour moi-même : « Tu ne peux pas rester enfermé. Le monde est fait de chair. De sang. Sans contact, on ne peut pas fonder une famille… »

Mes battements ralentissent et reprennent leur rythme. À l'intérieur de mes veines, les substances commencent à pulser, apaisantes. Je suis toujours vivant. Mon alchimie fonctionne.

Je prends à droite, traverse un lotissement, encore à droite, et je rejoins la rue principale qui remonte vers l'église. De la pluie tombe. J'ai parcouru cinq cents mètres. J'ai du mal à y croire. Qu'a dit mon Assistant tout à l'heure ?

Saint Pry, l'homme de foi, devint évêque en l'an 666. Il accomplit de nombreux miracles, puis mourut assassiné. En 1278, Jean de Tour, originaire du village de Tour et trésorier du Temple, fit don au Prieuré-Noir d'une relique inestimable : un doigt momifié du saint évêque. Le village de Tour changea alors de nom et devint Saint-Prix. Dès lors, les pèlerins y affluèrent en nombre...

Je baisse la tête et continue de remonter la rue.

Chris Kovak. Le vagabond. Le pénitent.

Une personne me rejoint. Puis une autre. Nous ne sommes pas seuls. Il y a d'autres gens qui cheminent.

Dès le XII*e siècle, les pèlerins vinrent se baigner dans la fontaine miraculeuse, qui, dit-on, avait le pouvoir de guérir les maux...*

Elle est toujours là-haut, protégée par une grille dotée d'une plaque. J'entends une voiture foncer dans la rue, derrière moi, puis s'arrêter en faisant crisser ses pneus. Des portières claquent. Ça doit être eux. Ils me recherchent. Ne pas réagir, faire le dos rond. Continuer d'avancer en serrant l'objet de toutes mes forces. La porte d'une maison s'ouvre et deux silhouettes se joignent au cortège. D'autres gens leur emboîtent le pas, émergeant d'un porche, d'un jardin, d'une cour, et viennent grossir le flot.

À partir du XV*e siècle, il fallut agrandir l'église pour accueillir les pèlerins. Au début du* XVIII*e, de fameuses auberges telles que la taverne de L'Épée royale s'installèrent dans les rues. Des châteaux furent construits. Leurs vestiges sont encore visibles. Plusieurs rois de France tels que Charles V, Louis XI, François Ier, et de nombreux artistes comme Edmond Rostand, les frères Goncourt ou Victor Hugo séjournèrent au village. À une époque, les visiteurs devinrent si nombreux que le pèlerinage concurrença celui de Saint-Jacques-de-Compostelle...*

Qui s'en souvient aujourd'hui ?

Moi. Et quelques autres.

Nous avançons en silence. On continue d'aboyer des ordres, en contrebas, mais jamais je ne me retourne. Notre procession est devenue dense. Les voitures ne peuvent pas nous suivre. Si les flics veulent m'arrêter, ils seront obligés de monter à pied, au milieu de la foule, d'ôter les capuches et les chapeaux de chacun pour trouver mon visage. Je me recourbe tel un petit vieux, cramponné à mon objet comme à une bouée. Une dame âgée marche à côté de moi, un parapluie dans les mains. Je me colle à elle comme si nous étions un couple. Nous atteignons l'église.

Ce rassemblement a lieu chaque année, pour la Toussaint, je viens juste de l'apprendre.

La manifestation du jour pour la ville de Saint-Prix est l'ancien pèlerinage. Depuis 2010, le cortège a repris, les paroissiens organisent une procession des reliques.

J'entends les flics se rapprocher. Ils ont finalement décidé de passer la foule au crible. Devant, les portes de l'église s'ouvrent. Les gens se pressent et je me retrouve écrasé. C'est l'épreuve finale. Sensation d'étouffement. Mon cœur qui explose. À l'entrée, le prêtre s'inquiète en voyant mon visage. Je dois être blême, en sueur, à deux doigts de m'évanouir. Je le vois chercher de l'aide autour de lui. Ce n'est pas le moment de flancher, si je pète un câble maintenant, tout est fichu.

Tu es mon fils unique, et je t'aime, dit une voix dans ma tête.

Je joue la seule carte qui me reste : celle de la franchise.

Je sors l'objet de ma poche.

– Les cendres de mon père, dis-je. Il vient de mourir. Sans lui, je me sens tellement perdu.

– Entrez, dit le prêtre soudain compréhensif. Soyez le bienvenu dans la maison du Christ.

Derrière, les voix menaçantes s'éloignent.

Je franchis les portes du sanctuaire.

Et je disparais.

29

Franck Penneroux regagne la voiture stationnée dans une rue pavillonnaire d'Argenteuil. C'est la fin de la journée. Des nuages capitonnés de noir s'amoncellent. Bulles d'encre s'hypertrophiant lentement vers le bas, prêtes à se rompre. Il ouvre la portière et se laisse tomber dans le siège passager. Côté conducteur : Florian.

– Qu'est-ce que tu foutais ? demande ce dernier.

– Téléphone, répond Penneroux.

– Y a quoi de si urgent ?

– Problème perso.

– Putain, t'es lourd. On est censés interroger Jorge Tsarong, je te signale. Ton cousin est parti faire le tour de sa maison.

– Comment tu me parles…

– T'es plus numéro deux, dit Florian avec un sourire.

– Pas faux, opine Penneroux.

L'ex-procédurier du groupe Évangile s'allume une clope, tire dessus et souffle la fumée par la vitre ouverte.

– Désolé. Je discutais avec mes gosses.

– Parce que t'as des enfants ? toi ? demande Florian, surpris.

– Un garçon, une fille.

– T'en as jamais parlé.

– Ils vivent avec leur mère.

– Divorcé ?

– Mmm.

– Ça se passe comment ?

– À coups de lettres d'avocat.

Florian hoche la tête.

– Je devais passer les prendre ce week-end, poursuit Penneroux. Mais avec les affaires, j'ai annulé pour revenir à la boîte. Le drame.

– Ils habitent où, tes gosses ?

– Vélizy. Là où j'ai fait ma demande de mutation.

Franck Penneroux aspire une autre bouffée. Le bout de sa cigarette rougeoie dans la pénombre de la voiture, éclairant faiblement son visage.

– À l'école, mes gamins ne disent jamais que je suis flic. Sinon ils se font insulter.

– Tu veux te rapprocher d'eux ?

– J'aimerais bien.

– Je comprends, dit Florian. Nous aussi, on attend un gosse.

– Alors marie-toi.

– On est heureux, ça nous suffit.

– Je dis ça pour la suite. Quand elle te quittera parce que t'as un boulot naze, t'auras pas la garde. Et tu rigoleras moins.

Blériot revient et s'engouffre à l'arrière.

– Tsarong n'est pas chez lui. Tout est éteint. Les volets sont fermés. Son téléphone est sur messagerie. J'ai interrogé la voisine, elle dit qu'il est parti en voyage.

– Tu plaisantes ?

– Non.

– Elle a dit où ?

– En République tchèque.

Florian masse sa cicatrice sur le front.

– Sans déconner. Hier, un gars de son club m'attaque à coups de hache. Ce matin, on découvre que sa femme est morte, à quelques mètres de sa petite manifestation sportive. Puis on retrouve un gus cramé sur la devanture de son magasin. Et le jour même, le mec se tire en République tchèque.

– Ça ressemble à un délit de fuite, dit Blériot.

– Waouh. Ton cerveau est stupéfiant.

– Qu'est-ce qu'on décide ? dit Penneroux.

Florian gratte son gilet de la pointe de l'ongle. Il y a encore des traces de son sang dessus.

– J'en sais rien. J'en ai marre que tout le monde nous déteste. Hier, ces gens nous filmaient. Ils balançaient nos tronches sur les réseaux sociaux avec toutes sortes de commentaires horribles. Samia flippe. Elle a peur qu'on me reconnaisse dans la rue. C'est arrivé à une collègue à elle, elle s'est fait tabasser sur un rond-point.

– Quel rapport ? demande Blériot.

Florian se retourne vers eux.

– Le rapport, c'est qu'on va faire une descente dans le club de Tsarong. Ils commencent à me courir, ces gens qui jouent à la guerre et qui cassent du flic.

– Tu sais où c'est ?

– Évidemment. Valenti vous a noté l'adresse.

– Désolés, on n'a pas lu son mémo.

– Putain, les mecs ! La cité du Val-Rouge, à Argenteuil.

– Le Val-Rouge, on n'entrera pas, dit Penneroux.

– Y a toute l'ex-URSS, ajoute Blériot, les Ukrainiens, les Arméniens, on va se faire détroncher en deux secondes.

– T'inquiète, répond Florian. Avec vos moustaches, vous ressemblez à Staline. Et moi je suis blond. Ça ira très bien.

Il glisse son flingue à l'arrière de son jean.

– Allez, on y va.

Blériot se penche vers son cousin.

– Je crois qu'il est énervé.

– Poussée hormonale.

– Trop de stress ?

– Il va devenir papa.
– Hé, Heckle et Jeckle, j'entends tout ! grogne Florian.
Franck lui assène une claque sur l'épaule.
– T'as raison. Allons niquer tous ces braves gens.

*

Le Val-Rouge est le surnom de la cité Maurice-Thorez, à Argenteuil. Une simple barre au bord d'un stade, près des voies ferrées. En 1917, la révolution d'Octobre expulsait des centaines de milliers de Russes hors de leurs frontières. Beaucoup vinrent se réfugier en France. Les hommes se reconvertirent en conducteurs de taxis. Leurs véhicules à la présentation impeccable sillonnaient les boulevards. La majorité d'entre eux étaient d'anciens militaires, des officiers supérieurs de la garde impériale. « La guerre est leur métier », disait-on alors, impressionné par leur allure. Ils sont morts depuis, mais leurs descendants sont là. Et avec l'effondrement du bloc soviétique, ils ont été rejoints par d'autres. Les cultures demeurent. Parfois dans les endroits les plus inattendus.

Florian d'Apremont traverse un parking, Blériot et Penneroux sur les talons. Des gamins jouant entre les voitures s'arrêtent pour les observer.

– Des guetteurs, dit Penneroux entre ses dents.

– Normal, répond Florian. Le Val-Rouge est une enclave chrétienne orthodoxe au milieu de communautés sénégalaise, malienne, algérienne et marocaine à majorité musulmane. Du moment qu'on vient pas foutre le bordel, il se passera rien. Mais restez fermes, ils n'aiment pas non plus les tapettes.

Ils longent un stade jonché de débris – poubelles, papiers, une tente effondrée, quelques drapeaux – et poussent la porte d'un gymnase. L'intérieur de la salle sent la transpiration. Une vingtaine de culturistes poussent de la fonte sur des équipements sommaires. L'ambiance est virile et feutrée à la fois : soupirs d'effort, claquements des poids qui s'entrechoquent, musique classique en sourdine.

– *Les chœurs de l'Armée rouge ?* dit Penneroux avec un rictus sarcastique.

Sur le mur, un drapeau immense représente deux aigles noirs entrelacés. Plusieurs posters de Vladimir Poutine sont également visibles, torse nu sur un cheval ou gonflant ses muscles. En dessous, une longue étagère supporte des coupes étincelantes. Dans le fond est aménagée une salle d'armes, avec des mannequins en bois, des épées et des lances. Personne ne s'y exerce.

Florian sort sa carte de flic.

– On cherche l'association sportive de Jorge Tsarong, demande-t-il à l'homme le plus proche.

Celui-ci est allongé sur un banc, occupé à repousser une barre d'exercice. Il fronce les sourcils et regarde autour de lui. Plusieurs de ses collègues s'arrêtent de travailler.

– C'est ici.

– Son club porte un nom ?

– Les Dragons noirs.

– Trop mimi, commente Penneroux.

– Vous voulez quoi ?

– Le bureau de Jorge.

– Il est absent.

– Où se trouve son local ?

– J'en sais rien.

– Accouche, dit Penneroux en s'appuyant sur la barre.

L'homme grimace.

– Au fond, dit-il en désignant une porte du menton.

– Il y a eu une guerre, sur le stade dehors ? dit Blériot.

– Une fête. Hier soir.

L'homme soutient leurs regards, puis retourne à ses efforts physiques sans plus s'occuper d'eux.

Florian se dirige vers la porte.

Ouvre.

Il s'attendait à un bureau administratif.

C'est un cabinet de kinésithérapie.

Sur une table, sous la lampe d'un Scialytique, un homme de taille ridicule est occupé à se faire plier la jambe selon un angle impossible par une femme trois fois plus imposante que lui. C'est une géante obèse, blouse couleur prune, cheveux roux rassemblés en chignon.

Le chignon se tourne vers Florian.

– J'ai pas le temps.

– Police.

– Ça change rien.

– J'insiste, dit d'Apremont.

– Vous avez un mandat ?

– Non.

– Alors cassez-vous.

La géante relâche la jambe de son patient, lequel pousse un gémissement de reconnaissance. Dans un coin, un vieux téléviseur diffuse ce qui ressemble à un épisode de *L'Île de la tentation* en version russe. La femme frappe ses mains l'une contre l'autre pour en ôter le talc. Chacune est un peu moins grande qu'une pelle à pizza.

Florian s'avance vers elle, tout sourire.

– J'aurais besoin d'une séance de kiné. L'un de vos collègues m'a agressé hier matin.

– J'ai pas de collègues. Je partage juste ce bureau.

– J'ai mal là, dit Florian en désignant sa cicatrice sur le front.

– Et alors ? Je dois pleurer ?

– Attendez, on arrive à peine, dit Penneroux en renversant le Scialytique, qui s'effondre dans un fracas d'enfer.

Le petit homme descend de la table précipitamment et s'enfuit par la porte. Une demi-douzaine de culturistes la franchissent dans l'autre sens. Plusieurs sont armés de barres de fer. Blériot et Penneroux s'interposent. Des insultes fusent. Une empoignade démarre.

– Oksy ! hurle quelqu'un.

– C'est bon, les gars, dit-elle en levant la main. *Kátit !*

Les colosses reculent. Elle hoche la tête. Ils disparaissent.

Blériot se retourne vers elle.

– Oksy ?

La géante obèse défait l'élastique au sommet de son crâne. Une cascade de boucles soyeuses inonde ses épaules. Elle rassemble la masse écarlate en arrière et entreprend de reconstituer son chignon.

– Oksana. C'est mon prénom, dit-elle.

– Joli, lâche malgré lui Blériot.

Les trois autres se retournent vers lui. La géante le dévisage un peu plus longuement. Puis elle pousse un soupir à faire trembler les feuilles sur son bureau.

– Bon, dit-elle, j'ai l'impression qu'on a démarré du mauvais pied, vous et moi. Qu'est-ce que vous voulez ? À part détruire mon matériel.

– On cherche Jorge Tsarong.

– Il est parti à Prague, avec son club, tôt ce matin, après avoir fait la fête. Les gens que vous avez vus dans le gymnase n'en font pas partie.

– Pourtant ils s'excitent vite, dit Penneroux.

– Ils voulaient me protéger.

– De quoi ?

– Des abrutis dans votre genre.

Oksana se penche pour remettre le Scialytique debout. Florian remarque les ecchymoses sur sa nuque. Elle allume la lampe pour vérifier qu'elle fonctionne, puis l'éteint.

– Qu'est-ce qu'ils font à Prague ? demande d'Apremont d'une voix plus douce.

– La Bataille des Nations.

– C'est quoi ?

– Compétition sportive. Ça dure plusieurs jours. Il y a divers formats. Un contre un, cinq contre cinq, à vingt et un, ou même à trente contre trente. Les types sont en armure et combattent à coups de hallebardes, d'épées et de boucliers. Le vainqueur est le dernier debout.

– Ces gens sont violents ?

– Question amusante.

– C'est l'un d'entre eux qui a tenté de vous étrangler ?

Oksana hésite, oscillant d'un pied sur l'autre. On dirait une brioche géante tanguant sur elle-même.

– Leur tank s'est fait une entorse, finit-elle par dire.

– Leur tank.

– Le plus balèze d'entre eux. Celui chargé d'attirer les coups de l'équipe adverse. Il courait en forêt, hier matin. Ce crétin portait son armure. Elle n'est pas faite pour ça. Faux mouvement, déchirure du ligament latéral externe de la cheville. Je lui ai dit qu'il était débile. Que je ne pouvais pas le soigner dans un délai aussi court. Il n'a pas pu partir en voyage. Ça l'a contrarié.

Oksana croise les bras sur sa poitrine imposante.

– Comprenez-moi, dit-elle, je n'ai rien à voir avec Tsarong et sa bande. Il a des adeptes. J'ai des patients. Il essaye d'enrôler tout le monde dans sa secte, mais tout le monde n'est pas d'accord. Je cohabite.

– Vous pouvez porter plainte.

– Non.

– Pourquoi ?

– Tsarong est intouchable.

– On est flics.

– Dans une cité, ça veut pas dire grand-chose.

– Et comment s'appelle ce… *tank* ?

– Je balance personne.

– On peut le trouver où ?

– Je vous l'ai dit, je suis pas sa mère.

– On veut juste vous aider, Madame, intervient Blériot.

Les trois autres le regardent de nouveau.

– Quoi ? dit-il. J'ai pas raison ?

– D'accord, dit Florian en tendant une carte à Oksana, on vous laisse tranquille, voici un numéro pour nous joindre. J'espère que vous changerez d'avis.

Ils retournent dans le gymnase. Quelques culturistes les dévisagent en fronçant les sourcils. Florian s'arrête devant l'étagère remplie de coupes sportives. Une grande croix orthodoxe à six branches est clouée au mur, sur le côté, comme une relique sacrée. Dans une vitrine trônent des médailles et des photos de l'équipe, dans des cadres surchargés de dorures. Il prend son portable et envoie un SMS à la capitaine Luz.

C'est foutu. Tsarong et ses gars ont filé à l'étranger.

Il range son téléphone et sort du bâtiment.

Il pleut.

Leurs trois portables tintent en même temps.

Nous aussi on a loupé Kovak. L'enquête est au point mort, écrit Luz. *Tout le monde est fatigué. On remballe. Demain c'est dimanche, reposez-vous. Je vous tiens au jus.*

– Quelle journée de merde, lâche Penneroux.

– Ça pourrait pas être pire, soupire Blériot.

Deux fourgons noirs de la BRI s'arrêtent devant eux. Une vingtaine d'hommes de la brigade d'intervention en jaillissent. Trois voitures de flics se garent dans la foulée, gyros en action. Un homme de petite taille, la quarantaine fringante, en chemise blanche, avec des cheveux gris soigneusement peignés en arrière, donne les ordres.

– Embarquez les gens du gymnase. Fouillez leurs casiers. Emportez tout, documents, ordinateurs, armes blanches. On fera le tri plus tard.

Il se plante devant Florian.

– Alors, les bras cassés, l'enquête piétine, comme d'habitude ?

– Je croyais que vous bossiez sur Djalal, grogne Florian.

– On sait faire plusieurs choses en même temps.

– Comment vous avez remonté la piste jusqu'ici ?

– On a nos sources.

– Et déjà un mandat de perquise ? s'étonne d'Apremont.

– Faut être plus réactifs, les gars.

L'homme claque des doigts à l'intention de ses hommes et de la BRI qui s'engouffrent dans le bâtiment. Il se retourne vers le groupe.

– Au fait, je veux vos dossiers sur mon bureau sans avoir à venir les chercher. Dites à Batista qu'il m'appelle, ou c'est le juge qui s'en charge, d'accord ?

Il s'éloigne.

– C'était le commissaire Barouche, murmure Penneroux. La Crime de Versailles. Y a pas à dire, y sont rapides.

– Un peu trop, dit Florian.

– Comment ils ont fait ? demande Blériot.

D'Apremont les dévisage froidement.

– J'en sais rien. Et vous ?

30

Je suis prostré au fond de l'église, sur un banc, au moment où l'homme m'aborde.

– Docteur Kovak ?

Je lève les yeux. Il est de taille moyenne, vêtu de bleu, avec une canne à pommeau doré. Ses cheveux blonds, mi-longs, sont décolorés d'une manière un peu ridicule. Un vieux beau, entre soixante-dix et quatre-vingts berges, mais bien conservé pour son âge. Son costume est propre. Son pantalon, en revanche, dissimule mal ses chaussures trouées dont la semelle se décolle.

Pour connaître un homme, regarde ses pieds, disait toujours mon père.

– Le sermon du prêtre était très moderne, je trouve : la foi chrétienne face à la montée de la violence. Qu'en pensez-vous, mon cher docteur ?

La messe est terminée. Les paroissiens finissent de quitter l'église. Pour ma part, je n'ai pas bougé de mon banc, en retrait, le regard vissé par terre pour éviter de penser à la foule. J'ai conservé les cendres de papa dans leur petit réceptacle dans ma poche, ma main collée dessus. Le pouvoir de mon objet contraphobique s'estompe. Celui de mes médicaments aussi. J'ai avalé trois comprimés depuis que je suis là, et c'est de plus en plus difficile. Je me sens terriblement vulnérable. Et seul. Et malheureux.

Drogué au dernier degré. Les flics aux fesses. Réfugié dans une église, tel un mendiant du Moyen Âge. « Asile ! Asile ! » crie Quasimodo le bossu.

Je regarde l'homme à la canne.

– Vous êtes le père Frollo ?

– Pardon ?

– Rien.

– J'espère que je ne vous importune pas, docteur Kovak. C'est Marianne Dutilleul qui m'a donné votre nom.

La représentante de l'agence immobilière me fait un petit signe de la main tandis qu'elle s'achemine vers la sortie. Apparemment, elle se trouvait parmi les paroissiens. Je ne l'avais même pas remarquée.

– Elle pense, et notre prêtre aussi, que vous avez besoin d'aide.

– Pas du tout.

– Dans ce cas je vous laisse.

– Vous êtes qui ?

– Maxime-Honoré Balfour. J'enseigne le catéchisme.

Il me tend la main.

Je la serre quand même.

Il pose son autre main dessus.

– C'est une petite paroisse, vous savez. On s'entraide.

– Vous perdez votre temps, dis-je. Je ne crois pas en Dieu.

– Mais moi non plus, dit-il sans cesser de sourire.

*

Notre conversation se poursuit à l'auberge du Prieuré-Noir. C'est à moins de vingt mètres. Balfour, l'homme aux chaussures trouées, m'a invité à y prendre un verre. Mais je suppose qu'il me laissera l'addition. Peut-être même trouvera-t-il le moyen de m'extorquer un repas. Je n'ai pas eu la force de résister, même s'il a l'air d'un vieux roublard. Mon cœur recommence à battre la chamade et il faut que je me repose cinq minutes.

On descend la rue. Il n'y a personne, il fait nuit. Pour moi, c'est à peu près jouable. Je m'appuie discrètement au mur. Balfour me jette un coup d'œil, sans poser de question. Il doit prendre mon attitude pour de la fatigue.

Nous entrons dans l'auberge. Ambiance médiévale, tapis à fleurs de lys, fauteuils moelleux. Il flotte une agréable odeur de pain chaud. En revanche c'est presque désert. Sur un signe de Balfour, on nous installe à une table à l'écart, près d'un feu de cheminée qui crépite. La plaque en fonte représente un blason. Peu de lumière. Ça me convient. Mon syndrome de sevrage n'est pas loin, mes doigts recommencent à trembler.

Maxime-Honoré Balfour dépose sa canne à pommeau doré près de l'âtre et s'installe comme s'il était chez lui.

– En tout cas, je ne crois pas en Dieu tel qu'on nous le présente, poursuit-il. Un gars sur un nuage ? Qui nous jugerait de sa lorgnette ? Allons bon ! L'astrophysique nous apprend que la Terre est une minuscule planète dans la banlieue de la Voie lactée. Or, dans cette seule Voie lactée, il y a neuf milliards de planètes abritant probablement la vie. Et cette même Voie lactée fait partie d'un groupe de trente galaxies similaires, lui-même dans un groupe plus grand, le super-amas de la Vierge, qui en compte dix mille. Et des super-amas de la sorte, il y en a plein. Idem dans l'autre sens, lorsqu'on s'enfonce dans le microcosme, les cellules, les atomes, les quarks. Et l'homme, ce petit animal de deux cent mille ans à peine, se croit le centre du monde ? La religion est une vaste blague… S'il y a des entités, des formes de superconscience dans l'univers, nous ne sommes même pas des fourmis sous leurs semelles.

Je le regarde, impressionné. En tant que scientifique, c'est plus ou moins ce que je pense. Mais personne ne m'en a parlé comme ça. Et surtout pas un représentant de l'Église.

Quand j'étais enfant, Anton et Lauren m'ont collé au catéchisme. Catholiques tous les deux, ils estimaient que cela faisait partie de mon éducation. En quatrième, ma gentille catéchiste – une brave militante de l'ultra-droite que n'aurait pas reniée le Ku Klux Klan, je le sais à présent – tenait à nous enseigner deux notions essentielles : « Le Diable, c'est les Russes ! » et aussi : « Tous ceux qui se masturbent brûleront en enfer ! » À partir de là, j'ai commencé à mettre la religion sérieusement en question. Surtout en ce qui concerne la deuxième partie. Je n'avais de cesse de planter le bordel dans les cours, contestant toutes les croyances, la datation du saint suaire, les miracles bidon, journaux scientifiques à l'appui, jusqu'à ce que finalement on me vire. Je ne me suis guère arrangé depuis.

On nous apporte la carte. Je choisis du vin. Balfour refuse d'un geste, se contentant d'un verre d'eau. L'homme me regarde de ses yeux pétillants.

– Qu'est-ce que vous me voulez ? finis-je par dire.

– Rien. Je suis curieux. On m'a parlé de vous.

– Marianne Dutilleul ?

– Oui.

– Ah.

– Elle vous trouve charmant, mais un peu dingue.

– Si elle le dit.

– Je crois qu'elle a le béguin.

– Ce n'est pas réciproque.

Il rit. D'un rire franc, qui me rappelle celui de mon père.

À son souvenir, mon visage s'assombrit.

– Pardonnez-moi, dit-il. J'espère que je ne vous ai pas vexé.

– Non. Vous m'évoquez quelqu'un. Une perte récente.

Il me considère avec compassion.

– C'est pour ça que vous êtes venu à l'église ? Déposer les cendres de votre père ?

Avant que je m'exprime, il lève la main.

– C'est le prêtre qui m'en a parlé. Vous lui avez dit en entrant. C'est la raison pour laquelle je me suis permis de venir vers vous. J'ai perdu ma femme. Et un fils. Je sais ce que la douleur représente. J'ai longtemps été alcoolique. Il m'arrive parfois de craquer encore. Et…

Il s'interrompt. Touche son verre d'eau. Le repose.

– Bref, dit-il. J'étais docteur, mais pas comme vous. Docteur en psychologie. Je suis depuis longtemps à la retraite. Le catéchisme est une forme de passe-temps. Je n'y crois pas. Mais je l'enseigne, et ça m'occupe. Vous savez ce qu'on dit, en vieillissant, la peur de la mort, on se rapproche de Dieu.

Je le regarde avec un demi-sourire.

– Vous êtes un gars bizarre, Maxime-Honoré.

– Plus que vous ne l'imaginez. Je vous dirais bien : « Mes amis m'appellent Max », par exemple. Sauf que je n'ai pas d'amis. Je n'aime pas les gens.

Il se lève.

– Je vis dans la petite maison à droite, au bout de la rue. Je lis des livres, je fais du jardinage, et je donne des cours de catéchisme tous les mercredis. En dehors de ça, j'ai peu de contacts. À force d'étudier la psychologie de mes contemporains, je me suis lassé de leur présence. Ils sont trop prévisibles. Je vous laisse dîner tranquille, docteur Kovak. Si vous avez besoin de parler, à votre disposition. Et si je ne réponds pas, c'est que je suis en promenade… ou que je ne veux pas vous voir.

Il s'éloigne.

– Attendez.

Il se retourne.

– Oui ?

– Je ne souhaite pas aborder les détails, dis-je, mais j'ai un problème. Pour des raisons personnelles, je ne peux pas rentrer chez moi. Ni me déplacer non plus. Je me suis retiré dans ce village parce que je suis agoraphobe. Je ne supporte pas la foule.

Et j'ai coupé les ponts avec mes proches. Sauf que, ce soir, je ne sais pas où aller.

Balfour écarte les mains.

– Eh bien, pourquoi pas ici ?

– Dans cette auberge ?

– Elle est très bien.

– C'est un village. Ma présence se saura vite.

– Ne vous inquiétez pas pour ça. Le patron est un ami. Je dirai que vous effectuez une retraite spirituelle, et que vous souhaitez la discrétion absolue. Vous ne serez pas le premier à vous mettre en congé de vos proches. À l'origine, il s'agissait d'un monastère ici. Le Prieuré-Noir fait référence à la couleur des habits monastiques. Blancs pour les victorins, noirs pour les bénédictins. Ordre contemplatif. Le silence est la vertu. Faites-moi confiance, on vous fichera la paix.

Je le remercie. Il disparaît.

Je mange peu. Je bois du vin. L'alcool fait son office et mes tremblements s'apaisent. Je suis bientôt seul dans l'auberge. L'ambiance est étrange, un peu monacale, en effet. On me conduit dans ma chambre. J'ai payé en liquide, sans donner mon identité. Je n'ai pas de portable. Je ne me suis pas connecté à ma tablette. À l'exception de Balfour, personne ne sait où je me trouve. Cette cachette en vaut une autre. En vérité, je pourrais être à l'autre bout du monde.

Je tombe sur mon lit, mes paupières se referment, mon esprit vagabonde.

Je vois un village en haut d'une montagne. Une procession de moines encapuchonnés, menée par Maxime-Honoré Balfour, martelant le sol de sa canne en rythmant leurs pas. Une sorcière dans un étang. Un homme crucifié qui brûle. Mon père agonisant. Ma mère qui disparaît dans une voiture noire. Je vois le visage d'Audrey.

Puis je ne vois plus rien.

31

Audrey redresse la tête en sursaut. Elle a failli s'endormir au volant.

Elle ne s'est pratiquement pas reposée depuis quarante-huit heures. Sur l'A86, la file de voitures est à l'arrêt. Klaxons, odeur de gaz d'échappement, bourdonnement hypnotique de la radio. Elle soupire en regardant sa montre. Elle va encore rentrer tard. Ce qui veut dire : prise de tête avec Xavier, une fois de plus, après une journée difficile. Elle n'en a pas envie.

Elle sélectionne le premier des numéros favoris enregistrés sur son portable. Deux sonneries. Ça décroche.

– Allô, maman ?

– Oh, mon Dieu.

– Quoi.

– Tu m'as appelée maman.

– Et alors ?

– Quand tu dis maman, et pas Rosa, c'est que tu as un problème.

– Pas forcément.

– D'accord.

Silence à l'autre bout.

– Allô ? répète Audrey.

– Oui, ma fille. Je suis toujours là. Je n'ai pas raccroché. J'attends que tu me donnes des nouvelles. Elles sont sûrement merveilleuses, puisqu'il n'y a pas de problème.

Soupir de lassitude.

– C'est bon. Tu as gagné.

– Ah ! susurre Rosa d'une voix triomphante.

– Je peux dormir chez toi ?

– Dis-moi que tu quittes l'autre crétin.

– Xavier ?

– L'autre crétin. Qui ça pourrait être ?

– Tu parles de mon mari, je te signale.

– Mmm.

– Je sais que tu n'approuves pas.

– C'est rien de le dire.

Le pied d'Audrey relâche l'accélérateur. Les voitures n'avancent guère.

– On va pas refaire l'histoire. Il m'a trompée, j'ai divorcé, j'ai pardonné, je suis revenue. Est-ce que tu crois au pardon, maman ?

– Non.

– J'ai fait mon choix, s'énerve Audrey. Admets-le !

– Ben voyons, ricane Rosa. C'est le grand amour entre vous deux, c'est ça ? Tu vois la vie en rose ? Tellement que tu veux passer le samedi soir chez ta mère ?

Audrey se mord la lèvre.

– C'est compliqué.

– Il t'a fait quoi, cette fois-ci ?

Elle hésite en repensant à sa bague.

– Tantôt il m'offre des cadeaux somptueux, tantôt il me dénigre, soit en face, soit auprès de mes collègues. On se dispute. Il crie. Puis s'en veut. Il revient vers moi. Et le cycle recommence. J'ai l'impression de ne rien comprendre, je veux dire, je suis flic, je gère des situations difficiles, mais avec lui… je ne sais plus comment réagir.

– Y a un proverbe yiddish.

– Lequel ?
– Quand un voleur t'embrasse, compte tes dents.
– Ce qui veut dire ?
– Dégage ce connard. Je crois que c'est plus clair.
– Rosa !
– C'est bon, Audrey. Bien sûr que tu peux dormir à la maison. Je suis toujours ravie quand ma fille vient me voir. Ça me rend très heureuse. Je vais te préparer à manger. À tout à l'heure.

Elle raccroche.

Les voitures ne bougent toujours pas. Audrey en profite pour envoyer un SMS à Xavier. *Coincée au travail. Je dois y retourner demain. Je dors chez ma mère, c'est plus près. Je te rappelle.*

Elle est en train de sourire, elle s'en rend compte. Ça fait longtemps qu'elle n'a pas eu ce genre d'expression. Elle a l'impression qu'on lui a ôté un poids de la poitrine. Et ça lui fait du bien.

Son téléphone sonne. Florian.
– On a un souci.
– Je t'écoute.
– Ça concerne le groupe. Je crois que c'est très grave.

*

Audrey s'est arrêtée dans une brasserie de Saint-Ouen. Sa mère habite à côté, mais elle préfère avoir cette conversation avec Florian tranquillement. Le serveur pose une tasse de thé sur la table. Elle règle l'addition, le téléphone coincé contre son oreille.
– Vas-y, dit-elle. Recommence ton histoire du début.
– Tu as reçu la photo ?
– Oui.
– Je l'ai prise dans une vitrine du gymnase de Tsarong, dit Florian. Elle représente son équipe sportive. Tu as vu le balèze qui dépasse tous les autres ?
– Difficile de le rater.

– C'est lui.

– Lui qui ?

– Celui qui nous a agressés, toi et moi.

Audrey respire calmement. Elle peut encore sentir la violence du choc contre ses côtes. Le poids de la chaussure sur sa joue. Elle pose son smartphone sur la table, glisse un écouteur dans son oreille et sélectionne l'image. Elle l'agrandit à deux doigts. L'homme a les cheveux courts, de petits yeux porcins, les oreilles décollées, exactement le genre de tête à claques qu'elle imaginait sous la cagoule.

– OK. Je suis en train de regarder cet enfoiré.

– Il s'est fait une entorse à la cheville, poursuit Florian. Il courait en armure dans les bois. Tsarong a dû l'aider à se planquer avant qu'on arrive.

– Ça paraît logique.

– Quand je t'ai dit qu'il pouvait être notre tueur…

– Je n'y crois toujours pas.

– N'empêche, il a un truc à se reprocher. Qu'est-ce qu'il fichait là ? Pourquoi il nous a attaqués bille en tête ? Pourquoi Tsarong le couvre ?

– Je suis d'accord là-dessus, dit Audrey.

– Et le mieux : il est resté en France.

– Génial. On n'a plus qu'à le choper.

– Il nous manque encore son nom et son adresse.

– On va trouver, dit Audrey. T'as prévenu les autres ?

– Non. C'est là qu'il y a un problème.

Florian lui raconte l'arrivée de l'autre groupe, les camions de la BRI, le mandat du juge.

– Les gars de Versailles étaient prêts. Ils savaient tout. L'adresse du gymnase, tout ce que tu nous as noté dans ton mémo ce matin, alors que c'est toi qui as creusé la piste.

Audrey boit une gorgée de thé.

Elle réfléchit.

– Nous aussi, il s'est passé un truc étrange. Kovak a disparu.

Elle réfléchit encore.

– Et celui qui nous a envoyé la vidéo, la nuit dernière, possédait tous nos numéros de portables. Ça fait beaucoup de coïncidences.

– C'est mon avis aussi. Conclusion ?

Audrey repose sa tasse.

– Il y a quelque chose de pourri au royaume du Danemark. Je ne sais pas ce qui se passe. Mais une chose est claire : quelqu'un du groupe est en train de nous trahir.

32

– Est-ce que je suis dingue ? demande le Chien.

– Je ne sais pas, répond le psychiatre. Vous en pensez quoi ?

Le Chien regarde autour de lui en se grattant la tête. Il n'aime pas ce genre de lieu. La salle de consultation d'un service d'urgences psychiatriques. Un dimanche matin. Un bureau, deux chaises, rien d'autre, et surtout aucun objet dangereux que l'on puisse projeter, ni qui pourrait servir d'arme blanche. Il n'a pas envie d'être là, mais il est obligé de venir. C'est le seul moyen d'obtenir ce qu'il veut.

Il se tourne vers le médecin.

– Sur mon lieu de travail, des gens me soupçonnent.

– Ont-ils des raisons de le faire ?

– Oui. J'ai pas mal de secrets.

– En souffrez-vous ?

– J'en ai rien à cirer.

– Donc ce n'est pas de la paranoïa. Sinon ces soupçons créeraient des angoisses, et beaucoup de souffrance, ce qui n'est pas votre cas, dit le psychiatre en croisant les doigts sur son ventre proéminent.

Le Chien agite son pied sous la table.

– Il n'empêche. Quand je me regarde dans un miroir, je vois un homme âgé, au visage raviné, avec des cheveux gris noués en arrière, des ongles longs et des tatouages. Des croix. Des auréoles de saints.

– Avez-vous des préoccupations mystiques ?

– Oui.

– Alors c'est en rapport.

– J'ai des visions.

– Qui ne sont pas des hallucinations.

– C'est-à-dire ?

– Vous en avez conscience. Vous savez qui vous êtes.

– C'est vrai.

– Donc vous n'êtes pas dingue, pour répondre à votre question initiale.

Le Chien fronce les narines.

– Vous dites ça parce que je me rends compte de mes actes ?

– Exactement.

– Adolf Hitler se rendait compte de ses actes. Il était sain d'esprit ?

– Vous jouez sur les mots, dit le psychiatre avec un sourire.

Les ongles tapotent la table.

– Bien. J'ai besoin de mes médicaments. On est dimanche. Vous êtes le seul à pouvoir me les renouveler.

– Aucun problème.

Le Chien regarde le psychiatre recopier l'ordonnance qu'il a lui-même volée à un toxicomane. Il s'est contenté de la scanner, changer le nom, modifier les substances, et la froisser un peu. Mais pour une pharmacie, il a besoin de la véritable ordonnance sécurisée que l'autre est en train de lui fournir.

– Pour un psychiatre, dit-il, je vous trouve très sympathique.

– C'est gentil, répond le docteur. Je tenais à vous rassurer. Vous allez bien. Il y a six cent mille schizophrènes en France. On ne va pas les enfermer tous.

Le Chien sourit en empochant le papier.

– Je ne suis pas schizophrène. Mais merci pour tout.

Il sort de l'hôpital et remonte sur sa moto. Lorsqu'il doit se déplacer rapidement et en toute discrétion, il préfère ce moyen de transport. Sur le chemin du retour, il s'arrête d'abord à la pharmacie, puis fait un crochet par la supérette de son quartier. Ce n'est pas la même caissière que l'autre jour. Tant mieux. Il achète quelques plats froids, et les dépose aux pieds du couple de sans-domicile qui vivent devant son immeuble. Ça fait un certain temps qu'il procède ainsi. Bonjour bonsoir, comment allez-vous, un mot gentil, une couverture contre le froid, ce genre de choses. Il les apprivoise peu à peu. Comme de petits animaux. Comme il l'a fait avec le psychiatre.

Il remonte chez lui. Pas de concierge dans l'escalier, cette fois. Il entre dans son appartement, récupère le matériel dont il a besoin, et ressort aussitôt. Retour sur la moto, direction la banlieue.

Il est assez rapide. Le vent froid souffle sur son casque. L'heure est encore matinale. Il se gare, entre dans le bâtiment, remonte discrètement l'escalier, ouvre la porte avec son matériel, s'introduit dans la pièce, et s'installe.

La silhouette est là. Sur le lit. Elle dort.

Quel moment magique !

Le Chien avance dans un silence impeccable. Il est comme un berger guidant le troupeau. Quand quelqu'un s'égare, il faut parfois mordre pour le remettre dans le droit chemin. Il sort ses outils, et termine par la cagoule, qu'il enfile sur la tête du corps endormi.

Avant de le frapper violemment.

– Docteur Kovak ! On se réveille !

33

Je vais m'étouffer. C'est ma première sensation.

Un morceau de tissu est collé sur ma bouche. Je respire fort. Violemment. Comme un nouveau-né. Une grande goulée d'air. J'aspire, j'aspire, j'ouvre les yeux, et...

Rien. Je n'y vois pas. C'est le noir intégral. On m'a mis un sac sur la tête. J'essaye de me débattre, sans succès. Une cordelette entrave mes mains. On dirait un lacet en plastique. Je tire dessus, ce qui a deux conséquences immédiates : la douleur, car le nœud se resserre, et la frustration, parce que je découvre que je suis attaché au lit.

– Chuutttt..., souffle une voix près de mon oreille.

L'horreur. Tétanie. Paralysie absolue.

Le responsable est là, près de moi.

J'ai l'impression d'être en plein cauchemar, sauf que je suis réveillé. Ce genre de situation folle, je ne l'ai jamais vécue, à part en imagination. *Vous êtes immobilisé, un cambrioleur vous tient à sa merci, vous faites quoi ?* On s'amuse tous à créer ce genre de fantasmes paranoïaques, n'est-ce pas ? C'est comme d'imaginer notre réaction lors du décès d'un proche, ou même notre propre mort. On se raconte l'enterrement, on voit les gens au cimetière, on se déroule tout le film, c'est angoissant, c'est triste, un jeu morbide. Ce n'est pas de votre faute, votre cerveau est construit ainsi : il s'entraîne constamment au pire. Vous n'en avez pas conscience, mais ce n'est qu'une façon de survivre en répétant les situations de stress. Il a fallu deux cent cinquante millions d'années d'évolution aux mammifères pour fabriquer ce système de défense, le système limbique, qui gère nos comportements émotionnels liés à la peur, au plaisir, à l'agressivité. La répétition est un entraînement. Notre cerveau est un guerrier.

Eh bien, voilà, on y est, Chris. Te voici en situation réelle. Est-ce que tu gères ?

Je vais vous donner la réponse : non, on ne gère pas. Et c'est tout le paradoxe. Notre cerveau tente d'anticiper le pire, mais quand il se produit, vous n'êtes pas prêt. Dans la vraie vie, voilà comment ça se déroule.

Mon rythme cardiaque s'accélère brusquement, il fait un bond à cent vingt pulsations minute. C'est effroyable. Inattendu. Je manque soudain de souffle. Je halète, je me mets à respirer fort, et ce foutu tissu se colle à ma bouche. Chaque aspiration devient plus difficile que la précédente. En quelques secondes, j'ai l'impression de me noyer. Je panique. Mon rythme cardiaque augmente encore, il atteint cent cinquante. Quelque part, le cerveau neutre et mathématique de Chris Kovak analyse froidement la situation, constate que ma fréquence respiratoire atteint, elle aussi, le double de la normale, et décrète :

Tu fais de l'hyperventilation, mon petit Christian. Tu ne vas pas mourir. Mais ça devient dangereux. Et inefficace.

Je le sais, nom de Dieu !

D'un autre côté, il n'est pas exclu que tu fasses un véritable infarctus, vu ton degré de terreur et les substances dans ton sang, c'est tout à fait possible, ajoute le même cortex calculateur et froid.

Plusieurs pensées me viennent en rafale. Qui se trouve à côté de moi ? Va-t-il me tuer ? Est-ce que je vais souffrir ? Ce dernier questionnement est le plus effroyable. Je suis médecin, je suis bien placé pour savoir que l'ultime terreur de chacun d'entre nous est d'avoir mal.

Une phrase, une seule, met un terme à tout ça.

– Tu ferais mieux de te calmer, mon pote.

Mes pensées s'arrêtent net.

– Qui êtes-vous, parviens-je à articuler.

– Je ne vais pas te tuer.

– Pourquoi ?

– Je n'en ai plus besoin.

– Je ne comprends rien, dis-je en reprenant mon souffle.

La voix est contrefaite par un filtre amplificateur. On dirait quelqu'un qui parle dans un vieux micro. C'est assez bizarre. Et ça fait réfléchir. Qui a besoin de masquer sa voix ?

– C'était un test, Kovak. Je t'ai dit de t'enfuir avant l'arrivée des flics. J'attendais de voir la suite. Personne ne t'a aidé. Donc tu agis seul.

– Je *suis* seul.

– Et voilà.

– C'est censé être bien ?

– Pour toi oui. Ça veut dire que tu n'es pas dans son camp.

– Le camp de qui ?

– Celui du Diable, bien sûr.

Je ne distingue aucune trace d'ironie. Mais il est difficile de distinguer quoi que ce soit. L'amplificateur modifie les intonations.

– Bon, dit la voix, trêve de plaisanterie. Il va falloir que tu bouges. Je t'ai apporté des médicaments. Ils sont sur ton lit. Il y a un peu de tout. Assez pour lutter contre un syndrome de sevrage, et suffisamment d'anxiolytiques pour calmer un tigre. Ça devrait faire l'affaire. Au moins quelque temps.

– C'est pour moi ?

– Tu vois un autre cinglé dans la pièce ?

Sur ce point, j'aurais pas mal de choses à redire. Mais je ne suis pas en position de faire le malin.

– OK. Que dois-je accomplir en contrepartie ?

– Tu piges vite, Kovak.

– J'essaye.

– J'ai un boulot pour toi. Un travail d'enquête.

– De nouvelles épreuves ?

– Exactement.

– Et si je refuse ?

– Je te tue tout de suite.

– Vous n'êtes pas sérieux.

– Tu veux parier ?

– Si vous aviez voulu me tuer, vous n'auriez pas...

Il plante un couteau dans ma cuisse.

La douleur est épouvantable. Je pousse un hurlement. Immédiatement étouffé par sa main sur ma bouche. Il tord le couteau à l'intérieur de ma chair. La souffrance est absolument intolérable. Je hurle, sans produire le moindre son, ou presque, tant la main est fermement plaquée contre mes lèvres.

Puis le couteau se retire.

– D'accord, Kovak, t'as gagné. Je ne vais pas te tuer. Mais je peux te faire du mal. Ou trucider tes proches. Ou bien les deux. Tu captes ?

J'ai du mal à répondre. Ma blessure saigne.

Un doigt se pose dessus.

– Allô, la Terre ?

– J'ai compris !

– Bien. Autre chose. Avec ta tablette, tu iras sur ton site de consultations en ligne. Tu as une nouvelle demande de rendez-vous. C'est moi. Je t'ai mis un lien. Clique dessus.

– Pourquoi ?

– Télécharger un programme VPN. Ce gadget te permettra d'échapper à la géolocalisation par la police quand tu te connectes au Web. Ce n'est pas le modèle de base. S'ils essayent de tracer ta connexion, ça les enverra n'importe où.

– Pourquoi passez-vous par mon site médical ?

– Parce que les cyberflics sont capables d'espionner les principales messageries cryptées comme WhatsApp, Telegram et les autres, même s'ils prétendent le contraire. Mais celle-ci n'est pas encore dans leur collimateur. Tu n'avais pas compris ? Personne ne s'intéresse aux dossiers médicaux d'un toubib. Et le niveau de cryptage est excellent, secret médical oblige. Pour communiquer avec toi, c'était parfait.

Le sang coule sur ma cuisse. Mes poignets sont toujours entravés.

– Je suis blessé.

– Et alors ? T'es pas médecin ?

– Comment je me libère ?

Un rire sec.

– Tu veux dire de tes liens ? Ou de ta vie entière, et des mensonges qui l'entourent ?

Encore une réponse énigmatique.

– J'ai une question, dis-je.

– T'es pas vraiment en position d'en poser.

– Comment m'avez-vous trouvé ?

– Pourquoi je répondrais à ça ?

– Vous avez besoin de moi. Pour votre jeu de dingue, ou quel que soit le but. Si d'autres personnes me retrouvent aussi facilement, la partie s'arrête.

Une hésitation.

– D'accord. Caméra Blackbox, Wifi autonome, batterie longue durée. Une devant chez toi, cachée dans un arbre, quatre autres aux angles des rues. En récupérant les images, je t'ai vu monter à l'église, puis revenir à l'auberge. Ça fait longtemps que je te surveille, Kovak. Mais maintenant c'est fini. Je les ai retirées. Tu seras livré à toi-même.

Bizarrement, à cet instant précis, alors que tout démontre que j'ai affaire à un fou, une intuition se forme à l'arrière de mon crâne. Sans doute à cause de la façon dont il a dit que je serais désormais livré à moi-même.

– Pourquoi vous faites tout ça ? je demande doucement.

– Tu vas le découvrir.

Je prononce mon intuition à voix haute.

– Vous essayez de m'aider ?

Silence.

Pour la première fois, j'ai l'impression d'avoir touché un point sensible.

– Quatrième épreuve, dit la voix. T'es prêt ?

Un frisson me parcourt l'échine.

– Allez-y.

– Appelle ta mère.

– Ma mère ?

– Lauren Kovak.

Malgré la douleur, la colère me fait réagir.

– Ne la touchez pas !

Son doigt écrase ma blessure.

Je me retiens de hurler.

– Tu l'appelles. Tu dis : « Matthieu, 7, 15. » Répète.

– … Matthieu… 7… 15…

– Bien.

Il retire sa main. Les pas s'éloignent. La porte s'ouvre.

– Tu connais la règle : à chaque fois que je t'appelle, quelqu'un meurt. Ton père. La sorcière. Djalal. Pour Lauren, c'est toi qui vois.

Et la porte se referme.

34

Je mets un moment à découvrir la paire de ciseaux. Parce que avant ça, je passe un temps infini à rassembler mes esprits.

Je tremble de la tête aux pieds. Que s'est-il passé ? Je viens de subir une agression, voilà ce qui s'est passé. J'ai tenté de faire bonne figure pour m'en sortir, balancer quelques répliques incisives pour mettre la violence à distance. Mais maintenant que c'est fini, le contrecoup émotionnel me submerge. J'ai la nausée. L'impression d'être ballotté au milieu des vagues. L'envie de me laisser couler, également.

Du calme, Kovak, tu en as vu d'autres. Des gens qui souffrent. Des blessés. Des mourants. Tu sais gérer les chocs, mettre tes émotions dans un tiroir. Tu es médecin. Compartimenter, c'est ton job. Alors maintenant, action.

OK. Donc, la paire de ciseaux.

Elle est posée sur le lit. Je la fais glisser jusqu'à moi en me contorsionnant, puis je parviens à l'attraper du bout des doigts, à la glisser délicatement sous mes liens, et à découper les serre-câbles en plastique qui attachent mes poignets. Merci, les urgences chirurgicales et l'habitude de sectionner les montres, bagues et bracelets de toutes sortes.

J'arrache ma cagoule.

Surprise, il n'y a pas de sang partout sur ma cuisse, contrairement à ce que j'avais prévu. Plaie musculaire du quadriceps. Le point de pénétration fait moins d'un centimètre de large, et le double de profondeur. Ça ne saigne plus. L'autre savait ce qu'il faisait en me plantant : provoquer la douleur sans créer trop de dégâts. J'ai cru qu'il s'agissait d'un couteau. Il a utilisé une paire de ciseaux, qu'il a laissée ensuite, exprès pour que je me libère.

Je me lève piteusement. Ça fait mal quand je marche. Je me dirige vers la salle de bains. Victor Hugo me regarde, depuis son buste en bronze posé sur la commode. Je suis logé dans la suite Victor-Hugo, elle s'appelle ainsi. L'auguste écrivain a souvent séjourné dans ce village. Il y a composé plusieurs de ses célèbres *Contemplations*.

Connaissez-vous, sur la colline
Qui joint Montlignon à Saint-Leu
Une terrasse qui s'incline
Entre un bois sombre et le ciel bleu ?

Je n'invente rien, les vers sont inscrits là, sur une plaque.

Je rigole tout seul.

– Alors, Victor, toi aussi tu fais partie des gens bizarres qui fréquentent le coin ? Qu'est-ce que vous avez tous, avec ces bois sombres ?

Je me glisse sous la douche. Une plaie se nettoie à l'eau et au savon, il n'y a besoin de rien d'autre. Le sang s'écoule dans le bac, carrousel écarlate dilué peu à peu. Si je pouvais, je ne sortirais plus jamais de cette caverne de vapeur. Mais il faut que je m'active, sinon je vais repenser à mon agression et me remettre à flipper sévère.

Je m'extrais à regret du jet d'eau brûlant. Me sèche. Enfile un caleçon. Voyons un peu ces comprimés.

Ils sont plutôt bien vus. Il y a de la cyamémazine pour pallier l'opium, des vitamines B1 et B6 pour le sevrage alcoolique, et du diazépam à longue demi-vie pour calmer mes angoisses. Demi-vie, quel drôle de mot. C'est ce que je ressens en pensant à mon existence : une demi-vie. Un destin gâché. J'avale le tout avec un peu d'eau. Je vais pouvoir survivre quelques heures sans alcool ni drogue.

Tâchons de profiter de ce répit.

J'allume ma tablette. Il y a un réseau Wifi dans cette auberge ? Oui. Le voilà. Connexion à mon site de consultations médicales. Je trouve le message prévu. Je clique sur le lien. Je télécharge le VPN. Un VPN, ou *Virtual Private Network*, plusieurs de mes internes à l'hôpital en avaient un. Il s'agit d'un programme, une sorte de tunnel qui s'interpose entre l'ordinateur connecté et le reste du Web pour empêcher votre localisation et vous rendre anonyme. Très utile pour télécharger des films illégalement sans se faire prendre, par exemple, ou vous connecter à Netflix États-Unis alors que vous êtes en France. Ou échapper aux flics.

Installons la bête. En quelques clics, c'est fait.

– Qu'en penses-tu, Victor ? dis-je au buste sur la commode. Jusqu'à présent, je m'en sors pas trop mal ?

L'étape suivante est une petite recherche en ligne que je souhaite faire. Juste histoire de vérifier quelque chose. Puis je contacte ma mère, comme prévu.

Elle utilise Messenger. J'appuie sur le téléphone bleu.

Ça sonne, avec cette vibration étrange qui rappelle les communications internationales. Ma mère met plusieurs secondes à répondre.

– Allô, Lauren ?

– Christian ?

– C'est bien moi.

– Je ne me sers pas souvent de ce truc, dit-elle, un peu méfiante.

– Messenger ?

– Oui.

– Eh bien, tu vois, c'est comme le téléphone.

Elle hésite encore.

– J'ai essayé de t'appeler, dit-elle. Ça ne répondait pas.

– Désolé. Mon appareil est tombé à l'eau. C'est pour ça que j'utilise une application. Je fais ça depuis ma tablette.

– Ah, répond-elle.

Je sens qu'elle ne comprend pas tout, mais elle fait un effort. Pour rester connectée au monde. Pour ne pas vieillir trop vite. Elle enchaîne.

– Tu vas bien ?

– Je me soigne, dis-je en palpant ma cuisse douloureuse.

– Je suis contente.

– Moi aussi.

Sa voix est sympathique. Presque chaleureuse. On pourrait rester ainsi, s'échanger des banalités, parler de livres, de films. Ce serait tellement plus simple.

Nous nous sommes beaucoup disputés, Lauren et moi, au cours des années. Pour des broutilles la plupart du temps. Un jour elle m'a dit : « Je ne suis pas éternelle, je ne serai pas toujours là. » J'avais ri. J'étais jeune.

– Tu te rappelles mes cours de catéchisme ? je demande.

– Bien sûr. Un fiasco total.

– Je refusais de croire en Dieu.

– Ce qui était gênant, ajoute-t-elle en riant.

– Du coup ils m'ont viré, fais-je en riant avec elle.

J'attends que notre bonne humeur retombe.

Puis je me lance.

– Matthieu. 7. 15.

– Quoi ?

– C'est un passage de la Bible. Facile à trouver. Évangile selon saint Matthieu, chapitre 7, verset 15.

Silence brutal à l'autre bout.

– Je vais te le lire, dis-je. *Méfiez-vous des faux prophètes qui viennent à vous déguisés en brebis. Car au-dedans, ce sont des loups voraces.* Ça te parle ?

Le silence se prolonge.

Puis, d'une voix totalement différente, elle dit :

– Pas au téléphone. Je viens te voir.

– Quand ?

– Maintenant.

35

Audrey déambule dans son ancienne chambre.

Elle passe sa main sur les étagères, effleurant les souvenirs. Une photo. Un billet de concert. Une bouteille de parfum. Elle se trouve dans l'appartement de sa mère, au premier étage d'un petit immeuble, avenue du Capitaine-Glarner à Saint-Ouen. Rien n'a changé. Elle a passé une grande partie de sa vie ici, de l'école primaire à la fac.

La couette de son lit à une place est ramassée en boule, sous le poster « New York avec toi » dédicacé par Jean-Louis Aubert. Elle a dormi là. Elle ouvre la fenêtre pour aérer un peu. Il y a toujours les mêmes bégonias sur le balcon, soigneusement entretenus par Rosa. Souvenirs, encore. Elle en a fumé des cigarettes, accoudée à cette fenêtre. Elle écrasait ensuite les mégots dans les fleurs. Pendant la semaine, on entend les cris des enfants de l'école primaire d'à côté. Émile-Zola. Là où elle allait. Là où elle a embrassé son premier garçon, un petit voyou, le genre dernier de la classe, un grand gamin au sourire chenapan, avec de beaux cheveux noirs. Irrésistible.

Audrey sourit.

Elle a toujours eu un faible pour les garçons à problèmes.

Elle va dans la cuisine se faire un café. Des petits détails la frappent. La tapisserie jaunie, le papier peint qui se décolle, les moisissures en dessous, le robinet plein de calcaire. Elle aperçoit même un ou deux cafards qui courent se cacher sous la poubelle.

En fait si, les choses ont changé. Audrey n'est plus une ado. Elle est une adulte en visite chez une personne âgée et livrée à la solitude, même si Rosa rit et plaisante pour donner le change.

L'aube pointe à peine, sa mère dort encore, elle ne sera pas levée avant 9 ou 10 heures. Elles ont discuté tard, à refaire le monde, à dire du mal de Xavier et des hommes en général.

– Tu crois que c'est un pervers narcissique ? a demandé Audrey.

– Les jeunes, vous me faites rire avec vos pervers narcissiques, a répondu Rosa. De mon temps, on savait que par définition tous les hommes sont des égocentriques manipulateurs. À toi de les manipuler mieux.

– Je ne sais pas pourquoi je me remarie.

– C'est simple. Pour le fric.

– Rosa !

– Je ne fais que dire la vérité, a ajouté sa mère en riant. Et je te comprends, ce n'est pas une critique. À mon âge, c'est même devenu le seul critère. Je veux bien composer avec tous les défauts, les moches, ceux qui ronflent, les incultes, les cinglés, mais il faut que mon copain ait un minimum d'argent. J'ai une petite retraite, moi. Je ne vais pas m'attacher un boulet en plus.

– Alors je suis une femme vénale ?

– Non. Tu as besoin de sécurité. Comme chacune d'entre nous. Tu veux un compagnon solide et qui te protège. Et l'argent donne cette illusion. Mais ce n'est pas Xavier qu'il te faut. Tu as besoin d'émotions fortes.

– Tu penses à quelqu'un ?

Rosa a levé les yeux au ciel en roulant exagérément des globes oculaires.

– Ben voyons ! Comme si tu ne le savais pas !

Elles ont continué sur ce thème, et d'autres, durant des heures. Combien de mères ont discuté avec leur enfant ce week-end ? s'est demandé Audrey. Est-ce qu'on ne trouve pas là, finalement, l'origine de tous les problèmes et de tous les bonheurs du monde ?

Elle se découpe une part de gâteau à l'orange – son dessert préféré, Rosa l'a préparé exprès pour elle – et s'installe devant l'ordinateur du salon. C'est un iMac qu'elle a offert à sa mère, mais cette dernière ne s'en sert pratiquement jamais.

Elle transfère la photo que lui a envoyée Florian d'Apremont de son téléphone vers l'écran, et l'agrandit. Le géant en armure apparaît, casque sous le bras, les oreilles décollées, avec son sourire sadique sur le visage. Il dépasse tous les autres membres de l'équipe sportive. Il doit mesurer plus d'un mètre quatre-vingt-dix.

– Te voilà, Monsieur l'Inconnu qui agresses les femmes, dit-elle. Apparemment, c'est toi ma seule piste, vu que tes copains ont quitté le pays. Comment vais-je faire pour te choper ?

Audrey réfléchit en tapotant sur la table.

Que sait-elle, au juste ? Le nom de l'équipe : les Dragons noirs. Le nom du chef de meute : Jorge Tsarong. Le nom du sport : le béhourd.

Elle décide de commencer par là.

– B… É… H… O… U… R… D, épelle-t-elle à voix haute, en tapant les lettres dans Google.

Elle apprend que le terme vient des mots anciens *bouhourt* ou *buhurt* qui signifient « heurter, frapper », apparus en même temps en Allemagne, en France et en Angleterre au XIIe siècle. Aujourd'hui, on conserve de cette époque l'image de la joute : deux chevaliers s'affrontant à la lance. Il n'en est rien. La joute n'est en réalité qu'une partie du tournoi, qui consiste surtout en de sauvages combats de masse où tout le monde se tape dessus, à pied ou à cheval. Ces batailles rangées, à mi-chemin entre spectacle et règlement de comptes, font intervenir des chevaliers en armure, mais parfois aussi des foules entières qui en profitent pour solder leurs différends entre villages. Ces mêlées sont alors difficiles à distinguer d'une vraie bataille. Les victimes sont nombreuses. Les vols de chevaux, d'armures, et les demandes de rançons aussi. En 1179, plus de trois mille chevaliers participent au tournoi de

Lagny-sur-Marne, près de Paris. Plus tard, les tournois de Senlis et de Compiègne réunissent encore plus de participants. La violence est telle que l'Église finit par s'en mêler, menaçant ceux qui participent au béhourd d'excommunication et de privation de sépulture chrétienne. Ce n'est qu'au fil du temps que le béhourd disparaît et que le tournoi s'organise. Geoffroy de Preuilly, un gentilhomme angevin, crée « le règlement des tournois », qui s'étoffera peu à peu, prenant le pas sur ces mêlées monstrueuses, pour devenir le noble affrontement entre chevaliers que la littérature arthurienne a rendu populaire. Jusqu'à ce que le roi Henri II, en 1559, se prenne une lance dans le crâne, agonise dix jours durant, malgré les efforts de son chirurgien Ambroise Paré, et que Catherine de Médicis fasse interdire définitivement toute forme de tournoi sur le sol français.

– Sympa, dit Audrey en mâchant une part de gâteau à l'orange. Et de nos jours, ça donne quoi ?

Le moteur de recherche lui propose des tas de références sur le béhourd moderne. Elle choisit une des premières vidéos qui s'affichent. Elle a été réalisée par l'HMBIA, l'Association internationale de bataille médiévale historique, qui organise la compétition que l'on nomme « La Bataille des Nations ».

Audrey clique sur le lien.

Le film démarre.

Elle reste bouche bée.

« Épique » est le seul mot qui lui vient à l'esprit. Les armées de combattants qui s'affrontent. La rage. Le choc, les épées à la main. La puissance des mouvements, les hurlements de la foule. Les casques, énormes, le fracas des boucliers et des haches, le bruit des coups sur le métal. Les assauts au ralenti, puis les collisions, à pleine vitesse, comme des explosions de violence. La musique aussi, qui emballe son cœur et porte les images. Audrey se rend compte que ses jambes tremblent et que ses mains agrippent ses cuisses.

Elle éteint la vidéo et fait quelques pas dans la pièce.

Elle ne sait pas si c'est l'énervement et la fatigue de ces derniers jours, ou la violence qu'elle côtoie au quotidien, mais cette ambiance guerrière est communicative. Contagieuse comme une fièvre. Une frénésie.

Elle revient à l'ordinateur. Nouvelles recherches.

Elle découvre avec surprise que le béhourd a été ressuscité dans les années 90 en Russie. Et qu'il s'est largement répandu en Europe de l'Est, porté par les fans de reconstitutions historiques et de sports de combat, avant de s'étendre au reste du monde. En 2009, le premier championnat se tient en Ukraine à la forteresse de Khotin. Depuis, de nombreux pays rejoignent la compétition. 2013, Aigues-Mortes en France, onze nouvelles nations y participent, vingt-deux en tout. 2017, le Brésil, la Turquie et la Chine se laissent gagner par la fièvre. La France monte pour la première fois sur le podium. 2019, les affrontements à cent cinquante contre cent cinquante boostent des rencontres déjà spectaculaires auxquelles participent désormais quarante-deux pays. Et toujours, partout, les Russes règnent en maîtres.

Des articles paraissent dans les journaux, des reportages sortent dans les médias. Certains s'émerveillent, d'autres s'inquiètent. Affrontements fraternels, festivals historiques, ou dérives populistes et retour aux âges sombres ?

Audrey découvre en surfant au hasard qu'il existe des équipes professionnelles sponsorisées, des historiens et des arbitres qui créent les règles de combat, des forgerons qui fabriquent les armes, et tout un marché parallèle sur Internet où il n'est plus simplement question de sport, mais d'un véritable mode de vie, de retour aux valeurs ancestrales, de religion parfois, et de commandes de matériel dépassant les trois mille euros pour une armure.

Elle repose sa part de gâteau, le souffle coupé, avec l'impression d'avoir ouvert les portes d'un nouvel univers.

– Bon, dit-elle. Procédons méthodiquement. Puisque tout cela est officiel, on doit pouvoir retrouver l'équipe de Tsarong et le nom des gars qui la composent.

Peine perdue. Après une heure de recherches, elle n'a trouvé que de rares références aux Dragons noirs. Ils tournent dans les festivals en France et à l'étranger, apparemment, mais restent moyens dans leurs performances. Ou très discrets.

Elle décide de s'y prendre autrement. Elle s'inscrit sous un faux nom sur le forum officiel *Buhurt League*, sur Facebook, et poste la photo de Monsieur-aux-oreilles-décollées.

– *J'suis trop fan !* écrit-elle. *Vous savez kicé ? (Cindy, 17 ans).*

La réponse met moins de trois minutes à lui parvenir.

– *Salut, Cindy ! T'aimes le béhourd ?* demande Jippé75.

– *Ouais, trop !* répond Audrey.

– *Il s'agit de Sergueï Smolenko, le tank des Dragons noirs. Un grand malade. Il tape sur tout ce qui bouge, les hommes comme les femmes. Il a laissé un gars sur le carreau à Carcassonne l'année dernière. On se parle en MP ?*

– *Pas la peine. Merci !*

Audrey quitte la conversation.

Elle décroche son téléphone.

– Lieutenant Valenti. Mettez-moi en relation avec l'officier de permanence ce dimanche matin à Évangile, s'il vous plaît.

Un instant d'attente.

– Que puis-je pour vous, mon Lieutenant ?

– Voir si quelqu'un est dans le fichier.

– Comment il s'appelle ?

– Sergueï Smolenko.

Une minute encore, durant laquelle le cœur d'Audrey s'accélère.

– Effectivement. Il est fiché, dit la voix.

Audrey approche son visage de l'écran.

– Mon petit Sergueï… Je te tiens.

36

Nous marchons au milieu des tombes, ma mère et moi, dans le cimetière du Prieuré. Il est à cinquante mètres de l'auberge, au-dessus de l'église. C'est ce que j'ai trouvé de plus tranquille.

L'air est glacial. Nous sommes seuls. Pas un souffle de vent. Les feuilles des arbres sont immobiles, couleur de rouille. On dirait des sculptures de métal. Dalles de marbre noir. Crissement sinistre des graviers sous nos pas. Tout n'est qu'angles biscornus, sons désagréables, sensations qui me blessent.

– Ça va ? dit Lauren.

– Pas vraiment.

– Tu arrives à te promener dehors.

– En effet.

Je pourrais lui dire que j'éprouve des paresthésies, des picotements des bras et des jambes, accompagnés de bouffées d'angoisse. Les médicaments ne font pas tout. L'agoraphobie, bien que réduite, est encore présente, et les substances en train de quitter mon sang ne me laissent pas indemne.

– Tu soignes toujours des patients ? demande-t-elle.

– En téléconsultation, oui.

– Quoi par exemple ?

– Un cas de tendinites multiples chez une grand-mère.

– Une grand-mère qui faisait du sport ?

– Non. C'était l'effet secondaire d'un antibiotique. Une quinolone. La dame finissait systématiquement les comprimés de son mari. Elle ne voulait pas gâcher en jetant les boîtes.

– Amusant, dit pensivement Lauren.

Je regarde au loin. Les tours de la Défense ne sont pas visibles ce matin, le brouillard monte de la plaine et masque l'horizon. Je me sens mal. L'étrangeté de la situation, sans doute. L'ambiance du lieu est quasi surnaturelle.

Je sors le petit réceptacle contenant les cendres de mon père, l'ouvre, et disperse le contenu sur le sol.

– Je crois que là, il sera bien.

– Sûrement, dit Lauren. Il aurait aimé cet endroit. Et puis, Jean-Pierre Mocky est enterré ici.

– Le cinéaste ?

– Oui.

– Comment tu le sais ?

– Je le sais.

Je regarde les cendres.

– Pourquoi vous vous êtes séparés, papa et toi ?

– C'est compliqué.

– Toutes ces années ensemble…

– On ne l'était plus.

– Mais pourquoi ? Ça n'a pas de sens !

Elle se tourne vers moi.

– Anton était un homme bon. Mais il n'était pas la personne que j'aime, Christian. Je suis désolée.

Elle rabat les pans de son manteau autour d'elle.

– Venons-en au passage que tu m'as lu tout à l'heure. L'histoire des loups voraces.

Cette fois je me tais.

– Il s'agit du thème d'un discours, poursuit-elle. Il a été prononcé par ton père, il y a bien longtemps. Dans des circonstances particulières. Nous étions en vacances dans le Pas-de-Calais, à Berck-sur-Mer. Tu t'en souviens ?

– Bien sûr, on y allait pratiquement chaque été.

– Jusqu'à tes dix ans.

– La fois où je suis tombé de vélo.

– Exact.

– Je sais que j'ai failli y passer, dis-je. Mais il ne m'en reste que des flashs. Papa me transportant dans ses bras. Le service de réanimation, ils étaient tous très gentils. Mais je n'ai aucun souvenir de l'accident lui-même.

– Tu as fait une amnésie à cause du traumatisme crânien. Et tu étais trop jeune pour comprendre le contexte.

Elle reprend sa marche, les mains dans les poches.

Je l'accompagne tandis qu'elle raconte.

– Ton père et moi, nous allions là-bas depuis ta naissance. J'adorais cet endroit. Les petites cabines aux couleurs pastel, les plages immenses, partir avec toi, petit, à la recherche des coquillages. Les grands espaces. C'est beaucoup moins peuplé que dans le Sud. Nous y avions nos habitudes. Nous nous sommes liés avec un groupe de gens. Médecins, pour la plupart. Leur communauté était fascinante : ils étaient intelligents, les discussions, pour une fois, ne tournaient pas autour du cinéma et du métier de ton père. Tu te rappelles qu'avant, j'étais étudiante en histoire à New York ?

– Évidemment, Lauren.

– Eh bien, beaucoup d'entre eux parlaient l'anglais. Ils possédaient d'excellentes connaissances en histoire ancienne, en religions, nous parlions de cultes oubliés remontant à l'Antiquité, de livres ésotériques, de folklores ancestraux, de philosophie, et de médecine aussi, bien sûr. Sur certains sujets, leur ouverture d'esprit était stupéfiante. C'est comme ça que j'ai commencé à imaginer une carrière de médecin pour toi. Je suppose que je réalisais inconsciemment mon rêve de poursuivre mes études.

– C'était qui, ces gens ?

Elle me cite des prénoms. Je revois vaguement des visages. Quand j'étais gamin, le monde des adultes ne présentait guère d'intérêt pour moi.

– Ils étaient tous docteurs, professeurs, amis entre eux, ils venaient de partout. De France, d'Amérique, des Pays-Bas, d'Europe de l'Est. Ils arrivaient parfois en famille, il y avait des enfants, tu jouais avec certains d'entre eux. Avec les années, nous nous sommes liés. Tu sais ce que c'est, on se retrouve, on partage des souvenirs…

Elle hésite, puis reprend.

– Nous parlions souvent dans ma langue maternelle. C'était pratique, et agréable pour moi. Mais ton père ne comprenait pas l'anglais, et il se sentait exclu de ces conversations. À la fin, il était très jaloux.

– Quel rapport avec moi et mon accident ?

Elle baisse les yeux.

– Il faut que tu comprennes. C'était une autre époque. On ne surveillait pas les enfants comme aujourd'hui. On ne vivait pas dans la crainte permanente qu'il vous arrive quelque chose. Donc vous jouiez par petits groupes, entre vous, sur la plage.

– Et ?

– C'était ton anniversaire. Tu avais dix ans. Ton père, préoccupé par ses prochaines dates de travail sur les plateaux de tournage, comme d'habitude, n'avait pas pensé à un cadeau particulier. Le groupe des médecins a cru bien faire en t'offrant un vélo de course. Anton l'a très mal pris. Mais il n'a rien dit sur le moment. Moi j'étais flattée, bien sûr, et toi, tu étais fier comme un pape.

– Je me le rappelle, dis-je avec un sourire.

Elle relève la tête.

– Tu es parti sur la route. Tu as échappé à ma surveillance. Tu voulais découvrir le monde comme un petit explorateur.

Et l'accident a eu lieu. Tu as été renversé par une voiture. Ton père te cherchait, il t'a retrouvé, et porté à bout de bras jusqu'à l'hôpital le plus proche, en courant le long de la plage. Dix jours de réanimation, entre la vie et la mort. Ç'a été très compliqué pour nous.

Je la scrute, d'une façon plus dure que je ne le voudrais.

– Tu t'es sentie coupable ?

– Bien sûr, qu'est-ce que tu crois ? Et ton père ne m'a pas rendu la tâche facile. Il m'a reproché d'avoir été négligente, de passer mon temps à séduire les autres, pendant que je laissais mon fils sur ce vélo dangereux. Nous avons eu une dispute terrible. Il n'aimait pas cette communauté. Ni leurs manières, ni leurs connaissances un peu étranges, ni leur influence sur moi.

Elle s'interrompt encore, le regard dans le vague. Autour de nous, le brouillard épais continue de monter entre les arbres, comme une marée fantomatique.

J'attends patiemment la suite.

– Il y a eu une messe dans la chapelle de l'hôpital. Plusieurs médecins étaient touchés par notre tragédie. Ils ont décidé de prononcer un sermon réconfortant à ton intention. Beaucoup d'entre eux étaient très religieux. Ton père a débarqué au milieu de la cérémonie. Il était catholique, peu pratiquant, comme tu le sais, mais il connaissait ses classiques. Il a fait très fort en démarrant avec cette phrase : « Méfiez-vous des faux prophètes. » Il a dit qu'ils étaient tous des menteurs. Des manipulateurs. Des gens faussement bienveillants, des pratiquants des sciences occultes, des adorateurs de cultes ésotériques, que sais-je encore, il était fou de rage ! À cause d'eux, son fils se retrouvait entre la vie et la mort. Il les a insultés. Les a traités de « loups voraces » en leur jetant des hosties à la tête. Ça a fait un scandale. Après ça, leur groupe nous a rejetés. Et nous ne sommes jamais plus retournés à Berck.

Elle fixe à son tour l'horizon.

– Nous sommes rentrés chez nous, dans notre cité grise et terne. On peut la voir d'ici, quand il fait beau. Tu t'es complètement remis de tes blessures. La vie a repris comme avant.

À son tour de me regarder avec dureté.

– Mais ce n'était pas ce que je souhaitais, Christian. J'aimais être en leur compagnie. Je me sentais intelligente. À ma place. J'avais commencé des études, j'aurais pu faire mieux. Et *tu* as fait mieux. Jusqu'à ce que tu trébuches à ton tour, encore et encore, comme si je t'avais transmis un gène de l'échec.

Ses mots sont difficiles à entendre. Mais je la comprends. Quelle mère ne se sent pas responsable des défaillances de son fils ?

Pourtant, ce n'est pas ce que je pense au fond de moi. En vérité, je crois profondément que chacun doit porter sa propre croix tout seul. Chacun est responsable de ses actes. Il serait trop facile de renvoyer la faute sur les autres. Ce que nous sommes, il faut l'assumer. Et plus encore, il faut savoir le reconnaître.

Je pousse un soupir.

– Tu n'y es pour rien, maman.

– Tu crois ?

– Je te le promets. Tu as été une bonne mère.

– Je ne sais pas. Peut-être que non.

De la poche de son manteau, elle sort son téléphone.

– J'ai reçu une vidéo anonyme. Elle est violente.

Un signal d'alarme s'allume dans ma tête.

– Montre.

Elle le fait. C'est bien la même que la mienne : la mort de Djay, crucifié et immolé par le feu.

D'accord. Donc le dingue menace réellement ma famille.

Je peux trucider tes proches.

– Ne t'en fais pas, Lauren, dis-je sur un ton faussement détaché en lui rendant l'appareil. Ce n'est qu'une simple plaisanterie. De nos jours, les jeunes adorent poster ce genre de trucs. Ton numéro devait faire partie d'une liste de diffusion.

Elle est troublée.

– Je ne suis pas sûre. On dirait qu'on m'accuse. J'ai peut-être réellement fait quelque chose de mal. Je me suis disputée avec ton père. Il voulait te parler. Je lui ai interdit. Il a pris sa voiture quand même. Et il lui est arrivé cet horrible accident.

Elle me regarde, le visage déformé par l'angoisse.

– C'est… c'est peut-être à cause de moi qu'il est mort !

– Allons, ne dis pas ça.

J'entoure son épaule et la rapproche de moi pour continuer à marcher. Nous arrivons aux escaliers qui descendent à la fontaine du Pèlerin, la fameuse fontaine de Saint-Prix censée accomplir des miracles. Lauren s'arrête en haut. Le brouillard a envahi les rues. Le bas des escaliers est plongé dans la brume.

– Arrête-toi là, dit-elle.

– Pourquoi ?

– Je dois rentrer seule. Personne ne sait que je t'ai vu. J'ai dit que j'allais faire un tour à l'église.

– Comment ça, *personne* ?

Elle ne répond pas.

J'insiste.

– Qui t'attend dans la rue ? La voiture noire de l'autre jour ?

– Je dois partir, dit-elle. Ne me suis pas.

Elle jette un coup d'œil alentour, puis exhume une très vieille bourse en cuir de sa poche. Elle me la tend. Referme ses mains sur les miennes. Il y a un objet à l'intérieur. Comme une pierre, avec des aspérités.

– Prends-la.

– Qu'est-ce que c'est ?

– Tu l'ouvriras quand je serai partie.

Elle relâche mes mains et descend l'escalier en trottinant comme une souris.

– Lauren ! Pourquoi tous ces mystères ?

Je lève la bourse en l'air.

– Il y a quoi, à l'intérieur ?

– Ton passé ! dit-elle.

Avant de s'enfoncer dans la brume, elle s'arrête et se tourne une dernière fois dans ma direction.

– Durant toutes ces années, je voulais seulement t'aider, Christian, je te le jure. Mais j'ai commis une erreur. Ne t'approche pas d'eux. Reste le plus loin possible. Ton père avait raison. Ces gens… ils sont très dangereux.

37

– Tu dormais ? dit Audrey.

– À moitié, répond Florian.

– T'es seul ?

– Oui.

– Samia ?

– Partie faire un tour à moto.

– Tant mieux, il faut que je te parle.

Audrey tourne dans l'appartement de sa mère, un papier dans une main, son portable dans l'autre.

– Tu ne vas pas le croire. J'ai son identité.

– Qui ?

– Notre agresseur. Il s'appelle Sergueï Smolenko. Il est fiché. Ses antécédents judiciaires sont sous mes yeux.

– Tu te reposes jamais ? soupire Florian à l'autre bout.

– Pas quand la piste est chaude. Écoute un peu ça… Violences conjugales, violences volontaires, déjà condamné à cinq reprises, dont un an ferme. Récemment, il a été interpellé en marge des manifestations à Paris, Smolenko vient de prendre dix mois de prison avec sursis. On a trouvé dans son sac tout un arsenal, bombes lacrymogènes, plusieurs briquets, des cocktails Molotov, des fumigènes, deux haches de pompier, et aussi une banderole :

Don't panic, sauf si t'es flic. Il ne manque plus que le manuel du petit casseur. Tu vois le genre ?

– Je vois.

– Tu m'étonnes qu'il ne voulait pas qu'on l'attrape !

– T'as une adresse ? demande Florian.

– Hélas non, grogne Audrey. Rien de ce côté-là. Il logeait dans un hôtel, mais il n'y est plus. J'ai vérifié.

– On peut le traquer avec ses prestations sociales, suggère d'Apremont. Vu ses activités, il doit se blesser souvent. On fait une réquise à la CPAM et on voit où il a consulté, médecin, hôpital, on trouvera bien une adresse…

– Trop long, dit Audrey. Et j'ai une autre piste.

– Laquelle ?

– Avec son nom complet, j'ai déniché une vidéo récente sur le Web. Smolenko a été interviewé le mois dernier dans un festival de combat médiéval. Ça dure quatre minutes, il a l'air de dire plein de trucs intéressants. Problème : tout est en russe.

Audrey repose sa feuille, coince son téléphone contre son oreille et va jusqu'à l'ordinateur. La vidéo est là. Elle voit la grosse tête de Sergueï avec ses oreilles décollées. Elle tape sur le clavier pour obtenir le lien.

– Florian, t'es mort ?

– Non. Je me suis levé. Je réfléchis.

– Je t'envoie le lien sur ta boîte mail.

Un *wwoooopp* sur l'ordinateur.

– Tu l'as ?

Elle perçoit un tintement à l'autre bout.

– Ça vient d'arriver sur mon téléphone, dit Florian.

– On pourrait faire venir un interprète à Évangile, dit Audrey. Mais en plein week-end, ça va prendre mille ans.

– J'ai peut-être une idée.

– Balance.

– Il y a quelqu'un. Oksana.

– Qui ?

– La kinésithérapeute qui bossait dans le gymnase de Tsarong. Elle est russe. Ou elle le comprend très bien. Quand je l'ai interrogée, elle était en train de regarder une émission russe à la télévision.

– Et on la trouve où, cette Oksana ?

– À cette heure, elle doit être en garde à vue à la DRPJ de Versailles. L'autre groupe d'enquête a embarqué tout le monde sans faire de détail.

– OK. Comment on s'organise ?

– Je suis plus proche de Versailles que toi. Je fonce là-bas. Je montre la vidéo à Oksana. Elle acceptera sans doute de coopérer. Smolenko lui a tapé dessus. Elle ne doit pas le porter dans son cœur. Je te tiens au courant.

Audrey raccroche.

Le cerveau en ébullition.

Il faut qu'elle s'occupe. Qu'elle arrête de penser, sinon sa tête va exploser. Elle a besoin d'une activité manuelle. Elle récupère sa veste et sort le Glock 17 de son holster. C'est un Génération 5. Son préféré.

Elle commence par ôter le chargeur, puis s'assure que la chambre est vide. Elle presse sur la détente, appuie sur les deux petits ergots en même temps, libère la culasse, puis retire le ressort, et enlève le canon. Elle l'aime bien, celui-là, sa précision est meilleure que celle du Génération 4.

Audrey est championne de tir. Tout compte.

Elle remonte son arme. Contrairement à ce que l'on voit dans les films, c'est très rapide. Et cette version possède un arrêtoir de culasse ambidextre. Les gauchers peuvent rechausser facilement. Le chargeur dix-sept coups est tout aussi aisé, talon facile à saisir. Elle le remet en place : il est plein.

Elle se redresse. Position. Prise en main assurée.

Son Glock n'a pas de rainure pour les doigts. Elle préfère. Les rainures étaient désagréables au contact. Et la détente est douce, réglée à deux kilos sept. Parfait pour elle.

Elle vise le logo sur la cafetière de la cuisine.

Boum.

– Audrey ! dit Rosa, épouvantée, en entrant dans la pièce.

– Désolée.

– Range-moi ce truc.

– C'est mon arme de service.

– Alors entraîne-toi sur Xavier.

Elles rient ensemble.

Audrey remet l'arme dans son holster. Elles discutent en buvant du thé et en grignotant des tartines. Audrey s'inquiète de l'état du papier peint, et de la solitude apparente de sa mère. Rosa plaisante là-dessus, elle trouvera bien un petit vieux à séduire pour remettre son appartement en état, et l'emmener danser par la même occasion. Ça dure un moment. Plusieurs appels de Xavier. Audrey ne répond pas. Quand le téléphone sonne à nouveau, il n'est pas loin de 11 heures.

– J'ai du nouveau, dit Florian. J'ai vu Oksana, elle coopère. Ça va réduire sa garde à vue. Elle m'a fait toute la traduction. Je te résume : Smolenko est un taré.

– Mais encore.

– Dans la vidéo, il explique, en toute simplicité, qu'il ne fait jamais de mal aux animaux. Il fait très attention aux chevaux, par exemple. En revanche, il adore taper sur les gens avec une barre de fer. Il sait où frapper. Comment faire mal. Il adore se battre, balayer, écraser. C'est un expert en *full contact* et combat au vouge.

– Le vouge ?

– La grande hache qu'il utilise. Il achète son matériel en République tchèque. C'est moins cher. Et il est très religieux, aussi, ce brave homme. Il ne manque jamais l'office du dimanche dans son église orthodoxe russe favorite.

Une pause de Florian.

– Alors, Audrey, tu ne me demandes pas où ?

– Où ?

– Saint-Serge-de-Radonège.

Elle s'est déjà ruée sur l'ordinateur, cherchant l'adresse.

– Saint Serge. *Sergueï*, ricane Florian. Il prie le saint qui porte le même prénom que lui, tu te rends compte ?

– Je l'ai ! C'est près des Buttes-Chaumont !

– Quoi, tu comptes y aller ?

– Je suis à côté.

– Pas en solo.

– C'est jour de repos pour les autres, dit Audrey.

– Vous êtes imprudente, mon Lieutenant.

– Juste un coup d'œil.

– Et si tu tombes dessus, tu l'interpelles seule ?

– Florian, la messe va se terminer. J'ai les horaires sous les yeux. C'est notre seule piste. Je tente.

38

Tous les téléphones portables du groupe Évangile se mettent à vibrer en même temps. Conversation de groupe. Message urgent :

Valenti a repéré le guerrier à la hache : Sergueï Smolenko. Présence possible à l'église St-Serge, Buttes-Chaumont. Besoin d'aide ! Florian.

Suit une photo de Smolenko, accompagnée d'une brève description de l'homme, de ses antécédents, et de l'adresse de l'église.

Le Chien examine son smartphone, sourire aux lèvres.

Bien. Il fait quoi, à présent ? Il part en chasse, voilà ce qu'il fait. D'une simple pression du pouce, l'adresse se transforme en trajet automatique le plus court. À moto, à une heure pareille, il est certain d'être le plus rapide de tous.

Il enfile son casque et enjambe son bolide.

Un frisson d'exaltation lui hérisse les poils. Que va-t-il se passer ? Il n'en sait rien du tout. C'est ce qu'il adore. Il est une bête de guerre, un traqueur à l'affût. Il n'est jamais aussi bon que lorsqu'il improvise.

Smolenko est le pire des salopards. Les autres ne connaissent pas le dixième des informations sur son compte. Cogneur, tueur, violeur en série, Sergueï est déjà fiché dans plusieurs endroits. Dommage que les polices étrangères aient autant de mal à communiquer entre elles. Mais le Chien, lui, est parfaitement au courant. Ça fait un moment qu'il flaire sa piste, à travers la France et divers pays d'Europe. Smolenko évolue dans le même monde que lui : un monde de seigneurs médiévaux, de croyances ancestrales et de peurs primitives. Un univers où règnent le chaos et les flammes. Et dans ce monde-là, Sergueï Smolenko se voit comme un guerrier. Un berserker des temps modernes. Un géant sans loi et sans limites autres que celles de Tsarong et sa bande de Dragons noirs.

Ça fait longtemps que le Chien l'a sur sa liste.

La moto démarre dans un grondement.

La chasse au dragon de bon matin. Quoi de mieux pour s'ouvrir l'appétit ?

39

– Valenti, qu'est-ce que tu fous ? dit Luz.

Audrey place l'écouteur dans son oreille.

– Je suis sur la piste de Smolenko. Voilà ce que je fous.

– Toute seule.

– Ouais.

Juron à l'autre bout du téléphone. Elle s'attend à se faire engueuler sévère. Il n'en est rien.

– D'accord, dit la capitaine. Comment ça se présente ?

Audrey est en train de monter les marches de l'église Saint-Serge-de-Radonège. L'entrée se fait par la rue de Crimée, au numéro 93. Le lieu est pour le moins insolite : derrière une grille quelconque, une allée étroite conduit à une maisonnette rouge. La façade est ornée d'une icône auréolée d'or. On passe devant un ancien garage avec son enseigne qui grince dans le vent, « librairie orthodoxe » à peine lisible, et on grimpe ensuite les marches conduisant à l'église elle-même. Le bâtiment est perché sur une butte, totalement dissimulé à la vue, caché au milieu des immeubles.

Audrey a lu quelque part que ce lieu secret, plus qu'une simple église, est un centre névralgique de théologie. Un joyau caché. L'un des fleurons de la pensée orthodoxe russe en Occident.

– Alors ? dit Luz dans l'écouteur.

Audrey grimpe les dernières marches au milieu des arbres. Autour d'elle, les feuilles rouges de l'automne s'agitent et murmurent, comme en réponse au son de la musique liturgique qui résonne.

L'église se dévoile enfin. Escaliers de bois rouge. Colonnes sculptées. Trois chapiteaux pointus, au-dessus d'un porche entièrement en boiseries, avec poutres, paravents et fresques. La pluie clapote sur les pavés entourant l'édifice. Suspendues quelque part, des clochettes tintent. C'est féerique. On se croirait devant une isba, ces maisons traditionnelles russes.

– Je vais monter l'un des escaliers en bois, dit Audrey. Apparemment, l'entrée de la chapelle se trouve au deuxième niveau. Il n'y a personne dehors, mais j'entends des chœurs à l'intérieur. De grosses voix d'hommes. Ils ont l'air nombreux.

– Attends-nous.

– Impossible, dit Audrey en regardant sa montre. L'office se termine. D'ici que vous arriviez, tout sera fini.

– On passe en communication de groupe, dit Luz. Pas le temps de mettre en place un dispo. On va passer par une application de type Messenger et se mettre en communication audio à plusieurs. Au moins, on pourra parler tous ensemble. Il faut faire avec les moyens du bord.

Une demande s'affiche sur le portable d'Audrey. Elle clique sur « accepter ». Plusieurs bips résonnent à la suite.

– À tous, de Luz, vous êtes là ?

– Présent, dit Florian. Je suis déjà dans le XIXe arrondissement.

– J'arrive en métro, dit Penneroux. C'était le plus rapide.

– Voiture, dit Blériot. Coincé vers République. Putains de manifestations !

– Bientôt sur site, confirme Wang.

– Que tout le monde se magne, ordonne Luz. Désolée de vous mettre la pression, les gars. Je sais que vous étiez en congé, sûrement en famille, mais c'est comme ça. La fête n'est jamais finie. Pour info, j'ai mis le patron dans la boucle. Batista est en route pour Évangile, d'où il va suivre toute l'opération.

La capitaine marque une pause, puis :

– Bon. Qu'on soit clairs. Audrey et Florian ont peut-être logé Smolenko. C'est une chance, et on ne va pas la laisser passer. Mais le type est dangereux, OK ? Alors personne ne tente rien de stupide. S'il est là, on le serre proprement. Il a agressé deux flics. Ce mec n'a peur de rien.

Tout le monde acquiesce.

– À Audrey, de Luz, essaye de temporiser le plus possible.

– Reçu, dit Audrey.

Valenti s'approche de la porte de l'église. Il n'y a pas de gardien visible. Aucun danger apparent.

Elle pose sa main droite sur son Glock.

Et, de la gauche, pousse doucement la porte.

*

Parfois, lorsqu'on cherche à être discret, le destin se met contre vous. C'est ce qui arrive à Audrey. À l'instant précis où elle pousse la porte de l'église, les chœurs s'arrêtent. Et c'est dans le silence absolu, alors que les gonds grincent horriblement, qu'Audrey entre.

Elle se retrouve seule au bout d'un long tapis rouge, tandis que la foule compacte se tient de part et d'autre, et les prêtres tout au fond.

De nombreuses têtes se tournent vers elle.

Elle se pétrifie.

Pour la discrétion, c'est fichu.

Audrey rabat sa veste en vitesse pour masquer son arme, en espérant que personne ne l'a remarquée, et se glisse dans la foule du côté gauche avec un geste d'excuse.

– Désolée, chuchote-t-elle.

– Chuuuuttt, fait l'homme le plus proche, avant de se tourner de nouveau vers les prêtres.

L'église n'est pas grande, environ vingt mètres de long, sur huit de large. Parquet en bois, voûtes en ogives, plafonds et murs entièrement peints et rehaussés d'or. Odeur d'encens et de cire d'abeille. C'est un cocon, à la fois splendide et chaleureux. Au fond, une demi-douzaine de prêtres – Audrey suppose qu'il faut les appeler ainsi – célèbrent l'office, vêtus de chasubles dorées, leurs têtes coiffées de toques noires. L'homme qui s'est interrompu à son arrivée reprend la parole.

– Chers frères et sœurs, je vous souhaite à tous un bon dimanche, au nom de notre père saint Serge, higoumène de Radonège et thaumaturge russe. Je laisse le mot de la fin au hiéromoine de notre paroisse.

Le hiéromoine, au centre du groupe, lève alors les mains.

– Le modèle de la Sainte Trinité est unique et surnaturel, annonce-t-il à la foule. Dans la communauté humaine, il se produit souvent des conflits, des disputes, des discordes entre les gens. Nous le voyons aujourd'hui, alors que des manifestations enflamment nos rues presque toutes les semaines, et que les poings se lèvent. En regardant l'icône de la Sainte Trinité, nous nous demandons alors : une telle unité est-elle possible sur la Terre entre les gens ? Prions ensemble pour que ce soit le cas.

Ses mains s'abaissent. Puis il entonne un chant grave et puissant, bientôt repris par toute l'assemblée.

Une voix bourdonne dans l'oreille d'Audrey.

– Quoi ? dit-elle.

Le bourdonnement reprend.

Elle enfonce l'écouteur.

– Valenti, qu'est-ce qui se passe ?

– J'entends que dalle. C'est la messe.

L'homme de tout à l'heure se tourne à nouveau vers Audrey, sourcils froncés.

Des paroles bourdonnent encore.

Elle retire l'écouteur.

– Et merde, dit-elle.

Elle se hisse sur la pointe des pieds et tente de repérer Smolenko dans la foule. Il est censé être grand, mais on dirait qu'ils le sont tous, ces fichus Russes !

Elle procède avec méthode, rang par rang, une personne après l'autre. Il faut faire vite. Dès que le chant sera fini, tout le monde se dirigera vers la sortie et ça deviendra difficile.

Les femmes sont minoritaires et portent des foulards sur la tête. Elle observe uniquement les hommes et en choisit trois. Il y en a un, près des prêtres, large d'épaules, manteau brun, col en fourrure, qui pourrait correspondre. Elle en note un deuxième, plus près, en imper noir. Et un troisième, de l'autre côté du tapis rouge, le visage de trois quarts, qui ressemble beaucoup à Sergueï.

Le chant se termine. Un dernier mot du prêtre dans une autre langue. Sans doute du slavon. Puis les gens se mettent à bouger.

Action.

Audrey franchit le tapis rouge et se dirige droit vers l'homme qui lui ressemble le plus.

– Sergueï Smolenko ? dit-elle.

Sa voix porte. Elle ne s'en rendait pas compte, mais la moindre parole résonne sous les voûtes. Elle a l'impression que tout le monde l'a entendue. L'homme la considère, les sourcils relevés.

Elle le voit bien, à présent. Il se tient de face.

Et il n'a pas les oreilles décollées.

– Fait chier, dit-elle.

Elle se retourne. Imper noir n'est pas loin. C'était son deuxième choix.

Un bruit, au fond de la salle.

Manteau à fourrure se barre.

– SMOLENKO !

Il pivote.

Cette fois c'est lui.

Il la pointe du doigt.

– TERRORIST !

Audrey écarquille les yeux.

– Quoi ? Non…

– PISTOLET ! TERRORIST ! hurle encore le géant.

Des cris. Mouvement de foule vers la sortie. Audrey se fait emporter. L'homme à l'imperméable noir se précipite vers elle. Il porte un badge et une matraque à la ceinture, qu'elle n'avait pas vus.

– Sécurité ! Plus un geste ! ordonne-t-il.

– Je suis flic ! riposte Audrey.

Il sort sa matraque télescopique. D'un clic, elle se développe et devient un tonfa, que l'homme fait tourner d'un habile mouvement du poignet.

– Ne bougez plus, je ne le répéterai pas !

Le regard d'Audrey va du tonfa à l'homme qui le manie, puis à Sergueï Smolenko, en train de s'enfuir par une petite issue au fond, repoussant les prêtres en robes dorées pour aller plus vite.

Autour d'elle, les gens continuent de se presser vers la sortie principale.

Le plus simple serait de sortir son arme. Tirer en l'air. Beugler : « Tout le monde à terre ! » Comme dans les films.

Elle lève une main. Et sort doucement sa carte.

– Je suis flic, OK ? Ouvrez les yeux, putain !

L'homme à la matraque hésite.

Elle lui envoie sa carte de police dans les mains. Il l'attrape au vol. Elle fonce sur le tapis rouge, direction l'autre bout de la salle.

– Ne la perdez pas ! hurle-t-elle par-dessus son épaule. Je viens la reprendre tout à l'heure !

Elle court.

Slalome entre les gens.

Les prêtres lui font encore obstacle. Ils ont l'air indécis sur l'attitude à suivre. Elle passe entre eux comme une trombe. Il y en a un qui tombe sur les fesses. Elle espère que ce n'est pas le hiéro-machin.

– Désolée ! Désolée ! hurle-t-elle.

Elle déboule dans un escalier. Du bruit, en bas. Elle descend. Reprend l'écouteur. L'enfiche dans son oreille.

– Qu'est-ce qui se passe ? hurle Luz.

– Il se barre ! répond Audrey.

– Où ?

– À tous, de Florian ! interrompt d'Apremont. Écoutez-moi, bon sang ! Je suis en position rue de Crimée. Je vois les gens qui sortent. C'est la seule issue. Je ne peux pas le louper ! Audrey, dis-nous à quoi il ressemble !

– Il n'est pas là, il sort par le fond de l'église !

Le gars est devant elle. Il se met à courir en direction de la gauche, mais il boite. Audrey se souvient qu'il souffre d'une entorse. Durant un instant, elle est certaine de le rattraper. Puis le géant s'élance, saute dans les airs et atterrit sur un toit. Audrey fronce les sourcils. Un toit ? Merde, c'est vrai que l'église est bâtie sur une butte située au centre d'un pâté de maisons. Le toit de la maison d'à côté est accessible, à condition d'avoir un peu d'élan. Le Russe fait quelques pas en équilibre, monte, puis redescend de l'autre côté et disparaît.

– Chiotte ! dit Audrey.

Elle se met à courir à son tour. Bondit. Attrape le bord du toit de justesse, parvient à se rétablir et à grimper dessus. À cet instant, quelque chose craque dans sa poitrine, là où Smolenko l'a frappée l'autre jour. La douleur est effroyable.

– Parle-nous ! dit Luz.

Audrey l'ignore. Elle se redresse, haletante. Tenant son thorax.

Ça vient de casser. Sa côte devait être seulement fêlée la fois d'avant. Maintenant elle est en deux morceaux, elle en est sûre. Tout mouvement devient atroce.

Tant pis.

Elle atteint le sommet du toit, puis redescend à son tour. De l'autre côté, il y a une cour d'immeuble. Elle s'approche du bord. Smolenko s'est laissé pendre de la gouttière, après quoi il a sauté. Un étage entier, avec sa cheville en vrac, le petit fils de pute, sans problème ! Il fonce maintenant vers la porte du bâtiment dans la cour.

– Il… Il s'enfuit, parvient à prononcer Audrey.

Ignorant la douleur qui lui crucifie la poitrine, elle se met dos au vide, se penche, attrape la gouttière, descend, puis se laisse tomber à son tour. Le contact de ses baskets sur le sol retentit jusque dans sa colonne vertébrale avec un bruit mat.

La douleur dans son thorax est tellement intense qu'elle manque de s'évanouir. Elle s'appuie au mur une seconde, des étoiles dans les yeux. Puis se retourne et se met à trotter le plus vite possible.

Le pavé de la cour est glissant à cause de la pluie. Elle saisit la poignée de la porte. Ouvre. Traverse un couloir d'immeuble. Franchit une autre porte. Et se retrouve dans la rue.

Une grille. Des arbres. De la pelouse au-delà.

Smolenko est entré dans un parc par un petit portail, sur la droite. Son manteau à fourrure est déjà loin, s'agitant sur ses épaules au rythme de sa course. Malgré sa boiterie, il est en train de s'éloigner à travers les arbres.

– Je sors rue Manin… Rue Manin…, souffle Audrey en se tenant les côtes. Il est dans le parc ! Putain, il est en train de s'enfuir à travers le parc des Buttes-Chaumont !

40

Audrey a les paupières fermées. Pas d'image. Le noir absolu. Elle se contente de respirer. Et d'écouter le bourdonnement des conversations dans son oreille.

C'est la panique.

– À tous, de Luz, bouclez la zone, bouclez la zone !

– Et comment tu veux qu'on la boucle ? dit Penneroux.

– J'arrive ! rajoute Blériot.

– Je descends la rue ! crie Florian.

– Calmez-vous ! dit Luz. Annoncez où vous êtes.

– Rue de Crimée, dit Florian.

– Déjà dans le parc, dit Wang.

– Sortie du métro, dit Penneroux.

– Et toi, Audrey ? interroge la capitaine.

Celle-ci a toujours les paupières fermées.

Elle respire. Ou plutôt elle halète.

– Je me trouve… devant l'immeuble dont je suis sortie, dit-elle. Smolenko porte un manteau marron. Col fourrure. Il boite, il n'ira pas loin. Il va sûrement tenter de prendre le métro.

– Il n'y a que deux stations proches, intervient Wang. Les Buttes, et Botzaris.

– OK, dit Luz. Voilà ce qu'on va faire. On converge à partir de ces deux stations, et on le prend en tenaille en le rabattant vers le centre du parc. À cette heure-ci, avec la pluie et les manifs, l'endroit est désert. On risque moins d'incidents que si on le chope dans la rue. Il est blessé. Il ne va pas s'amuser à grimper les pentes. Donc il devrait s'orienter vers le sud, sud-est.

Audrey rouvre les paupières.

– Prévenez les stations… Le commissariat voisin…

– Très juste, percute aussitôt la capitaine. Patron ? Vous avez entendu ?

– Oui, dit Batista, qui s'exprime pour la première fois.

– Vous pouvez vous en charger ? Et nous envoyer le commissariat du XIXe en renfort ?

– Je m'en occupe.

– Parfait ! dit Luz. Allez, on fonce !

*

Ils ont tous pénétré dans le parc.

Lui aussi.

Muni de ses écouteurs, le Chien entend parfaitement ce qui se passe.

Il a traversé Paris comme une bombe, esquivé les manifestations, et pris position à cinq cents mètres de l'église. En embuscade. Dès qu'il a compris la situation, il a changé d'emplacement, abandonné sa moto et s'est précipité à pied dans le parc.

Tout le monde pense que le Russe va descendre là où c'est le plus facile. Mais ce n'est pas son avis. Au contraire, il est persuadé que Smolenko va remonter les pentes vers l'ouest. C'est un guerrier, en excellente forme physique, habitué à crapahuter en environnement extérieur. Il va chercher à empiler les obstacles devant ses poursuivants. Il va d'abord les semer dans la végétation des Buttes-Chaumont, puis faire le tour du lac pour qu'on ne puisse pas le rejoindre, et monter en hauteur, pour avoir une vision d'ensemble. Prendre l'avantage. Pourquoi le Chien en est aussi sûr ? Parce que c'est ce qu'il ferait lui.

Il se met à courir, d'abord à petites foulées, puis de plus en plus vite. Il a l'habitude. Il s'entraîne tous les jours. Son pas s'allonge, son pouls s'accélère, l'adrénaline pulse dans ses veines, il est bien. Les arbres filent autour de sa silhouette. Ombres vertes, jaunes, rouges. Il n'y a personne sur le chemin, la pluie glaciale a découragé les visiteurs. Quel magnifique terrain de chasse !

Il traverse le pont menant au pic du belvédère qui se trouve au centre du lac. Encore quelques pas, et il atteint le petit kiosque accroché au sommet du rocher, symbole des Buttes-Chaumont. Ici, on est à trente mètres de hauteur. Vision dégagée sur tout le décor.

– Où es-tu, petit dragon ? Ah ! Te voilà !

Au loin, une silhouette progresse. Comme prévu, le type est en train de remonter la pente dans sa direction, en restant le plus possible à couvert des arbres.

– Parfait ! dit le Chien. Avec quel accessoire vais-je te tuer ?

Il cherche autour de lui. L'idéal serait de rester dans le thème qu'il a choisi. Ce n'est pas facile. Il est dans l'impro. Voyons voir… Il y a une poubelle pleine, à proximité. Il fouille dedans. Un reste de sandwich au fromage. Une vieille pizza. Ça fera l'affaire.

Il fait demi-tour et repart sur le chemin.

– À nous deux !

*

Audrey avance avec difficulté, mais elle avance. Son pas est rapide. Sa poitrine lui fait moins mal. Ses muscles sont chauds à présent, la douleur diminue.

Elle ne suit pas le plan recommandé par la capitaine. Elle ne le sent pas comme ça. Elle a vu le manteau à fourrure partir droit devant, vers le lac et le pic du belvédère. Elle prend la même direction. De toute façon, elle doute que le groupe parvienne à coordonner ses efforts. Trop compliqué. L'endroit est trop vaste.

Une bourrasque de vent soudaine lui envoie des gouttes glaciales dans le cou. Elle rabat sa capuche. Des bosquets écarlates frissonnent de part et d'autre du chemin, comme pour la mettre en garde.

Elle contourne le lac. Elle a repéré une silhouette, au sommet d'une pente. Très bizarre. On dirait qu'elle était en train de danser.

Elle prend par là.

*

Le Chien sort des fourrés. Dansant quasiment d'un pied sur l'autre, tellement il est heureux. Son adversaire le regarde, d'abord surpris, puis les yeux étrécis par la méfiance.

– Dégage ! dit le Russe.

– Sûrement pas, Sergueï.

– On se connaît ?

Le Chien sourit.

– Toi non. Moi oui. J'ai buté ta copine Yesfir.

– Hein ?

– Les sorcières ne flottent pas. Elles coulent. Tu le savais ?

Smolenko ne perd pas de temps à répondre. Il ôte son manteau à fourrure et le laisse tomber dans un buisson. Ils sont au milieu des arbres, la pluie tapote les feuilles. Le Chien renifle. Ça sent l'herbe mouillée, la tourbe, le sous-bois. Comme terrain d'affrontement, il n'aurait pas rêvé mieux.

– Vas-y, dit-il, fais-moi plaisir. Sors tes lames.

Smolenko glisse un bras dans son dos et tire deux longs couteaux d'un étui en cuir. Il fait passer les armes d'une main à l'autre, tel un jongleur.

– Deux épées courtes, dit le Chien. Gravées pour toi.

– Comment le sais-tu ? demande Sergueï.

– Tu as tué leur fabricant. L'année dernière, en Allemagne. L'homme tenait une boutique d'armes médiévales à Hachenburg. Il s'était fait tatouer des symboles alchimiques. Il faisait partie de votre petit mouvement ésotérique. Jusqu'à ce qu'il prenne ses distances. Tu lui as balancé des carreaux d'arbalète dans le crâne, à lui et à ses deux maîtresses, avant de maquiller le tout en suicide. C'est comme ça que vous faites, pas vrai ? Quand quelqu'un désobéit au Diable…

Smolenko bondit en avant. Tente une botte à l'épée.

Le Chien recule, vif comme l'éclair.

– T'es qui, *bardák* !

– Pas la peine de m'insulter. Mais puisque tu insistes, je vais te le dire. Ma mission consiste à vous traquer, les uns, les autres. Ça fait longtemps que je m'y attelle…

Le visage se fend d'un sourire sinistre.

– Je suis le Chien. L'Inquisiteur. L'Assassin divin. Je travaille pour le Mec d'En Haut. Vous bossez pour Celui d'En Bas. Normal qu'à un moment, on se rencontre…

Nouvelle passe d'armes. Toujours dans le vide. Le Russe pousse un cri de fureur, tandis que le Chien continue sa danse. Il n'a que ses poings gantés de cuir pour se défendre.

– Alors, petit dragon ? C'est tout ce que t'as ?

Cette fois le géant s'élance, pris de frénésie. Mais il est grand, dans un espace étriqué, et sa cheville le rend maladroit. Ses lames tailladent les airs. La première siffle au-dessus de la tête du Chien. La seconde vise sa poitrine. Il saute sur le côté. La lame entaille ses vêtements de quelques centimètres à peine. Le Chien saisit le bras tendu, et le casse en deux d'un coup sec. Coup de pied : il lui plie le genou à l'envers. Coup de poing : il enfonce la rate. Coup de tête : le guerrier s'effondre.

D'un bond, le Chien passe derrière lui et applique un taser sur sa gorge. Le corps de Smolenko se met à gigoter sur le sol, puis s'étale comme un sac de chiffons.

– Tiens-toi tranquille, dit le Chien. Ce sera plus vite terminé.

*

Audrey finit de gravir la pente. Il y avait quelqu'un sur la colline tout à l'heure. Elle en est sûre. Il tournait, et dansait sur lui-même. Puis une seconde silhouette est apparue. Et toutes deux se sont éloignées entre les arbres. Le temps qu'Audrey arrive, il n'y a plus personne.

Elle regarde autour d'elle. Puis décide de s'aventurer au milieu des fourrés. C'est dingue, on est en plein Paris, et c'est à peine si elle entend les bruits de la civilisation.

Son pied butte contre quelque chose.

Elle s'arrête.

– À tous, de Valenti. Je l'ai.

– Qui ? dit Luz.

– Smolenko.

Elle se penche sur le corps.

– Il est allongé dans l'herbe. Devant moi. Il est mort.

– Merde.

– Sa bouche est ouverte de façon démesurée. Quelqu'un lui a fourré des trucs dans la bouche. Des sandwichs avariés. Du pain. Du fromage. Il y a des vers qui grouillent dessus.

Elle détourne la tête.

– Je crois… qu'on l'a forcé à s'étouffer avec.

41

J'ai quitté ma chambre à l'auberge. J'ai récupéré mes affaires et je traverse le village à pied. Les ruelles sont désertes. Il pleut à fines gouttes. La brume stagne encore. Je m'arrête devant la fontaine aux Pèlerins, la fameuse fontaine miraculeuse.

Clapotis de l'eau qui s'écoule à travers la grille. Croassement de corbeaux invisibles dans les hauteurs. L'air froid sur mes joues. Avec ce brouillard, il est facile d'imaginer que j'ai changé d'époque.

Je suis au Moyen Âge. Cinq siècles plus tôt. Venu des faubourgs de Paris en charrette, avec les pénitents en guenilles. Mon tour arrive enfin dans la file. Un moine bénédictin s'approche dans sa bure noire. Il touche mon front. Trace un signe de croix sur mon cœur. Puis m'asperge d'eau fraîche.

Ça y est, je suis guéri.

Une légère euphorie m'envahit.

Regarde ça, Christian. Tu marches, tu avances dans la rue. Après des mois de réclusion, tu peux sortir et respirer à l'air libre. En vérité, n'est-ce pas là un miracle ?

Les images, tout comme mon euphorie, se dissipent.

Je me remets en route en clopinant sur ma cuisse blessée.

Il n'y a rien de miraculeux là-dedans, bien sûr, qu'est-ce que vous croyez ? Je me suis simplement gavé de médicaments jusqu'à l'os. Dans quelques heures, leur effet s'atténuera et je reviendrai à mon état antérieur. Je serai à nouveau obligé de m'appuyer contre un mur pour faire trois pas. J'aurai peur des espaces trop petits, des espaces trop grands, de la foule, peur de manquer d'air ou de prendre les transports en commun, peur de m'éloigner des lieux familiers, d'avoir des palpitations ou de ne plus pouvoir respirer, et même peur d'avoir peur, et de mille autres conneries encore, et je penserai sans arrêt à l'alcool et à la drogue pour échapper à tout ça, les yeux exorbités, tremblant comme une feuille, en manque, comme le pauvre névrosé toxicomane que je suis, alors ne venez pas me parler de miracle, bordel de merde.

Dites simplement merci à la médecine moderne.

Merci. Pour ces instants rares.

Et maintenant, si vous le voulez bien, je vais tenter d'en profiter un peu. Je vais écouter la pluie tomber sur moi. Observer ces aiguilles de pin charriées par l'eau du ruisseau. Et respirer l'air froid, lentement, tranquillement.

Cinquante mètres, cent mètres, ça continue…

Je suis comme un convalescent qui constate avec émerveillement que son corps n'est pas encore fichu. Je passe devant la maison de Maxime-Honoré Balfour. Son nom figure sur la boîte aux lettres. L'endroit est modeste, avec un jardinet envahi de ronces, ça sent bon le jasmin, mais ça fait négligé, à l'image du vieil homme aux chaussures dont les semelles se décollent. Il y a de la lumière à son domicile. Je suis tenté de toquer à sa porte pour lui montrer ma performance, fier comme si je chevauchais mon vélo de course et que j'avais dix ans.

Je poursuis mon chemin.

Ma jambe tire, à cause de ma blessure, mais ça ne fait rien. Vieilles bâtisses en pierre. Réverbères suspendus comme des grelots de Noël. J'atteins ma maison en briques rouges, celle qui ressemble au modèle du film *Amityville*. Elle ne m'a jamais fait peur. J'ouvre le portail en fer, le referme, et j'atteins l'entrée. Ma tablette s'allume sous mon doigt.

– Assistant ? Quelle distance ai-je parcourue ?

– Quatre cent trente-huit mètres.

– Je dois être un génie, qu'est-ce que tu en penses ?

– C'est votre opinion qui compte.

Je rigole.

Je ne me suis jamais senti aussi seul.

Dans la maison, quelques-unes de mes affaires sont éparpillées. Les flics ont dû passer par la cuisine et fouiller un peu. J'inspecte à droite et à gauche, pour voir s'ils ont trouvé mes réserves de toxicomane. Apparemment non. Ils n'ont pas mené de perquisition en règle.

Je pose mon sac sur la table. Inutile de le ranger, je ne compte pas m'attarder ici. Je vais y ajouter quelques affaires de voyage.

Je me fais un café, pose la tasse fumante sur la table, et sors la bourse que m'a donnée ma mère. Je sais déjà ce qu'elle contient. Je l'ai ouverte tout à l'heure. Je le fais à nouveau, récupère l'objet et le manipule.

C'est une vieille statuette en pierre. Très fine. Très jolie. Elle représente un ange pleureur. Il est assis, il se tient le front, le coude appuyé sur un crâne. Son autre main est posée sur un sablier. Il a l'air doux, résigné et triste. Il s'agit de la reproduction fidèle d'une sculpture de la cathédrale d'Amiens. Un ornement funéraire, le symbole du temps qui passe, irréversible.

Je passe mes doigts dessus.

L'ange pleureur est également la marque d'une société secrète : les Memento Mori.

La Memento est une confrérie née dans les facultés de médecine il y a plus d'un siècle. Un groupement mystérieux, présent dans de nombreuses universités, en France et ailleurs.

Vous n'en avez jamais entendu parler. Et c'est bien normal. Moi, oui, en revanche.

J'ai été recruté pour en faire partie.

*

J'étais jeune. Je marchais dans la galerie des arcades de l'Hôtel-Dieu, les mains dans les poches de ma blouse blanche. C'était quelques semaines après l'épisode de la discussion en salle de garde avec mon chef. Celui-ci m'a rattrapé dans le couloir.

– Salut, Christian.

– Salut.

– Ça va ?

– Et vous ?

– Mieux. Des amis m'ont aidé. Je ne bois plus.

– Cool.

Nous étions en train de retourner dans le service. Mon chef avait effectivement meilleure mine.

– Félicitations pour tes examens, il a dit. Tu as cartonné.

– Merci.

– Tu feras un bon chir.

– Je ne veux pas être chirurgien.

– Ah bon ?

– Trop de risques de… plier. Enfin vous savez.

– Et tu veux faire quoi ?

– Je ne sais pas encore. Urgentiste, peut-être.

– T'auras les mêmes problèmes. Sans le fric. Ni la classe.

J'ai ri.

Il m'a envoyé une claque amicale sur l'épaule.

– Dis-moi, tu fais partie d'une fraternité ?

– Non.

– Tu devrais.

– Pourquoi ?

– Ça te serait utile.

Il a pris un air de conspirateur.

– Certaines personnes t'ont à l'œil depuis un moment. Des gens t'observent. Des gens haut placés.

J'ai pouffé.

– Vous dites n'importe quoi.

– Je suis très sérieux, a-t-il rétorqué. Ils te trouvent original. Brillant. Un peu fou. Ils pensent que tu devrais les rejoindre. Ils peuvent te filer un coup de main. Pas forcément matériel. Moi, par exemple, ils m'ont aidé pour l'alcool, en me trouvant un endroit à la campagne, loin de Paris et de ses tentations. C'est ainsi qu'ils procèdent quand tu vas mal. Ils te proposent une retraite spirituelle. Ils t'aident pour ton parcours. Ils débattent aussi de grandes idées, des réflexions générales…

– Vous parlez d'une secte ?

– Non. Une secte, il est facile d'y entrer, difficile d'en sortir. Là, c'est l'inverse : peu sont appelés, rares sont élus.

– Comme chez les francs-maçons.

– Oui. Ou les Skull & Bones à l'université de Yale, ce genre de fraternité-là. Ce n'est pas toi qui postules. Ils t'invitent.

Il a regardé ailleurs, puis son visage est revenu vers moi.

– On les appelle les Memento Mori.

– Ce qui veut dire ?

– *Souviens-toi que tu vas mourir.*

– Charmant.

– Ils ont un symbole. Un tatouage. L'ange pleureur.

Il a entrebâillé son pyjama de bloc, et m'a montré un endroit, près de son cœur.

– Un tatouage comme celui-là.

*

J'examine mon torse dans la glace de la salle de bains. Le mien, de tatouage d'ange, a perdu de sa couleur. Mais on le voit toujours.

Je rabats mon vêtement.

Cette anecdote remonte à mes années étudiantes. Ma famille

n'en a jamais rien su. Les Memento, c'est mon problème, mon histoire. Je n'allais certainement pas raconter mes frasques de jeune adulte à mon père ou à ma mère. Ils n'ont jamais été au courant de l'existence de cette fraternité.

Alors d'où Lauren Kovak tient-elle cette antique statuette ?

Il y a un message sur le socle de l'angelot. Avec une date.

Bon anniversaire, Chris.
Pour tes dix ans.

42

Elle a mal, c'est incontestable. Mais ce n'est rien à côté des bouleversements émotionnels qu'elle éprouve.

– Alors ? demande le commissaire Batista.

– Une côte cassée, répond Audrey.

– Tu reviens de l'hosto ? dit Luz.

– Trop long. J'ai passé une radio en ville.

– Il faut déclarer votre accident du travail, dit Batista.

– Il ne faut rien du tout, réplique Audrey. Si on me colle en arrêt, je serai obligée de m'y soumettre. Et c'est hors de question. Bon, on en est où, depuis ce matin ?

Ils sont tous les trois dans le bureau de la capitaine. Audrey est tellement perturbée qu'elle a failli appeler sa mère. Elle avait envie de parler à quelqu'un. De soulager ses pensées. Mais qu'est-ce qu'elle aurait pu lui dire ?

Maman, j'ai vraiment un problème très grave, cette fois.

Impossible. Il aurait fallu raconter toute l'histoire, et Rosa serait morte d'inquiétude. Pourtant c'est vrai. Depuis la découverte du corps de Sergueï Smolenko, l'univers d'Audrey a basculé sur son axe.

Elle évite les regards de ses supérieurs et se concentre sur la pièce. Le décor est brut de décoffrage. Une table, quatre chaises, des dossiers bien rangés. Il n'y a que deux éléments originaux.

Sur la paroi du fond, une série de vieux gyrophares défectueux sont aimantés contre une énorme plaque en fer. Ils servent de magnets. Louise Luz a collé des photos de suspects non appréhendés dessus. Elle appelle ça en plaisantant les « Ten Most Wanted[1] », comme au FBI. Elle vient tout juste d'y ajouter la tête de Jorge Tsarong.

Le second élément se trouve par terre, appuyé contre un mur : un bélier de quarante kilos comportant l'inscription « Évangile ». Il s'agit d'un cadeau de la SNCF, un rail modifié avec des poignées soudées. Il faut deux personnes pour arriver à le manier correctement.

– Si on tape une porte blindée avec, c'est tout le chambranle qui tombe, a expliqué Louise.

Le regard d'Audrey revient sur sa chef de groupe.

– Alors ? demande-t-elle de nouveau.

– Alors, la Surface nous emmerde, répond Luz.

– C'est-à-dire ?

– D'abord, il y a les légistes qui gueulent. Trois cadavres en trois jours. Ils vont enchaîner les autopsies. Mais ils disent qu'il faut qu'on se calme sur les morts.

Audrey observe Batista.

Il ne dit rien, les mains jointes.

Luz poursuit.

– Ensuite, la préfecture vient de nous appeler. Plusieurs frotteurs profitent des manifs pour se coller aux femmes. Et sur la ligne A, une bande de jeunes s'est spécialisée dans la délinquance itinérante, ils dévalisent les voyageurs avant de disparaître dans la foule. Le préfet réclame qu'on s'attaque à ces deux affaires en priorité. Il veut du concret. Du visible.

Audrey reste de marbre.

---

1. Liste des dix personnes les plus recherchées par le FBI, remise à jour sur leur site officiel.

– J'ai vu deux silhouettes, sur la butte. Smolenko n'était pas seul. Il s'est fait tuer par quelqu'un. C'était très concret.

– Tu peux décrire l'assassin ?

– Simple silhouette.

– Dommage, dit Luz.

– Et vous ? rétorque Audrey.

– Nous quoi ?

– Vous êtes arrivés dans les minutes suivantes. Tous en même temps. D'un peu partout. Personne du groupe n'a croisé le moindre suspect sur son chemin ? Que dalle ?

– Personne n'a rien vu, dit Luz.

– Plutôt bizarre, non ? dit Audrey, sarcastique.

Luz hausse un instant les sourcils, mais ne relève pas.

– Wang est en exploite vidéo, répond la capitaine. Il passe au crible toutes les caméras des Buttes-Chaumont. Il obtiendra peut-être quelque chose…

– Quand je suis partie, il n'y avait rien sur le corps. Pas de papiers, pas de portable. Vous avez ratissé les alentours ?

– Évidemment, dit la capitaine, agacée.

– Et ?

– Rien.

– L'enquête de voisinage ?

Audrey, de façon tout à fait consciente, se comporte comme si elle conduisait les investigations. Elle attend de voir les réactions des deux autres. Ils commencent à montrer des signes d'impatience.

– Blériot et Penneroux s'en occupent, grogne Luz. Mais les immeubles sont trop loin. Et les fenêtres donnent sur les arbres.

– Lançons un appel à témoin, suggère Audrey.

– Ça risque de pas donner grand-chose.

– On pourrait le faire quand même.

– Hum…

Audrey sourit exagérément.

– OK. C'était juste une idée. Et à l'église Saint-Serge ?

– Florian les interroge. Smolenko s'y rendait, mais il n'y parlait à personne. Chou blanc pour l'instant.

Batista demeure silencieux.

Mais sa jambe droite trépigne.

– Écoute, dit Luz calmement, je sais que je t'ai confié cette enquête. Et tu t'impliques à fond. C'est super. Mais tu mets tout le monde sous pression, là. Tu as pris l'initiative toute seule d'aller chercher Smolenko. Heureusement que Florian nous a prévenus. J'ai dû monter un dispositif en vitesse.

– Tu aurais préféré que je laisse tomber ?

– Non. Mais je suis ta chef de groupe. Et j'ai d'autres problèmes. Versailles ne nous lâche pas. Ils seront présents aux autopsies. Ils disent qu'on n'est pas assez nombreux, pas compétents…

– Ils ont peut-être raison, intervient soudain Batista.

La capitaine écarquille les yeux.

– *Pardon ?* dit-elle avec surprise.

Le commissaire se lève.

– Ce n'est plus un tableau, Mesdames. C'est une fresque. (Il tend la main vers la gauche.) Ici, un tueur en série s'attaque aux Dragons noirs et les transforme en natures mortes. (Il tend son autre main vers la droite.) Là, le même tueur s'en prend au docteur Kovak en lui imposant de mystérieuses règles. (Il ramène ses deux mains au centre.) Puis notre criminel rabat tous ces personnages vers nous, à l'avant-plan. Mais nous pourrions nous effacer du tableau. Partir. Laisser ce brouillon aux autres.

– Attendez, Patron…, dit Luz.

– Je comprends pas vos métaphores, coupe sèchement Audrey. Vous disiez que c'était la plus grosse affaire d'Évangile. Vous voulez qu'on raccroche ?

Le commissaire la toise.

– J'énonce un fait, Valenti. Notre domaine, c'est le monde

souterrain. Le réseau des transports. On est de moins en moins concernés.

– Trois morts ! Florian et moi agressés ! Un psychopathe qui balance des vidéos directement sur nos portables ! Et on n'est pas concernés ? Vous rigolez ? C'est quoi exactement votre objectif ?

– Audrey ! intervient la capitaine.

– Non, c'est vrai, dit-elle en montrant le commissaire de la main. Depuis le début, son attitude n'est pas claire ! On dirait qu'il veut que tout s'arrête !

Elle est folle de rage.

Et il y a un putain de criminel dans le groupe ! – voilà ce qu'elle voudrait hurler. *Vous êtes tous suspects, tous mes collègues, et vous deux aussi !*

Audrey serre les poings et se force à reprendre le contrôle d'elle-même. Elle respire lentement.

Ça paraît dingue, et c'est pourtant la seule explication possible. Elle l'a compris en découvrant le cadavre.

Audrey a traqué Smolenko. Elle a suivi sa piste à travers les Buttes-Chaumont. Elle était juste derrière. Les autres se comportent comme si l'assassin du Russe était entré dans le parc, puis reparti, mais c'est faux. Aucun individu n'aurait pu anticiper leurs déplacements à ce point. Personne… sauf quelqu'un qui écoutait leurs conversations. Quelqu'un présent sur place. Et ils étaient tous là : Luz, Florian, Blériot, Penneroux, Wang, et Batista lui-même, comme par hasard, qui avait décidé de les rejoindre.

En dehors d'elle, ils étaient six.

L'assassin est parmi eux.

Elle en est convaincue.

Flic d'un côté, tueur de l'autre.

Cette intuition lui est tombée dessus ce matin. Une hypothèse tellement folle qu'elle lui a donné le vertige. L'idée a fait plusieurs allers-retours dans sa tête, ricochant comme une balle. Possible ? Impossible ? Totalement délirante ? Sur le moment,

Audrey s'est mise à trembler, à tel point qu'elle a dû s'asseoir et se forcer à réfléchir pour décomposer le cheminement de cette pensée incroyable. Tout d'un coup, plusieurs choses venaient d'acquérir une signification. Leurs numéros de portables qui fuitent, par exemple. La curieuse mise en scène des crimes. Le groupe inexorablement entraîné dans l'enquête. Kovak qui s'évade pile au bon moment. Les différentes affaires qui se rassemblent pour n'en former qu'une.

Est-ce qu'on les manipule de l'intérieur ?

Est-ce que tout ça est soigneusement planifié, voulu ?

Les implications sont démentes. Et Audrey ne peut même pas prévenir l'Inspection générale des services : ces accusations – gravissimes, elle en a conscience – ne reposent sur aucune preuve matérielle. Ce n'est qu'un simple feeling.

– Vous devriez vous reposer, Valenti. Vous avez l'air à bout.

– Le patron a raison, Audrey. Prends-toi quelques jours.

Elle les crucifie du regard.

– Vous m'avez recrutée pour mes compétences. Mon passé de magistrate. Mes relations. Et maintenant je suis là. Alors, désolée, j'ai horreur de dire ce genre de truc, mais *oui*, mon mari va être nommé à la tête du parquet de Paris. Et *oui*, il a un *putain* de bras long ! Donc personne ne me mettra sur la touche. Et aucun juge ne va nous dessaisir de l'affaire, j'y veillerai ! Cette foutue enquête continue !

Et elle sort en claquant la porte.

43

Audrey sort du bureau. Elle a envie de pleurer. Le groupe était pratiquement sa deuxième famille. Si l'un d'entre eux est un criminel, comment peut-elle avoir confiance en quiconque ? Ou même en son propre jugement ? Comment a-t-elle pu se tromper à ce point ? Est-ce que ce n'est pas sa vie, ses choix, ses convictions qu'elle doit remettre en cause ?

Elle s'isole dans un bureau vide, ferme la porte, pose ses mains sur ses hanches et lève les yeux au plafond en reprenant son souffle.

Du calme, ma fille, dit la voix de Rosa dans sa tête. *Ils ont raison sur un point : tu es abattue. Tu te fais peut-être des idées.*

Audrey se force à inspirer, expirer.

C'est vrai. Peut-être qu'elle se trompe. Elle gère tellement d'émotions contradictoires. Cette affaire policière, son remariage avec Xavier qui prend l'eau, le souvenir de sa liaison avec Christian… Pourquoi tout est si compliqué ? Entre ce qu'elle veut, ce qu'elle ne veut pas, et ce qu'elle désire, tout se mélange.

Reprends-toi, dit la voix de Rosa, plus ferme. *Arrête de broyer du noir. Tu es une femme forte. Si tu vois le verre à moitié vide, verse-le dans un verre plus petit, et c'est tout. Avance !*

Elle sourit et respire un grand coup.

– OK. Merci du conseil, m'man.

Elle retourne dans le couloir.

Pour un dimanche après-midi, la Sûreté des Transports est agitée. Les policiers de l'unité Gare du Nord viennent d'interpeller un groupe de vendeurs à la sauvette et les escortent. L'un des flics lance à la cantonade :

– Ils achètent un Caddie complet d'épis de maïs à cinq euros et le revendent à cinquante, mais ces abrutis font partie d'organisations rivales et se battent à coups de couteau en pleine gare. Comme s'il n'y avait pas assez de bordel !

Audrey poursuit son chemin.

C'est peut-être ça, son destin. Interpeller des vendeurs de maïs. Pourquoi vouloir faire plus, quand le monde s'acharne à vous mettre des bâtons dans les roues ?

Audrey ? Qu'est-ce qu'on a dit ?

Pardon, Rosa. J'avance…

Wang la rattrape un peu plus loin.

– Je peux te parler une seconde ?

Il l'entraîne dans une petite pièce. L'endroit est à peine plus grand qu'un placard. Un bureau, un ordinateur, une tripotée d'écrans. Ça ne paye pas de mine, pourtant d'ici on peut accéder à l'ensemble du réseau de surveillance de la ville, profondeur et surface, en liaison avec les différents postes de commandement de la SNCF et de la RATP.

– Tu n'aurais pas un verre d'eau ? demande Audrey.

– J'ai une canette.

– Je dois prendre mes médocs.

– Ta blessure te fait mal ?

– En ce moment, tout me fait mal, dit-elle.

Il lui tend une canette verte. Elle renifle.

– C'est quoi ?

– Du Bong-Bong, dit Wang. Une boisson coréenne au raisin. Avec de véritables raisins à l'intérieur.

Audrey goûte. Avale ses médicaments. Lui rend.

– J'ai aussi un sandwich, propose-t-il. Jambon, fourme d'Ambert, confiture d'abricots.

Elle hausse un sourcil.

– Tu voulais me parler.

– Te montrer une vidéo, dit-il en tournant l'écran vers elle. J'étudie tout ce qui s'est passé dans le secteur des Buttes-Chaumont ce matin.

– Pitié, dis-moi que tu as une image du tueur.

– Je n'ai pas d'image du tueur.

– Merde.

– Mais j'ai autre chose.

– Vas-y.

– Tu te souviens, pendant la discussion de groupe…

– Oui.

– Penneroux a bien dit qu'il était venu en métro, pas vrai ?

– Exact.

– C'est faux.

– Quoi ?

– Regarde par toi-même.

Il clique.

– Voilà les caméras souterraines. Il n'y est jamais passé.

Audrey fronce les sourcils.

– Pourquoi il a raconté ça, alors ?

– J'ai mieux, ajoute Wang.

Il lui montre une autre séquence.

– La caméra à l'angle de la rue de Crimée. Regarde en bas. J'ai effectué un agrandissement. Le meilleur que je puisse obtenir.

Audrey se penche vers l'écran.

– On dirait Penneroux. Au volant d'un van.

– C'est bien lui. Le van lui appartient. Et à côté ?

Audrey plisse les yeux.

– Sur le siège passager. Il y a une silhouette.

– Tout juste.

– Son cousin, Blériot ?

– Blériot était ailleurs. Je l'ai en image.

Audrey se redresse.

– Donc, Penneroux n'a pas pris le métro. Il est venu avec son propre véhicule. Accompagné de quelqu'un. Il nous a menti.

– Oui.

– Pourquoi ? dit-elle.

– À l'évidence, il ne veut pas qu'on soit au courant.

– C'est suspect.

– Pas forcément.

– Dans quel sens ?

– Ça pourrait être banal, dit Wang. Un problème d'ordre privé demandant la discrétion. Il est en affaire avec quelqu'un, par exemple. Ou il a une aventure homosexuelle. Ou il deale de la drogue dans son van. En fait, ça pourrait être à peu près n'importe quoi.

Audrey demeure pensive.

– Dis-moi, Charlie, tu travailles ici depuis une paye. Qu'est-ce que tu sais sur Franck Penneroux ?

Le Coréen reste immobile. Ses mèches noires ne bougent pas d'un millimètre. Parfois, Audrey a l'impression de s'adresser à une machine. Elle pourrait presque voir les rouages tourner à l'intérieur de son crâne, par transparence.

– Le brigadier-chef Penneroux semble avoir la quarantaine, dit Wang d'un ton neutre, mais en réalité il est plus jeune. Il connaît bien les procédures. Le fonctionnement de la boîte. Il aime la musique classique. Met de l'opéra le soir, ici, sur son ordinateur. Il possède un vieux van, hérité de ses parents, qui sont morts tous les deux, c'est tout ce qui lui reste, alors il y tient. Il n'aime pas le Bong-Bong. Les sandwichs fromage-abricot, en revanche…

– Synthétise, dit Audrey.

Le Coréen hoche la tête.

– D'accord. Il prétend aussi avoir deux enfants, dont il aimerait se rapprocher.

– Comment ça, *il prétend* ?
– Personne ne les a jamais vus.
– Quoi ? Tu veux dire qu'ils ne sont pas réels ?
– J'en sais rien.
Audrey lâche un soupir.
– J'ai un ex-mari. Tu l'as jamais vu. Je t'assure qu'il est réel.
Wang bat des cils.
– OK. Si tu le dis.
– Et sur Blériot, tant qu'on y est, vas-y, balance.
– Il était cocaïnomane.
– Quoi ?
– C'est terminé, dit Wang. Ça date d'avant son entrée dans la police. Il subit des dépistages réguliers en médecine du travail, et il consulte un psychiatre. Il aime aussi les grosses femmes. En ce moment, il flashe sur Oksana, la kinésithérapeute qu'il a rencontrée durant l'enquête.
– Comment tu sais toutes ces choses, Charlie ?
– Il a tapé « Oksana » trente-sept fois sur Facebook.
– Tu surveilles nos recherches ?
– Je surveille vos ordinateurs. C'est mon travail.
Et toi ? Qui te surveille ? a envie de répliquer Audrey.
– L'histoire de Penneroux, tu en as parlé à quelqu'un ?
– Non. Juste à toi. Tu étais juge. Tu es neutre.
Audrey hoche la tête devant cette logique imparable.
– Bien. Pour le moment, ne dis rien à personne, d'accord ? Je dois réfléchir.
Elle sort de la pièce. Tout lui semble irréel. Elle a l'impression de vaciller. Il y a encore vingt-quatre heures, ce groupe était son pilier de soutien. À présent, elle se met à douter du moindre détail.
Batista est bizarre. Penneroux ment. Blériot était cocaïnomane. Wang sait beaucoup trop de choses. Quant à Florian et Louise, elle avait confiance en eux, mais peut-être qu'elle se trompe.
Audrey se masse les tempes.

Son téléphone sonne. Numéro masqué. Elle prend l'appel.

– Audrey ?

Son cœur s'arrête dans sa poitrine.

Tout arrive en même temps, bien entendu. Quand le destin décide de vous jeter en l'air cul par-dessus tête, autant y aller à fond, pas vrai ?

Elle a reconnu la voix, évidemment. Ça fait des mois qu'elle attend ce coup de fil, en même temps qu'elle le redoute. Il s'en est déroulé, du temps, avant qu'il ne se décide. Audrey s'est déjà joué tous les scénarios possibles. La colère. La discussion froide et impersonnelle. L'attendrissement. Les excuses. Les insultes. Le portable qui raccroche et qu'elle envoie balader contre le mur. Ou bien le rendez-vous auquel elle n'ira pas, ou auquel lui n'ira pas. Et puis l'option qu'elle a choisie : celle de couper sans répondre. Car tout ce qu'elle souhaitait finalement, c'était qu'il revienne vers elle. Peu importe la raison. Tout ce qu'il dira ensuite ne pourra que lui faire du mal. Elle a décidé d'épouser un autre homme. Autant s'arrêter là.

– Audrey, tu m'entends ? dit la voix à l'autre bout. C'est moi. C'est Christian.

Elle éloigne le portable.

Il insiste.

– J'ai besoin de te parler…

– Tu es recherché, finit-elle par lâcher d'un ton sec.

– Je sais. Je suis là.

– Où ?

– Devant ton commissariat. Au bout de la rue.

44

Je suis caché à l'arrière d'une ambulance. Un camion blanc classique avec une croix bleue sur le côté. Dès qu'Audrey arrive sur le trottoir, j'entrebâille la porte et je l'appelle.

Elle s'approche avec méfiance.

– C'est quoi, ce truc ? dit-elle.

– Un moyen de transport furtif.

– *Furtif ?*

– Façon de parler. Entre.

Elle hésite, puis finit par grimper à l'intérieur. Audrey porte un jean, un pull à travers lequel je devine ses seins, un blouson à capuche, et des baskets, pratiques pour courir. Elle referme la porte et s'assoit sur la banquette, dos contre la paroi.

Je peux sentir son parfum, discret et doux.

– Tu peux allonger tes jambes sur le brancard, dis-je. Ce sera plus confortable.

Elle le fait, avec précaution, comme si elle avait mal. Je suis assis en tailleur sur ce même brancard un peu plus loin. On est à l'étroit, mais pas tant que ça. Avec une petite table, deux verres et un paquet de chips, on pourrait s'imaginer dans une chambre de bonne sous les toits de Paris. Deux adultes avec la soirée devant eux, en train de s'apprivoiser l'un l'autre.

Je chasse cette illusion.

– Hum… Tu savais que le symbole des ambulances venait des États-Unis ? Dans les années 70, la Croix-Rouge a râlé parce qu'on utilisait son logo. Du coup, les gars de la sécurité des autoroutes ont inventé l'étoile bleue à six branches. Une pour chaque aspect du travail : repérage, alerte, intervention, secours sur place, soins pendant le transport, et transfert à l'hôpital…

Audrey me regarde sans sourire.

– C'est pour me faire un cours que tu voulais me voir ?

– J'essaye de tromper mon stress.

– Quel stress ?

– Te parler. C'est difficile.

Je mens. Au moins en partie. C'est venir ici qui a été difficile.

Audrey ne s'en rend pas compte, mais j'ai accompli un exploit. Il fallait trouver un moyen de quitter ma maison. L'ambulance était le plus pratique. Je l'ai donc commandée, en payant le transport de ma poche. Les avantages sont multiples. Il y a suffisamment d'espace pour que je ne trouve pas l'atmosphère étouffante, je dispose d'une intimité relative, puisqu'une cloison me sépare du conducteur, et je me sens en sécurité dans un univers qui m'est familier et que j'aime. Bien sûr, c'est le taxi le plus cher du monde. Le réserver m'a coûté une blinde. Et j'ai dû me faire violence pour monter dedans, tout en avalant une généreuse poignée de tranquillisants supplémentaire. Mais c'était ça ou rien.

Mon plan consistait à venir ici, rencontrer Audrey, lui expliquer que j'avais besoin d'être libre de mes mouvements, et obtenir d'elle que les flics me laissent tranquille. J'ai même préparé un speech. Seulement voilà : il a suffi que mon regard se pose sur elle pour que mon petit programme vole en éclats.

– Alors ? dit-elle, la tête légèrement penchée sur le côté.

– Je vais t'expliquer.

– Vas-y.

– Voilà, ça arrive…

Audrey Valenti est une jeune femme brune avec des yeux verts extraordinaires. C'est la première chose qui vous frappe quand vous la regardez. La couleur verte n'est pas commune dans l'iris humain. Le gène est porté par le chromosome 19, et cela concerne seulement 2 % de la population mondiale. Chez Audrey, l'iris possède une transparence, une profondeur quasi surnaturelles. Je n'ai jamais cru au coup de foudre. Je suis un scientifique, je suis le premier à ricaner lorsqu'on me raconte ce genre de trucs. Mais il y a peut-être quelque chose qui passe à travers le regard, en fin de compte. Sinon, comment expliquer ce que j'ai ressenti à l'époque, et que je ressens à nouveau ? Une émotion intense. Un manque terrible. Un sentiment d'abandon.

– Tu te sens bien ? demande-t-elle.

– Non, fais-je en détournant la tête.

– Parce que tu te drogues ?

– Jamais de la vie ! Je ne touche pas à ça ! Je suis juste un peu agoraphobe. Ce sont mes médicaments, j'en ai tout un sac...

Je lui montre les boîtes. Elle ne dit rien.

Je sais ce que vous pensez : un mensonge de plus. Et alors ?

Au cours de mon existence, j'ai aimé seulement deux femmes. La première est morte. L'autre se tient là, devant moi. Alors je ne vais pas lui raconter à quel point mon cerveau est cramé, ni lui montrer l'épave que je suis devenu.

J'ai rencontré Audrey il y a trois ans au cours d'une affaire criminelle. Nous avons vécu une relation passionnelle. Intense. Probablement amplifiée par la violence de ce que nous traversions à l'époque – ou pas, je n'en sais rien. Ce que je sais, en revanche, c'est que ce genre de bonheur n'était pas durable. Si vous vous approchez trop près de mon âme, je vous repousse, je vous l'ai déjà dit. Je ne peux rien contre ce réflexe de défense. Dès que notre relation a menacé de devenir sérieuse, j'ai commencé à me montrer sous mon plus mauvais jour. À boire plus que nécessaire. À me rendre insupportable. Et puis je l'ai trahie. J'ai menti à Audrey, je l'ai utilisée, manipulée d'une façon odieuse au cours d'une enquête. Et bien entendu, elle a rompu. Mais elle ne m'a pas détesté ensuite. Alors je m'en suis chargé pour elle. Je me suis haï. Je suis descendu encore plus bas dans l'avilissement, l'alcool et la drogue. On m'avait proposé de travailler comme expert pour son groupe, mais j'ai décliné toutes les offres. Je me suis isolé. J'ai effacé son numéro, évité ses appels, ignoré ses messages. J'ai lutté pour éradiquer Audrey de mon esprit, jour après jour, et j'y suis presque parvenu. Jusqu'à aujourd'hui.

– Je suis désolée pour ton père, dit-elle soudain.

Sa réflexion me prend par surprise.

– Ça a dû te faire mal, elle ajoute. Vous étiez proches.

– Oui.

– Il m'a appelée, tu sais ?

– Ah bon ?

Elle sourit.

– Un sacré type.

– Ouais.

– Il t'aimait beaucoup. Ta mère, en revanche…

– Quoi, ma mère ?

– Je crois que ton papa avait un problème avec elle. Leur relation était compliquée. Ça ne datait pas d'hier. Ton père a dit que vous vous ressembliez, elle et toi. Deux têtes de mule. Mais qu'il fallait vous pardonner.

– Mon père a dit ça ?

– Mot pour mot.

Je baisse les yeux. Je ne sais plus quoi répondre.

– Christian. Qu'est-ce que tu es venu me dire ?

Mes doigts jouent avec le revêtement synthétique du brancard.

– Il faut que je parte.

– Où ?

– Dans le Pas-de-Calais. À Berck.

– Quand ?

– De préférence maintenant.

Je relève la tête.

– Il s'est passé quelque chose, là-bas. Lorsque j'avais dix ans.

– En lien avec l'affaire actuelle ?

– Probable.

– Et tu voudrais que les flics te fichent la paix.

– Je ne m'enfuis pas, Audrey, je te le jure. Mais si tes collègues ne me laissent pas tranquille, je n'y arriverai pas. Me déplacer… est trop difficile.

Elle croise les bras.

– D'accord.

Je hausse les sourcils.

– Vraiment ?

– Je vais t'aider. Mais à deux conditions. La première : dès ton retour, je veux que tu t'arrêtes ici, à Évangile, pour être entendu dans le cadre d'une audition libre. Pas de garde à vue. Tu te présentes spontanément, et tu réponds à nos questions. Tu pourras être assisté d'un avocat si tu le souhaites.

– Et si je refuse ?

– Je te fais arrêter tout de suite.

Je soupire.

– Et la deuxième condition ?

Elle me fixe avec intensité.

– Je pars avec toi.

45

Voyager en ambulance est une expérience étrange. Vous vous sentez malade, et rassuré à la fois.

En ce qui me concerne, il y aurait de quoi faire une crise d'angoisse. Je quitte mon environnement, je me retrouve avec un lieutenant de police, et je pars pour une destination inconnue. Mais bizarrement tout va bien. Peut-être qu'en abandonnant mon village, ma prison médiévale nichée à flanc de colline, j'ai retrouvé un peu de ma personnalité d'avant. Ou bien c'est la présence d'Audrey Valenti qui me motive. Ou alors j'ai bouffé trop de médocs, et me voilà en pleine période d'inversion de l'humeur : après la phase dépressive, la phase maniaque.

Peu importe.

Audrey vient de me dire qu'elle a une côte cassée, elle se plaint de la conduite trop brusque. Je stoppe le véhicule porte de la Chapelle pour remettre les choses au point avec l'ambulancier.

Maurice – c'est son prénom – pèse au bas mot cent vingt kilos, porte une boucle d'oreille brillante à l'oreille droite, et aime jouer les malabars. Un professionnel est censé se montrer honnête et serviable. Dans le cas de Maurice, c'est tout l'inverse. Il a bien senti qu'il y avait du fric à se faire, et il ne s'est pas gêné pour être désagréable et me saigner à blanc.

– Quoi encore ? dit-il en sortant du véhicule.

– Nous avons une passagère.

– Et ?

– Votre conduite est brutale. Votre attitude aussi. Il va falloir changer.

Il s'approche en roulant des mécaniques. Il ne lui manque plus qu'un mégot au bec. Derrière moi, Audrey est descendue pour observer la scène.

– Je vais rien changer du tout, dit-il en reluquant Audrey sans vergogne. De toute façon, vous ne trouverez personne un dimanche, c'est moi ou rien. Et avec une passagère en plus, ça vous coûtera bonbon. Sans compter l'essence. J'aime pas lambiner, on sera à Berck dans deux heures, vous n'avez qu'à boucler vos ceintures et vous tenir tranquilles. Maintenant, si vous souhaitez un geste commercial, on peut toujours s'arranger, suggère-t-il avec un rire gras en déshabillant Audrey du regard.

– Vous allez conduire calmement. Revoir vos tarifs. Et présenter vos excuses.

– Pardon ? dit-il, la main en coupe derrière son oreille.

– Vous m'avez entendu.

– Sinon quoi ?

Je sors mon téléphone.

– Application mobile. Voiture privée. Dans cinq minutes.

Il a un mouvement de recul.

– Vous ne pouvez pas faire ça, vous êtes agoraphobe.

– En outre, poursuis-je, j'écrirai à tous les hôpitaux du département pour expliquer quel genre d'arrangement vous proposez aux femmes.

Son sourire retombe.

– Vous bluffez.

– Je suis le professeur Kovak, le chef des urgences de l'hôpital Cochin.

Je le regarde sans ciller. J'étais seulement médecin senior, et j'ai quitté mon poste. Mais ça fonctionne. Son visage se décompose.

– Pardon, Professeur. Je ne pouvais pas savoir… Je m'excuse, tout est d'accord, bien entendu…

– Super. En route.

Je repousse Maurice derrière son volant, et nous reprenons notre place à l'arrière.

Audrey me regarde avec des yeux ronds.

– T'as mangé du lion, ou quoi ?

Je me contente de grimacer un sourire.

On sort de la ville et le véhicule prend son rythme de croisière. Je décide d'éviter les sujets qui fâchent et de lancer la conversation sur Rosa.

– C'est Rosa qui m'a dit où te trouver.

– Tu as téléphoné à ma mère ?

– On s'est toujours bien entendus, Rosa et moi.

– Arrête de l'appeler par son prénom.

– Tu savais qu'elle s'était mise à la danse ? Valse, tango…

– Tu te fiches de moi.

– Elle a raison. D'après une étude cognitive de 2012, danser réduit de 76 % le risque de maladie d'Alzheimer, loin devant les mots croisés ou la lecture.

Audrey secoue la tête.

– Je ne comprends pas. Tu ne m'adresses plus la parole pendant des mois. Mais ça te pose aucun problème de discuter avec elle.

– J'étais malade. Je le suis toujours.

Elle lève les yeux au ciel.

– Ta fameuse agoraphobie.

– Tu n'as pas l'air d'y croire.

– Pas quand je te vois réagir avec cet ambulancier.

– Je suis sous traitement.

– Et ça va, ça vient, comme ça ?

– C'est une maladie particulière. Elle évolue vite.

Sur ce point, je dis la vérité. Dans l'agoraphobie, le stress s'accumule au fil du temps, et d'un coup, les symptômes éclatent. J'ai arrêté d'abord les transports en commun. Puis la voiture. Puis j'ai déménagé. Puis j'ai complètement cessé de sortir en quelques jours.

Ce que je ne dis pas, en revanche, c'est que la guérison peut survenir tout aussi rapidement. Le processus est un peu mystérieux, mais j'ai vu des patients guérir en un mois, alors qu'ils étaient en psychothérapie depuis des années. Une rencontre, un événement provoquent parfois un déclic. Est-ce un espoir en ce qui me concerne ? Je n'en sais rien. Comme pour un tour de magie, le fait de « connaître le truc » peut empêcher que ça fonctionne. Et puis, je ne suis pas certain de vouloir me débarrasser de cette maladie. Quand je vois Audrey, sûre d'elle, attirante, j'ai peur de lui poser des questions. Je n'ai pas envie de savoir ce qu'elle est devenue, si elle est en couple, si elle est amoureuse de quelqu'un. Parce que je ne pourrai pas forcément encaisser les réponses. J'ai volontairement tout fichu en l'air, je le sais, et j'ai pensé pouvoir le gérer, mais c'était une erreur. La souffrance demeure insupportable.

L'agoraphobie est un rempart. Comparé à certaines vérités, vivre coupé du monde n'est pas un sort si pénible.

Vers 16 heures, on quitte l'autoroute pour marquer une pause. Maurice sort de l'ambulance et se rend aux toilettes en faisant la gueule. Je l'ignore. J'en profite pour me dégourdir les jambes.

Je regarde le ciel. Les haut-parleurs près des pompes à essence, au lieu de diffuser de la musique, sont branchés sur une radio d'information continue, tels des pommeaux de douche faisant pleuvoir les mauvaises nouvelles.

... Menace de grève totale... Nous apprenons à l'instant... C'est de la provocation policière... La montée populiste en Europe... Fake news... Défiance du pouvoir, antivaccins, urgence climatique, théories du complot : propagée par les réseaux sociaux, l'idée d'un effondrement de la civilisation est en marche. Est-ce un retour à un Moyen Âge sombre ?...

Je me bouche mentalement les oreilles. Je ne sais pas si cette litanie s'est insinuée dans mon cerveau, mais le décor me paraît à présent sinistre. Même les nuages ont pris des formes menaçantes. Ici, glisse un Léviathan d'ardoise. Là, plane un Béhémoth noir. Dans un champ, un engin rouillé ressemble au squelette d'un cheval caparaçonné. Plus près, des poubelles bourdonnent de mouches. Un chien me guette, les babines retroussées, à l'arrière d'une voiture. Les gens ressemblent à des automates, le regard vide, les gestes agressifs. Tandis qu'en arrière-plan, les arbres frémissent, telles des créatures qui chuchotent.

Je frotte mes bras pour me réchauffer.

Sur le mur extérieur des toilettes, dans la crasse, quelqu'un a écrit : *Vous qui entrez ici, laissez toute espérance*, barbouillé en lettres de sang. Il y a peu, j'aurais ri de cette blague potache. Aujourd'hui, j'y vois un présage funeste.

Je ressens à nouveau de l'angoisse. Une peur indicible. Comme si l'hiver s'était installé plus tôt. Comme si, tous ensemble, nous quittions peu à peu la civilisation pour nous enfoncer dans des terres menaçantes et froides, où règne un roi étrange et insolite.

Audrey me dévisage.

– Ça va ?

– Moyen. Mon traitement fait le yoyo.

Elle se rapproche.

– Tu t'es blessé ? Tu boites.

Elle touche ma cuisse avec son doigt.

Je tressaille et me rétracte involontairement. C'est la première fois qu'il y a un contact physique entre nous.

Maurice revient.

– Faut y aller.

Il se dandine d'un pied sur l'autre.

– Je vous ai pris des bouteilles d'eau, Professeur.

– Merci.

– Je peux vous dire quelque chose ?

– C'est important ?

– Juste un truc que j'ai vu.

– On en parlera plus tard.

Je récupère les boissons, on remonte à l'arrière et l'ambulance repart. J'aspire une grande goulée d'air, puis je me lance.

– Audrey. Il faut que je te parle…

Et je lui raconte tout.

*

Les premiers messages de mon inconnu criminel, sur mon site de télémédecine. Comment il m'a contacté la nuit d'Halloween. De quelle façon j'ai remonté sa trace jusqu'à cet appartement minable, et comment j'ai exploré les lieux à distance avec l'aide de Djay. Ma surprise lors de la disparition du Pakistanais. Et mon épouvante devant la vidéo de sa mort ensuite.

Audrey m'écoute, attentive.

Je continue mon récit. J'en viens à la façon dont mon mystérieux inconnu m'a prévenu trente minutes avant l'arrivée des flics. Je vois les yeux d'Audrey qui s'agrandissent, mais elle ne m'interrompt pas. Je passe brièvement sur ma fuite dans la rue, mon passage à l'église et la façon dont j'ai atterri à l'auberge, en évitant toute référence à la drogue. Je saute directement à mon réveil-surprise, ce matin même, les yeux bandés, attaqué par le dingue.

– Tu as *entendu* sa voix ? dit Audrey.

– Non. Il utilisait une sorte de brouilleur vocal.

– Évidemment. Pour ne pas que tu le reconnaisses.

Ce n'est pas une question. Audrey a l'air d'une personne dont les soupçons se confirment.

– Et ce n'est pas tout, dis-je. Le cinglé a fait en sorte que je contacte ma mère. Lauren m'a raconté un épisode de ma jeunesse. Un accident de vélo survenu en vacances. Nous étions avec un groupe de gens bizarres qui connaissaient mes parents. Lauren m'a parlé… de loups voraces.

– Des loups voraces ?

– Oui.

À ce stade, je préfère taire l'histoire des Memento Mori. Et la statuette de l'ange pleureur. Cela soulèverait trop de questions.

– Celui qui a concocté tout ça s'est donné beaucoup de mal, dis-je. Il a un but. Même si je ne le comprends pas encore.

Audrey plisse le front à plusieurs reprises, manifestement plongée dans des abîmes de réflexion. À un moment, elle ouvre la bouche comme si elle s'apprêtait à me révéler un secret, puis se ravise, puis elle recommence, puis change d'avis de nouveau.

Elle se tortille sur sa banquette.

J'ai l'impression qu'elle a mal au thorax.

Je lui propose d'échanger ma place contre la sienne et de s'allonger sur le brancard, dont je relève le dossier. Elle accepte. Je lui ouvre une bouteille d'eau. Elle la descend goulûment.

– D'accord, dit-elle en s'essuyant la bouche. Voilà ce que je peux te dire…

Elle me raconte alors dans les grandes lignes une histoire impressionnante dans laquelle, si j'ai bien compris, des compagnies de guerriers médiévaux s'affrontent dans les bois, et mènent des compétitions d'un pays à l'autre. Elle m'explique les origines du béhourd. La résurgence de traditions ancestrales. La Bataille des Nations. La domination des Russes dans ce sport. Et le fait, par ailleurs étrange, qu'un certain nombre de ressortissants des pays de l'Est semblent également impliqués dans nos affaires criminelles. Elle me raconte aussi que tous ses collègues ont vu les vidéos, tant celle de Djay crucifié et immolé par le feu que celle de la sorcière noyée dans l'étang.

Tout cela fait résonner en moi des échos baroques. Des images de batailles en armures, le son du fer frappant contre le fer, des silhouettes noires s'affrontant au milieu des flammes, les cris des mourants. Un monde livré à l'obscurantisme et à la sorcellerie. Un monde où règnent les monarques les plus impitoyables.

Des loups voraces.

Quand elle a terminé nous sommes arrivés.

L'ambulance s'arrête. La porte arrière s'ouvre.

– Hôpital maritime de Berck ! lance Maurice à la cantonade.

Je descends le premier et tends la main à Audrey. Nous faisons quelques pas sur le parking. Le vent souffle, chargé d'iode. Il n'y a personne. Le soleil descend vers l'horizon. Je vois Maurice qui s'agite, cherchant à droite et à gauche. Je vais vers lui.

– Il y a un problème ?

– Je regarde si elle est encore là.

– Qui donc ?

– La voiture noire.

Je fronce les sourcils.

– Quelle voiture noire ?

– Une grosse berline, aux vitres teintées. Elle nous a suivis pendant presque tout le parcours. Elle s'est arrêtée en même temps que nous à la station-service. C'est ce que je voulais vous dire tout à l'heure. Maintenant, elle a disparu.

46

L'hôpital maritime de Berck ressemble à un couvent. Isolé de la ville, perdu au bord des dunes, battu par les embruns, il dresse ses murs rougeâtres face à la mer. Son clocher aux allures gothiques est particulièrement sinistre dans le soleil qui décline. Je ne m'en souvenais pas du tout. J'ai du mal à imaginer qu'une messe a été donnée dans la chapelle à mon intention, il y a plus de trente ans, alors que je me trouvais là.

Audrey et moi pénétrons dans l'entrée.

Sur un panneau latéral, je reconnais le sigle de l'Assistance publique des Hôpitaux de Paris. Le même que sur mon ancienne blouse. En effet, si bizarre que cela paraisse, cet endroit isolé fait partie des Hôpitaux universitaires d'Île-de-France. En 1854, on y envoyait les « enfants trouvés », les jeunes « scrofuleux », comme on les appelait alors, lorsqu'ils étaient atteints de tuberculose ganglionnaire, pour y subir un traitement à base d'hydrothérapie. Napoléon III a transformé les bâtiments en structure massive et imposante, inaugurée par l'impératrice Eugénie en 1869. Depuis, l'endroit a connu maintes transformations. Au XXe siècle, par exemple, il accueillait les petites victimes de la polio, cette horrible maladie heureusement disparue dans la plupart des pays du monde – merci, les vaccins. Aujourd'hui, l'hôpital est spécialisé dans la prise en charge de l'obésité, des patients neurologiques et de la gériatrie. Il y a des piscines d'eau de mer, des kinés, des assistants spécialisés, et des gens formidables qui veillent sur vous, parfois pour améliorer votre fin de vie et la rendre moins difficile.

Je m'approche du comptoir d'accueil.

Une jeune femme lève les yeux.

– Bonjour, dis-je. J'ai été hospitalisé ici en réanimation.

– Nous n'avons pas de service de réanimation, monsieur.

– J'avais dix ans.

– Ah. Eh bien, je suppose qu'il en existait un à l'époque.

– Certes.

– Je n'étais pas née, ajoute-t-elle avec un sourire.

– J'imagine.

– Que puis-je pour vous ?

– Je viens rendre visite à quelqu'un.

Elle ouvre un cahier.

– Son nom ?

– Le professeur Lescaux. L'ancien directeur de l'hôpital.

Elle referme le cahier.

– Vous avez rendez-vous ?

– Non. Mais j'ai consulté les archives de l'Assistance publique. Lescaux était à la fois directeur et chef de la réanimation lorsque j'étais enfant. Je sais qu'il est ici, en long séjour, en tant que malade. Je souhaiterais lui parler.

– Désolé, dit-elle. Le professeur ne reçoit pas.

– Je suis médecin.

– Ça ne change rien.

– C'est très important.

– Hélas, je ne peux rien pour vous.

– Écoutez, mademoiselle, nous venons de Paris exprès pour le voir, je n'ai pas envie de me fâcher…

– Ce n'est pas ma faute ! bredouille-t-elle. Je ne fais que respecter ses consignes. Écrivez-lui un courrier, si vous voulez, je le transmettrai à son secrétaire. Et maintenant je dois vous demander de partir !

Audrey m'attrape par la manche.

– Laisse tomber, dit-elle à mon oreille.

Elle m'entraîne à l'extérieur.

– Tu lui as fait peur.

– Quoi ?

– Elle avait sa main sur le bouton du standard. Une réflexion de plus, et elle appelait la sécurité.

– Quelle sécurité ? dis-je, énervé. Il n'y a pas de sécurité, ici. Je n'ai même pas vu de caméra de surveillance. On est dans un hôpital gériatrique. Tu crois vraiment que quelqu'un va s'introduire ici pour leur voler un vieux ?

Je ressors sur le parking et j'envoie un coup de pied contre le bitume.

– Ça ne va pas ? demande Maurice.

– Si. Je réfléchis.

– Vous avez encore besoin de moi ?

J'observe son ambulance.

– Est-ce que vous pouvez nous emmener à l'intérieur du complexe ? Je serai rapide. On rentrera à Paris ensuite.

Ses épaules tombent en signe de profond abattement.

– Je paierai la facture, dis-je, ne vous inquiétez pas.

Son torse se gonfle à nouveau. Nous remontons dans son véhicule et nous effectuons le tour de l'immeuble. On franchit une barrière avec une guérite. Comme je l'espérais, personne ne nous arrête. Une ambulance ici, quoi de plus normal ? On se gare à la pointe sud de l'hôpital maritime.

– Qui est ce professeur Lescaux ? demande Audrey.

– Le médecin qui m'a pris en charge. J'ai eu un accident de vélo. Une voiture m'a renversé. J'ai séjourné dans son service. J'étais dans un sale état. Les gens mystérieux dont je te parle avaient l'habitude de se retrouver ici en vacances. Des médecins. Ils ont organisé un genre de messe dans la chapelle de cet hôpital, à mon intention.

– Une messe ?

– Mon père est intervenu. Il s'est fâché contre eux. Apparemment, il les tenait pour responsables de mon sort. Il a fait un scandale. Lescaux est sûrement au courant. En tout cas, je ne vois personne d'autre pour me renseigner.

J'imagine Anton Kovak, le technicien des plateaux de cinéma, en train d'enguirlander une assemblée de docteurs. Il avait la carrure d'un colosse, la voix qui porte, et l'habitude de tenir tête à des metteurs en scène capricieux. Ça n'a pas dû rigoler.

On descend à nouveau. Je laisse mon sac dans l'ambulance, en prévenant Maurice que je reviens vite. Je lui demande aussi de garder l'œil ouvert, au cas où il repérerait la fameuse berline noire.

Cette fois le décor m'est familier. Juste après l'angle du bâtiment ocre, la plage est là, derrière la butte envahie par les bruyères sauvages.

Parfums végétaux. Crissement du sable.

Je vois un phare au loin, rouge et blanc.

Les souvenirs affluent.

On séjournait dans une résidence mais on venait se baigner par ici. Je me rappelle les rangées de cabines pastel, de couleur rose, bleu, vert pâle. Les copains, le temps d'un été. Après avoir vécu mille aventures loin des adultes, dans nos univers de cow-boys et d'Indiens, on se disait au revoir le dernier jour, avec nostalgie, en espérant se retrouver à la saison suivante.

À plus, Minus.

À un de ces quatre, Patate.

J'entends les cris des mouettes. Les blagues de papa. Le rire de maman. Des banalités. Pourtant tout est là. On passe son existence à vouloir s'acheter des chimères, alors que le véritable bonheur est gratuit, juste devant notre figure.

Nous contournons le bâtiment, Audrey et moi, et nous marchons sur un chemin le long de la plage. Tout est désert. Il n'y a personne. Vu d'ici, l'hôpital maritime est encore plus sinistre. On dirait un établissement psychiatrique surgi d'un autre siècle.

– Je vais devoir rentrer, annonce Audrey.

– Quoi ?

– J'espérais plus de temps. Voir où te conduiraient tes recherches. Mais de mon côté, l'enquête continue, ça ne s'arrête jamais, ils ne me laissent pas tranquille.

Elle me montre son portable.

– J'ai reçu plusieurs appels. On me demande où je suis.

– Réponds que tu es en vacances.

Elle sourit.

– Si seulement.

Ses beaux yeux verts me fixent.

– Comment tu vas t'y prendre ? dit-elle.

– Pour rencontrer Lescaux ? J'en sais rien.

– Tu vas improviser ?

– C'est ça.

– Et ensuite ?

Elle sourit toujours.

Et ensuite, quoi ? ai-je envie de répondre. Qu'est-ce que tu sous-entends, Audrey Valenti ? Parce que là maintenant, sur la plage de ma jeunesse, mon cœur est sur le point d'exploser, même si tu ne t'en rends pas compte.

Elle détourne les yeux vers l'horizon. Le soleil se couche. Les nuages sont en feu. L'océan a pris une couleur d'ardoise, le ciel et la mer se confondent.

– Il y a un train à la gare de Berck. J'ai appelé un taxi.

– D'accord, je soupire.

Elle touche ma main du bout des doigts.

– Ne m'oublie pas.

– Il n'y a aucun risque.

– Je parle de ton audition à la brigade. À ton retour.

Elle sourit une dernière fois, puis s'en va.

Je l'observe un instant. Puis je m'éloigne dans l'autre sens.

Je n'ai pas envie de voir si elle s'arrête pour regarder en arrière. Je n'ai pas envie de penser à ça. Je vais plutôt rester concentré sur le moment présent.

J'avance sur le chemin en planches qui longe le bord de mer. Je croyais qu'il n'y avait personne, mais si, en fin de compte. Il y a des promeneurs plus loin. L'un d'entre eux en particulier m'intéresse. Il est obèse, il est seul, et surtout il se déplace en fauteuil électrique.

Je l'observe discrètement. Il porte un simple pantalon de survêtement et un T-shirt. Pas de sacoche. Juste un appareil photo. Il effectue un petit tour, d'un mouvement habile de rotation du poignet, en prenant quelques clichés. Il traîne encore un peu, puis s'engage sur la rampe en bois que j'ai moi-même empruntée et qui le ramène vers l'hôpital. On progresse tranquillement, lui devant, moi derrière, mes mains dans les poches. Il oblique soudain, emprunte une allée que je n'avais pas vue, et s'approche d'une porte vitrée.

L'homme sort une carte magnétique.

– Hop-hop-hop ! dis-je en le rattrapant. Je vous aide !

La porte s'entrebâille. Je la tiens grande ouverte. Il passe avec son fauteuil.

– Bien aimable, il répond.

– Je vous en prie, dis-je, tout sourire.

J'entre à sa suite. Me voilà dans les couloirs de l'hôpital maritime. L'homme avance rapidement. Je le rattrape de nouveau.

– Excusez-moi. Docteur Kovak. Médecine générale.

– Enchanté.

– Je discutais avec mon ami, le professeur Lescaux.

– Oui ?

– Hélas, je ne le trouve plus.

Il s'arrête pour regarder sa montre.

– À cette heure, il doit être au bain.

– Au bain ?

– La piscine d'eau salée.

Il m'explique avec précision le chemin à suivre.

– Merci, dis-je.

– C'est moi.

Il repart avec un signe amical de la main.

Merveilleux. Parfois, les choses se déroulent sans anicroche. J'avais presque oublié que c'était possible.

Je m'aventure dans l'hôpital. Couloirs neutres. Odeurs d'antiseptiques. Peu de monde. Je suis dans un environnement familier. Pour l'instant mon agoraphobie se tient tranquille. Bien.

J'arrive à la piscine en question. La voûte est impressionnante, avec ses hautes fenêtres en arcade, mais la lumière est tamisée. Je m'attendais à voir un certain nombre de malades dans les bassins. Il n'y a personne, ou presque : sur les marches d'un grand escalier qui s'enfonce dans l'eau est assis un vieillard. De la musique classique bourdonne en sourdine. À côté de lui, debout et tenant une serviette, se tient un jeune homme en costume.

Dès mon entrée, le costume pivote pour aboyer.

– La piscine est privatisée !

– Désolé.

– Que fichez-vous ici ?

– Je cherche le professeur Lescaux.

– Pas de visiteurs !

– Permettez-moi d'insister.

– Qui le demande ? fait-il, menaçant.

Je m'approche du Costume.

– Je vous donne un indice : celui qui remue les lèvres.

Il hausse les sourcils.

– Pardon ?

Le vieillard lève la main.

– Laissez-le s'exprimer, Charles.

Je me déplace de façon que le vieil homme me voie. Il est

vraiment très âgé. On devine à peine ses yeux. Ses traits sont gommés par les ans, comme les lignes d'un parchemin écrites et réécrites à maintes reprises.

– Charles est mon secrétaire particulier, dit-il entre ses lèvres sèches. Pardonnez-lui d'être si protecteur. Je n'aime pas les visites-surprises. Quelques mauvais plaisants.

Je m'incline légèrement.

– J'espère ne pas en être un. Bonjour, tout d'abord. Et excusez-moi de faire irruption ainsi. Je suis le docteur Kovak. J'ai séjourné ici dans mon enfance. Un passage en réa après un accident de vélo. Vous ne vous le rappelez sûrement pas, mais vous étiez chef de service à l'époque.

Il me regarde sans répondre.

Je sors l'ange pleureur de ma poche.

– Je voudrais vous parler de cette statuette.

Il tend la main. Prend l'angelot. L'examine. Me le rend.

Je demande au vieillard :

– Ça vous dit quelque chose ?

– Oui.

Mes yeux s'agrandissent.

– Pour de bon ?

– Évidemment, Christian. Cet ange pleureur, c'est moi qui te l'ai offert. Pour tes dix ans.

47

Pour être honnête, je ne me souvenais absolument pas du professeur Pierre-Antoine Lescaux. Je me rappelle plutôt une valse de blouses blanches. D'attentions. D'images fugaces. De sourires. J'étais un enfant, et les enfants récupèrent incroyablement vite de leurs traumatismes physiques, à condition d'être traités avec gentillesse.

Lescaux m'apprend que j'ai passé trois jours en coma artificiel, et que mes souvenirs de la semaine suivante ont été perturbés. L'ange pleureur, il m'en a fait cadeau durant mon hospitalisation, comme il l'a dit. Puis ma mère l'a repris.

Je lui pose la question qui me brûle les lèvres.

– Vous êtes un membre des Memento Mori ?

– Bien sûr.

– Depuis longtemps ?

– L'un des plus anciens.

– Et vous me le révélez librement, comme ça ?

Sa gorge émet un bruit. J'identifie un rire.

– Mon secrétaire Charles est au courant. Et je ne comptais pas te le cacher. Je ne savais pas si tu viendrais un jour. Mais maintenant que tu es là, autant tout te dire. Je suis si vieux, qu'est-ce que tu veux que l'on me fasse ?

Nous avons discuté pendant longtemps, tandis que les derniers rayons rougeâtres s'amenuisaient derrière les fenêtres en arcade de l'antique hôpital maritime, contrastant avec les ondulations bleues et violettes à la surface de l'eau.

Voici ce que Pierre-Antoine Lescaux m'a appris.

*

La Memento Mori est une société secrète officiellement fondée en 1910 à la faculté de médecine de Lyon par le professeur Lacassagne, médecin légiste, son élève le professeur Locard, créateur du premier laboratoire de police scientifique, et le doyen Caillemer, conseiller du ministre de l'Intérieur Georges Clemenceau. Clemenceau, fils de médecin et médecin lui-même, est réputé à l'origine du projet. Le but originel de la fraternité Memento Mori – locution latine signifiant littéralement : « Souviens-toi que tu vas mourir » – était de promouvoir de toutes les façons possibles les progrès fulgurants de la médecine et de la chirurgie, à une époque où s'y opposaient la morale publique et la religion, alors que la séparation de l'Église et de l'État ne datait que de 1905. Diverses personnalités médicales en ont fait partie au cours des décennies suivantes, certaines de façon revendiquée, d'autres supposée, aucun registre ni document interne de la fraternité n'ayant jamais été communiqué au public.

Au cours du XXe siècle, la fraternité a connu un essor dans la plupart des facultés de médecine de France. Dans les années 70, elle possédait des représentants à Amsterdam, à la Tulane University de Louisiane et à l'University of Florida, à la faculté de médecine d'État de Saratov et à l'Univerzita Karlova de Prague, la plus ancienne d'Europe centrale. Le nombre maximum de ses membres était fixé à deux mille, correspondant aux lettres MM en chiffres romains. Chaque membre de la fraternité était d'abord recruté au grade d'initié par un parrain, puis éventuellement confirmé au grade de Memento par un collège de trois médecins. Il n'y avait pas de grade au-delà, chacun ayant les mêmes droits et devoirs que ses confrères.

Les Memento ont soutenu la recherche médicale dans de nombreux domaines controversés au départ, tels que l'autopsie, la criminalistique, les expériences de mort imminente, les techniques d'avortement dans les années 70, la fécondation in vitro ou la thérapie génique. Ils ont également œuvré à la préservation d'ouvrages anciens tels que *La Manière de conjoindre les os et d'extraire les enfans tant mors que vivans du ventre de la mère* d'Ambroise Paré en 1550 (BnF), le *Necronomicon* traduit en 1583 par le mathématicien John Dee (bibliothèque d'Oxford), ou l'*Unaussprechlichen Kulten* de Friedrich von Junzt (1840).

Dans son livre *Le Pouvoir occulte américain*, Anthony Sutton dénonce les chaînes d'influence verticales et horizontales de ces organisations universitaires.

En France, une ministre de la Santé, un médecin animateur de télévision et un écrivain ont déjà évoqué publiquement la Memento Mori, sans admettre toutefois en avoir été membres. À partir des années 90, le nombre de ses initiés et son influence ont fortement diminué avec l'apparition d'Internet, la diffusion globale des connaissances, puis l'ascension des réseaux sociaux. Depuis le décès en 2018 de son dernier représentant public, le professeur Howard Hoffman, ancien vice-président de la conférence internationale des doyens, la fraternité Memento Mori n'a plus d'existence officielle.

*

Lescaux me regarde, tandis que des ombres bleues jouent sur son visage.

– Ta mère est venue ici avant ta naissance. Elle était étudiante à New York. Elle effectuait un voyage en Europe en compagnie de quelques amies, comme les Américains le font souvent. Je ne sais pas comment elle a atterri à Berck, mais je l'avais repérée. Un joli brin de fille. Je la soupçonnais de sortir avec l'un d'entre nous à l'époque. L'année suivante, elle avait abandonné ses études pour se marier avec ton père. Et vous êtes revenus tous les trois. Tous les ans. Pendant dix ans. Elle connaissait les Memento. Elle fréquentait le groupe qui venait ici en vacances. Elle rêvait d'une carrière de médecin pour son fils. Et je l'ai soutenue dans cette démarche.

– Vous ?

– Moi.

– De quelle façon ? dis-je, un peu soupçonneux.

– De façons diverses.

– Vous couchiez avec elle ?

– Bien sûr que non.

Il a un regard pour son secrétaire.

– Je suis homosexuel, Christian. Je vous ai juste donné quelques coups de pouce au fil des années, à elle et à toi.

– Que voulez-vous dire ?

– Après ton bac, j'ai orienté ton inscription en médecine.

– Mon concours d'entrée ?

– Je n'ai pas touché aux résultats. Mais je t'ai dirigé vers la bonne fac. Celle où j'avais le plus d'influence. Pour l'externat et l'internat, tu t'es débrouillé seul. À part une ou deux péripéties, comme la fois où tu as encouragé tous les internes à attaquer la préfecture de police en face de l'Hôtel-Dieu à coups de Bétadine et de bombes à eau, en peignant généreusement les symboles secrets de notre fraternité sur leurs murs et leurs portes. Il y a même eu des articles dans le journal. Merci la discrétion pour nous. Cette fois-là, je l'avoue, j'ai dû intervenir. Ton doyen était très en colère.

Je souris à cette évocation de mes frasques étudiantes.

Lescaux s'interrompt pour se glisser dans la piscine et pratiquer prudemment quelques brasses. Sa voix résonne sous les voûtes, tandis qu'il s'éloigne.

– Ton chef de chirurgie t'avait recruté ! Il était ton parrain !

– Je m'en souviens, dis-je.

– Tu as commencé ton initiation.

– Et j'ai arrêté.

– Mais tu portes le premier tatouage.

Il revient vers moi, se redresse et se tient debout dans l'eau. Il désigne sa poitrine : parmi ses taches de vieillesse, deux symboles se devinent encore.

– L'ange pleureur pour les initiés. Le « double M » ensuite.

Je hausse les épaules.

– Je ne prenais pas tout ça très au sérieux.

– À tort.

– Vous aviez l'air d'une secte, dis-je pour ma défense.

Je m'oriente vers son secrétaire, cherchant une approbation. Ce dernier se tient immobile, droit comme un piquet.

Lescaux retourne faire une longueur soigneuse.

– Vos rituels me semblaient ridicules, dis-je.

– Ridicules ? Je te signale que tu me dois ton poste aux urgences ! lance-t-il depuis l'autre bord.

– Quoi ?

– Et le fait que ton université soit restée clémente avec toi ! Toutes ces années ! Malgré tes déboires ! Et tes problèmes de drogue !

J'écarquille les yeux.

– Vous étiez au courant de ça ?

– Évidemment. Ton doyen faisait partie de la fraternité. Je suis au courant de tout. Nous t'avons protégé. Tu as écopé de plusieurs coups de semonce, certes. Mais tu n'as jamais reçu de sanction disciplinaire, ni d'interdiction d'exercice…

Je m'assois sur un banc, les jambes molles.

– Tu as pu continuer de donner des cours à la fac, dit-il en revenant vers moi. Et rester en poste aux urgences. C'est toi qui as démissionné. Il faut dire que tu as une sacrée tendance à l'autodestruction. Et à l'auto-apitoiement, aussi…

Il atteint le bord de l'escalier, attrape la rampe et remonte péniblement, tandis que son secrétaire lui tend sa serviette.

Lescaux se frotte la nuque. Je devine ses mouvements saccadés. L'une de ses mains tremble. Il marche à petits pas. Il parvient malgré tout à enfiler seul son peignoir.

– Parkinson ? je lui demande.

Il hoche la tête.

– Quelle phase ?

– Je me bagarre. Et plus que toi, jeune homme.

Je ravale ma salive.

– Et donc… vous avez influencé toute ma carrière ?

– Je n'ai pas ce pouvoir, dit-il. Ta réussite et tes échecs, tu ne les dois qu'à toi-même. Nous avons simplement essayé de te protéger. Et de te guider sur la bonne voie.

Une grimace sarcastique m'échappe malgré tout.

– La bonne voie selon *vous*.

– Plutôt selon *lui*.

– Lui qui ?

– Le Grand Maître.

– Vous avez dit qu'il n'y avait pas de chef, dans votre machin.

Le professeur Lescaux noue son peignoir et glisse ses mains dans les poches de devant, comme il le ferait avec une blouse blanche. Malgré son grand âge, je n'ai aucun mal à l'imaginer à sa grande époque, effectuant la visite dans son service et terrorisant les pauvres externes.

– J'ai menti, dit-il. Il y a deux grades officiels : Initié et Memento. Mais il en existe deux autres : Maître et Grand Maître. Des grades secrets. J'étais un Maître. Nous étions peu nombreux. Il fallait bien organiser les choses.

– Tirer les ficelles.

– Tu peux le voir comme ça.

– Et le rapport avec moi ?

Son pied se tord soudain vers l'intérieur. Il le force à se remettre dans le bon sens.

– Le Grand Maître et toi, vous aviez des rapports ambigus.

– Hein ? Quels rapports ? Je ne sais même pas qui c'est !

– Lui te connaît. En tant que Memento, il est ton allié. Mais il est aussi ton ennemi.

– Mon ennemi ?

– Le pire d'entre tous.

– Pourquoi ? Je n'ai rien fait pour lui nuire !

– Tu te souviens de ton accident de vélo ?

– Pas grand-chose. À part quelques images, le traumatisme crânien a quasiment rayé cet épisode de ma mémoire, y compris toute la période qui l'entoure.

Le professeur Lescaux m'invite à marcher avec lui, lentement, entre les bassins. Son secrétaire nous suit à distance.

– Cette année-là, dit-il, tu t'étais lié d'amitié avec un enfant. Beaucoup plus jeune que toi. Un garçonnet de quatre ou cinq ans à peine. C'est *lui* qui a échappé à la surveillance. Pas toi. Il traînait sur la route à côté de la plage. Il allait se faire écraser par une voiture. Alors tu as foncé sur ton vélo, réussi à pousser ce gosse hors de la route, après quoi tu es tombé. Et le véhicule t'a percuté.

– Wow, dis-je. Une belle cascade.

– En effet.

– Sauver ce gamin était une bonne action.

– Incontestablement.

– Alors pourquoi me serais-je fait un ennemi ?

– Parce que le conducteur de la voiture était l'un d'entre nous. Ce fameux Grand Maître. Et que ton père a débarqué plus tard, en pleine messe, dans la chapelle, pour lui crier dessus devant tout le monde. Ça ne lui était jamais arrivé. Il s'est fait traiter de tueur d'enfant.

Je ne peux m'empêcher de sourire en imaginant la scène.

– Chez les Kovak, on est un peu sanguins…

– Ce n'était pas drôle. Cet épisode a créé un scandale. Cela a donné à cet homme une très mauvaise réputation. Et les Memento ne veulent surtout pas de publicité.

Il continue d'avancer. Toujours à petits pas. Contrarié.

– La dislocation de notre fraternité était déjà en route, grommelle-t-il, mais elle s'est accélérée d'un coup. Avant, nous nous rassemblions encore à découvert, en petites congrégations. Nous menions nos débats d'idées dans une ambiance confraternelle. Après cet épisode, le Grand Maître en a décidé autrement. Nous ne sommes plus jamais revenus à Berck. Les assemblées sont devenues clandestines, cagoules noires sur le visage. Nous protégions nos identités. La discrétion est devenue le mot d'ordre. Beaucoup n'appréciaient pas cette évolution. La fraternité prenait trop des allures de secte, en effet. La dissension s'est instaurée, et la Memento Mori a perdu le peu de pouvoir qu'il lui restait. À l'époque où tu es devenu interne, certains voulaient encore y croire, mais en vérité, nous n'étions déjà plus qu'un vieux club folklorique…

Quelques mouvements involontaires animent soudain son menton, puis il reprend.

– J'ai cependant continué à suivre ta carrière.

– Et ce fameux Grand Maître ?

– Il a quitté la fraternité depuis, et poursuivi ses activités d'influence ailleurs. Nous n'étions pour lui qu'un tremplin.

– Qu'est-il devenu ?

– Je ne t'en dirai pas plus.

– Pourquoi ?

– C'est dangereux.

– Après tout ce que vous m'avez raconté ?

– Oui.

– C'est drôle. Ma mère m'a prévenu dans les mêmes termes.

Je scrute attentivement son visage.

Je décide de pousser le bouchon plus loin.

– Donc, vous n'avez jamais mené d'activités criminelles ?
– Bien sûr que non ! Tu es fou ?
– Vous en êtes certain ?
– Évidemment.
– La fraternité n'assassinait jamais personne ?
– Nous sommes des gens honorables ! dit-il, peiné.
– Mon père n'est pas mort tué par lui ? Le Grand Maître ?
Le professeur Lescaux cille à peine une seconde.
J'y ai presque cru.
– Jamais ! s'exclame-t-il. Impossible !
– Dites-moi son nom.
– Je ne peux pas.
– Pourquoi ?
– Personne ne connaît son identité.
– Dites-moi celle qu'il utilisait à l'époque.
Lescaux secoue la tête, agité de toutes sortes de tics, sa main tremble, son menton remue, il force sa jambe à se poser par terre, puis il finit par se calmer, et lâche enfin :
– Je n'ai aucune nouvelle depuis longtemps…
– Mais ?
– Mais… il se faisait appeler Bogdan Marùk.
– Bogdan Marùk, je répète lentement.
– Il était docteur en histoire ancienne.
– Pas en médecine ?
– La fraternité ne recrutait pas que dans le milieu médical.
– Je pourrais chercher son nom sur Internet.
Lescaux serre les dents et ferme les yeux un instant, comme s'il tentait l'effort impossible de contrôler tous ses muscles à la fois. Puis me regarde de nouveau.
– Tu ne le trouveras nulle part. Il a toujours veillé à n'être cité par personne. Et a soigneusement fait disparaître la moindre image de lui. Il entretient son anonymat de façon paranoïaque. Il fait partie de ces éminences grises qui fréquentent les cercles

d'influence comme des fantômes. Fraternités, cabinets occultes, groupements religieux, il disparaissait ici, on le retrouvait là, sous un autre nom, dans une autre profession. Personne ne connaissait nos grades au sein des Memento. Et depuis qu'il est parti, personne ne l'a jamais revu. Il a certainement changé de nom et d'apparence. Il n'y a aucune chance que tu parviennes à l'identifier. Encore moins que tu l'approches.

Je réfléchis aux circonstances qui m'ont conduit ici.

Au dingue qui m'a bâillonné et planté des ciseaux dans la cuisse, qui a menacé ma mère, et filmé ces vidéos effroyables.

– Quelqu'un d'autre souhaite l'approcher.

– Pourquoi tu dis ça ?

– On m'a mis sur la piste de ce Grand Maître.

– C'est une erreur. Il vaut mieux que tu renonces.

– Mon père est mort.

Ses tremblements commencent à le reprendre.

– Tu dois changer d'avis, Christian.

Je me contente de le fixer avec dureté, sans répondre.

Ombres bleues. Odeur d'iode. Clapotis de l'eau.

– D'accord, admet-il. J'ai une très vieille photo de Bogdan Marùk. Dans mon coffre-fort. Peut-être la seule qui existe. Charles va t'y conduire.

Le secrétaire s'avance vers moi.

– Une dernière chose, dit Lescaux. Marùk s'intéressait à l'occultisme. Aux forces invisibles qui, selon lui, ont toujours façonné l'Histoire. Et… il y a eu des rumeurs, c'est exact. Certains ont parlé d'hommes de main. De disparitions. De morts horribles. Même des enfants. Je n'ai jamais cru à ces ragots. Marùk était brillant. Il émanait de lui une puissance intemporelle. Pourtant, d'autres le disaient corrompu. Comme une maladie qui s'étend et se propage. Ils l'avaient d'ailleurs affublé d'un surnom à sa hauteur.

– Quel surnom ?

– Le Roi lépreux.

48

Je ne m'attends pas du tout à ce qui arrive ensuite.

Tandis que Charles, le secrétaire, m'entraîne vers les caves voûtées de l'hôpital maritime où se trouve le coffre-fort de Pierre-Antoine Lescaux, j'ai la tête pleine d'images. Mon père et ma mère, jeunes, sur la plage de Berck. Moi à vélo, sauvant un gamin le jour de mes dix ans. Mes études à Paris à la fac de médecine. Mon poste aux urgences et mon rythme de travail effréné. Puis ces dernières années, avec leur succession de déboires et de drames, ponctuées de plusieurs enquêtes criminelles. Et pour finir, ces jours-ci, l'apparition d'un tueur psychopathe retors, prêt à tout pour exécuter son mystérieux plan. Au-dessus de l'ensemble plane une présence sinistre, telle une ombre qui patiente, à l'affût : celle de Bogdan Marùk, le Roi lépreux.

– Ça va ? demande Charles.

– Oui, dis-je. Juste mon imagination qui travaille.

Nous descendons des marches et je découvre les sous-sols de l'hôpital. Après un couloir moderne, nous passons une porte et pénétrons sans transition dans une série d'antiques caves voûtées. L'entrée de la cave principale se fait par une antichambre. Nous empruntons un escalier sur la gauche. Il y a également une petite plate-forme élévatrice.

– Pour descendre et stocker le matériel, explique Charles.

L'endroit est effectivement encombré. Entre les deux impressionnants piliers de soutènement en granit, tout un bazar occupe l'espace central. Rangées de lits médicalisés aux matelas couverts de moisissure, vieilles armoires de stockage, chariots roulants obsolètes, empilement de sacs de sel…

– On est obligés de saler les parkings en hiver, dit Charles. À cause du gel, sinon tout le monde se casserait la figure.

Je hoche la tête.

Il sort une clé de sa poche.

– Voici le coffre-fort.

Il est ancien, avec une roue au milieu. Le secrétaire introduit la clé dans la serrure. Tourne la roue. Ouvre la porte. Dedans se trouvent une demi-douzaine de livres ésotériques anciens, plus ou moins légendaires, dont j'ai entendu parler durant mes études. Je parcours les titres. Je ne savais pas qu'ils existaient vraiment. Le secrétaire s'empare d'une enveloppe posée sur le dessus et referme le coffre. Nous revenons ensuite par le même chemin.

Les couloirs sont déserts. Dans un hôpital, les patients dînent tôt, puis le calme s'installe, ponctué par le bourdonnement des téléviseurs. Nous passons plusieurs portes coupe-feu et regagnons le secteur des bains.

L'ambiance à la piscine d'eau de mer est la même.

Sauf en ce qui concerne Pierre-Antoine Lescaux.

Il est au centre du bassin. Il flotte sur le ventre.

Au début, je le crois reparti pour un tour de nage dans la lumière tamisée de la salle. Puis j'aperçois le halo entourant sa tête. Une tache sombre se mêlant au bleu, comme une aquarelle mouvante.

Simultanément, j'entends un sifflement.

Le secrétaire lâche l'enveloppe. Par réflexe, je me penche pour la ramasser. Un deuxième sifflement, suivi d'un « TAC » derrière moi. Alors que je suis toujours baissé, je vois une tige sur le sol. L'objet qui m'a manqué de peu est de couleur noire.

Quinze centimètres environ. À pointe d'aluminium. Je lève les yeux. L'assistant se tient le torse. La même tige en dépasse. Du sang s'écoule de sa poitrine.

Des carreaux d'arbalète.

– Fuyez, dit Charles. Ne vous retournez pas.

Il attrape une perche de nage, la brandit devant lui et part au-devant du danger malgré sa blessure.

Je me redresse sans lâcher l'enveloppe.

En face, sortant de l'ombre, émerge une silhouette en tenue de chasseur. Rangers. Vêtements de camouflage. Cagoule de chasse. L'homme est de taille moyenne. Il tient un petit modèle d'arbalète à la main.

Je ne connais pas grand-chose aux armes blanches, cependant, dans mon souvenir, les arbalètes sont plutôt longues à recharger. Il faut poser la pointe en appui sur le sol et tirer sur la corde, ou actionner une manivelle. Mais pas ici. En deux secondes chrono, l'homme empoigne chaque extrémité du pistolet-arbalète et les replie, ce qui a pour effet de tendre la corde, puis il place un nouveau carreau. À la troisième seconde, il est en train de nous viser. À la quatrième, le secrétaire s'écroule pour de bon, le projectile fiché dans le crâne.

Cette fois je me mets à courir.

Je fonce sans réfléchir et franchis la porte coupe-feu. Je prends à gauche, une autre porte, puis direction le long couloir menant à l'extérieur. Pas la peine de crier, aucun service de sécurité ne viendra à mon aide, on est dans un hôpital de long séjour, pas dans une banque. Et pas la peine de compter non plus sur les caméras de surveillance : il n'y en a pas, je l'avais noté avant.

Le couloir menant à la sortie sur la plage est vraiment très long. Derrière moi, le type jaillit de la porte coupe-feu à son tour. Il me suit, mais il ne se presse guère. Comme s'il était sûr de me rattraper. Comme dans les films d'horreur.

Je continue à cavaler, la peur au ventre, et j'arrive au bout du couloir face à la porte, celle à carte magnétique, où l'obèse en fauteuil roulant est passé cet après-midi. Pourvu qu'elle ne soit pas verrouillée le soir. Elle ne l'est pas. Une barre permet de l'actionner de façon manuelle. Un carreau s'écrase à dix centimètres de ma nuque, dessinant une toile d'araignée sur le verre.

Je sors précipitamment.

La plage. Le vent nocturne.

Je file par le côté gauche. Je cours comme un dératé. J'atteins l'angle massif de l'hôpital maritime, à la pointe sud. Je vois le phare au loin. Je remonte vers le parking pour regagner l'ambulance. Je me mets à hurler :

– MAURICE ! DÉMARREZ LA VOITURE !

J'arrive à sa hauteur. Il est dans le véhicule. Mais ne réagit pas.

J'ouvre sa portière.

Un carreau d'arbalète est enfoncé dans sa tempe droite.

Je place une main sur ma bouche, saisi par l'épouvante.

Au loin, la silhouette du chasseur franchit l'angle du bâtiment à son tour. S'arrête. Charge à nouveau son arme. Reprend sa progression. La berline noire est garée plus loin, telle l'ombre d'un énorme reptile.

Je fais le tour de l'ambulance par-devant, ouvre la portière du côté passager, attrape mon sac de voyage et glisse l'enveloppe dedans. Est-ce que j'ai le temps de démarrer le véhicule ? Non. Fuir vers le parking ? Non plus. Si le chasseur a un complice dans la voiture, je suis mort. Et avec son arbalète, je suis mort de toute façon. Ma seule chance de survie est de partir sur le côté, à travers les bruyères, en plaçant l'ambulance entre le chasseur et moi.

Il fait nuit. Pas d'éclairage. La végétation est dense.

Je m'élance sur la butte en grimpant au milieu des buissons, tête baissée, droit devant, galvanisé par la terreur. Les arbustes me griffent, mais je m'en fous, je suis porté par l'adrénaline, mes chevilles volent littéralement au-dessus des obstacles. Je n'ai jamais couru aussi vite de ma vie.

Je me courbe en même temps pour grimper. Mes genoux menacent plusieurs fois de frapper mon menton. Un bond à droite, un autre à gauche. J'ai l'impression de faire un bruit démentiel. Le chasseur va m'entendre et me repérer, c'est sûr. Je contracte involontairement le dos, les muscles paralysés d'effroi, anticipant l'impact entre mes omoplates.

J'arrive au sommet de la butte. Coup d'œil en arrière. L'autre est en bas, à moins de trente mètres, tenant son arbalète à deux mains. Il me cherche du regard. Il attend. Je réalise que je suis entouré de ténèbres, et que la portée de son arme est forcément réduite.

Un bref espoir m'envahit.

Puis le faisceau du phare balaye la butte.

Le carreau part. Claque à trente centimètres de mon torse.

Le chasseur réarme, puis s'engage à son tour dans les buissons.

Je me jette de l'autre côté de la butte. Tombe, roule, me relève. Puis recommence à courir en zigzaguant, n'importe comment, à l'aveuglette, le cerveau court-circuité par la panique totale. L'étendue sauvage est pleine de bosses et de creux, envahie de végétation. De temps à autre, le faisceau du phare passe sur moi tel un laser. Je rentre instinctivement la tête dans les épaules. Je continue. L'air marin emplit ma gorge. La température est glaciale. Je ne sais pas où je vais, mais je ne m'arrête pas. La mer est à ma droite. Pas par là. Si je me retrouve à découvert, je meurs. Je ne cesse pas de courir, même lorsque mes jambes sont réduites en compote, mes muscles envahis par les crampes, mes poumons au bord de l'asphyxie, persuadé d'entendre craquer les branches derrière moi, attendant chaque seconde l'horrible déchirure d'un carreau d'arbalète.

Lorsque je m'arrête enfin, au bout d'un temps infiniment long, je suis au bord de l'évanouissement. Je me laisse tomber dans le sable. Mon cœur bat à tout rompre. J'ai l'impression qu'il pulse dans ma gorge. Je finis par relever la tête. Je ne vois personne. J'attends encore. Rien. Je continue d'attendre.

Au bout d'un moment, je me décide à revenir prudemment vers le parking, en décrivant mille détours. Quand j'y parviens, la voiture noire n'est plus là. L'ambulance si. Je vois toujours de loin la silhouette de Maurice affaissé derrière son volant.

Je ne sais pas quoi faire. Je suis seul, tremblant, au milieu des dunes.

C'est à ce moment-là que je me souviens de l'enveloppe.

Je défais la glissière de mon sac. Attrape l'enveloppe et la décachette, utilisant la lumière de ma tablette numérique en guise d'éclairage.

Dedans se trouve une unique photo. Très vieille, façon photo de classe. Elle a été prise ici, sur la plage de Berck. On y voit une trentaine de personnes, souriantes, réparties sur trois rangs. Au premier plan, une poignée d'enfants jouent et font des grimaces. Parmi eux, un garçonnet de quatre ou cinq ans me dit vaguement quelque chose. Ça devait être lui, le fameux gamin à qui j'ai sauvé la vie. Sur la gauche, impossible à manquer, se trouve ma mère, Lauren Kovak. Il n'y a pas beaucoup d'autres femmes, mais c'est de loin la plus belle. Ses deux mains sont posées sur mes épaules.

Je parcours le reste des visages. Essentiellement des hommes. Aucun d'eux ne me dit rien. Mon père n'est pas là. Lequel d'entre eux serait Bogdan Marùk ?

J'arrive à l'extrémité droite de la photo.

Je plisse les yeux. Incline ma tablette pour augmenter la lumière.

Lui, je le connais. Il a pratiquement la même tête.

Il s'occupe du catéchisme dans le village où j'habite.

C'est Maxime-Honoré Balfour.

Troisième partie

LE ROI LÉPREUX

49

La salle de consultation. Le bureau. Les deux chaises.

– Je voulais vous revoir, dit le Chien.

– À votre disposition, dit le psychiatre.

– J'ai d'autres questions.

– C'est normal.

– Je vous ai expliqué mon problème. Quand je regarde dans la glace, je vois une personne différente.

– Comme chacun d'entre nous.

– Dans mon cas, ce n'est pas une métaphore.

Le Chien surveille sa main comme si elle allait griffer la table.

– Une partie de moi est cette personne, dit-il entre ses dents. L'homme aux cheveux gris. Aux ongles longs. Un molosse violent habité par la rage. Une émanation de la colère divine. Cette créature-là n'en a rien à branler de voir le monde brûler dans les flammes. Elle pourrait vous arracher la gorge. Cependant, l'autre partie est différente.

– Précisez.

– Peut-être que je m'abrite derrière une autre personnalité.

Le psychiatre entrelace ses doigts sur son ventre.

– Dites-m'en un peu plus.

– Peut-on réellement être deux personnes à la fois ?

– Certainement. Lors d'un état dissociatif par exemple. Mais dans votre cas…

– Oui ?

– Je ne pense pas que nous ayons affaire à ce genre de pathologie, pour être honnête. Vous ne présentez aucune des caractéristiques de la dissociation. Vous êtes logique dans votre discours. Avez-vous fait des examens ?

– Quel genre ?

– Scanner cérébral. IRM.

Le Chien sort un dossier et le fait glisser sur la table en direction du psychiatre.

– Qu'est-ce que c'est ?

– Mon dossier de naissance. Mes premières analyses. La conclusion est en bas.

– C'est en quelle langue ?

– Du néerlandais. Je suis né à Amsterdam. J'ai effectué une traduction. Elle se trouve à la page suivante.

Le psychiatre lit le dossier avec intérêt. Puis le referme.

– Effectivement. Cela explique pas mal de choses. Mais ce document est vieux, dit-il en le rendant au Chien. Avez-vous passé d'autres examens depuis ?

– Pas dernièrement.

– Vous devriez. Certaines pathologies sont évolutives. En vérité, ce que vous me décrivez est inquiétant, à la lumière de vos antécédents médicaux. Pourrais-je en discuter avec un confrère neurologue ?

– Non.

– Pourquoi ?

– C'est mon choix, dit le Chien. Et puis, si vous en parlez à quelqu'un, je serai obligé de vous tuer ensuite.

Le psychiatre sourit.

– Quel est votre métier ?

– Flic.

– Et vous ne voulez pas qu'on le sache. Je comprends.

– Vous comprenez que dalle. Vous ne me connaissez pas.

– Peut-être, dit le psychiatre, mais je connais des gens qui occupent des postes à responsabilités et qui sont alcooliques, dépressifs, ou qui ont une tumeur au cerveau. C'est pour ça que le secret médical existe. Je suis là pour vous aider. Laissez-moi demander l'avis d'un confrère.

– Non.

– Est-ce que cela altère votre comportement ?

Le Chien réfléchit.

– Je ne pense pas. Je respecte l'ordre. Dans la vie, les gens affrontent des épreuves. Ils les réussissent, ou ils se plantent. C'est le jugement de Dieu. Le jugement de Dieu est important.

– Vous êtes religieux ?

– Pas pratiquant.

– Mais vous êtes croyant.

– Pas vous ?

– Je respecte les croyances religieuses..., dit le psychiatre.

– Qui vous parle de religion ? l'interrompt le Chien. Je vous parle de croire en une Force. Une Volonté. L'univers tend spontanément vers le chaos. Si la vie apparaît, évolue contre toute attente, alors que le chaos nous entraîne vers la destruction, c'est bien qu'une forme de volonté existe, non ? L'Ordre contre le Chaos. Voilà le combat !

Le psychiatre acquiesce d'un hochement de tête.

– Logique imparable, venant d'un fonctionnaire de police.

Le Chien regarde autour de lui.

– Votre déco est à chier.

– Hôpital public.

– Vous êtes là tous les jours ?

– Revenons à vous. Comment vous sentez-vous ?

Le Chien examine le médecin, les yeux plissés, les lèvres retroussées sur ses gencives comme s'il allait le mordre.

– Affamé.

– Mais encore.

– En colère. Énervé. Joyeux. Frénétique. Puissant. Indomptable. Sexuellement excité. Avide de sang. Divin.

– Tout ça à la fois ? dit le psychiatre en haussant un sourcil.

Le Chien soupire.

– Parfois ça m'arrive.

– Mais pas aujourd'hui.

– Non.

– L'influence de votre deuxième personnalité, peut-être ?

– Allez vous faire foutre.

Le psychiatre se tait, laissant venir la suite.

– De toute façon, dit le Chien, je n'y crois absolument pas.

– Quoi donc ?

– À votre psychologie de bazar.

– Parler est une libération.

– Je ne manquerai pas de répéter ça au prochain criminel que je tabasse. Histoire de voir s'il partage votre point de vue.

– Vous avez eu une enfance difficile ?

– J'ai été adopté.

– Par une famille d'Amsterdam ?

– Non. J'ai vécu dans les Pyrénées jusqu'à l'âge de douze ans.

– Comment étaient vos parents d'adoption ?

– Simples. Des paysans.

– Ils étaient rudes avec vous ?

– Non.

– Maltraitants ?

– Je viens de vous répondre.

– Parlez-moi de cette époque.

– Pour vous raconter quoi ?

– Ce qui vous passe par la tête.

Le Chien tapote des ongles sur la table, excédé.

– Nous vivions à la ferme. Dans la montagne. C'était isolé.

À part le village où j'allais à l'école. En été, je cueillais des pommes. En hiver, il y avait de la neige. On mangeait de la soupe préparée par ma mère. Ça sentait bon. Parfois, nous n'avions pas d'électricité durant plusieurs jours. Mon père faisait du feu. Il grillait des châtaignes. J'aime l'odeur des châtaignes. J'avais un petit chien. Il aimait ça aussi. Quand elles grillaient, ça faisait du bruit. Pif-paf. Mon petit chien sursautait. Il se couchait en rond, près de moi. Il me léchait la main.

Il s'interrompt soudain.

Incapable de continuer.

Le silence s'étire.

– Poursuivez, dit le psychiatre.

– Mes parents… Mes parents ne m'ont jamais fait aucun mal.

– Ils sont décédés ?

– Oui.

– Vous avez des amis ?

– Non.

– Une relation ?

– Non.

– Un animal de compagnie ?

Silence, de nouveau.

Le Chien reprend.

– Je n'ai pas le temps. J'ai beaucoup de travail. Je suis sur une piste. Je recherche quelqu'un. Ça fait longtemps. Des années. Toute mon existence, toute ma vie est organisée dans ce but. Je ne peux pas m'arrêter maintenant. Même si ça me prend des années supplémentaires.

– Donc trouver ce *quelqu'un* est important, je suppose ?

– Oui. Très.

Le psychiatre secoue la tête.

– Vous devriez vraiment les faire, ces analyses.

– Pourquoi ?

– Vous dites que vos recherches peuvent être longues.

– Et vous pensez que je vais mourir avant ?

– Nous allons tous mourir. Un jour.

– Encore une phrase comme ça et je vous arrache le bras.

– Autorisez-moi à discuter avec un neurologue.

– Non.

– Vous n'êtes pas en bonne santé.

– Conneries ! Je ne me suis jamais senti aussi fort.

Le psychiatre sourit avec compassion.

Le Chien se demande s'il va le tuer immédiatement ou pas.

– D'accord, finit-il par grogner. Je les ferai, vos putains d'examens. Et qui les interprétera ? Vous ?

– Il vaudrait mieux choisir un médecin plus classique.

Le Chien réfléchit.

– J'en fréquente un, ces derniers temps. Il n'est pas vraiment classique. Cependant, ses opinions sont parfois intéressantes.

– Parlez-en à cet ami médecin.

– Ce n'est pas mon ami. Pour moi, il est autre chose. Mais vous avez raison.

Le Chien se lève de sa chaise.

– Lui et moi, nous allons discuter.

50

Xavier l'attendait gare du Nord, à la sortie du train en provenance de Berck, un bouquet de fleurs à la main. Des roses magnifiques.

Tous les messages sur le portable d'Audrey Valenti provenaient de lui. Pas de ses collègues de travail. Il y en avait plus d'une douzaine. Soit laissés sur sa messagerie téléphonique, soit par SMS. Plus ou moins éplorés, plus ou moins suppliants. Aucun agressif.

Où es-tu passée depuis samedi ? Tu me manques. J'ai appelé ta mère, elle ne répond pas. J'ai besoin de te voir. J'ai besoin de ta présence. Je t'aime. Je ne peux pas vivre sans toi. Si j'ai dit quelque chose qui t'a blessée, j'en suis désolé. Je ne supporte pas de te faire du mal. Reviens à la maison, tout ira bien. Je t'en supplie. Ne me laisse pas tomber. Si tu me laissais à nouveau, je ne sais pas de quoi je serais capable. Je t'aime.

Xavier a écrit plusieurs fois *je t'aime* dans ses textos. En toutes lettres. Sans émoji nulle part. Les émojis, ce n'est pas son style.

À l'arrivée sur le quai, il lui a proposé son manteau pour qu'elle n'ait pas froid. Puis il lui a ouvert la porte de sa voiture, en repoussant le chauffeur pour exécuter le geste lui-même. Il l'a ensuite emmenée au restaurant, malgré l'heure tardive. Le Fouquet's sur les Champs-Élysées.

Audrey n'avait pas beaucoup d'appétit, alors elle s'est excusée par avance. Xavier a écarté sa remarque d'un geste, le dîner n'était pas l'essentiel.

Il l'a installée en lui tirant la chaise, comme on installe un objet précieux dans un écrin, puis s'est assis en face. La bague était déjà là. Sur la nappe de la table réservée à son nom à lui. Tout était préparé. Audrey a ouvert la boîte.

« Bon sang, ce diamant est aussi gros que le poing ! » se serait sans doute exclamée Rosa.

Audrey ne s'est pas exclamée. Elle a mis la bague à son doigt, et elle a dit merci. La date de leur remariage, prévu pour bientôt, était déjà gravée à l'intérieur, avec une phrase : « À jamais, je t'appartiens. »

Qui appartient à qui ? a eu envie de dire Audrey.

Mais bien entendu, ces mots n'ont jamais franchi ses lèvres.

Vous êtes face à Xavier d'Arcole. Héritier d'une famille richissime. Bientôt procureur général de Paris. L'un des hommes les plus puissants de France. Votre ex-époux. Il est là, il vous regarde. Ses pupilles brillent.

Est-il déplaisant ? Horriblement laid ? Franchement vulgaire ?

Non. Pas au-dehors. C'est un bel homme. Il a l'air jeune pour les responsabilités qu'on est sur le point de lui accorder, certes, mais son attitude compense. Derrière sa jeunesse apparente, on le devine plus expérimenté. Derrière son amabilité de surface, plus impitoyable. Derrière son sourire de convenance, plus tranchant. Et on a raison de l'imaginer ainsi, songe Audrey. Car Xavier d'Arcole peut vous blesser cruellement en quelques phrases. Ou bien lentement. À petit feu. Un sourire après l'autre. Elle le pratique depuis longtemps. Il y a quelques années, elle a divorcé après avoir tenté de se suicider, une tentative assez pitoyable d'ailleurs, et dont elle n'a jamais parlé à personne, ni à Rosa, ni à lui, surtout pas à lui.

Mais pour le moment, Xavier d'Arcole se tient tranquille.

Amoureux, gentil, compréhensif, prêt à tout pour se faire pardonner ses phrases un peu sèches, son attitude un peu rude, la façon un peu méchante dont parfois il lui attrape le bras.

Xavier ne l'a jamais frappée. C'est tout le problème. Pour Audrey, la décision aurait été facile à prendre. Mais c'est beaucoup plus subtil.

Faire des choix, c'est renoncer. Tout le monde connaît ce genre de phrase à la con. Mais renoncer à quoi ? À votre confort ? À votre morale ? À votre santé ? À votre estime ? Jusqu'où faut-il aller quand on a choisi une direction ? Qui doit-on sacrifier en route ? Comment sait-on si l'on se trompe ? Il est facile de critiquer les choix des autres. Assumer les siens est beaucoup moins certain.

Parfois, la nuit, quand Audrey tourne en rond sans pouvoir s'endormir, elle s'en fait tout un film.

Montée des marches jusqu'au ring. Entrée en scène des combattantes. Présentation au micro.

« À ma droite, Mesdames et Messieurs, la tenante du titre, Audrey D'ARCOLE ! Un mètre soixante-cinq, cinquante-cinq kilos, des yeux verts à tomber, dix ans de mariage, souvent trompée, souvent méprisée, jamais violentée, elle se tient là devant vous ! Quelle endurance, mes chers amis, quel panache ! Un mari prestigieux, un statut social envié, un solide compte bancaire ! Belle voiture, bel appartement, vacances aux Seychelles, pas encore d'enfants, mais ça viendra ! Avec, pour ses charmants bambins, les plus belles universités et un avenir en or ! Terminés, l'école primaire Émile-Zola, l'appartement miteux et rempli de cafards où la tapisserie se décolle ! »

Cris du public. Hourras. Applaudissements nourris.

Le présentateur imaginaire reprend son micro.

« Et maintenant à ma gauche, notre challenger : la novice, mais néanmoins vaillante, lieutenant de police Audrey VALENTI ! Une jeune femme aux revenus modestes, aux yeux cernés, fatiguée, mais tellement combative ! Elle se débat avec son enquête, les trahisons qui gangrènent son groupe, sa hiérarchie, ses difficultés quotidiennes, elle est même retournée habiter chez maman ! Et pourtant elle y croit, à son métier, à l'amour, à la passion, aux émotions fortes ! S'agit-il d'une rêveuse ? Bien au contraire, c'est une guerrière ! Venez voir comme elle monte fièrement sur le ring pour se battre et tenter sa chance ! Mesdames, Messieurs, veuillez accueillir l'*Audrey d'Hier* et l'*Audrey d'Aujourd'hui* qui vont à présent s'affronter pour remporter le titre d'*Audrey de Demain* ! Sous le tonnerrrrre de vos applaudissements ! »

Audrey en a la migraine. Elle a dit à Xavier qu'il y avait trop de vacarme dans le restaurant. Ils ont écourté leur repas, et sont rentrés se coucher.

Elle a fait l'amour sans plaisir. Pour le remercier. Par devoir, pendant que la tour Eiffel scintillait derrière les baies vitrées, telle une grande dame impassible.

Les yeux d'Audrey sont restés longtemps ouverts dans le noir ensuite, tandis que Xavier ronflait à côté d'elle.

Elle s'est demandé si Christian avait découvert quelque chose d'important à l'hôpital maritime de Berck. Elle a regardé plusieurs fois son portable, guettant un message en vain. Elle s'est également questionnée à propos du criminel dissimulé dans son groupe d'enquête. Elle s'est demandé comment elle allait pouvoir gérer tout ça. Et se gérer elle-même.

Elle a pleuré un peu. Très brièvement.

Puis, le matin venu, Audrey a renfilé sa tenue de combat imaginaire. Et elle est remontée sur le ring.

51

– C’est quoi ce bordel ? demande Florian.

– À cause du boss, dit Audrey. Il a convoqué les médias.

La rue est coincée par un embouteillage. L’entrée de l’Institut de recherche criminelle de la Gendarmerie nationale est complètement bouchée. Sur le boulevard de Cergy-Pontoise, la circulation est au ralenti. Il y a des camions de télévision sur le trottoir, des manifestants qui brandissent des pancartes, des gendarmes pour les repousser, et des journalistes pour commenter le tout. Ça filme, ça parle, ça poste et ça *tweete* dans tous les sens.

Audrey hoche la tête.

– Quatre autopsies. Un tueur mystérieux. Voilà le résultat.

– Quatre ?

– La sorcière, Djalal, Smolenko et le père de Christian. On a rapatrié tous les corps. Jonction de procédures. Batista et le commissaire Barouche de la DRPJ Versailles vont donner une conférence de presse commune cet après-midi.

– Ici, à l’IRCGN ?

– Oui.

– Je comprends mieux, dit Florian en envoyant des coups de sirène.

Ils se frayent lentement un passage en voiture. Pour une fois, c’est d’Apremont qui conduit. Audrey est occupée à faire défiler les dernières infos sur son smartphone. L'une d'entre elles a retenu son attention : trois morts à l'hôpital de Berck, un ambulancier se serait introduit dans les locaux, tuant deux patients, avant de se suicider. Aucune mention de Christian nulle part. Elle l'a appelé plusieurs fois, mais elle tombe tout le temps sur sa messagerie. Elle range son portable dans sa poche.

– Tu as l'air drôlement stressée, dit Florian.

– C'est à cause du monde.

– Je peux forcer le passage, si tu veux.

– Non. Avance tranquille. Et baisse la tête.

– Pourquoi ?

– On ne sait pas qui est dans la foule. N'importe qui peut te filmer et raconter n'importe quoi. Je te rappelle que la dernière fois, on m'a déclarée morte à la télévision. Heureusement que ma mère n'a pas vu ça. Elle aurait fait un infarctus.

Florian lâche un grognement.

– C'est vraiment chiant cette invasion de *fake news*. Une image, une *punchline*, et le travail des flics on s'en tape. Je ne sais même pas pourquoi les gens s'emmerdent encore à venir faire un reportage sur place. Ils pourraient presque se contenter de photographier les lieux sur Google Street.

– Sur Google Street tout est flouté, répond Audrey. Si tu veux entrer à l'IRCGN, il te faut une accréditation.

– Tu es déjà venue ?

– Quand j'étais juge. Tu vas voir, c'est le FBI, là-dedans.

L'énorme grille blanche finit par coulisser vers le côté gauche, juste assez pour laisser passer la voiture, tandis que les gendarmes dispersent la foule. Audrey et Florian se garent sur le grand parking extérieur, puis reviennent au poste de garde où on leur remet le badge qu'ils devront porter autour du cou en permanence.

– C'est loin ? demande Florian en enfilant le sien.

– Au bout de l'avenue. Il faut marcher un peu.

Ils progressent sur un long trottoir de couleur rose, longent le Cercle mixte où déjeune le personnel, et atteignent une nouvelle série de grilles. Tourniquets verticaux aux barres qui s'entrecroisent. Badge. Audrey et Florian avancent sur un immense parvis bordé de constructions modernes. Ils entrent dans le bâtiment orné des lettres IRCGN sur ses vitres blindées. Badge. Un hall d'entrée aux parois coulissantes transparentes. Badge. Une porte discrète sans inscription sur la gauche. Badge.

– On va badger comme ça longtemps ? dit Florian.

– Toutes les dix secondes. Ils te suivent à la trace.

– Et si je perds mon badge ?

– Emprisonné vingt-quatre heures. T'es en zone militaire.

Les yeux de Florian s'écarquillent.

– Je plaisante, dit Audrey. Mais ne le perds pas.

– T'es pas un peu sèche, ce matin ?

Non, Audrey n'est pas un peu sèche. Elle se demande juste comment elle va se comporter face à un groupe dont elle soupçonne chacun des membres.

Et toi comme les autres, Florian.

Ils descendent au sous-sol. Franchissent plusieurs couloirs d'une blancheur uniforme, toujours sans la moindre indication apparente, arrivent devant une porte – badge – et pénètrent dans un secteur aux murs jaunes et blancs.

– Bienvenue chez les morts, dit Audrey.

*

Dans les séries télé, on imagine l'odeur des cadavres assez déplaisante, mais supportable. Surtout dans l'environnement aseptisé d'un laboratoire d'autopsie où tout semble avoir été lustré par Monsieur Propre. On se représente volontiers un parfum douceâtre, une vague odeur de pourri, on s'applique deux lichettes de crème à la menthe sous les narines et ce sera bon.

Parfois c'est comme ça.

Parfois non.

Lorsque Audrey pénètre dans le couloir, sa première sensation est qu'on vient de lui enfoncer de force une charogne dans la gorge. Florian roule des yeux dans ses orbites, cherchant partout d'où vient l'odeur. Audrey l'entraîne plus loin, ouvre une porte, le pousse à l'intérieur, entre avec lui, et referme aussitôt. L'odeur disparaît.

– Nom de Dieu..., souffle Florian.

– Ouais. Et c'était juste le couloir. Je te laisse imaginer l'intérieur de la salle d'autopsie. Si tu te contentes d'enfiler une combinaison par-dessus tes fringues, tu pourras les jeter ensuite.

La vaste pièce dans laquelle ils se trouvent ressemble à une salle de travaux pratiques de SVT au lycée. Paillasses le long des murs. Tiroirs blancs. Éviers. Étagères. Rien de vraiment sinistre, à part une collection de crânes humains dans une vitrine.

La capitaine Luz sort d'une pièce au fond pour venir à leur rencontre, accompagnée d'une femme en blouse blanche.

– Salut, dit Luz. Vous avez trouvé facilement ?

– On a suivi les insectes, répond Audrey.

– Je vous présente le docteur Durance, la chef légiste.

– Bonjour, dit Durance. Désolée pour l'odeur dans le couloir. Étant donné le nombre d'autopsies à mener aujourd'hui, nous avons commencé tôt ce matin. La première à passer était la jeune femme. Entre son séjour dans l'eau, son cadavre coupé en deux par la motrice, et le temps écoulé depuis sa mort, le corps n'était pas de première fraîcheur. Durant le bref temps nécessaire à son transport depuis la chambre froide jusqu'à la salle, les émanations ont eu le temps de se répandre.

Audrey jette un coup d'œil dans la pièce située au-delà. Il s'agit d'un vaste bureau, où une dizaine de personnes discutent âprement autour d'une table ronde. Sur le mur, des écrans géants retransmettent l'autopsie en direct.

– C'est notre salle déportée, explique le docteur Durance. Ainsi tout le monde peut suivre le travail de nos équipes en vidéo, sans être incommodé par les odeurs ni les projections.

– Les projections ? relève Florian.

– Sang. Liquides variés. Parfois des larves…

Florian lève la main.

– Ça va, j'ai compris.

– J'aperçois le commissaire Batista dans l'autre pièce, dit Audrey.

Louise acquiesce d'un hochement de tête.

– Il est en train de s'engueuler avec Medhi Barouche, le patron de la Crime de Versailles. C'est l'homme avec les cheveux poivre et sel gominés, en face.

– Ils se mesurent la bite ?

– Florian ! s'exclame Audrey.

– Désolé, mon Lieutenant.

Louise Luz arbore un demi-sourire.

– Il n'a pas tort. Barouche est en train d'expliquer à Batista qu'on est les gentils péquenauds du métro, et que nous sommes totalement dépassés par l'affaire. Tandis que lui, il a l'expérience, les ressources et les compétences. Donc, pour le bien commun, on devrait tout lui céder.

– Et Batista répond quoi ?

– Ce que tu nous as dit.

– C'est-à-dire ?

– Tu es Mme Audrey d'Arcole. La femme du patron du patron de son patron. Et c'est ton enquête. Donc, notre retrait volontaire, Barouche peut se le carrer dans le fion.

La bouche d'Audrey s'ouvre, puis se referme.

– Il a vraiment dit ça ?

– Pas dans ces termes, mais c'est l'idée. (Louise Luz se tourne vers la légiste.) Bien, pendant que les patrons s'amusent, le docteur Durance tenait à nous montrer quelque chose. N'est-ce pas, Docteur ?

La légiste sort un petit objet rectangulaire de sa poche.

– Dans l'estomac de la sorcière, on a découvert ça.

– Qu'est-ce que c'est ?

– Une clé USB.

– Elle l'avait avalée ?

– Je pense plutôt qu'on l'a forcée à le faire, dit Durance. Sûrement l'œuvre du tueur. La clé se trouvait dans un double sac plastique. Elle n'a pas eu le temps d'être altérée par les sucs digestifs.

Le cœur d'Audrey pique une accélération.

– Vous avez pu regarder dessus ?

– Il y a un fichier audio.

– Exploitable ? demande Florian.

Durance lève un sourcil.

– C'est l'IRCGN, ici, jeune homme. Il y a plus de cent soixante-dix docteurs et masters scientifiques, et autant de techniciens experts dans tous les domaines possibles de la criminalistique. Bien entendu que nous l'avons exploité. L'équipe du commissaire Barouche en a reçu une copie. Je vous laisse voir ça avec votre capitaine.

Le docteur s'éloigne tandis que Louise entraîne Audrey et Florian jusqu'à un ordinateur posé sur la paillasse.

– Je l'ai déjà entendu, dit la capitaine. Maintenant à vous.

Elle enfiche la clé dans la fente USB et lance le fichier. Des mots résonnent dans les haut-parleurs. Audrey fronce les sourcils.

– On dirait une conversation téléphonique.

– Deux personnes, ajoute Florian. Mais on pige que dalle.

– C'est du russe, dit Luz.

– Merde, il va encore falloir un traducteur.

La capitaine sort deux feuilles et leur tend.

– Dix minutes. C'est le temps que ça leur a pris. Ils ont un expert en langue russe, ici sur place, dans le labo de linguistique.

Luz pose son doigt sur la feuille d'Audrey.

– Tu lis les phrases en bleu. Florian celles en rouge. C'est Florian qui commence.

Ce dernier se racle la gorge.

– *Salut, Yesfir.*

– *Salut, Sergueï.*

– *On doit gérer quelqu'un.*

– *Qui ?*

– *Un vieux. Il vient à Paris en voiture.*

– *Quand ?*

– *Dans quelques heures.*

– *Ça nous laisse guère de temps.*

– *Je sais quelle route il emprunte, Yesfir. Et j'ai l'immatriculation de sa bagnole. On l'interceptera à Fontainebleau. Ça doit paraître accidentel. On pourrait peut-être le pousser contre un arbre ?*

– *OK. J'ai mon tacot pour ça.*

– *Bien.*

– *C'est une demande de qui ?*

– *De Jorge.*

– *Tsarong lui-même ?*

– *En réalité, l'ordre vient du dessus.*

– *Tu veux dire... le Roi en personne ?*

– *Oui.*

– *D'accord. Je ne discute pas. À tout à l'heure.*

Audrey abaisse sa feuille.

– Et c'est tout ?

– Oui, dit Luz.

– Le roi ? Quel roi ? s'énerve Florian. Qu'est-ce que c'est que ce délire ? Les gens du club sportif de Jorge Tsarong ne se contentent pas de se battre en armure médiévale, ils ont aussi un roi ?

– On n'en sait rien, dit la capitaine. Mais laissez-moi vous raconter la suite. Les voix sont bien celles de Yesfir et Smolenko. L'enregistrement provient d'une écoute téléphonique sauvage sur le portable de Yesfir via un logiciel pirate. On ne sait pas qui a pu l'installer. En revanche, les techniciens ont passé au crible la vieille guimbarde de la sorcière, et ils ont effectivement trouvé un impact à l'avant, dissimulé sous les autocollants de citrouilles d'Halloween. Les traces de peinture correspondent : c'est le véhicule qui a envoyé le père Kovak dans le décor.

Le sourire de la capitaine s'élargit.

– Et le meilleur pour la fin : on a leur tronche à tous les deux, au péage de l'A5, sortie 17 vers Fontainebleau, l'heure précédant l'accident. Ainsi qu'au retour, une heure après, avec un magnifique impact à l'avant, parfaitement visible sur les images de vidéosurveillance.

Luz écarte les bras.

– Conclusion, nous avons les preuves que Yesfir Fammous et Sergueï Smolenko sont les complices d'un meurtre ordonné par Jorge Tsarong.

– Et un roi mystérieux, ajoute Audrey.

– C'est dingue ! commente Florian. Qui a sorti l'affaire ?

Les bras de la capitaine retombent.

– Wang a aidé pour l'informatique, et Blériot et Penneroux pour le péage, mais en réalité tout a été dirigé par l'équipe de Versailles, avec l'appui de l'IRCGN, depuis la fin de nuit et tôt ce matin. C'est Batista qui a accepté.

Un homme pénètre dans la pièce. Ses cheveux plaqués en arrière sentent la Gomina. Il n'a pas l'air commode.

– Bonjour. Commissaire Barouche.

– On s'est vus tout à l'heure, dit Luz. Que puis-je pour vous ?

– Excusez-moi, Capitaine, mais je m'adresse à votre seconde.

– Moi ? dit Audrey.

– Oui. Il faut que je vous parle. En privé. Tout de suite.

52

J'ai passé la nuit sur la plage de Berck. J'ai marché. Je me suis assis sur les pierres froides. J'ai regardé les étoiles et humé le vent. Mon esprit était encore plein d'images violentes, j'avais besoin de sensations paisibles et de normalité pour éloigner tout ça. Ce n'est pas tous les jours qu'on assiste à des meurtres, et qu'on y échappe soi-même de peu.

À un moment, j'ai cru entendre la sonnette d'un vélo. Le visage d'un gamin de quatre ou cinq ans est passé devant moi, un large sourire sur la figure.

Je lui ai lancé quelques mots. Il m'a répondu.

À plus, Minus.

À un de ces quatre, Patate.

Je me suis réveillé, la tête posée au creux de mes bras. Les premiers rayons du soleil réchauffaient la plage. J'ai traîné mon sac jusqu'à un bar, me suis affalé en terrasse, et j'ai commandé quatre cafés d'affilée. Puis j'ai allumé ma tablette.

– Assistant, appelle-moi un véhicule avec chauffeur.

– Quelle destination souhaitez-vous ?

– Je veux rentrer chez moi.

– « Chez moi » ne correspond pas à un endroit prévu.

J'ai souri tristement.

Pas de domicile défini. Pas de famille. Pas d'attaches. Parfois, les assistants électroniques sont plus lucides et cruels qu'on ne le pense.

J'ai effectué quelques recherches. Les trois morts de l'hôpital maritime étaient déjà mentionnés en bonne place dans la presse locale, et remontait tranquillement le fil d'actualité des faits divers, direction les médias nationaux. Aucune mention de ma pomme, cependant.

Adieu, Pierre-Antoine Lescaux, mon ange gardien anonyme.

Adieu, Charles, le secrétaire inconnu.

Adieu, Maurice l'ambulancier. Tu avais une tête d'abruti, mais tu ne méritais pas de te la faire perforer par un carreau d'arbalète.

Je n'ai pas contacté la police. Dans ma position actuelle, je n'avais rien à y gagner, et ça n'allait pas ressusciter les morts. En fin de matinée, le taxi m'a ramené dans mon village de Saint-Prix. J'avais gobé une poignée de médicaments pour m'assommer. Le trajet ne m'a pas paru trop difficile. J'ai abandonné mon sac chez moi. Puis je me suis fait directement déposer devant chez lui.

L'homme de la photo.

Maxime-Honoré Balfour.

*

Je lui mets la photo sous le nez, posée sur la table.

– Comment expliquez-vous ça ?

Il me regarde, un peu surpris. Il m'a ouvert la porte en pantoufles. L'une des deux est trouée. Il s'est traîné jusqu'à la cuisine, s'est versé un café, m'en a apporté une tasse, et s'est assis sur sa chaise en se grattant la tête. L'intérieur de sa maison est aussi naze que son jardin.

Il me regarde de nouveau.

– Calmez-vous. Pour commencer, vous n'avez pas dit bonjour.

– Bonjour.

– J'aime mieux ça, dit-il en se radoucissant. Bon, c'est quoi votre problème ?

– Mon problème, c'est que vous êtes sur cette putain de photo. Avec ma mère.

– Votre mère ? Et c'est qui ?

– Elle. Juste à côté de vous.

Il chausse une paire de lunettes. Examine le cliché que m'a remis Pierre-Antoine Lescaux. Un cliché qui a probablement coûté sa vie au vieux professeur.

– Il n'y a aucune femme à côté de moi, commente Balfour.

– À l'autre bout. Elle a ses mains posées sur mes épaules.

– Mmmm.

– Vous la connaissiez. Comment ça se fait ?

Il repose la photo sur la table.

– Je suis sur une photo avec votre mère, et vous en déduisez que je la connais ? Si vous trouvez une photo de moi au Parc des Princes pendant un match de foot, vous en déduirez que je connais tous les gens dans la tribune aussi ?

– Ne faites pas le malin. Ces gens sont des Memento Mori. C'est une société secrète. Vous êtes forcément membre.

– Ah, ça…

Il pousse un soupir en se grattant le sourcil.

– C'est vrai. J'ai été un Memento. C'était dans une autre existence. J'ai même encore leur tatouage, ils m'ont dessiné ce truc de crétin. Ça doit être par là…

Il soulève sa chemise. Les poils de son torse sont blancs. Il y a effectivement le dessin de l'ange pleureur, à demi effacé, sous son sein droit.

– Ici, vous voyez ? dit-il.

– Je le vois.

Il rabat sa chemise.

– J'étais jeune. C'était marrant. Il y avait une initiation.

– Je la connais. Je l'ai faite aussi.

– Ah bon ? dit-il. Alors vous êtes l'un d'entre eux ?

– Non. Je ne l'ai jamais terminée. Je me méfie de ces groupes d'influence qui veulent régenter le monde.

– Régenter le monde ? dit-il en riant. Comme vous y allez. Vous croyez vraiment que ce genre de groupe peut manipuler une nation entière ? Vous êtes en plein fantasme, mon ami. Le pouvoir supposé des sociétés secrètes a toujours fait partie de l'imaginaire collectif. Illuminati, francs-maçons… Ces gens existent, mais leur pouvoir d'influence est limité, et surtout dilué parmi des milliers d'autres. Vous pouvez tranquillement y ajouter tous les groupes de réflexion plus ou moins officiels, les *think tanks*, les partis politiques, les grandes écoles, les fraternités, les GAFA, les Russes, les Chinois, la CIA, le Vatican et les extraterrestres, tant que nous y sommes. Mais je vous assure qu'aucun d'entre eux, à lui seul, ne peut influencer tous les autres.

– Bon, dis-je, un peu ébranlé. Il n'empêche, les Memento Mori ont tout de même pesé sur certaines décisions dans le domaine de la santé en France. Ils avaient un Grand Maître qui…

– Foutaise ! m'interrompt Balfour. Vous voulez un café ?

– Euh… D'accord.

– Il est devant vous. Buvez-le.

Je prends la tasse. Je le goûte. Il est bon.

– Écoutez-moi bien, dit Maxime-Honoré en agitant son doigt sous mon nez tel un professeur réprimandant un élève. Le genre d'influence dont vous parlez existait peut-être au siècle précédent. Je suis psychologue, je vous le rappelle. C'était un peu mon domaine. Mais aujourd'hui, la partie ne se joue plus de cette façon. Elle est devenue globale. C'est le Web.

Il prononce le mot avec un petit claquement des lèvres. Comme un chien buvant du lait.

– Si vous voulez influencer des millions de gens, faites plutôt comme cette société londonienne, Cambridge Analytica. Ils ont fait élire Donald Trump en manipulant les réseaux sociaux. Le vrai pouvoir est là. La fausse rumeur, les nouvelles bidonnées. En 2013, le Tweet d'une fausse explosion qui aurait blessé Barack Obama a fait perdre cent trente milliards de dollars de capitalisation boursière à Wall Street. Voilà de l'influence. Quand je lis ça dans le journal, en tant que psychologue, le comportement de mes contemporains me dégoûte. Pas la peine d'entrer dans un ordinateur pour truquer une élection, aujourd'hui on entre directement dans le cerveau des gens.

– Vous noyez le poisson.

– Quel poisson ?

– Ma mère. La photo. Comment vous l'expliquez ?

– J'en sais rien du tout, mon vieux ! Il y a au moins quarante personnes sur cette image. C'est votre vie, débrouillez-vous avec. Vous n'avez qu'à poser la question à votre mère, justement.

– Pourquoi étiez-vous là-bas ? À l'hôpital de Berck ?

– Aucune idée. C'est l'hôpital de Berck ? J'ai dû y être invité pour parler de psychologie, je suppose. Quand j'avais votre âge, je passais ma vie à donner des conférences rémunérées, au moins cinq par mois, dans toute la France. Comment croyez-vous que je me sois payé cette maison ? D'ailleurs mes interventions chez les Memento étaient gratuites. Quelle bande de radins. Autant vous dire qu'ils ne m'ont pas laissé un souvenir impérissable.

Je l'examine longuement, les yeux plissés.

– Et le Roi lépreux ?

– Pardon ?

– Cette expression ne vous dit rien ?

Il fait un effort de concentration.

– Si. Il y a le roi Baudoin de Jérusalem, si je ne m'abuse, vers le XIIe siècle, à l'époque des croisades. Il avait la lèpre. Le roi lépreux était son surnom, c'est dans les livres d'histoire. Mais je suppose que ça ne vous avance pas d'un pet de lapin.

Je ne le lâche pas du regard.

– Il y a un truc marrant avec vous, Maxime-Honoré Balfour. J'ai fait des recherches sur Internet. Votre nom n'apparaît nulle part. Il n'y a aucune trace de votre existence.

Il lève les yeux au ciel.

– Quoi, vous voulez dire que je ne suis pas dans un groupe Facebook de joyeux lurons ? Que je ne publie pas des clichés sur Instagram de moi au bord de ma piscine ? Incroyable. Je suis donc comme la plupart des personnes âgées qui n'en ont rien à foutre de tout ça ? Prenez un individu de plus de soixante-dix ans, sans antécédents particuliers, et cherchez-le sur Google. Est-ce qu'il s'y trouve ? Non. Et c'est normal. Sauf le jour de ses funérailles, avec les faire-part de décès, je le sais, j'en rédige à l'église.

Je me sens un peu idiot.

Il se lève pour marcher, énervé, ouvre un bureau, fouille dans ses papiers, revient vers moi et les dépose sur la table.

– Voilà. Nom, prénom, diplômes, faculté.

Il balance ses papiers d'état civil à la suite et pointe son doigt dessus.

– Ça, c'est moi, sur mon permis de conduire. J'ai une coupe de cheveux idiote, mais au moins ils étaient blonds et fournis. Pas comme les mèches ridicules que je me coltine à présent. Allez-y, vous pouvez tout prendre. Vérifiez tout ce que vous voulez. De toute façon je n'en ai pas besoin, je ne quitte pas le village, à part pour me promener dans la forêt, et tout seul, je vous l'ai dit : je ne supporte pas les gens !

Il s'assoit pour bouder.

Je croise les bras, contrarié.

Il a l'air contrarié aussi.

Je bois une autre gorgée de café.

Il fait pareil en face.

Nos gorges déglutissent en même temps. Une bonne minute s'écoule.

– Désolé, finis-je par répondre.

Il me regarde en coin.

– Vous savez que vous êtes un sacré paranoïaque ?

– Je sais.

– Qu'est-ce que vous fichez dans ce village, docteur Kovak ?

– Je suis agoraphobe.

– N'est-ce pas plutôt une excuse ?

– Comment ça ?

– Il y a des bénéfices secondaires évidents à votre maladie. Elle vous permet d'éloigner tranquillement tout ce qui vous embête. Votre ancien boulot, votre mère, avec laquelle vous avez l'air d'avoir pas mal de problèmes. Une petite amie aussi, peut-être ?

J'examine le fond noir de ma tasse.

– Je ne sais pas.

Il se renfonce dans sa chaise.

– Comment est apparue cette agoraphobie ?

– Assez subitement. J'ai commencé par avoir des problèmes pour me déplacer dans les transports en commun, puis c'est devenu envahissant.

– Ce qui est bien pratique lorsqu'on ne veut pas affronter les autres, n'est-ce pas ?

Je ne réponds rien.

– Et du coup, poursuit-il, vous faites ce que vous voulez, chez vous, enfermé toute la journée, sans rendre de comptes à personne. Bénéfice secondaire. Et on vous plaint, bien sûr, bénéfice secondaire. Et vous échappez à toutes vos obligations, évidemment, puisque vous êtes malade. Bénéfice secondaire. Oh le pauvre petit docteur Kovak, enfermé tout seul dans sa maison, il vaut mieux qu'on ne l'embête pas trop !

– Ça va, ça va, j'ai compris.

Il range ses papiers dans le secrétaire et revient vers moi.

– Savez-vous que l'agoraphobie peut disparaître aussi vite qu'elle est apparue ?

– Oui, dis-je. J'ai déjà lu ça. Parfois des gens arrivent à sortir de chez eux, ça se débloque, et tout redevient comme avant.

– Votre cas pourrait se résoudre.

– Vous croyez ?

– Vous avez juste besoin d'une clé. D'une motivation. Peut-être que toute cette histoire vous libérera, d'une certaine manière. Ou peut-être que non. Et vous deviendrez un vieux crétin aigri, qui déteste ses contemporains, sans argent et sans amis, à part un jeune idiot pour partager ses matinées et s'engueuler avec lui.

Je souris.

– Merci, Maxime-Honoré. Je vais réfléchir à tout ça.

Il chausse ses lunettes, prend son journal sur la table, et se met tranquillement à lire.

– À votre disposition, mon vieux. Si vous voulez revenir vous faire enguirlander plus tard, ne vous gênez pas.

53

Le commissaire Barouche entraîne Audrey à l'extérieur du département de médecine légale.

– Vous voulez bien qu'on marche un peu ? dit-il.

– Où ça, dans les couloirs ?

– Oui. J'ai plusieurs choses à vous montrer.

Audrey observe le patron de la Crime de Versailles tandis qu'il l'emmène. De près, Medhi Barouche a l'air moins féroce que tout à l'heure. Presque amical. Et sa chemise blanche est impeccable.

– Désolé, dit-il.

– De quoi ?

– Si je parle un peu sèchement. Je n'ai pas dormi.

– On ne dort pas vraiment non plus, réplique-t-elle.

– Je sais, dit le commissaire. Je ne voulais pas dire ça.

– Et vous faites comment ?

– Pour ?

– La chemise propre.

Il sourit.

– J'en ai toute une cargaison dans mon coffre de voiture. Je les achète neuves. Elles sont encore sous emballage.

– Moi j'ai un sac de fringues, dit Audrey. Au cas où.

– On est tous pareils, hein ? dit Barouche. Drogués au boulot.

– Il faut croire.

Ils tournent à l'angle d'un couloir et se dirigent vers une autre aile du bâtiment.

Le commissaire lâche un soupir.

– Bon. Mon équipe s'est plantée pour l'affaire Djalal. Le Pakistanais crucifié sur la devanture du magasin, je l'avoue, ça nous a excités comme pas possible. On a tout fait pour vous couper l'herbe sous le pied. C'est la rivalité entre services, je ne vous apprends rien. On a donc cherché en direction des gangs de Pakis, des réfugiés, des trafiquants d'opium, on a remué ciel et terre, mais c'était des fausses pistes. On a trouvé que dalle. À part un truc inutile : parmi les profils ADN des enquêteurs chez vous, il y en a deux qui ont des liens familiaux.

– On le sait déjà. Blériot et Penneroux. Ils sont cousins.

– Voilà. C'est ce que je disais. Inutile.

Ils pénètrent dans une cabine d'ascenseur.

Changement d'étage.

– On devrait créer un fichier génétique pour tous les enquêteurs, poursuit Barouche. Franchement, le fric qu'on claque à chaque fois...

– Moi je suis contre.

– Pourquoi ?

Audrey revoit le visage de Christian.

– L'année dernière, un médecin s'est joint à notre groupe d'enquête à titre d'expert. On lui a fait des prélèvements d'ADN, comme à nous tous, sur une scène de crime. Je ne vois pas pourquoi il devrait être fiché jusqu'à la fin de ses jours.

– Quoi, ça vous rappelle trop George Orwell ? *1984* ?

– Un truc du genre.

La porte de l'ascenseur s'ouvre.

– Vous connaissez le département balistique ?

– Non.

– Vous allez voir, c'est comme dans *Matrix*, dit Barouche avec un clin d'œil.

Il sonne à une porte blindée. Elle s'ouvre. Un gendarme armé de pied en cap les accueille, fusil au poing. Audrey se demande comment le militaire arrive à transporter tout ça.

– Venez, dit Barouche en l'entraînant dans la salle.

Plusieurs allées immenses. Des rangées d'armes. À droite et à gauche, sur de multiples niveaux. Râteliers. Fusils d'assaut. Armes de chasse. Des centaines de casiers blancs, pistolets, revolvers. Lance-roquettes. Munitions. Le tout soigneusement étiqueté, répertorié. À l'infini.

– Alors ? demande le commissaire.

– D'accord. C'est *Matrix*.

– Dix mille armes, sept cent mille munitions, pas mal, non ?

– Ouais, dit Audrey avec un frisson d'enthousiasme en effleurant son propre Glock.

– Voilà ce que je voulais vous montrer, dit Barouche en ouvrant un casier. Ceci est une arbalète de poing. Petit modèle. Ça se recharge en trois secondes. Mortel à dix mètres. N'importe qui peut s'en acheter une.

– Et donc ?

– On en a saisi plusieurs pendant notre descente dans le club sportif de Jorge Tsarong. Avec divers projectiles. Du vraiment méchant. Ils sont marrants, ces types. Ils prétendent faire du sport, mais ils se bricolent des armes létales.

Audrey regarde le commissaire.

– Au fait, comment êtes-vous arrivés au gymnase ?

– On est malins.

– C'est moi qui ai rédigé le mémo concernant cette piste.

– Et alors ?

– Seuls les membres de notre groupe l'avaient. Blériot, Penneroux, d'Apremont. Ils étaient là-bas les premiers. Puis vous avez débarqué, avec la Brigade d'intervention et tout le toutim. Vous étiez bien préparés. Comme si quelqu'un de chez moi vous avait refilé l'info à l'avance.

– Je viens de vous le dire.

– Vous êtes malins ?

– Voilà, dit Barouche en remettant l'arbalète en place.

– Donc, vous ne voulez pas répondre.

– Non. Mais je peux dire autre chose : les gens de ce club, les Dragons noirs, ce sont des chasseurs. On a des traces de sang sur leurs armes. En particulier des carreaux d'arbalète. Tout est parti en analyse.

– Le gymnase entier ?

– Oui.

– Ça doit commencer à chiffrer.

– M'en parlez pas, dit le commissaire.

Ils quittent le département de balistique.

Nouveau couloir. Un autre ascenseur.

– On va où ? demande Audrey.

– La FFF.

– C'est quoi ? La Fédération française de funk ?

Il se tourne vers elle.

– Vous êtes une marrante, en fin de compte.

Il l'entraîne jusqu'à une porte ornée d'un logo ressemblant à une mouche.

– FFF, dit-il en pointant son doigt. Faune et flore forensiques.

– Ah, dit Audrey. Les animaux et les fleurs.

– C'est ça.

Il pousse la porte. Pas de garde, cette fois-ci. Mais une énorme mouche géante, d'au moins soixante-dix centimètres, toute noire, prisonnière à l'intérieur d'un cube en Plexiglas, au centre d'une grande table blanche.

– Mon Dieu, dit Audrey, mais qu'est-ce que c'est ?

– De la déco, répond une femme aux cheveux courts en lui tendant la main. Je suis le docteur Noémie Dailly. La mouche est fausse, mais il y a une véritable bouteille d'alcool cachée à l'intérieur. Un cadeau de mes collègues. Humour médical.

– Salut, Nono, dit Barouche.

– Salut, Medhi.

– Tu peux montrer tes graines au lieutenant Valenti ?

– Bien sûr.

Ils prennent place autour de la table, pendant que le docteur Dailly sort une boîte d'un placard. À l'intérieur se trouvent des petites boules de plusieurs teintes : rouges, violettes, jaunes. Audrey se penche pour les respirer. Elles sentent bon.

– Voilà, dit Dailly. Dans l'appartement de la sorcière, on a trouvé ça. Il y en avait plein les poches de sa parka. Et surtout, les mêmes se trouvaient dans le manteau de Smolenko.

– Qu'est-ce que c'est ? demande Audrey.

– Des graines variées.

– Comment sont-elles arrivées là ?

– On a d'abord pensé qu'elles provenaient de la forêt de Fontainebleau, dit Barouche, vu qu'ils y étaient ensemble.

– Logique, dit Audrey.

– Sauf qu'il y en a trop, dit Dailly. Ça ne tombe pas du ciel.

– Ils auraient pu les ramasser par terre, suggère Audrey.

– Non plus. On ne trouve pas toutes ces graines réunies à Fontainebleau. Et leur répartition est trop bien étudiée. Ça fait vingt-quatre heures que je bosse dessus : il s'agit d'un assortiment de graines comestibles tel qu'on en propose à la vente dans les chaînes de magasins botaniques. En gros, c'est une friandise.

– Nono est très forte, commente Barouche avec un sourire.

– Je vois ça, dit Audrey.

– J'ai vérifié tous les catalogues en ligne, reprend Dailly. Aucun magasin français ne vend ce genre d'assortiment. En revanche, j'en ai découvert un qui propose exactement celles-là. C'est même leur produit phare. Le magasin se trouve à l'étranger.

– Où ?

– À Prague, répond Barouche. Au nord de la ville. Dans un jardin botanique médiéval assez célèbre.

– Médiéval ? dit Audrey.

– Oui. Vendeurs en costumes d'alchimistes, boutiques d'apothicaires, parchemins, vous voyez le principe.

» Les graines sont fraîches, reprend Dailly. Trois mois maxi.

Audrey se frotte le menton. Les regarde tous les deux.

– D'accord, dit-elle. Si je résume, Smolenko et la fille grignotaient les mêmes graines, des friandises achetées dans le même jardin botanique, à Prague, il y a moins de trois mois. Ils étaient certainement ensemble. Qu'est-ce qu'ils fichaient là-bas ?

– C'est la question que je vous pose, dit Barouche en fixant Audrey droit dans les yeux.

– À moi ?

– Oui. Avec l'affaire Djalal, on a fait fausse route. C'est vous qui étiez sur la bonne piste. Les gars en armure, le club de combat avec des armes médiévales, et maintenant ce jardin botanique d'inspiration médiévale. Batista m'a dit que vous aviez creusé dans cette direction. Qu'il existait une sorte de compétition entre différents clans, tout un monde qui partage cette culture, le Moyen Âge, la force brute, les croyances ancestrales, les mythes ésotériques… Lieutenant Valenti, j'ai besoin de vous.

*

Audrey et le commissaire reprennent la direction du labo.

– Vous semblez bien connaître le docteur Dailly.

– Oui, reconnaît-il. Je connais Nono.

– C'est votre petite copine ?

– L'une d'entre elles.

– Vous en avez plusieurs ?

– Ça vous choque ?

– Non.

– Parce qu'il y a un dicton à la DRPJ…

– Lequel ?

– *No zob in job.*

– Très classe.

– Surtout idiot. Le sexe est important. Pourquoi s'en priver ?

Audrey hoche la tête. Une fois de plus, des images de Christian lui reviennent. Elle aurait pu choisir de rester avec lui sur cette plage de Berck. Passer la nuit là-bas.

– Notez bien que je ne suis pas en train de vous faire des avances, Lieutenant, poursuit un peu sèchement le commissaire Barouche. Je dis juste que la vie est courte, et que chacun fait ce qu'il peut pour la rendre moins morose. Je ne veux pas avoir de problèmes avec votre mari, l'*auguste* procureur d'Arcole. Notre affaire est déjà assez compliquée comme ça.

– C'est bien noté, répond Audrey avec le sourire.

Ils arrivent au labo. La chef légiste les accueille, tandis que Barouche va récupérer ses affaires. La salle de réunion est presque vide.

– Mes collègues sont partis ? demande Audrey.

– Pause déjeuner, répond Durance. Sauf d'Apremont.

– Où est-il ?

– Dedans.

– En salle d'autopsie ?

– La présence d'un officier de police judiciaire est obligatoire.

– Je pensais qu'il ne supporterait pas.

– Nous avons un nouveau gadget pour l'odeur, dit Durance. Des NOSA plugs, un super filtre avec des ailettes mentholées qu'on fixe dans les narines, ça dure sept heures.

– Je suppose aussi qu'il voulait rejoindre Samia.

– Oui, je sais qu'ils sont ensemble, dit la légiste. Samia a un look de punkette, avec ses cheveux corbeau et ses piercings partout, mais c'est une vaillante assistante. Nous sommes fiers d'elle. Elle a bossé toute la nuit.

– Pas mal pour une femme enceinte.

Le docteur Durance fronce les sourcils.

– Samia n'est pas enceinte.

– Comment ça ?

– Elle m'a aidée pour les scanners des corps. On en a fait plusieurs. Elle sait très bien que le rayonnement du scanner est une contre-indication. Si elle attendait un enfant, elle nous l'aurait signalé.

– Samia *pas enceinte* ? Vous rigolez, là ?

Durance a l'air très ennuyée.

– Écoutez, oubliez ce que je viens de vous dire, dit-elle. Enceinte, pas enceinte, ce ne sont pas nos affaires.

La tête d'Audrey recommence à tourner.

Le commissaire Barouche qui admet à demi-mot que des infos fuitent de son groupe. Samia qui ment à Florian. Elle la revoit encore au débriefing, une main tendrement posée sur son ventre. Pourquoi mentir à tout le monde ? Est-ce que c'est d'elle que proviennent les fuites ? Samia la motarde, toujours vêtue de sombre, avec ses tartines de maquillage noir. La gamine aurait tué Smolenko ? Mais pourquoi ? Elle n'était même pas censée être sur place. Ou alors… deux personnes agissent de concert ? Franck Penneroux l'amène dans son van, et c'est elle, Samia, la silhouette que l'on voit assise sur le siège passager ? Deux criminels complices ? Et tant qu'on y est, c'est peut-être Samia qui a placé la clé USB dans l'estomac du cadavre ce matin, elle était bien placée, elle participait à l'autopsie…

Audrey se prend la tête à deux mains.

Elle se sent vaciller, une fois de plus.

Il faut qu'elle arrête avec les hypothèses délirantes.

Barouche revient vers elle. Audrey respire profondément.

– Vous vous sentez bien ? demande-t-il.

– Ça va.

– Vous avez réfléchi à ma proposition ?

– Oui.

– Et ?

– Admettons que je coopère. Et que Batista soit d'accord.
– Il sera d'accord.
– Admettons, dit Audrey. Moi, qu'est-ce que j'y gagne ?
Barouche réfléchit.
– La France a un officier de liaison à Prague.
– Effectivement.
– Et nous avons suffisamment d'éléments contre Jorge Tsarong pour lancer un mandat d'arrêt européen.
– Exact.
– La police tchèque va s'occuper de lui.
– Elle va le faire.
– Mais nous pourrions être présents. En tant qu'observateurs.
– Vous et moi ?
– Vous et moi.
Dans son groupe, Audrey n'a plus confiance en personne.
Elle tend la main.
– Topez là, commissaire Barouche.

54

Lauren Kovak s'avance vers la grosse berline noire aux vitres teintées, tandis que le chauffeur lui ouvre la portière.

– Bonjour, Éric.

– Bonjour, Lauren.

– Où allons-nous aujourd'hui ?

– C'est une surprise.

– Ah bon ? dit Lauren avec intérêt.

– Oui.

– De la part de Bogdan ?

– Bien sûr, dit Éric en refermant la portière. Qui d'autre ?

Le chauffeur fait le tour du véhicule et s'installe au volant. Règle le rétroviseur pour la voir. Lui sourit.

– Je me suis permis de vous préparer du thé.

– C'est très gentil de votre part.

– La Thermos se trouve dans le compartiment devant vous.

Lauren ouvre le compartiment en question. L'intérieur est en cuir rouge. Une magnifique bouteille isotherme chromée à bouchon d'argent est fixée par deux petits rubans de tissu. À côté, dans un réceptacle, une tasse avec sa sous-tasse, un sucrier et un jeu de petites cuillères, également en argent, sont fixés de la même façon. Tout cela est charmant. Lauren a l'impression d'être une enfant très riche jouant à la dînette. Elle est un peu honteuse de ressentir cela. Mais tout est ainsi, avec Bogdan. Il en fait toujours trop.

– Je vous conseille d'attendre que nous soyons sortis de l'enceinte du château, dit Éric. Sur le gravier, la voiture a tendance à remuer un peu. Vous risqueriez de tacher votre robe.

Lauren suit son conseil et patiente le temps qu'ils quittent la merveilleuse résidence hôtelière dans laquelle elle séjourne. Le manoir au milieu des bois est une pension de luxe. Il ne comporte que quelques chambres, habituellement réservées à des privilégiés le temps d'un week-end en amoureux, ou à l'occasion d'un mariage. Elle, cela fait plus d'un an qu'elle y vit. Depuis qu'elle a quitté son mari Anton. De ça aussi, elle a honte, mais comment le raconter à quiconque ? À ses voisines restées dans le sud de la France, où elle menait une existence de retraitée modeste ? À ses plus vieilles amies qui habitent encore les cités du Val-d'Oise ?

À son âge, Lauren Kovak a la chance inouïe d'avoir retrouvé l'amour. Elle l'a tant espéré. Tant attendu. Elle a tellement murmuré son nom, la nuit, dans le secret de son cœur.

Bogdan.

Bogdan Marùk.

Son roi.

Leur rencontre remonte à loin en arrière. Pourtant l'âge semble n'avoir sur lui aucune prise. Elle le trouve toujours aussi impressionnant, avec ses cheveux noirs, son regard qui vous transperce, vous habite des nuits entières, son corps ferme, sa prestance. Ses habits noirs sont toujours de la meilleure facture, ils sentent toujours bon, ses chaussures luxueuses sont confectionnées dans le meilleur cuir, le moindre de ses accessoires en argent coûte une fortune. Pourtant, ce n'est pas cela qui impressionne le plus Lauren. C'est son charisme : la manifestation brute de sa volonté, une aura qui nimbe ses épaules comme une cape, où qu'il aille.

La première fois qu'elle l'avait vu, Lauren était une étudiante pas farouche, une hippie avec un bandeau dans les cheveux, un joint aux lèvres, contestataire comme pas deux, toujours prête à citer Kerouac, Ginsberg ou Simone de Beauvoir, et à faire la fête. Elle traînait sur la plage. Lui dînait aux chandelles avec un groupe d'amis dans un restaurant chic. Il venait d'insulter le serveur, trop lent à son goût. Puis avait fait quelques pas jusqu'en bordure de terrasse. Elle s'était approchée, belle et provocante, et lui avait soufflé sa fumée de cigarette à la figure.

– Vous avez maltraité ce pauvre serveur.

– Et alors ?

– Vous êtes ignoble, mon cher.

– Le contraire de noble, a-t-il répondu.

– Pardon ?

– Noble : de haute naissance. Ignoble : de basse naissance.

– Ou bien *obscur*, a rétorqué Lauren. Du latin *ignobilis*.

– Vous me trouvez du genre obscur ?

– Plutôt du genre beau ténébreux.

– Et que faites-vous dans la vie ?

– Je m'amuse. J'étudie l'Histoire. Et vous ?

– Je n'ai pas besoin de travailler. Ma famille descend de la haute cour de Russie.

– Encore des mots intéressants, a dit Lauren.

– Ah bon ?

– Comme noble et ignoble. La haute cour et la basse-cour sont deux expressions proches. Dans un château, seul un mur les sépare. Et dans les deux endroits, on trouve des cochons.

– Vous avez l'esprit vif.

– Le corps aussi.

Leur liaison avait débuté comme ça.

Mais Bogdan Marùk n'était pas un homme fait pour elle. D'ailleurs, était-il réellement un homme ? Ou une créature de la nuit, s'échappant au petit matin pour regagner quelque caverne avant le lever du soleil ? Lauren ne l'a jamais su. Elle lui a préféré un compagnon plus stable, joyeux et solaire : Anton Kovak, le technicien de cinéma, beau parleur lui aussi, mais tellement plus rassurant. Elle s'est mariée. Elle est devenue Mme Kovak. Christian est né un an plus tard. Voilà.

Mais elle est quand même retournée à Berck. Parce que les désirs et les fantasmes durent longtemps dans le cœur d'une femme. C'est ainsi qu'elle a connu la fraternité de Bogdan, les Memento Mori, le joyeux Pierre-Antoine Lescaux, aux répliques si drôles, et aussi tous les autres. Elle a bu et ri avec eux. Parfois son mari lui en a voulu pour ça. Mais Lauren ne regrette rien. Pas une once, pas une goutte de chaque instant de bonheur qu'elle a réussi à arracher à cette fichue existence.

Les Memento n'étaient pas des personnages imbus d'eux-mêmes, au contraire : c'étaient des profs, des médecins, des étudiants, tout comme Lauren l'avait été, des individus curieux, qui se remettaient constamment en question et qui réfléchissaient à l'avenir. Ils étaient l'illustration de la phrase de Charles Bukowski que Lauren adore : « Le problème avec le monde, c'est que les gens intelligents sont pleins de doutes, alors que les imbéciles sont pleins de certitudes. » Avec eux, elle avait l'impression d'exister, de participer aux grands débats d'opinion, de vivre pleinement son époque. Le droit à l'avortement, le travail des femmes, la procréation médicalement assistée, combien de discussions passionnées a-t-elle eues, un verre de vin à la main, riant, ou défendant ses points de vue avec ferveur ?

Bien sûr, Bogdan Marùk n'était pas tout à fait ainsi.

Il doutait peu. Il n'aimait guère qu'on le contredise. Et des histoires étranges couraient sur son compte. On le disait intéressé par la science et la médecine, certes, mais également passionné par des idées venues de religions anciennes, de mythes oubliés qui faisaient l'apologie du chaos. Le désordre vu comme une nécessité. Pour certains, il était un intellectuel révolutionnaire. Pour d'autres, il n'était qu'un dangereux admirateur de personnages controversés tels que Radovan Karadžić, ce médecin qui allait devenir le Boucher des Balkans et le pilier d'une épuration ethnique.

Après quelques années, Lauren Kovak s'était éloignée de Berck, des Memento Mori, et de Bogdan lui-même, pour se consacrer à sa famille et à son enfant. Elle avait longtemps vécu heureuse avec Anton Kovak. Puis son fils était entré en faculté de médecine. Chris. Sa fierté. La prunelle de ses yeux.

La communication entre Christian et elle avait toujours été difficile. Mais elle ne l'en aimait pas moins. Elle voyait en lui sa propre personnalité : un garçon fier et rebelle, capable de défier le système par pur esprit romantique, ou juste pour s'amuser. Le jour où Christian avait lâché des centaines de grenouilles vertes dans l'hôpital uniquement pour plaire à une fille, Lauren en avait ri aux larmes.

Mais son fils avait ses propres démons. Tout comme Lauren avait Bogdan Marùk. Et au bout d'un moment, elle avait dû se tourner à nouveau vers les Memento Mori pour leur demander de l'aide. Les années s'étaient écoulées. Chacun avait évolué comme il avait pu. Maintenant ils en étaient là.

À l'automne de son existence, alors qu'elle n'était plus qu'une fleur flétrie, Lauren Kovak avait revu ses priorités. Effectué quelques changements esthétiques. Dépensé son argent pour s'acheter de jolis vêtements. Puis elle avait repris contact avec son premier amour.

Et maintenant qu'elle roule sur cette route forestière, emmenée par Éric, son chauffeur, elle n'a pas envie de réfléchir aux conséquences de tout ça.

Ni aux rumeurs qui entourent Bogdan.

Ni au fait qu'il la retrouve toujours dans des endroits discrets, où Éric la conduit.

Ni à la nature exacte de ses activités, dont elle se doute bien qu'elles sont illégales, et probablement dangereuses.

Ni – et surtout pas – à la mort accidentelle de son mari Anton.

Non, Lauren ne veut pas réfléchir. Elle est vieille. Il ne lui reste qu'une poignée d'années. Elle veut simplement que son fils s'en sorte le mieux possible. Et, en ce qui la concerne, vivre encore une ou deux émotions. Car elle est encore capable de les ressentir, ces fameux papillons dans le ventre. Comme dans ces romans pour adolescentes. Lauren a l'impression d'avoir dix-sept ans. Comment est-ce possible, sinon par miracle ? Bogdan est un spécialiste des rendez-vous secrets dans des endroits reculés. Pas de monde, pas de photos. Mais pour le reste, il est irréprochable.

Elle abaisse sa vitre.

– Voulez-vous que je règle la température ? demande Éric.

– Non merci. Je veux juste sentir les parfums de l'automne.

Et regarder les feuilles rouges tourbillonner dans le vent. Et ne pas penser à demain. Et m'enivrer de chaque seconde, a-t-elle envie d'ajouter.

Cependant, elle ne prononce pas ces mots à voix haute. Par superstition. Comme si d'évoquer son bonheur fragile risquait de le faire disparaître.

Et puis, elle n'apprécie pas Éric. Il est aux ordres de Bogdan, mais elle l'a toujours trouvé trop poli. Son attitude insondable possède quelque chose de sinistre.

Ils continuent de rouler un moment sur des routes forestières.

– Vous revenez de la chasse ? finit-elle par demander.

– Oui.

– Vous êtes parti tôt ce matin ?

– Depuis hier soir.

– Vous y avez passé la nuit entière ?

– J'ai été obligé d'aller loin.

– Seul ?

– Je chasse toujours seul, dit Éric.

– Et vous avez pris du gibier ?

– Un peu.

– C'est votre passion, alors.

– C'est ça.

– Et en dehors de la saison de la chasse ?

– Je m'occupe autrement.

– Et si Bogdan avait eu besoin de vous dans l'intervalle ? se permet Lauren, un peu impertinente. Vous n'êtes même pas en tenue de travail !

Éric lui sourit à nouveau dans le rétroviseur.

– Je chasse uniquement lorsque M. Marùk me le demande. Je travaille sur son ordre. Mais vous avez raison, je n'ai pas eu le temps de me changer. Désolé si je porte encore cette tenue. Je n'ai même pas retiré mes rangers. Ma cagoule et mon arbalète sont encore dans le coffre.

Il se gare sur le bas-côté de la route.

– Et maintenant, madame Kovak, nous allons poursuivre à pied. Ne vous inquiétez pas, ce n'est pas loin. Bogdan vous attend. Je vous promets que vous ne serez pas déçue. Il vous a préparé une belle surprise.

55

Retour chez moi, une fois de plus.

Ma maison d'*Amityville* n'a pas changé. Ma pipe à opium doit même se trouver encore là-haut, au grenier, dans l'état où je l'ai laissée en partant. Je n'ai pas envie d'aller voir. C'est moi qui ai changé. L'opium n'est plus une priorité.

Je déballe mes affaires. Prends une douche. Vêtements propres. Puis je décide de me reconnecter au reste du monde. Via ma tablette, je commence par interroger mon opérateur téléphonique pour écouter mes messages.

Il y en a plein.

Les derniers sont d'Audrey. Toute une salve, variables en degrés d'inquiétude. Je la rappelle sans attendre. Je tombe sur sa messagerie. Elle doit être au travail, ou dans une zone inaccessible. Je la rassure en quelques mots : je suis rentré, je me présenterai à Évangile pour une audition libre comme prévu. Mais des choses très graves se sont produites à l'hôpital de Berck. J'ai besoin qu'elle me rappelle au plus vite.

Je m'apprête à couper, puis je rajoute, sur un coup de tête :

– Et aussi… tu me manques. C'était bien sur la plage. Nous deux. Enfin voilà.

Puis je raccroche, en me sentant idiot.

Bon.

Les autres messages à présent.

Bonjour, monsieur Kovak, c'est Marianne Dutilleul de l'agence immobilière. On est lundi, et vous n'avez pas réglé votre loyer du mois dernier. C'est sûrement un oubli. Passez à l'agence, ça me fera plaisir de vous voir, et nous pourrons...

Suivant.

Docteur Kovak, ici le secrétariat de votre service de consultations. Vous n'étiez pas présent aux rendez-vous en ligne avec vos patients et...

Suivant.

Salut, c'est Myriam, ton ancienne collègue des urgences. Avec les manifestations et les grèves, on galère comme des dingues pour trouver des médecins. Si tu pouvais revenir, même quelques nuits, ça nous dépannerait...

Je note au crayon sur un papier : « Rappeler les urgences. »

Puis je regarde mes mots.

Qu'est-ce que je viens de faire ?

Jamais je n'ai envisagé de me remettre au travail. Impossible pour moi de quitter cette maison. Les urgences, c'est fini. Et pourtant, je l'ai écrit, machinalement, sans réfléchir.

Ma main est allée plus vite que mon cerveau.

Je repose doucement mon crayon sur la feuille, comme si je tenais une grenade dégoupillée.

OK, Chris. Du calme. Ne t'emballe pas. Le faux espoir est presque aussi dangereux que la maladie elle-même. Tu n'es pas guéri. L'agoraphobie est une chose. Les addictions en sont une autre. Tu as été capable d'accomplir un aller-retour à plus de deux cents kilomètres, d'accord, mais ça ne veut pas dire que tes ennuis sont terminés. Tu es médecin, tu sais très bien que ça va prendre du temps.

Je récupère mon sachet de médicaments. J'avale les bonnes doses, cette fois-ci. Sans faire n'importe quoi. Il est temps que je suive mon traitement de manière régulière. Que je prenne soin de moi-même. Je trie ensuite le courrier récupéré dans ma boîte aux lettres. Je dois m'occuper les mains et l'esprit. Prospectus. Lettres administratives. Une publicité pour des pizzas – celles que Djay allait parfois m'acheter, avec le reste de mes courses, me dis-je avec une horrible pointe au cœur.

Allez. On enchaîne.

Je me décide à suivre le conseil de Maxime-Honoré Balfour : demander des explications à ma mère. J'appelle Lauren. Une fois. Deux fois. Ça sonne dans le vide. J'insiste. Elle va bien finir par me répondre.

– Maman, qu'est-ce que tu fiches ?

OK. Il semble que je doive remettre cette conversation aussi.

Je passe à mon site médical en ligne. Il y a des tas de rendez-vous annulés. Mais comme je n'ai pas fermé les prochains créneaux, mes consultations de la nuit à venir commencent déjà à se remplir.

Il y en a une à 3 h 30 du matin.

Difficile d'ignorer le nom de la patiente. Vu qu'elle est morte.

Yesfir Fammous.

Je clique sur le message confidentiel en lien.

Quand tu liras ça, contacte-moi aussitôt.
Ta vie en dépend.

56

Lauren Kovak se penche.

– C'est haut.

– Une dizaine de mètres.

– Ce sont des carrières ?

– Oui, dit Éric. Il y en a beaucoup dans cette forêt. Faites attention à ne pas trop vous approcher du bord.

Lauren regarde en bas. Il y a une entrée de tunnel, assez vaste, rectangulaire, avec des graffitis sur les parois. Un bulldozer est garé dehors à côté d'un tas de sable. Elle revient sur le chemin qui borde la falaise.

– Ces carrières sont privées, explique Éric. Elles appartiennent à M. Marùk. Il les loue parfois pour des soirées. Mais c'est dangereux. Les tunnels s'enfoncent loin sous les collines. On se perd facilement.

– J'aimerais bien visiter, dit Lauren.

– Peut-être.

– Bogdan n'est pas là ?

– Il arrive. Il faut d'abord qu'on parle.

Éric se tient à l'orée des arbres, dans ses habits de chasse, à quelques mètres de la falaise. Il sort de sa poche la statuette de l'ange pleureur.

Le visage de Lauren perd ses couleurs en une seconde.

– D'où sortez-vous ça ? dit-elle d'une voix blanche.

– Vous le savez très bien. Vous l'avez donnée à votre fils.

Lauren essaye de ne pas chanceler.

– C'était un cadeau. J'ai… j'ai le droit d'en faire.

– Christian est allé voir le professeur Lescaux.

– Et alors ?

– C'était déloyal de votre part.

– En quoi ?

– Pas de témoignage, Lauren. Pas de photo.

Un sentiment horrible lui vrille l'estomac.

– Qu'est-ce que vous avez fait à Pierre-Antoine ? Où est mon fils ? Et où est Bogdan ? Je veux lui parler tout de suite.

Éric avance d'un pas. Elle recule d'instinct. Des morceaux de terre se détachent derrière elle et dévalent la falaise.

– Vous deviez rester discrète. Comme pour votre mari.

Elle a l'impression qu'une bûche s'abat sur ses épaules.

– Que voulez-vous dire ?

– Vous avez aussi parlé à Anton Kovak. Il a failli tout raconter à Christian. Il est monté à Paris pour le voir. Nous n'avions plus le choix.

– Je ne comprends pas, bredouille Lauren.

– Je crois que si, au contraire.

– Éric, je n'aime pas votre ton.

– C'est de votre faute.

– Bogdan est au courant ?

– Bien sûr.

– Où est-il ?

– Pas ici.

– Il devait me retrouver, vous m'avez menti ! Appelez-le !

– Ce n'est pas nécessaire.

– Immédiatement ! crie Lauren en essayant de contenir son hystérie.

Éric soupire. Autour de lui, les feuilles rouges s'agitent dans la brise, comme si elles murmuraient et se répondaient entre elles, inquiètes de la tournure que prend la conversation.

– Comme vous voudrez.

Il sort son téléphone. Appuie sur un numéro. Tient l'appareil face à elle.

– Bogdan ! dit Lauren, des larmes sur les joues.

– Oui, mon amour.

– Mon Dieu, mais où es-tu ?

– Pardonne-moi. Je ne pourrai pas venir.

– Ton chauffeur me fait peur !

– Je sais. Je suis vraiment désolé. Je lui dis toujours de ne pas être violent de façon inutile. On n'a pas besoin de ça.

– Mais qu'est-ce qui se passe ?

– Pierre-Antoine est mort. Comme ton mari. Tu ne sais pas tenir ta langue. J'ai pourtant beaucoup insisté là-dessus. Je t'ai toujours énormément appréciée, Lauren. Ton esprit comme le reste. Mais je n'ai plus confiance.

Elle se met à pleurer.

– Mais ce n'est pas possible… tu m'aimes. On est amoureux.

Un silence, aussi terrible que les dix mètres de vide derrière ses talons.

– Non, Lauren. Je ne t'aime pas. J'avais besoin de te surveiller. Le temps de prendre ma décision. Maintenant c'est fait.

Elle se recroqueville sur elle-même.

Comme absorbée par un trou noir. Un puits gravitationnel d'une puissance effroyable, autour duquel elle a tourné, tourné, si longtemps, telle une étoile perdant lentement ses forces, des années durant, jusqu'à tomber dans ce puits de ténèbres.

Lauren a l'impression que son champ visuel s'est réduit de façon concentrique. Que l'air a quitté ses poumons. Elle n'arrive plus à respirer. Elle cherche son souffle et ne ressent que le néant. Dans les arbres, les feuilles s'affolent plus que jamais.

– Mon fils est toujours vivant ? parvient-elle à articuler.

– Pour le moment.

– Je t'ai toujours aimé, Bogdan, dit-elle sans reconnaître le son de sa propre voix.

– Je sais. C'est pour ça que je vais être honnête avec toi. J'ai eu de nombreux serviteurs, à différentes époques. Certains étaient cachés parmi les Memento Mori. D'autres sont plus proches, comme Éric. D'autres encore, en ce moment même, combattent dans la rue, ou dans divers pays, ou sur les réseaux sociaux. Le Chaos est un maître exigeant. Toutes les histoires que tu as entendues à mon propos sont vraies. Le désordre est un mal nécessaire. Adieu, Lauren.

Éric la pousse violemment de la falaise.

Elle s'envole.

S'écrase en bas.

Elle n'a même pas le temps de battre des mains.

On imagine qu'une chute n'en finit pas. En réalité cela prend moins d'une seconde. La réception au sol produit juste un horrible craquement mouillé.

Bizarrement, Lauren ne meurt pas aussitôt. Elle voit sa cuisse ouverte en deux, avec le fémur qui jaillit. Vingt centimètres d'os brisé, à l'air libre, selon un angle improbable. Puis la douleur monte par vagues. Ça y est, elle est au bord du trou noir, à présent, le puits gravitationnel où toute lumière doit s'éteindre. Mais elle ne s'évanouit toujours pas. Elle peut voir l'entrée de la carrière souterraine. Il y a beaucoup de phrases inscrites sur les murs. Des mots doux. Des cœurs. Des témoignages d'amoureux venus ici pour s'embrasser et laisser une trace de leur passage, de leurs étreintes, de leurs vies, de leurs espoirs.

Elle entend un moteur d'engin. Le bulldozer s'est mis en marche. Devant elle, sur le sol qui tremble, tombé à moins d'un mètre, son téléphone sonne. L'image de Christian apparaît sur la vitre fendue. La sonnerie s'arrête. Puis reprend.

Le bulldozer avance.

Le téléphone et son fils disparaissent sous la chenillette.

Quand la terre commence à recouvrir la tête de Lauren Kovak, elle n'est toujours pas morte.

57

Il y a une option *chat* sur mon logiciel médical. Si le nom du patient est en bleu, c'est qu'il est en ligne, et qu'on peut s'écrire via la messagerie instantanée. Le nom de Yesfir Fammous est en bleu. Je clique dessus. Et je passe en mode dictée vocale. Mes paroles s'inscrivent au fur et à mesure dans la boîte de dialogue.

– Ça va ? Vous n'avez aucun scrupule à utiliser l'identifiant de la fille que vous avez assassinée ?

La réponse arrive presque aussitôt :

Kovak, mon pote. Enfin.

– Espèce d'enfoiré ! C'était vous à l'hôpital, n'est-ce pas ?

Où ?

– À Berck, le chasseur à l'arbalète ! Vous avez tué Lescaux ! vous comptiez m'éliminer ensuite !

Pas moi.

– Ah oui ? Et qu'est-ce qui me le prouve ?

Je ne t'aurais pas raté, mon petit Christian.
Donc tu es allé à Berck ?

– Oui.

Et tu as trouvé quelque chose ? Des souvenirs ?

J'hésite une seconde. Puis je dis :
– Le Roi lépreux.

...

Des petits points apparaissent, puis disparaissent de la fenêtre de dialogue, comme si l'autre hésitait sur sa tournure de phrase, en tapait une, l'effaçait, puis en tapait une autre.

Tu as pu découvrir son identité ?

– Non.

Merde.

Réponse immédiate, cette fois-ci. Je suis ravi de le voir contrarié.
– Vous avez menacé de vous en prendre à ma mère. C'était la quatrième épreuve. Les loups voraces. J'ai réussi. J'ai retrouvé la trace de la fraternité Memento Mori. Le Roi lépreux était leur chef, mais il a disparu. C'est tout ce que j'ai pu apprendre, avant qu'un taré en tenue de chasseur ne vienne buter tout le monde. Je ne comprends rien à vos épreuves. Qu'est-ce que vous allez me demander encore ?

Tu es en danger.

– Sans déconner ? Comme si je n'avais pas compris tout seul.

C'est un trio d'assassins.
La sorcière. Le guerrier. Le chasseur.
J'ai liquidé les deux premiers.
Mais le chasseur est le pire des trois.

– De quoi vous parlez, bordel, on dirait une putain de guerre !

C'en est une. Tu dois partir.

– Quoi ? Et pour aller où ?

Je vais t'indiquer une adresse.
Tu dois apprendre la vérité.

– De quelle vérité parlez-vous ?

…

Encore les petits points. Qui vont, qui viennent, comme si ce fichu taré était en train de chercher ses mots. Puis je lis le message suivant :

Tu n'es pas Christian Kovak.

58

Audrey s'avance dans la salle, son plateau-repas à la main.

Elle est au Cercle mixte de l'IRCGN, le self où tout le monde s'est rendu ce midi. Beaucoup de gens. Brouhaha. Tintements de couverts. Elle cherche une place. Les membres du groupe sont là, mais comme ils sont arrivés dans le désordre, ils sont allés s'asseoir n'importe où. Certains ont déjà fini de déjeuner. Audrey les observe tour à tour.

Franck Penneroux s'est isolé dans un coin. Il parle au téléphone, une main devant sa bouche pour couvrir ses paroles. Il a l'air contrarié.

Est-ce qu'il discute avec son ex-femme à propos de la garde de ses enfants ? De sa mutation à venir, puisqu'il s'apprête à démissionner du groupe ? Ou bien s'adresse-t-il à la mystérieuse personne qui se trouvait avec lui dans son van ?

Un peu plus loin, Didier Blériot pianote avec ses pouces sur son portable, le sourire jusqu'aux oreilles. Est-il en train de flirter avec Oksana, la kinésithérapeute ?

À la grande table de droite, Florian vient à peine d'arriver et s'installe. Il s'est assis sans plateau, juste à côté de Samia. Il ne cesse de lui jeter des coups d'œil, manifestement troublé, tandis que la jeune assistante légiste poursuit son repas, une main toujours posée sur son ventre.

Est-ce qu'elle lui a avoué qu'elle n'était pas enceinte ? L'a-t-elle seulement été un jour ? Quel drame se déroule entre ces deux-là ?

Le regard d'Audrey se déplace. Et croise celui de Louise, posé sur elle. Curieusement, sa capitaine est en train de l'observer aussi. Audrey soutient un instant cette conversation muette à travers la salle, les yeux bleus de Luz dans ses yeux verts à elle, sans ciller, puis Louise finit par se détourner et revenir à son assiette.

Que se passe-t-il dans l'esprit de sa chef ? Elle l'a toujours soutenue, alors qu'Audrey piquait une colère hier encore. C'est Batista qui a recruté Audrey. Luz aurait dû la voir comme une rivale. Mais non. Pourquoi est-elle aussi compréhensive ?

À quoi penses-tu, Louise, toi qui ne racontes rien à personne ?

Sans parler de Wang, impassible, qui déjeune le visage concentré sur l'écran de télévision, comme un devin essayant de déchiffrer l'avenir. De l'autre main, il pianote sur son smartphone, parfaitement capable de faire deux choses à la fois.

Audrey lâche un soupir.

Des personnalités. Des secrets.

En fin de compte, elle ne connaît pas ses collègues. Mais ils ne la connaissent pas non plus. Sa relation avec Xavier, elle n'en parle presque pas. Ils sont tous à fond, pied au plancher en permanence. Ces derniers jours, chacun d'entre eux a négligé sa famille, ses proches, sa vie personnelle pour être présent sur l'enquête. Ils ont passé plus de temps ensemble qu'avec n'importe qui d'autre. On dit qu'on ne choisit pas sa famille. À croire que si.

Audrey ressent soudain une profonde bouffée d'amitié pour ces gens. Est-ce qu'elle ne s'est pas complètement trompée en imaginant cette histoire de criminel caché parmi eux ?

Batista la tire par la manche.

– Asseyez-vous ici. C'est libre.

Elle dépose son plateau face à lui et s'installe. Le commissaire patiente devant une tasse de café en attendant qu'elle refroidisse. Il a l'air fatigué.

– Vous redoutez la conférence de presse ? dit Audrey.

– Non. On s'est mis d'accord avec Barouche.

– Vous vous êtes levé tôt pour les autopsies.

– Il y a de ça.

Il fait tourner son café dans sa tasse.

– Je voudrais votre avis à propos de quelque chose, dit-il.

– Allez-y.

– C'est un problème personnel. Camilla, mon épouse, m'a posé un ultimatum. Si j'évolue vers d'autres fonctions, plus tranquilles, elle revient du Portugal avec les enfants. Si je persiste dans mon obstination avec ce groupe, elle conserve tout. Les enfants, la garde. Et je devrai probablement vendre notre appartement. Vous feriez quoi à ma place ?

– Pardon ?

– Les papiers de l'avocat sont sur mon bureau. Dois-je les signer ?

Audrey écarquille les yeux.

– Patron, vous êtes sérieux ?

– Oui.

– Si vous partez, que va devenir le groupe E ? Cette unité d'élite est votre création, votre œuvre. Sans vous, ils vont fermer la boutique et nous répartir n'importe où ailleurs.

– Ce n'est pas la question que je vous pose.

Audrey plisse le front. Gonfle les joues, puis les relâche.

– Eh bien, si vous quittez votre poste, je suppose que vous récupérerez votre femme. Mais à terme, vous lui en voudrez peut-être. Et ça fichera en l'air votre couple.

– Et dans le cas contraire ?

– Vous vous en voudrez à mort de ne pas avoir essayé.

Il baisse la tête.

– C'est bien ce que je pensais. Vous voulez bien me passer les sucres, s'il vous plaît ?

Audrey attrape les rectangles enveloppés de papier pour les lui tendre.

Et interrompt son geste à mi-parcours.

– Attendez une seconde… À mon tour de vous poser une question. C'est pour ça que vous traînez les pieds sur cette affaire depuis le début, n'est-ce pas ? Tous ces mystères que vous faites, un pas en avant, deux pas en arrière…

Batista se redresse.

– Mais non.

– Mais si. Vous l'avez dit vous-même. Parfois il faut savoir laisser tomber. « S'effacer du tableau ».

La voix d'Audrey devient sèche.

– Au départ, vous m'avez laissée faire, parce que si on sortait l'affaire rapidement, ça améliorait vos résultats. Ensuite, quand c'est devenu compliqué, vous vous êtes dit qu'il valait mieux arrêter. Parce que si on se plante, au lieu de partir avec les honneurs, c'est vers un placard qu'on vous envoie. Il est *là* votre problème !

Audrey s'est mise à parler fort.

Plusieurs têtes se sont tournées vers eux.

– Valenti…

– Laissez-moi finir ! Et c'est aussi pour ça que vous vous êtes servi de moi comme écran face à Barouche, hein ? *Mon* enquête. *Mme Audrey d'Arcole.* Comme ça vous pourrez dire que c'était moi. Mon obstination. La pression que j'ai exercée à travers mon mari. Vous vous en fichez du résultat, que le groupe soit dissous, ou de m'envoyer au casse-pipe. Vous voulez juste sortir par la grande porte. En réalité vous avez déjà pris votre décision !

La tête chauve de Batista est devenue cramoisie.

– Vous êtes encore jeune, Valenti, vous ne savez pas ce que c'est que de…

– Oh si ! l'interrompt-elle sèchement. Croyez-moi, je sais !

Vous. Votre copain Barouche qui me fait soudain les yeux doux. Xavier lui-même. Vous êtes tous pareils. Vous ne pouvez pas vous empêcher de nous manipuler à longueur de temps !

Elle se met debout. Tend la main. Lâche les sucres.

Ils tombent dans la tasse de Batista en éclaboussant sa chemise.

– Bonne fin de repas. Et n'oubliez pas de changer de cravate, *Commissaire*. Il faut que vous soyez beau pour la télévision.

*

Audrey marche sur la terrasse extérieure. Il fait froid. Le vent lui glace le cou. Les nuages filent dans le ciel comme des moutons enragés.

Elle a écouté le message de Kovak.

Elle s'est donné quelques instants.

A pris une grande goulée d'air.

Puis elle a envoyé à Xavier le SMS suivant :

Je ne serai pas là les prochains jours.
Je pars en République tchèque pour le boulot.

C'est tout.

Pas de smiley, pas d'autre commentaire. Rien.

Son mari n'a pas tardé à réagir. Audrey n'a pas eu besoin d'attendre plus de quelques secondes. Son portable a vibré. Elle n'a pas décroché. Elle a juste écouté les mots enregistrés sur son répondeur juste après. La voix de Xavier d'Arcole était excédée, pleine de mépris et de condescendance, mais on sentait bien qu'il faisait des efforts pour appliquer une belle couche de confiture dégoulinante par-dessus.

– Quoi ? Mais qu'est-ce que tu racontes, Poussin ? Je croyais qu'on avait été clairs, tous les deux. On va se marier. Ton boulot, tu l'arrêtes. Ma femme ne va pas végéter au stade de fliquette dans un groupe de merde. T'as qu'à revenir à la magistrature, ou même cesser de bosser, il faut que tu prennes un peu de recul, chérie. Arrête de t'embêter avec tout ça. Tu as une cérémonie à préparer, des tas de choses à prévoir. Je veux que tu poses ta démission avant la fin de la semaine. Rentre à la maison maintenant.

Ce à quoi Audrey a répondu par un second SMS :

Non. Pas de démission.
Et t'as raison, j'ai pris du recul. On ne se marie plus.
T'inquiète pas, je vais te rendre les bagues.
Et aussi : ta gueule.

Après quoi elle a éteint son téléphone.

Et maintenant elle fait quelques pas. Elle se promène sur la terrasse, avec les bâtiments de l'IRCGN dressés à contre-jour telles des pierres tombales sur l'étendue grise d'un cimetière battu par le vent. Louise Luz se tient un peu plus loin. Elle regarde le ciel, elle aussi, en tirant sur une cigarette.

– Tu fumes ? dit Audrey.

– Ça m'arrive.

– Je ne savais pas.

– Il y a beaucoup de choses que tu ne sais pas. Comment tu te sens ?

– Je vais très bien.

– Tu t'es un peu grillée, avec le patron.

– Pas qu'avec lui.

– Tu vas quand même aller au bout de l'enquête ?

– Oui.

– Parfait.

Audrey se tourne vers elle.

– Pourquoi tu es sympa avec moi, Louise ?

Louise tire une nouvelle bouffée en observant les nuages.

– Je vais te dire un truc. Je suis lesbienne. Je n'ai pas d'enfants. J'habite chez mes parents. Il y a longtemps, j'ai été maltraitée. J'ai vécu une sale période. Je m'en suis sortie. Si mes collègues apprenaient ce genre de choses, ils ne me prendraient pas au sérieux. Ils feraient semblant, bien sûr, en apparence. Mais en réalité, il y aurait constamment des vannes dans mon dos. La fille qui se tape des meufs. La fille qui vit chez ses vieux. La fille qui est une victime. Je perdrais mon autorité. Ça a été compliqué pour moi d'en arriver là, j'ai vraiment commencé ma vie en bas de l'échelle. Tout en bas. Un jour, je deviendrai commissaire. Alors en attendant je vais bien. Je suis forte. Je n'ai aucun problème. Parce que les gens qui vont bien n'intéressent pas les autres et qu'on leur fout la paix. Donc, quand tu me dis que tu vas très bien, Audrey, je sais exactement ce que tu veux dire par là.

Elle écrase sa cigarette par terre.

– Je crois qu'une tempête arrive. Bonne chance pour Prague.

59

Les doigts d'Éric tapotent le volant de la berline noire. Il a encore un peu de terre de la carrière sur les mains. Le moniteur intégré au tableau de bord est branché sur une chaîne d'information continue, mais il a coupé le son. Il est en communication téléphonique. Mode haut-parleur.

– Il faut qu'on réagisse, dit Éric. Les gens autour de nous tombent comme des mouches. D'abord Yesfir, ensuite Sergueï. Maintenant les flics sont en train de donner une conférence de presse à la télévision. Vous avez vu quelle direction ça prend ? Ils vont rapidement s'attaquer au club sportif tout entier. Pour le moment, Tsarong n'a aucune chance de pouvoir revenir en France, ni lui, ni aucun des Dragons noirs qui sont partis avec lui. On ne va pas rester là les bras croisés.

– Qu'est-ce que vous proposez ? demande Bogdan Marùk.

– Quelqu'un a déclenché les hostilités. On fait pareil.

– Qui ?

– J'en sais rien, grogne Éric. Mais ça vient de chez les keufs. Ils ont monté une opération contre nous, à l'évidence.

– Vous pensez à une personne précise ?

Le chauffeur se penche pour scruter la conférence de presse à l'écran.

– Oui. À ce commissaire Batista. Le costaud chauve qui s'exprime en ce moment même. Il dirige toute l'enquête, alors qu'à la base c'est l'un des patrons de la Sûreté des Transports. Pourquoi lui ? C'est quoi l'histoire ? S'il s'acharne, c'est qu'il a des infos à notre sujet. Et puis tout est bizarre. La façon dont Yesfir est morte, la façon dont nos ennuis s'enchaînent… J'ai fait mes recherches, il paraît que ce Batista est un malin. Peut-être qu'il agit en sous-marin, en dehors des clous, et ensuite il nous envoie ses gars. En plus on a la DPJ de Versailles sur le dos, maintenant. Tout est trop bien coordonné.

– Comment ce Batista pourrait-il être au courant de nos affaires ? demande Bogdan dans le haut-parleur.

– J'en sais rien. Et s'il vous avait repéré ?

– Totalement impossible, répond sèchement Bogdan.

– Ses enquêteurs nous harcèlent.

– Ils n'iront pas loin.

– Ils ont quand même fait une descente à Argenteuil, insiste Éric. Ils sont entrés dans la cité, direct jusqu'au gymnase, ils ont chopé toutes les armes du club. Allez savoir où ça peut les conduire…

– Nulle part.

– Je le sens pas, dit Éric. Et il n'y a pas que Batista.

– Précisez.

– Il y a aussi cette fille. Valenti. C'est elle qui était là pour la mort de Yesfir. Elle aussi qui a chopé Smolenko. Et puis surtout, je l'ai vue à Berck, avec Kovak, dans l'ambulance. Elle s'est déplacée jusque là-bas.

– Comment ça ?

Éric reste songeur un instant.

– Je ne sais pas trop quel est son rôle. Officiellement, Valenti est simple lieutenant. Elle ne dirige rien. Mais à chaque fois qu'on a encaissé un coup, comme par hasard, elle était présente. On l'avait déjà repérée quand on s'entraînait dans la forêt avec le club, au château de la Reine Blanche. On a balancé une rumeur sur les réseaux sociaux pour lui faire peur, comme quoi elle était morte. Ça a été repris par la télé. Mais ça ne l'a pas calmée. J'aurais dû dire à Smolenko de la finir à coups de hache quand il en a eu l'occasion.

– Vous proposez quoi ?

– Qu'on frappe fort.

– Comment ?

– Par tous les moyens. On agite nos groupes, on fait grimper la température, monter la haine contre ces flics, et on les affiche. On les cogne, encore et encore, jusqu'à ce qu'ils se retrouvent à genoux, qu'ils abandonnent ou bien qu'ils crèvent. Personnellement, je préfère qu'ils crèvent.

– Et s'il y a de la casse ?

– C'est pas nous. On n'existe pas.

Un silence.

– D'accord, répond Marùk. Occupez-vous-en.

– Et pour Christian Kovak ? demande Éric.

Un silence plus long.

Puis :

– Pour lui aussi. Faites le nécessaire.

60

Minuit passé. Je ne dors toujours pas.

Je suis dans mon lit. Le vent souffle au-dehors. Il paraît qu'il va y avoir une tempête. J'ai bu un chocolat tout à l'heure, j'ai arrêté tous les excitants, avalé mes médicaments en surveillant soigneusement les doses pour adapter leur efficacité et leur tolérance, et je me suis glissé sous la couette. Ma petite lampe de chevet dessine un modeste rond de lumière sur la table de nuit. Le reste de la pièce est plongé dans les ténèbres. Je tiens ma tablette entre les mains. Sa lumière bleue éclaire mon visage.

Un tintement me signale un message entrant.

« Tu dors ? » m'écrit Audrey.

« Non », je réponds.

« Moi non plus, dit-elle. *Tu peux me raconter des banalités pour me détendre ? »*

« Je vais faire de mon mieux. »

Elle n'arrive pas à dormir parce que en réalité elle a peur. Des photos d'elle circulent depuis cet après-midi sur le Web. Essentiellement sur des groupes fermés, mais aussi sur des blogs, et même des sites ouverts à tout le monde. Il y a sa tête, avec son nom, et toute une série de violences imaginaires qu'elle aurait commises contre des manifestants, genre la méchante fonctionnaire de police qui abuse de son statut pour tabasser à tout-va.

En dessous figurent divers slogans antiflics et des propositions de ripostes. Les commentaires des internautes sont hallucinants. Ça va de la violence verbale à la suggestion de la violer, de la défigurer à l'acide, voire de la tuer et de suspendre son corps devant une caserne « pour l'exemple ». Et le pire de tout : on y dévoile l'adresse de son domicile. Heureusement pour Audrey, l'adresse en question est celle de son mari. Elle s'est réfugiée chez sa mère. Du coup, m'a-t-elle expliqué, les cyberflics de la Direction centrale de la police judiciaire sont à pied d'œuvre pour nettoyer le Web et tenter de remonter les pistes des malades qui postent ou repostent ça, parce qu'on parle quand même de l'appartement d'un procureur général.

Audrey n'est pas la seule concernée.

Sa chef, Louise Luz, l'est aussi. Ainsi que le gars qui s'appelle Florian et sa copine Samia, dont il paraît qu'elle est tellement terrorisée qu'elle s'est barricadée chez elle. Les autres membres du groupe ont également été balancés en photo, y compris Batista, mais sans leurs coordonnées personnelles. On a simplement indiqué l'adresse d'Évangile. Un endroit bien connu des manifestants et des ultras de tous bords, car c'est souvent là-bas, sur leur parking, qu'on trie les gardés à vue lors des arrestations massives. Résultat, ils ont triplé le nombre des personnels sur place et pris des mesures de défense en cas d'assaut contre le commissariat.

Un assaut. Sérieux. Pour des news bidon qui circulent sur des réseaux tout aussi bidon. Mais dans quel monde on vit.

Le problème, m'a dit Audrey, c'est que les *fake news* circulent sur les réseaux sociaux par l'algorithme de l'émotion, c'est l'émotion qui les amène en tête. Et l'émotion est plus forte que l'information. Charlie Wang, le gars de leur groupe que j'avais engagé pour inspecter mon ordinateur, leur a fait un topo. Il a dit qu'une information vraie sur Twitter était rediffusée le long d'une chaîne de dix à onze personnes, alors que le Tweet d'une rumeur était retransmis immédiatement plus de vingt fois. Si l'on ne réagit pas très vite, en deux jours, le mal est fait. La fausse rumeur a déjà atteint son but de déstabilisation, et il devient impossible de supprimer tous les Tweets inquiétants. Par mesure de précaution, l'activité du groupe a été momentanément suspendue. À part Audrey qui quitte la France, tout le monde a reçu quarante-huit heures de congé, avec pour consignes d'éviter les déplacements, de se tenir tranquille et de rester vigilant.

Un claquement résonne à l'extérieur de la chambre.

Je tourne la tête.

Silence. Le bruit du vent. Sans doute un volet qui tape.

Je reviens à ma tablette.

« Parlons d'autre chose », dis-je à Audrey.

*

Éric a garé sa voiture dans la rue, posé une échelle le long du mur d'enceinte, et grimpé les barreaux. Une fois au sommet, il a fait redescendre l'échelle de l'autre côté et pris pied dans le jardin de Christian Kovak de la même façon. Aussi simple que ça. Le problème est qu'il a renversé une poubelle ensuite. Un bruit énorme.

– Merde, murmure-t-il.

Il attend un peu. Aucune lumière ne s'allume dans la maison. Pas d'autre son que les courtes rafales agitant les feuilles des arbres, et qui pourraient tout à fait expliquer la chute d'un objet.

Il ne se passe toujours rien. Éric finit par se remettre en route.

– Allez, au travail, dit-il pour s'encourager.

Bien entendu, il s'est préparé pour la tâche qui l'attend. Il est au courant des procédures criminelles, il regarde des reportages à la télé, comme tout le monde, il n'a pas envie de se faire avoir comme un bleu. Il a donc mis sa combinaison noire et sa cagoule, les mêmes que celles qu'il porte habituellement sous sa lourde armure médiévale, des surchaussures par-dessus ses baskets, et une double paire de gants en latex, sinon sa sueur et son ADN risquent de passer au travers.

Il sourit. En vérité, il ressemble à un ninja.

Il arrive à la cuisine. La porte-fenêtre est brisée. La vitre manquante a été provisoirement remplacée par des cartons. Mais le bas est ouvert et bâille largement. Éric introduit sa main par l'ouverture, arrache le carton en remontant peu à peu, atteint la poignée et ouvre la porte.

L'entrée par effraction la plus facile de sa vie.

Il récupère la hache glissée dans le fourreau dans son dos. Ce modèle-là n'est pas émoussé pour amortir les coups : il tranche une bûche sans problème. Éric se recourbe en position de combat, place sa hache devant lui, et pénètre dans la maison de Christian.

*

Audrey m'explique qu'elle doit se lever tôt demain matin pour partir à Prague, et qu'il faut qu'elle dorme. D'un côté, ça me rassure de savoir qu'elle s'éloigne de Paris. De l'autre, je n'ai pas envie de la laisser.

Avant de se parler par messages, on a passé toute la soirée ensemble au téléphone. Des heures entières. Elle m'a raconté pratiquement toute son enquête, et moi toutes mes péripéties. Elle a halluciné sur l'histoire des Memento Mori. Et moi à nouveau sur ses guerriers médiévaux, les combats organisés en armure, le béhourd et la Bataille des Nations, qui enflamment mon imaginaire. Plus encore, le surnom du « Roi lépreux » a alimenté nos fantasmes à tous les deux. Quel genre de criminel, de nos jours, est capable de porter un pseudonyme pareil, à moins d'être un véritable fou, un psychopathe possédé par son rôle ?

J'ai brièvement évoqué mes parents. La mort de papa. Ma mère, qui décidément ne répond toujours pas à mes appels. De son côté, du bout des lèvres, Audrey m'a fait part de ses doutes concernant un traître éventuel caché dans son groupe. Je lui ai répondu que je n'y croyais pas. Mon dingue à moi, le responsable de toute cette mascarade, en a après le Roi lépreux. De cela, je suis convaincu. Mais pour moi, il ne peut pas s'agir d'un flic. Sa personnalité est trop perturbée.

– Une maladie mentale, ai-je dit, c'est difficile à cacher. Je n'ai pas vu sa tête, mais je lui ai parlé à plusieurs reprises. Je peux t'assurer qu'il n'est pas normal. Il a une thématique religieuse. Il parle du Diable, d'épreuves. C'est un individu qui possède sa logique propre. Le fait qu'il soit sur les traces d'un autre gars surnommé le Roi lépreux n'est sûrement pas étranger à tout ça. Notre tueur l'a probablement intégré à son délire. Les schizophrènes font ce genre de chose, les paranoïaques aussi, ils peuvent développer des délires en secteur. En tout cas, s'il s'agissait de l'un de tes collègues, tu ressentirais ce que l'on appelle « une étrangeté », une bizarrerie, ce truc impalpable, mais que l'on perçoit chez les schizophrènes, quand ils s'arrêtent au milieu d'une phrase pour adopter une attitude d'écoute, et entendre les voix imaginaires qui leur parlent. Et puis ton gars serait sous traitement, c'est obligatoire. Sinon il péterait les plombs.

– Comme toi avec la drogue ? a-t-elle répondu doucement.

J'ai senti qu'on entrait en terrain dangereux. J'ai fait une pirouette verbale, et changé immédiatement de sujet.

*

Éric est sorti de la cuisine, il a parcouru la salle à manger, jeté un œil au garage. Pas le moindre son dans la maison. Tout est calme, en dehors des craquements produits par le vent.

Il perçoit distinctement les battements de son propre cœur sous sa tenue noire. Ils sont lents. L'excitation ne vient pas encore. Éric pratique beaucoup le cardio. Les champions du béhourd sont ainsi : des accélérations énormes, avec vingt-cinq kilos d'armure sur les épaules, nécessitent une excellente condition physique. Il faut savoir charger, stopper, pivoter rapidement, assener ou encaisser une série de coups. La vision est limitée par le casque. On respire à peine. On se prend des chocs de vouge titanesques. Si t'es sonné, tu tombes, et si tu tombes, t'es mort, ton équipe a perdu. Éric tombe rarement.

Il s'approche de l'escalier. La chambre est là-haut, au premier étage. Il se met à grimper lentement les marches.

*

Ma discussion avec Audrey est terminée. Nous avons parlé de tout sans évoquer nos sentiments l'un envers l'autre, mais c'était présent dans la conversation, en filigrane. Nous avons joué avec cette idée elle et moi. Et cette ambiguïté naissante, cette simple possibilité d'un futur entre nous, m'a rendu heureux. En fait, je ne me souviens pas d'avoir éprouvé récemment de telles bouffées de bonheur. J'espère que je ne m'invente pas de faux espoir. Côté sentiments, je suis un peu rouillé avec les femmes. Mais je ne crois pas.

Je repousse ma tablette et l'éteins. Il est tard, et mon traitement agit, heureusement, sinon l'enthousiasme m'empêcherait de dormir.

Il y a cependant deux choses que je n'ai pas dites à Audrey avant de la quitter. La première : je ne lui ai pas parlé du message du cinglé. *Tu n'es pas Christian Kovak.* Parce qu'il y a là quelque chose d'incompréhensible et de profondément perturbant. Quelque chose qui me touche de près, et que je veux découvrir seul.

La seconde : moi aussi je pars demain. J'ai pris mon billet de train sur mon ordinateur tout à l'heure. Le cinglé m'a donné une adresse où me rendre. Sauf qu'elle est située dans un autre pays. Et je compte bien y aller. Alors j'ai dû faire des recherches et prendre des dispositions pour ça. Mon agoraphobie s'estompe, mais je ne peux pas courir le risque de péter un câble pendant le trajet. Ma capacité à me déplacer est encore fragile. Je me suis donc résolu à acheter un espace pour moi seul – un carré de quatre places, tant pis pour le coût – et proche de la sortie du wagon – obligatoire, sinon je me sens piégé. J'ai vérifié dix fois les distances et les horaires. Me suis familiarisé avec l'aspect visuel des rues que je dois parcourir – merci, Google Street View, une fois encore – et j'ai calculé plusieurs plans B et trajets de secours en cas d'attaque de panique. J'ai également préparé mes traitements, les doses normales, les doses en cas d'aggravation de mon état, les doses en cas de surdose, les doses de secours si jamais je perds mes boîtes. J'ai programmé deux alarmes réveil. Mes vêtements pour demain sont sur la chaise. Et mon sac est prêt. Puis j'ai revu tout ça dans ma tête, en multipliant les pensées rassurantes.

Je sais ce que vous pensez : la guérison n'est pas pour tout de suite. D'accord. Mais j'y travaille.

Si je contrôle tout, rien ne peut m'arriver.

J'éteins ma lampe.

Quelques minutes après, je dors.

*

Éric tend l'oreille. La porte de la chambre est entrebâillée. Depuis la pénombre à l'intérieur, une sorte de ronflement lui parvient. Il repousse le battant avec sa hache. Pas de grincement. Il entre.

Le lit est défait. Sur l'oreiller, une ombre bouge. Il voit des cheveux noirs. Heureusement qu'il y a les draps. La cervelle de Christian Kovak va probablement éclabousser la pièce, et Éric n'aime pas ça. Il a prévu de débiter le corps sur place, de répartir les morceaux dans des sacs-poubelle, qu'il fera passer par-dessus le mur du jardin, avant d'aller enterrer le tout dans la carrière. Pas de cadavre, pas d'enquête. Et ses vêtements à lui iront à l'incinérateur.

Il palpe machinalement sa poitrine.

Maintenant, son cœur s'accélère.

Éric soulève sa hache à deux mains.

Et frappe.

61

Il est très tôt, une fois de plus, lorsque le Chien pénètre dans le bureau du psychiatre.

– On ne se quitte plus, dit le psy avec un sourire.

– On m'a dit que vous étiez encore de garde.

– J'aime bien la nuit. L'ambiance est calme.

– Je viens trop souvent en consultation ?

– Non. Si ça vous fait du bien.

– Ça ne me fait pas de bien.

Le Chien lui tend une enveloppe cartonnée.

– Regardez.

– C'est votre scanner ?

– Oui.

Le psychiatre sort les images. Il lit le compte rendu. Le repose.

– Malheureusement, c'était une possibilité, dit le médecin avec le plus de délicatesse et de douceur possible. Votre problème n'est pas d'origine psychiatrique. Je m'y attendais un peu. Votre personnalité a pu être altérée, bien sûr, cela peut expliquer vos variations d'humeur et ce que vous appelez vos hallucinations. Mais le cœur du problème n'est pas là. Étant donné vos antécédents, il était possible d'être confronté à ce type de pathologie. Vous n'y êtes pour rien, ce n'est pas de votre faute. Ce genre de découverte a souvent lieu de manière fortuite. Il faut savoir que vous êtes un cas très rare. Une personne sur cent mille. Vous avez eu la bonne attitude en venant me consulter. Je connais les meilleurs spécialistes de cet hôpital, avec un traitement adéquat, vous gagnerez un peu de temps…

Le Chien l'écoute débiter son laïus. Cette partie de lui-même n'est pas sensible à ce genre de conneries. Les laïus, c'est pour les trouillards, ceux qui ont peur de mourir, les criminels qui le supplient avant qu'il ne les empale, qu'il les noie, qu'il les crame, ou quelle que soit la façon dont il a décidé de s'en débarrasser. Il attend que l'autre ait terminé, puis déclare :

– Je n'ai pas besoin de ce type d'aide.

– Ah bon ?

– Non.

– Alors que puis-je pour vous ? dit le psychiatre, surpris.

Le Chien pousse une liste sur la table.

– Il me faut des certificats. Des ordonnances. Des documents.

– Bien sûr, répond l'autre en regardant la feuille. Je peux établir ce qui est en rapport avec ma spécialité. Pour le reste, je vais vous orienter vers mes confrères qui…

– Non, dit le Chien. On ne va nulle part.

– Pardon ?

– On va tout réaliser ensemble. Dans cette pièce.

Le psy recule légèrement sur sa chaise.

– C'est impossible.

– Pourquoi ?

– Je ne peux pas fabriquer ce que vous me demandez. Je ne suis pas un criminel.

Le Chien dépose son pistolet à côté de la feuille.

– Rassurez-vous. Moi si.

62

– Un putain de chat !

Il est 7 heures du matin. Éric fait les cent pas sur le quai de la gare du Nord, le portable contre l'oreille, une main plaquée sur l'autre pour ne pas entendre le bruit de la foule et les annonces dans les haut-parleurs.

– Qu'est-ce que vous racontez ? dit Bogdan.

– Je suis désolé, monsieur Marùk. Ce chat a dû entrer dans la maison de Christian Kovak par la cuisine. Il s'est glissé à travers des cartons, après quoi il est monté au premier étage pour s'installer sur le lit. En apercevant son corps roulé en boule dans l'obscurité, j'ai cru voir une tête avec des cheveux, vous comprenez…

– Éric ?

– Oui, monsieur ?

– Je me fiche de savoir pourquoi vous avez massacré un chat.

– D'accord. Évidemment.

– Où est Kovak ?

– J'ai fouillé son domicile de fond en comble. Dans l'historique de son ordinateur, j'ai découvert qu'il avait pris un billet de train. Il avait aussi réservé une chambre d'hôtel juste à côté de la gare. Il a dormi sur place.

– Où va-t-il ?

– Amsterdam.

– Pour quoi faire ?

– Je ne sais pas encore.

– Vous êtes à la gare ?

– Bien sûr. J'ai anticipé.

Éric observe la foule des voyageurs.

– Mais je ne peux pas agir ici. Il y a trop de monde.

La voix râpeuse de Bogdan Marùk devient plus claire, comme si le Roi lépreux rapprochait ses lèvres sèches de l'oreille d'Éric et y introduisait un appendice immonde, remontant lentement le long de son conduit auditif, avant de se connecter directement à son cerveau.

– Écoutez-moi bien, susurre Bogdan avec des sonorités hypnotiques. J'ai passé quelques coups de fil à diverses connaissances. Effectivement, il semble que la police s'acharne contre nous. Le lieutenant Valenti part aujourd'hui à Prague. J'ai prévenu Tsarong. Il va s'en occuper. Quant à vous, vous allez suivre Kovak à Amsterdam. Réglez ça dans la journée. Si ces gens ont décidé de nous déclarer la guerre, ils vont le regretter amèrement.

Éric hoche la tête, acquiesçant aux ordres.

– Je m'en occupe aujourd'hui, il répète.

– Bien.

– Je suis libre d'agir comme je veux ?

– Du moment que c'est efficace.

– C'est-à-dire ?

– Le corps doit être méconnaissable, répond Bogdan.

63

Je suis debout à l'aube. J'ai tout préparé.

Hier soir, j'ai trouvé ça plutôt facile de prendre un taxi pour venir ici. Ce matin, c'est différent. La véritable épreuve va commencer. D'abord quatre cent dix mètres jusqu'à la pharmacie. Ensuite deux cent vingt jusqu'au quai. Peut-être un peu plus, en rasant les murs, pour croiser le moins de monde possible. Une fois dans le train, je pense que ça ira.

Je lève la tête en sortant de l'hôtel. Pour vous, il s'agit simplement de l'entrée de la gare du Nord. Pour moi, c'est un temple antique, avec ses colonnes écrasantes, ses statues qui m'observent d'en haut, un fleuve de voitures qui s'entrecroisent devant, une foule étouffante qui m'attend derrière, et à l'intérieur, des millions de sensations capables de me réduire en miettes.

Je suis en noir, ma couleur fétiche, avec un sweat à capuche et une veste par-dessus. Je porte un sac à dos pour les médicaments, et j'ai mes écouteurs sur les oreilles. J'ai choisi *Back in Black.* J'écoutais AC/DC sur mon Walkman quand j'avais dix ans, mes premières émotions fortes en musique. Ça m'a toujours donné la pêche, et le rythme pour marcher est parfait, ni trop lent, ni trop rapide. Dans ma situation, j'ai besoin de tous les soutiens émotionnels possibles.

Je rabats ma capuche. Musique. On y va.

Je traverse, concentré. Coup d'œil à droite et à gauche sur la circulation dense, il ne s'agit pas de se faire écraser en écoutant du rock. Une moto grille le feu, klaxon, ça passe. Me voilà de l'autre côté de la rue. Je monte sur le trottoir, franchis les portes et me glisse dans le flot. Mes sens explosent. Des sons. Des odeurs. On me frôle, on me touche, annonces dans les haut-parleurs, lumières vives des néons. Assis par terre, un clochard fait sauter des pièces de monnaie dans son chapeau, j'ai l'impression de voir tournoyer des blocs de métal scintillants. Je transpire. Les ombres s'allongent autour de moi, les silhouettes deviennent mouvantes, comme une houle, une mer qui monte. J'ai les tempes glacées. La panique m'envahit.

Oubliez le corbillard, crie Brian Johnson, *je ne mourrai jamais.*

Je m'accroche à ça. Inspirer lentement, expirer. Concentration. Je reprends le pas. Force mes jambes à avancer. C'est bon. C'est toujours bon. Ça marche. Je peux le faire. Je suis là, putain de bordel.

J'avance dans le monde des vivants.

Je suis de retour.

*

À la pharmacie, je me procure des médicaments injectables contre une attaque de panique, au cas où, même si je me sens beaucoup plus en confiance. J'achète même un magazine à la Maison de la Presse pour me distraire.

Je monte dans le Thalys. Départ à 7 h 24. Des sièges rouges confortables. Première classe. Personne autour de moi. Je commence à me détendre, lorsqu'un type s'assoit en face. Je l'ai croisé à la pharmacie. Il me gratifie d'un sourire et prend un air enjoué.

– Tiens ! On dirait qu'on va voyager ensemble !

Je ne réponds pas.

– Ça ne vous dérange pas si je m'installe ici, poursuit-il d'un ton qui n'est pas celui d'une question. J'adore faire de nouvelles rencontres. Je suis voyageur de commerce…

Il est roux, belle gueule, cheveux fournis, jolies moustaches, on dirait un chauffeur en livrée, ou un vendeur en costume sorti d'un magasin classe.

Mais quelque chose ne va pas. Pour un voyageur de commerce, il n'a pas de valise. Ou alors c'est son sourire qui est trop amical. Ou bien c'est ma parano naturelle que les médicaments n'ont pas réussi à atténuer. Audrey m'a déjà parlé des « beaux mecs », ces pickpockets solitaires qui opèrent dans les trains. La Sûreté des Transports y a souvent affaire. Ils portent des costumes de marque, chaussures en cuir, se présentent justement comme des voyageurs de commerce, et vous dévalisent à la première occasion. J'entends aussi la voix de ma mère qui chuchote : « Et la couleur rousse, Christian, était au Moyen Âge la couleur des traîtres, des flammes de l'Enfer. C'était l'injure que se lançaient les moines en se traitant de "Rufus". D'ailleurs, Judas et Caïn étaient roux dans la Bible. » Je repousse le fantôme de Lauren de mon esprit.

– Non, dis-je. Désolé, vous ne pouvez pas vous asseoir.

– Et pourquoi ? répond l'homme, un peu interloqué.

– Parce que ma mère va arriver, fais-je sans réfléchir.

Son sourire devient étrange.

– Votre mère ?

– C'est ça.

– Vraiment ? Dans ce cas, on va l'attendre ensemble.

– Vous ne m'avez pas compris ?

– Si, répond l'autre. Mais permettez-moi d'insister.

– Dégage, connard. J'ai les quatre billets. Je ne veux personne en face. Et le contrôleur est là.

Il se redresse comme si je l'avais giflé. Se lève rapidement et s'éloigne dans le couloir.

– Ce voyageur vous a importuné ? me demande le contrôleur.

– Non. Tout va bien.

– N'hésitez pas à m'appeler en cas de problème.

– Merci, dis-je en me renfonçant dans mon siège.

On quitte le décor urbain pour filer à travers la campagne. Mon regard flotte sur le paysage. Des terrains plats et recouverts de brume grise, à perte de vue. Les vibrations me bercent. Mes pensées vagabondent tandis que le train remonte vers le nord, toujours plus loin, au-delà de Berck.

Je pars. Et aussi je reviens. Vers ma jeunesse, et ce qui m'attend là-bas.

À plus, Minus.

À un de ces quatre, Patate.

64

– Ce n'est pas possible, dit Audrey d'une voix blanche.

– Ils nous ont agressés, répond Florian en rapprochant l'écran de son visage pour lui montrer ses ecchymoses. Ils étaient devant chez moi.

– Et Samia ?

– Hospitalisée. Elle pleure sans arrêt.

– C'était qui ?

– Des inconnus total. Ils se sont monté la tête sur les réseaux sociaux. Ils ont lu mon adresse dans les articles bidon et nous ont attendus en bas. Heureusement que je portais mon arme de service, sinon on était morts. Dans leur esprit, ils étaient là pour rendre justice. Ils n'ont jamais pensé que ces rumeurs sur nous étaient fausses.

Florian parle vite, on sent qu'il a besoin de vider son sac. Il y a beaucoup de monde autour de lui. Audrey entend les voix émues de plusieurs collègues. Blériot, Penneroux, Wang. Elle devine le décor d'un appartement. Des filles. Des gens qu'elle ne connaît pas.

– Vous êtes chez Luz ?

– Chez ses parents. On s'est tous réunis ici.

– Comment va-t-elle ?

– Tu la connais, dit Florian. Elle serre les dents. Elle ne montre pas grand-chose.

L'avion est agité par des secousses. Les fauteuils tremblent. Le commissaire Barouche revient des toilettes et reprend sa place sur le siège voisin. La chef de cabine annonce qu'ils vont bientôt amorcer la descente vers l'aéroport de Prague, chacun doit regagner son siège et boucler sa ceinture.

– Vous êtes en Wi-Fi avec vos collègues ? dit Barouche.

– Oui, répond Audrey. Trois d'entre eux ont été agressés ce matin. Un couple en bas de leur domicile. Et ma capitaine vient d'échapper à un viol dans le hall de son immeuble.

Le visage de Barouche se contracte comme s'il venait de goûter un plat infect.

– À cause des horreurs publiées sur votre équipe ?

– Et des adresses.

– Merde. Dites à vos collègues que je les soutiens à cent pour cent. Je vais immédiatement contacter les syndicats.

Audrey sent qu'il est sincère. Quand on est frappé au cœur, il n'y a plus de rivalité entre services.

Elle se tourne vers l'image.

– Je dois éteindre, Florian. On va atterrir.

– Je te passe Luz.

Le téléphone change de mains. Louise apparaît. Elle est assise dans un fauteuil. Elle a un œil qui se ferme un peu. Toute sa joue gauche est tuméfiée, il lui manque quelques touffes de cheveux. Il y a encore des traces de sang sur son cou.

Les yeux d'Audrey se remplissent de larmes.

– C'est bon, dit sa chef. J'ai rien, Valenti. Les cheveux, ça repousse…

– Tu es bien entourée ?

– Ouais, et ils me saoulent. Mes parents. Les collègues. Les copines. Je vais tous les virer d'ici.

– Et Batista ?

– Cet enfoiré a pris ses distances. Il nous a pas mal chargées toi et moi auprès de la hiérarchie. Il a dit que ce merdier était de notre faute. Qu'on avait agi de notre propre initiative à plusieurs reprises. Depuis il a disparu, il est injoignable. Sûrement pour éviter de répondre à la presse.

Une hôtesse de l'air demande à Audrey d'éteindre.

– Une dernière chose, dit Luz dans l'écran. C'est certainement eux qui ont balancé nos adresses : Tsarong, et les Dragons noirs. Tu le sais, n'est-ce pas ?

– Oui, dit Audrey. Je m'en doute.

Le visage de Luz se referme.

– Fais bien attention à toi.

65

J'arrive à la gare d'Amsterdam Centraal à 10 h 42.

Pour moi, c'est plus simple qu'à Paris, les espaces sont petits, peu de monde qui circule, mon agoraphobie reste sous contrôle. Je sors sur une place aux pavés gris et ressens aussitôt un froid mordant. La gare est bâtie au bord d'un grand canal relié à la mer du Nord. Un vent glacial fait claquer les pans de ma veste, et je suis obligé de remettre ma capuche. J'ai lu sur ma tablette qu'une tempête venue de Russie était en train de balayer l'Europe.

Cloches de tramway, sur ma droite. Je fais un pas brusque en arrière. Le transporteur me frôle en passant devant moi, cinq petits wagons bleu et blanc reliés par des soufflets, avec sa double sonnette pittoresque. Il faut que je fasse attention aux rails. Je regagne le trottoir. Je marche tout droit et traverse le pont. Il y a peu de voitures. Quelques vélos. Je croise une fille en minijupe de cuir et bas résille malgré le froid. Plus loin marche un juif orthodoxe, avec son chapeau et ses papillotes, tenant un attaché-case à la main. Des images d'ateliers de diamantaires me viennent en tête.

Après le pont je prends à gauche, direction le quartier rouge. Un bref coup d'œil aux maisons étroites à six étages, chacune d'une couleur différente, qui plongent directement dans les canaux. J'adorerais faire du tourisme mais je n'ai pas le temps.

Je m'enfonce dans une ruelle pavée. Il y a des flaques de bière sur le sol comme un lendemain de fête alors qu'il n'est même pas midi, et l'odeur du cannabis me prend déjà à la gorge. On est à Amsterdam, aucun doute là-dessus.

Je tourne à droite et longe un canal. Demeures en briques, toits pointus en enfilade, ciel sombre. Peu de monde, à part quelques touristes qui flânent et des poivrots qui roupillent sur un banc, tandis que le vent fait tourbillonner les feuilles.

Des manutentionnaires débarquent des caisses de boisson d'un bateau. Encore des bicyclettes. La couleur rouge devient omniprésente : sur les rebords des fenêtres, parmi les lanternes accrochées aux façades, dans les rideaux des magasins. J'aperçois bientôt mes premières prostituées en vitrines. Elles sont peu nombreuses à cette heure, et pas de première jeunesse. Plusieurs d'entre elles n'hésitent pas à sortir prendre l'air. La lumière du jour révèle pleinement leurs rides, leurs vergetures, leurs maquillages outranciers. Elles ont pourtant leurs clients, des hommes du même âge, qui s'avancent timidement et qu'elles accueillent comme de vieux amis. Plus haut, au niveau des entresols, on aperçoit des rangées de fauteuils vides, qu'on imagine en soirée remplis de créatures différentes, exposées aux promeneurs qui les matent par en dessous.

Je m'arrête devant un établissement surmonté d'une énorme enseigne en forme de main écarlate. Le *Mano Rosso*. C'est là. Le dingue m'a donné l'adresse de cette ancienne maison close transformée en musée. Je suis censé m'y présenter et demander « l'ange Michaël ». C'était sa seule indication. C'est évidemment bizarre, mais je n'en suis plus à une bizarrerie près. J'ai tenté de me renseigner par téléphone depuis Paris, bien sûr, mais on m'a raccroché au nez. Donc me voilà.

J'entre. Une dame âgée avec des lunettes à monture bleu électrique m'accueille. Est-ce qu'elle connaît l'ange Michaël ? je demande. Est-ce que je compte prendre un billet ? elle me rétorque. Parce que sinon, derrière moi, il y a des clients qui attendent. J'insiste. Lunettes bleues me balance un regard torve. Je paye mon entrée et me glisse dans la file des visiteurs. Le parcours de cet ancien établissement de prostitution est censé être pittoresque, mais personnellement je le trouve sordide. Des couloirs étouffants et étroits. Une tapisserie usée. Des casiers minables pour les vêtements des filles. Un système de surveillance digne de la mafia des années 80, avec un gros interphone à boutons pour interpeller ces dames dans leurs chambres et les remettre au travail. Des fouets, des menottes, toutes sortes d'accessoires, et l'inévitable photo souvenir sur un tabouret en vitrine donnant sur la rue, un masque sur le visage. Et bien entendu, « tout est authentique », peut-on lire affiché en une demi-douzaine de langues. Je remarque des traces noires sur les murs et le plafond dans plusieurs endroits. Je ressors du Mano Rosso avec l'impression de manquer d'air. Lunettes bleues est toujours là.

– Déjà ? me fait-elle remarquer, comme si l'on parlait d'une éjaculation précoce.

Cette fois, je lui glisse un billet d'un montant plus élevé que le prix de l'entrée. Beaucoup plus.

– L'ange Michaël, dis-je sur un ton sec.

– Aucune idée, elle répond. Mais il y a un type qui bosse plus loin. À l'église. Il s'appelle Hantz. Il travaillait là avant.

– Avant quoi ?

– Avant l'incendie, dit Lunettes bleues en posant sa main sur la mienne.

Je me sauve avant que notre relation ne devienne plus intime. Je descends la rue. L'église en question n'en est pas une : c'est une demeure du XVIIe siècle qui se visite. J'apprends que cette maison d'époque abrite une chapelle clandestine dans son toit. Lors de la guerre de religion entre indépendantistes flamands et catholiques espagnols, la pratique publique du catholicisme était interdite, et plusieurs lieux de culte étaient discrètement aménagés sous les toits. *Ons' Lieve Heer op Solder*, « Le bon Dieu au grenier », est l'exemple d'une de ces églises secrètes. Je demande le fameux Hantz à l'accueil. Il est bien là, me dit-on, il travaille au dernier étage. On ne semble pas avoir une bonne opinion de lui, vu le regard que l'on me jette. Je monte des escaliers raides, surpris par le décor : pièces étroites, boiseries partout, plafonds bas, lits minuscules, on se croirait dans une maison de poupée. Le dernier étage me laisse pantois. Effectivement, il s'agit d'une chapelle magnifique, avec des bancs, et deux galeries suspendues sur les côtés de l'immense salle pour accueillir les fidèles. Je grimpe l'escalier jusqu'à la plus haute des deux, et découvre un homme assis sur un banc. Il porte une casquette de guide. Son menton est posé entre ses mains, il regarde tristement vers le vide central et l'autel tout en bas.

Il doit avoir mon âge. Je m'assois à côté de lui. Il me remarque à peine. Il a les yeux vides, l'air fatigué, à bout de souffle. Les marques d'injections sur ses avant-bras sont visibles malgré la chemise qu'il tente de remonter pour les dissimuler aux regards. Je lui parle en français. Il me comprend. Son nom est bien Hantz.

Je lui demande si c'est lui, l'ange Michaël.

Alors Hantz me regarde, surpris. Et il se met à sangloter.

*

Je prends un café avec Hantz, dans un petit établissement situé un pâté de maisons plus loin. Ses pleurs se sont calmés après la boisson et le sandwich que je lui ai offerts, et surtout les antalgiques opiacés que j'ai sortis de mon sac. Il me demande :

– Qui vous a donné ce nom, l'ange Michaël ?

– Ce serait compliqué à vous expliquer, dis-je.

– Je ne pensais pas l'entendre de nouveau.

– À quoi correspond-il ? C'est une personne ?

– Oui. C'est mon ami. On le surnommait ainsi à cause de son visage. De sa douceur.

Hantz attrape sa tasse à deux mains et boit un peu de café chaud, les mains tremblantes. Je connais bien ces tremblements. Je les partageais il n'y a pas si longtemps encore.

– Il travaillait avec moi au Mano Rosso, dit-il en reposant la tasse. On se prostituait tous les deux. J'avais dix-huit ans. Il en avait douze. Mais il faisait plus âgé. C'était le favori d'un certain nombre de messieurs. J'essayais de le protéger du mieux possible.

Il renifle à nouveau. Son hypersensibilité est due au manque.

Je dépose mon sac sur la table.

– Ce n'est pas grand-chose, dis-je. Mais il y a plusieurs jours de traitement dans ces boîtes. Ça vous aidera à passer la période difficile. Si vous avez la volonté, ce sera le moment de demander une véritable aide médicale et de tenter un sevrage.

– Avant, j'étais suivi, murmure-t-il. J'ai abandonné.

– Vous pouvez y arriver. Tomber sept fois, se relever huit. Personne n'y parvient du premier coup. Je vous donne tout. Si vous me parlez de Michaël.

Il le fait.

*

Quand Michaël arrive à Amsterdam, il n'est qu'un jeune adolescent. Blondinet, maigre, épuisé et couvert de crasse, la peau tannée par le voyage, il a traversé une partie des Pyrénées à pied, en franchissant des cols et des sentiers de montagne, et en dérobant de quoi manger dans des fermes. Il a fait du stop, il est monté dans des trains, il s'est glissé à l'arrière de camions, il a passé les frontières, et il est arrivé en Hollande. Hantz le découvre sur un banc du quartier rouge, tremblant de froid. Il a du mal à croire à son histoire. Qu'est-ce qu'un gosse fiche ici, si loin de sa maison ?

– Je viens pour retrouver mon père, lui répond Michaël.

– Ah bon, dit Hantz. Tu vas vivre avec lui ?

– Non, dit Michaël. Je vais le tuer.

Il raconte qu'il est le fils d'une béguine, ici, à Amsterdam, et de ce père qu'il recherche. Hantz demande ce qu'est une béguine, surpris par la qualité de l'élocution du jeune homme. Michaël rit et se moque de lui. Quoi, Hantz ne connaît pas le béguinage alors qu'il habite dans la ville où se trouve le plus célèbre d'entre eux ? Michaël lui explique que les béguines sont des femmes qui vivent comme des moines, dans un quartier à part, mais sans se placer sous une autorité religieuse. La plupart ont fait vœu de chasteté, elles prient, elles s'instruisent, cultivent souvent un petit jardin de plantes médicinales, « un jardin des simples », et elles s'entraident, en échappant ainsi à toute domination patriarcale. Le Begijnhof d'Amsterdam est l'un des plus connus au monde, la communauté religieuse remonte à l'an 1346. La dernière béguine est morte officiellement en 1971, mais en réalité plusieurs femmes ont poursuivi le même mode de vie en respectant leurs traditions.

Hantz est impressionné par les connaissances du jeune homme. Au moment où ils se rencontrent, ils sont à la fin des années 90, le World Wide Web commence à se démocratiser, et Hantz suppose que c'est sur ordinateur que Michaël a appris tout ça.

– C'est quoi le Web ? demande Michaël, incrédule.

À partir de là, ils font équipe. Hantz lui fait découvrir le monde moderne, et Michaël lui transmet ce qu'il a appris à l'école, où Hantz n'est jamais allé. Hantz lui procure aussi un toit, et un travail de garçon à tout faire au Mano Rosso. Ils occupent le même dortoir, et Hantz peut ainsi assurer sa protection.

Michaël se confie sur son passé. D'après ses recherches, sa mère a rencontré un homme impressionnant et érudit qui se trouvait en voyage à Amsterdam. L'homme l'a séduite, et malgré son vœu de chasteté, elle a eu des relations sexuelles et elle est tombée enceinte. Puis l'homme l'a abandonnée. La jeune béguine s'appelait Blanche et possédait une personnalité fragile. Elle a dissimulé sa grossesse, puis accouché dans la détresse totale. L'enfant n'était pas normal. Blanche y a vu une punition, la colère divine pour avoir rompu son vœu. Honteuse, elle a quitté sa communauté et elle est partie avec son bébé, Michaël, pour se rendre dans les Pyrénées d'où sa lointaine famille était originaire. Elle a confié son fils à un orphelinat. Puis elle s'est rendue dans une église, s'est aspergée d'essence et s'est immolée par le feu.

Michaël a été adopté par un couple de paysans. Il a passé avec eux les douze premières années de son existence, dans une ferme paisible et isolée en haute montagne, en compagnie d'animaux et d'un chien, ne descendant au village que pour aller à l'école. Il s'est également rendu plusieurs fois à l'orphelinat, en secret, où il a posé des questions et dérobé des documents qui lui ont permis de reconstituer ses origines.

En discutant avec lui, Hantz comprend très vite que le jeune homme possède une intelligence hors du commun. Le garçon brille en histoire, en sciences, en mathématiques, en physique, il apprend d'ailleurs l'informatique en un temps record. Il se débrouille très bien, au Mano Rosso. Il fait vite des jaloux. Pour ses treize ans, le patron le viole, le bat et le massacre, le laissant à demi mort dans la cave. Hantz, qui tente de le défendre, connaît à peu près le même sort. La semaine d'après, Michaël est devenu un prostitué comme les autres.

Les années suivantes sont du même acabit. Le matin, ils reçoivent chacun une gifle au lever, c'est le rituel. Après quoi les plus grands, hommes ou femmes, les obligent à effectuer toutes les tâches ménagères. Michaël et Hantz sont victimes de privations. De coups. De viols réguliers. Quand ils sont malades, on les abandonne sur les carreaux glacials de la salle de bains, en proie à la fièvre. Le patron du Mano Rosso s'acharne plus particulièrement sur Michaël, le frappant avec un fouet à lanières ou le brûlant régulièrement avec la cire d'une bougie. Michaël se laisse faire, le regard lointain, parfois un inquiétant sourire aux lèvres. Hantz, lui, se réfugie dans la drogue. Pas le gamin : il prie. Ils prient tous les deux, en fait, dans cette chapelle, à l'endroit précis où j'ai découvert Hantz tout à l'heure. Ils y viennent en cachette. Ils prient Dieu. Ils prient Notre-Dame des Douleurs. Ils prient toutes sortes de saints. Michaël a l'air d'y croire dur comme fer. Ce n'est pas la première fois qu'il lui arrive un drame, confie-t-il à Hantz. Quand il avait douze ans, un homme est venu à la ferme. Il a tué ses parents. Il voulait le tuer aussi, mais Michaël est parvenu à s'enfuir. C'est comme ça qu'il a pris la décision de revenir à Amsterdam, son lieu de naissance.

Quand il raconte cela, Michaël a dix-huit ans, Hantz en a vingt-quatre. Ce dernier n'est déjà plus que l'ombre de lui-même. Il est résigné, il enchaîne les clients et les drogues. Mais le gamin, lui, tient le coup. On dirait même qu'il se renforce avec les années.

– D'après Michaël, l'assassin avait été envoyé par son père, dit Hantz. Il en était certain. Il s'était renseigné sur lui. C'était sa façon de procéder. Il ne se salissait jamais les mains lui-même. Quand quelque chose le dérangeait, il envoyait quelqu'un régler le problème. Il disait que son père biologique était un véritable démon.

Hantz fait une pause pour se rafraîchir la gorge. Je lui ai payé du vin, un peu honteusement, pour lui délier la langue. Dès qu'il se remet à parler, je note un maximum d'informations sur ma tablette.

– Michaël insistait pour venir prier dans la chapelle clandestine en pleine nuit. On s'évadait entre deux passes. Il s'était procuré un double des clés, je ne sais même pas de quelle façon. On allait là-haut, sur le banc, il priait avec ferveur pour retrouver son père. Il avait toujours la haine envers lui. C'était souvent 3 heures du matin.

– Pourquoi 3 heures ? dis-je en arrêtant de taper sur la tablette.

– Parce que c'est l'heure du Diable.

– L'heure du Diable ?

– Oui, explique Hantz. D'après la Bible, le Christ est mort à 3 heures de l'après-midi, c'est l'heure sainte, quand se manifeste la sainte Trinité, le Père, le Fils, le Saint-Esprit. À l'opposé, 3 heures du matin est l'heure du Diable, le moment où tout s'inverse. L'heure des criminels, quand les puissances du Mal sont à leur apogée, et que le Diable marche librement parmi les hommes. L'heure du Diable est officielle. On la retrouve mentionnée dans de nombreux sites d'information catholiques. Pour Michaël, c'était un symbole. Le Diable était son père.

Je regarde Hantz. Stupéfait. Totalement abasourdi.

Le dingue m'a toujours donné rendez-vous à 3 heures du matin. Les connexions sur mon site de consultations médicales étaient systématiquement réglées sur cette heure précise. Je n'ai jamais fait de recherches à propos de cette heure particulière. Ça ne m'a jamais effleuré l'esprit.

– Hantz, dis-je, écoutez-moi bien : je dois absolument retrouver ce Michaël. Quel est son nom de famille ?

– Je ne le connais pas. Celui qu'il m'a donné était faux.

– Qu'est-il est devenu ?

– Il voulait quitter cet enfer.

– Le Mano Rosso ?

– Toute cette vie. Cette existence. Et il y est arrivé.

Hantz me sourit faiblement.

– Un jour, Michaël a mis le feu à l'établissement. Le propriétaire a péri dans les flammes, comme la plupart des prostitués. Et lui avec. Le garçon que vous recherchez était mon seul ami. Il s'est immolé par le feu, comme sa mère. Ça fait plus de vingt ans qu'il est mort.

66

Audrey est à l'ambassade de France, à Prague.

C'est un gros bâtiment orange, situé au numéro 2 d'une rue au nom imprononçable. L'aménagement est conçu pour impressionner le visiteur. Parquets cirés, tableaux immenses, lustres en cristal, moulures au plafond. Il y a aussi un coq en bronze sur l'herbe de la cour. C'est tout ce qu'Audrey a retenu. Depuis l'aéroport, elle est restée le nez plongé dans ses dossiers. Et maintenant elle est assise dans ce bureau clinquant, toute son attention concentrée sur le discours du commandant Erwan Le Guirec, l'officier de liaison en République tchèque.

– Comme je vous le disais, explique Le Guirec, nous avons eu très peu de temps pour préparer cette opération. À la suite de votre enquête menée en France, Jorge Tsarong fait désormais l'objet d'un mandat d'arrêt européen, une procédure judiciaire transfrontière simplifiée qui permet d'agir rapidement et…

– Abrégeons, dit Medhi Barouche. Quand est-ce qu'on lui tombe dessus ?

– Ce soir. Mais on ne lui tombe pas dessus. On regarde.

– Les Tchèques s'en chargent ? demande Audrey.

– Oui. Nous serons sous leur commandement direct.

– Mais on peut conserver nos armes.

– Sans l'autorisation de s'en servir, rappelle Le Guirec.

– D'accord, soupire Barouche en tapotant l'accoudoir de son fauteuil Louis XV. Mais pourquoi les Tchèques sont-ils si coopératifs ? Nos polices s'entendent, mais quand même. Qu'est-ce qu'ils ont sur Tsarong ?

– Beaucoup de choses. Pour commencer, Tsarong est fiché ici comme terroriste français. Ils sont ravis de nous le rendre.

– Terroriste ? Il ne pose pas de bombes.

– Si. Des bombes Internet. Des *fake news.* Il dirige une fabrique.

Audrey fronce les sourcils.

– Qu'est-ce que c'est que cette histoire ?

Le commandant est debout, appuyé contre son bureau. Il lui sourit.

– Vous ne connaissez pas les fabriques à *fake news*, c'est ça ?

Le Guirec leur explique.

– Depuis quelques années, en Europe ou à ses portes, de véritables usines à fausses rumeurs voient le jour. Elles s'installent à l'intérieur des villes, comme ici à Prague, et prennent la même forme que la rédaction d'un journal standard, sauf que tout est bidon. Ces endroits sont aménagés dans un immeuble, dans un squat, parfois dans un simple garage. Le mobilier est fait de bric et de broc, mais le matériel informatique tient la route. Ils engagent plusieurs dizaines d'étudiants et de chômeurs, ils leur promettent une rémunération mensuelle d'un millier d'euros, ils leur font créer de faux profils sur tous les réseaux possibles, puis ils inondent le Web toute la journée.

– Qui ça « ils » ? demande Barouche.

– N'importe qui. Ceux qui payent le chef de la fabrique.

Erwan Le Guirec leur tend des photocopies d'articles.

– Et ils inondent avec ça.

Audrey récupère les papiers et lit à voix haute :

– *Bill Clinton a admis être un meurtrier, Michelle Obama trompe son mari, Le pape soutient Donald Trump...*

– Ces articles sont sortis pendant la campagne électorale américaine, explique le commandant. Mais il y a les mêmes en France. À chaque mouvement social, ces trucs pullulent comme la peste.

– D'accord, dit Audrey en lui rendant les feuilles. Mais ça n'a rien de nouveau. Les *fake news* existaient déjà sous la Révolution française, il y avait des campagnes de propagande contre Marie-Antoinette.

– Exact, admet Le Guirec. Mais la puissance d'Internet fait toute la différence. Quand on est capable de déchaîner la haine contre un tout petit groupe, voire une seule personne, avec la précision chirurgicale d'une bombe, c'est là que ça devient du terrorisme. Vous êtes bien placée pour le savoir, Lieutenant Valenti.

Audrey se mordille la lèvre sans répondre.

Barouche reprend la parole.

– Que savez-vous d'autre sur Jorge Tsarong ?

Le Guirec retourne s'asseoir derrière son bureau.

– D'après les services de renseignements tchèques, Tsarong a beaucoup d'amis russes. Il a contracté un mariage blanc avec sa femme, Yesfir Fammous, pour la faire venir en France et travailler pour lui. Il a également introduit un criminel comme Sergueï Smolenko. Il y en a d'autres autour de lui, dans son club sportif. Mais ces gens sont du menu fretin. Des agitateurs qui proviennent des milieux extrémistes, des personnes recrutées parmi les ultras qui fréquentent les stades, des manifestants excités, des bagarreurs de tous bords. Ce qui intéresse les Tchèques, c'est de découvrir qui est au-dessus.

Erwan Le Guirec tapote les articles sur son bureau.

– Qui se cache derrière l'entreprise de déstabilisation représentée par Jorge Tsarong ? Est-ce que Tsarong est un mercenaire qui vend ses services au plus offrant ? Ou est-ce qu'il est une émanation directe de l'État russe ? Les Russes ont toujours été très forts pour tout ce qui touche à Internet. Ce n'est pas pour rien que Kaspersky, le leader mondial de la cybersécurité, est une entreprise russe, ni qu'on accuse régulièrement leur nation de vouloir influencer les élections étrangères. Pour autant, il ne faut pas faire de généralités. Ni nous cacher derrière notre petit doigt. Chacun joue ses propres cartes dans le jeu diplomatique, les Français comme les autres. En revanche, ce que nous détestons tous, ce sont les groupements mafieux dont le but est uniquement la déstabilisation. Propager l'anarchie. Semer le chaos.

– Pourquoi semer le chaos ? demande Barouche.

– Parce que le chaos, c'est le pouvoir criminel, dit le commandant Le Guirec. Pendant que les autorités luttent contre le chaos, elles n'ont plus le temps de s'occuper du reste. La criminalité prolifère. Le mal grandit dans l'ombre.

Audrey hoche la tête.

– En tout cas, vu par mon bout de la lorgnette, c'est exactement ce qui se déroule dans le métro parisien. Depuis qu'on est occupés à régler les problèmes liés aux manifestations violentes et aux casseurs, les chiffres de la délinquance ont explosé. Le commissaire Batista nous a remonté les bretelles à ce sujet pas plus tard que la semaine dernière.

Le Guirec tend les mains.

– Et voilà.

Barouche croise les bras.

– D'accord. Donc, Tsarong serait le chef de l'une de ces fabriques à fausses rumeurs. Est-ce qu'on sait où elle se trouve ? Son emplacement précis ? C'est là qu'on va ce soir ?

– Non, soupire Le Guirec. Les Tchèques ne savent rien à ce sujet. Tsarong bouge tout le temps. Ils sont certains qu'il produit des *fake news* à tour de bras, parce qu'il est en relation avec plusieurs pirates informatiques notoires. Mais ils n'ont jamais découvert d'installation classique, comme une rédaction de faux journalistes aménagée dans un immeuble. On ne sait pas comment il opère.

– Et quel rapport avec son club sportif ? dit Barouche. Mon

service vous a transmis des informations. Ces gars se bagarrent en armure, ils participent à des animations, des festivals, Yesfir et Smolenko étaient là, il y a trois mois, à Prague, ils avaient des graines dans leurs poches, des trucs à grignoter qui provenaient d'un magasin de jardinage à thème « Moyen Âge ». Comment tout ça s'intègre dans votre histoire ?

Audrey regarde les immenses tapisseries accrochées aux murs de l'ambassade. Elles représentent des scènes médiévales de banquet et de liesse, des personnes qui se rassemblent pour faire la fête.

– Je sais ! dit-elle en se levant d'un coup.

Les dossiers qu'elle a emportés, et qui se trouvaient jusque-là sur ses genoux, tombent à terre.

– Tsarong n'est pas le chef de projet ! C'est le recruteur !

Les deux autres la regardent en écarquillant les yeux tandis qu'elle se met à marcher dans la pièce, bougeant les mains et cherchant les mots justes.

– Ça fait des jours que je mène cette enquête, dit-elle. Que font les Dragons noirs ? Ils pratiquent le béhourd. Un sport violent. Ils se déplacent en France, je les ai suivis à la trace, dans la forêt au nord de Paris, et sur Internet à Carcassonne, Saint-Dizier, partout où se déroulent ces combats médiévaux, à Prague, en Ukraine, en Serbie…

Elle se retourne vers eux.

– Pourtant, les Dragons noirs ont de mauvais résultats sportifs. On ne parle pas d'eux. Il y a très peu d'articles sur leur équipe de béhourd. Quand j'ai voulu trouver des renseignements sur leur tank, Smolenko, j'ai ramé. Pourquoi ?

– Parce qu'ils sont nuls ? suggère Barouche.

– Non. Parce que ce n'est pas leur but, dit Audrey.

Sa main décrit un mouvement circulaire.

– Leur but est de voyager. Pour recruter des gens.

– Comment ça ?

– Réfléchissez, dit-elle. Qui fréquente ces événements sportifs ?

– Les fans de Moyen Âge ? suggère Barouche.

– Les familles, les enfants ? dit Le Guirec.

– Oui, dit Audrey. Et aussi les gens violents. Ceux qui aiment les bagarres à l'ancienne. Les nostalgiques de certaines valeurs ancestrales. Les populistes. Les gens qui vivent en retrait de la société, dans une espèce d'idéal de valeurs guerrières, et parfois obscurantistes.

– On a dit de ne pas faire de généralités, objecte Le Guirec.

– Je ne généralise pas, dit Audrey. Je n'ai aucun doute sur le fait que la majorité des personnes qui pratiquent le béhourd sont de braves gens, et que les familles viennent assister aux matches sans arrière-pensées. Mais d'autres personnes sont là aussi. Tout simplement parce que cette passion commune agit comme un facteur de concentration. J'ai des articles de presse dans mes dossiers qui démontrent la porosité entre certains fans de ce sport et certains courants idéologiques. Et surtout, j'ai vu les Dragons noirs. Quand je suis sortie de la forêt, face à leur groupe, leur premier réflexe a été de me tomber dessus. J'avais mon badge de police, ils nous ont bombardés de photos, Florian et moi, et ils ont directement balancé une campagne contre nous sur les réseaux sociaux.

Le commandant Le Guirec examine Audrey en plissant les yeux.

– Alors, selon vous, leur fabrique à *fake news*, où serait-elle située ?

Audrey écarte les bras.

– Il n'y en a pas. Elle n'a pas besoin d'exister sous la forme que vous avez décrite, celle d'une fausse rédaction de journalistes qui enrôle des étudiants et des chômeurs. Les gens qui coopèrent avec eux sont des fanatiques, des convaincus, ils travaillent probablement sans avoir besoin d'être payés. La force des Dragons noirs, c'est de rencontrer les gens physiquement. Ils tissent des liens réels, solides, en face à face, avec des personnes qui partagent les mêmes idées. Puis ils disparaissent. Ils se verront plus tard, lors d'un prochain festival de combat. Et les liens restent et se renforcent. Au total, ils forment un réseau. Un carnet d'adresses. Ils sont partout et nulle part. Leur fabrique, c'est le Web.

Le Guirec hoche lentement la tête, impressionné.

– Admettons, dit Barouche. Tsarong et les Dragons noirs dirigent un réseau d'agitateurs sur le Web, et de criminels dans la vraie vie. Mais eux, qui les dirige ?

– Ce ne sont pas les Russes, dit Audrey. Ni un groupe mafieux ordinaire. C'est l'œuvre d'un seul individu. Une personne unique. Dont je viens seulement d'entendre parler. Quelqu'un qui pense que ce sont les forces invisibles qui façonnent l'Histoire. Quelqu'un qui voit le chaos comme un mal nécessaire, et qui le propage. Il s'appelle Bogdan Marùk. On le surnomme le Roi lépreux.

67

La moto fonce sur l'autoroute. La pluie frappe le casque. Le goudron ressemble à de la glace noire. Chaque mouvement de son corps est un risque mortel. Mais le Chien ne ressent rien. Ni la peur. Ni le vent. Ni le froid. Il n'y a que sa volonté, implacable, d'atteindre son but.

À la hauteur de Villepinte, il manque de s'emplafonner dans un camion qui s'embranche tranquillement sur l'A1. Le Chien l'évite à la dernière seconde.

Il pousse un grognement. Il ne peut pas tout calculer. C'est ainsi. Il a un plan, une ligne de conduite, des épreuves. *Le Jugement de Dieu. Le Jugement de Dieu est important.* Mais il est impossible de tout prévoir. Il est forcé de s'adapter, de réagir en fonction des mouvements de l'adversaire. De faire des choix. Et les choix impliquent des sacrifices, par exemple quand l'adversaire s'apprête à bouffer tous ses pions à lui.

Chris Kovak d'un côté. Audrey Valenti de l'autre.

L'un des deux va mourir.

Lequel ?

Le Chien sourit. Est-ce une voix étrangère qui parle dans sa tête, ou bien sa propre pensée ? S'il se regardait dans son miroir, chez lui, à l'instant même, qui verrait-il ? Un homme aux cheveux gris noués en arrière, avec des yeux comme des puits d'ombre, des mains aux ongles longs, la peau recouverte de tatouages de batailles ? Ou quelqu'un d'autre ?

D'un mouvement souple du bassin, il s'engage sur la bretelle en direction de l'aéroport Charles-de-Gaulle. La pluie continue de frapper son bolide. Pas le moindre dérapage. Un ralentissement de voitures droit devant. Il accélère. Slalome. Un véhicule. Un autre. Encore un. Un coup de klaxon résonne et s'éteint derrière lui. Le Chien n'en a rien à foutre. Il n'a pas le temps de mourir. Il a juste le temps d'attraper son avion.

Entrée des parkings. Ticket. La barrière s'ouvre. Il descend dans une spirale de béton, ses roues crissent. Garage souterrain. Il roule jusqu'à la zone des ascenseurs, gare sa moto, lâche son casque dans le compartiment arrière sans même le verrouiller, fonce vers la surface.

Une odeur de kérosène emplit ses narines. Son épiderme réagit, ses poils se redressent. Il aime ça. Le stress. L'adrénaline. Le parfum du sang qui vient.

Il n'a pas de bagage. Pas d'arme. Il n'en a pas besoin. Le Chien est une arme vivante.

Le voici dans le hall de l'aéroport. Il se fait bousculer. Pas de problème. Sourire aimable. Il gère, ce n'est pas le moment de se faire remarquer. Il tient à passer les contrôles sans la moindre anicroche. Pas sous sa véritable identité, bien sûr. Sous une autre, mais tout aussi authentique. Il aurait pu s'acheter de faux papiers sous le métro suspendu à Barbès, là où se regroupent habituellement les vendeurs. Six cents euros la fausse carte. Six mille pour une imitation quasi parfaite. Mais pourquoi prendre un tel risque ? Le plus simple était d'en avoir une vraie, prise à quelqu'un qui lui ressemble. C'était un peu technique. Il fallait trouver la bonne personne et lui dérober sans se faire prendre. Mais pour un flic de sa trempe, tout cela n'a été qu'un jeu d'enfant.

Le Chien examine le tableau des départs. Il est encore temps de choisir. Le fuseau horaire est le même pour les deux destinations. Prague ou Amsterdam ? Kovak ou Valenti ? Quel pion doit-il sacrifier ? Qui doit mourir ?

Le jingle des appels retentit dans les haut-parleurs.

Nouveaux frissons le long de son échine.

En réalité, le Chien a déjà pris sa décision. Il lui faudra moins de deux heures pour se rendre là-bas. Ensuite, trente minutes pour arriver à sa destination finale. Puis le temps de trouver sa proie. Son corps se détend soudain. Il avance, avec une apparente nonchalance, à l'affût.

C'est le meilleur moment.

Celui qu'il attend depuis toujours.

Le temps de la chasse.

68

Je marche seul le long du canal. Le vent dessine des rides à la surface de l'eau, glace les promeneurs sur leurs bicyclettes et balaye mes cheveux. J'ai cependant gardé ma capuche rabattue en arrière. Cet air frais qui m'accompagne me fait du bien.

Il y a peu de gens dehors à cause du mauvais temps, du coup mon humeur est stable. En clair : je stresse pas mal, mais ça reste sous contrôle. Pour le moment, j'ai respecté les doses de traitement sans les augmenter. Bon point pour moi.

J'ai besoin de réfléchir.

Hantz est retourné travailler dans sa chapelle clandestine, dont il est devenu le gardien après en avoir été le visiteur des années durant. Je lui ai donné presque toutes mes boîtes de comprimés. Je n'ai conservé qu'une plaquette, ainsi que la forme injectable, dont je peux avoir besoin en cas d'attaque de panique. J'ai promis à Hantz que nous resterions en contact. Il pourra m'appeler gratuitement sur mon site de consultations en ligne pour que je l'aide. Il m'a serré la main, les yeux humides, m'a dit merci, et il est parti.

La discussion avec lui m'a laissé totalement bouleversé.

Je n'y comprends plus rien.

Si ce Michaël dont nous avons parlé est mort, alors ce n'est pas lui qui communique avec moi. Il n'est pas le dingue qui m'a planté une paire de ciseaux dans la cuisse, et qui m'impose toutes ces épreuves. Dans ce cas, qui est-ce ? Pourquoi m'a-t-on envoyé ici ? Qu'est-ce que je suis censé faire à présent ?

Au bout d'un certain temps de marche, je réalise que les crampes dans mon ventre ne sont pas seulement dues au stress. J'ai faim. Pas question de m'asseoir dans un restaurant plein de monde, cependant. Je suis encore loin de pouvoir réaliser ce genre de tour de force.

J'allume ma tablette.

– Assistant ? Quel est le fast-food le plus proche ?

– FEBO est le plus proche.

– Vas-y, montre-moi le chemin.

– Je calcule l'itinéraire jusqu'à FEBO…

Le parcours s'affiche. C'est à cent cinquante mètres.

– Merci, Assistant, tu es parfait.

– Je vous en prie, Christian.

Je ne sais pas si c'est bien ou si c'est triste, mais j'ai fini par l'apprécier, cette tablette numérique. Je lui tapoterais presque le dos.

En marchant, je crois apercevoir le représentant de commerce aux cheveux roux qui traînait dans le train. Le temps de tourner la tête, il n'est plus là.

Je hausse les épaules et pénètre dans le fast-food. Ce n'est pas un restaurant ordinaire. Il n'y a ni tables, ni chaises, ni comptoir. Uniquement des fours, rangés par colonnes entières, contenant chacun un petit plat tout prêt. Je jette mon dévolu sur une croquette géante, de forme allongée, placée dans une barquette en carton. Je glisse une pièce de deux euros dans la fente, appuie sur le bouton, ouvre le four et récupère ma croquette, que je vais manger dehors. C'est délicieux. La croûte est épicée, tandis que l'intérieur renferme une sorte de purée moelleuse avec des morceaux de bœuf au poivre. Je vais directement m'en acheter une seconde, puis reprends mes déambulations au bord du canal en laissant vagabonder mon esprit.

Cette façon de manger en marchant me rappelle un peu les hot-dogs que papa me payait sur la plage de Berck, avant de me laisser partir seul en vadrouille. Cette époque était chouette. Mes premiers sentiments de liberté. Une idée en amenant une autre, je repense au gamin blond, celui que j'ai sauvé d'un accident de voiture à l'époque. Est-ce que Michaël n'était pas son prénom ? Il me semble que oui. Mes souvenirs sont toujours confus. Je me rappelle cependant qu'il était très intelligent, pour un enfant de la moitié de mon âge. Je l'avais pris sous mon aile et nous avions une grande complicité tous les deux. Nous avions inventé un rituel d'adieu. Après chaque journée passée à faire les quatre cents coups ensemble, je lui disais : « À plus, Minus », à quoi il répondait invariablement : « À un de ces quatre, Patate. » Après quoi nous nous tordions de rire. Le rituel pouvait ainsi durer un bon moment, en variant les noms et les blagues. Ce qui prolongeait notre journée de jeu, jusqu'à ce que ma mère vienne me chercher, en levant les yeux au ciel.

Je fronce les sourcils.

Ce Michaël pourrait-il être la même personne ?

Non.

La chronologie ne colle pas. D'après Hantz, son Michaël à lui se trouvait à ce moment-là dans une ferme des Pyrénées. Il ne pouvait pas être à Berck.

Et pourtant…

Quand j'y repense, l'hôpital maritime accueillait des enfants malades venus de toute la France. C'était même sa spécialité au départ. Hantz m'a parlé d'une anomalie à la naissance. Michaël aurait-il pu y venir en tant que patient ? Michaël se fait soigner à l'hôpital maritime, je le rencontre sur la plage, il retourne dans les Pyrénées, plus tard il s'enfuit de sa ferme, et part à Amsterdam.

Pourquoi pas ?

Mon cœur s'accélère subitement, comme s'il conservait la mémoire des événements, alors que mon cerveau, lui, refuse de s'en souvenir.

Mes mains tremblent. Je finis ma croquette et jette le carton dans une poubelle.

Encore une fois, le nœud de l'histoire me ramène à Berck. Énervé, je demande à mon assistant électronique de rappeler ma mère. Il faut absolument que Lauren me donne des informations. Je suis persuadé qu'elle en sait beaucoup plus. L'appel bascule sur sa messagerie. Qu'est-ce qu'elle fabrique ?

Mon fournisseur d'accès me signale deux messages par ailleurs. Le premier est d'Audrey. Elle raconte en quelques phrases qu'elle est bien arrivée à Prague, que ses collègues ont été agressés ce matin, et qu'elle espère arrêter Jorge Tsarong ce soir. Et aussi, elle m'embrasse. Je m'apprête à la rappeler, lorsque le deuxième message se déroule automatiquement. Il est inattendu : c'est Maxime-Honoré Balfour.

– J'ai réfléchi à votre photo, dit-il. Celle où je figure avec votre mère. J'ai une piste.

D'accord. Les choses importantes en premier. Je choisis le numéro de Balfour. Deux sonneries. Il décroche.

– Bonjour, dis-je, c'est Chris Kovak.

– Docteur ? C'est bien vous ?

Le ton de sa voix est différent. On dirait qu'il a peur.

– Je... j'ai peut-être une information, il bredouille.

– Ça ne va pas ?

– J'ai été cambriolé.

– Comment ça ?

– Quelqu'un s'est introduit dans ma maison pendant que j'étais en promenade. Il a retourné tous mes meubles. C'était violent.

– Vous avez appelé la police ?

– Bien sûr, qu'est-ce que vous croyez ? grommelle-t-il.

– Et ils vous ont dit quoi ?

– Que je n'avais qu'à me barricader, et les appeler en cas de nouvelle effraction. Comment voulez-vous que je me barricade ? Ma porte ne ferme pas, je n'aurai pas de serrurier avant au moins quarante-huit heures ! Et si le voleur revient ?

Je soupire.

– Calmez-vous, Maxime-Honoré. Dans quarante-huit heures, je serai rentré. On s'en occupera ensemble.

– Vous n'êtes pas à Saint-Prix ?

– Je suis à Amsterdam.

– Vous n'êtes plus agoraphobe ?

– C'est compliqué.

– D'accord, d'accord, dit Balfour.

Je le sens déçu. Il comptait peut-être sur moi.

– Vous vouliez me dire quelque chose à propos de la photo.

– Oui, dit-il, pardon. J'ai repensé à cette photo de groupe des Memento Mori, à Berck. L'un d'eux était plus agressif que les autres. Un homme aux cheveux noirs. Il doit être au milieu.

Je regarde l'image en même temps qu'il me parle. Plusieurs hommes peuvent correspondre à la description.

– Il était d'origine russe, dit Balfour. Un Russe blanc, ces descendants d'immigrés qui ont quitté la Russie après la révolution de 1917. Il y a un endroit où vous pouvez obtenir des renseignements. Une maison des associations à Paris. Si votre agoraphobie va mieux, allez-y de ma part. Je vous donne l'adresse.

Je la note, puis j'ajoute :

– Vous devriez appeler Marianne Dutilleul pour votre porte. Vous vous connaissez. Elle vous filera un coup de main.

– Je n'ai aucune envie d'appeler cette grosse dame, grogne Maxime-Honoré. Je dois avoir un vieux pistolet quelque part. Je me défendrai avec. Venez quand vous serez de retour.

Il raccroche.

Décidément, le vieil homme a toujours aussi bon caractère.

Je réfléchis.

J'irai dans cet endroit dont il me parle, bien sûr. Une fois rentré à Paris. En attendant, un autre lieu m'intéresse. Je ne sais pas pourquoi je n'y ai pas pensé avant. Un lieu où je vais peut-être réussir à découvrir la vérité sur Michaël.

Je consulte ma tablette.

L'adresse n'est pas loin. Juste à côté.

69

Une centaine de soldats en habits médiévaux dépassent Audrey au pas de charge. Leurs pieds claquent en rythme sur le sol. Ils portent des lances ornées de drapeaux, leurs capes rouge et noir volent derrière eux dans le vent. Ils entonnent soudain un chant de guerre, puis leur colonne s'éloigne et monte à l'assaut d'une colline.

– Bon sang, c'était quoi ? dit Audrey, les yeux écarquillés.

– Les Trolls de Prague, répond Tobias.

Tobias est maigre, avec des boutons d'acné, des lunettes et un bonnet vert sur la tête. Il porte un badge « relations presse et médias ». C'est lui le guide que l'on a attribué à Audrey.

Tobias regarde les guerriers s'éloigner, avec encore plus de fascination qu'elle.

– Et encore, dit-il, vous n'avez rien vu. Il s'agit seulement d'un groupe de supporters. La véritable équipe des Trolls de Prague est de l'autre côté de la colline, là où je vous emmène. Ces gars sont des stars. Ils ont une sacrée allure, dans leurs armures noir et rouge barrées d'un galon jaune. Et faut voir comment ils défoncent leurs adversaires…

Tobias compte sur ses doigts.

– D'abord il y a Burgerstein, leur capitaine. Puis il y a Halk le Faucheur. Et leur tank, Kubzilla, un type qui mesure au moins deux mètres et pèse cent trente kilos ! Il y a aussi Dan et Stepan, les rois de la hache, et Panki le géant, et aussi…

Audrey ne l'écoute plus.

Elle a quitté Prague il y a une heure, en compagnie du commissaire Medhi Barouche et du commandant Erwan Le Guirec. Ils ont embarqué à bord des gros 4 x 4 de la police tchèque. Un convoi de six voitures. Trente personnes au total. Gilets pare-balles, Flash-Ball, fusils-mitrailleurs, pistolets. Ils ont parcouru vingt-cinq kilomètres dans la campagne, puis sont arrivés dans la petite bourgade de Libušín (qui se prononce « Libushin », lui a dit Tobias). Ils se sont garés sur un immense parking rempli de bus et de voitures à perte de vue. Débarquement discret, chaque véhicule dans un secteur différent, dispersion par groupes de cinq, la moitié en civil, l'autre moitié en uniforme. Officiellement, la brigade d'intervention est là pour faire des rondes au milieu du festival médiéval et assurer la sécurité des participants. Officieusement, ils ont tous dans la poche une feuille avec la tronche de Tsarong d'un côté, le blason des Dragons noirs de l'autre.

– Le but est uniquement de repérer Tsarong, a dit le commandant Le Guirec. On ne l'arrête pas. On ne fait rien. On le localise, on transmet l'info, les Tchèques se chargent du reste. On est clairs là-dessus ?

Medhi Barouche et Audrey Valenti ont hoché la tête de concert. Après quoi chacun s'est vu attribuer un guide, Tobias pour Audrey, et ils sont partis dans des directions différentes.

– Je pensais rester avec mes collègues, dit-elle à Tobias.

Il secoue son bonnet vert.

– Pour retrouver un gars dans la foule ? Impossible. Il fallait vous séparer, bien sûr. Et même comme ça, franchement, je vous trouve un peu légers pour des flics.

Audrey se tourne vers l'arrière. Le groupe de quatre policiers tchèques en tenue d'intervention les suit. À ses yeux, ils ont l'air aussi efficaces et entraînés que les spécialistes des équipes Vigipirate.

– Il y a combien de festivaliers ? demande-t-elle.

– Chais pas, dit nonchalamment Tobias. Peut-être dix mille.

– Tant que ça ?

– C'est le dernier jour du festival. On est en pleines vacances scolaires. Et aujourd'hui a lieu le clou du spectacle, la Bataille de Libušín, avec plus d'un millier de participants en armure.

– Ce n'est pas plutôt la Bataille des Nations ? dit Audrey.

Tobias lève les yeux au ciel comme s'il s'adressait à une enfant de cinq ans.

– Mais non ! Vous confondez deux choses. Le tournoi sportif de béhourd, c'est-à-dire la Bataille des Nations, où les équipes internationales s'affrontent, et le festival en lui-même, dont le tournoi n'est qu'une partie. Au cours du festival, il y a de nombreux événements organisés, des simulations de batailles…

– Est-ce que les Dragons noirs participent au tournoi ?

– Qui c'est, ceux-là ? L'équipe d'un pays ?

– Juste un club.

– Alors non. Mais ils organisent peut-être un spectacle, comme je vous l'ai dit, il y a des fauconniers, des jongleurs, des joutes à cheval, des montreurs d'ours, des…

– D'accord, l'interrompt Audrey. Je veux monter sur cette colline pour avoir une vue d'ensemble.

– Franchement, c'est haut, soupire le jeune homme à lunettes. Et on m'a dit qu'il fallait que je vous emmène d'abord au magasin de fringues.

Audrey se tourne vers lui.

– Tobias ?

– Ouais, m'dame ?

– Tu es français ?

– C'est ça. Guide touristique.

– Bien, dit-elle. Donc, au cas où tu ne l'aurais pas remarqué, ceci est une opération de police. Tu n'es pas en vacances. Tu es un civil réquisitionné et placé sous mes ordres. Donc tu fais exactement ce que je demande, quand je le demande. Et tu m'appelles Lieutenant. Pigé ?

Tobias devient écarlate. Il déglutit.

– Oui, madame… Heu, Lieutenant.

– Bien, dit-elle. Voyons un peu cette colline.

*

Tobias est probablement un jeune crétin. Le problème, c'est qu'il a raison : ils ont vu trop léger. Il y a une quantité innombrable de gens, là en bas. C'est une vraie fourmilière.

Un premier campement redescend le long de la colline. Et il y en a un second tout en bas. Avec une enclave réservée au béhourd. Un pré pour les batailles géantes. Un autre pour les joutes à cheval. Un troisième pour les enfants. Et des dizaines d'autres choses qu'elle ne parvient même pas à identifier, avec des secteurs boisés, du relief, et des tentes partout.

Le vent glacé du nord modifie soudain la configuration du ciel. Audrey place une main au-dessus de ses yeux tandis que le soleil perce les nuages. Toute la vallée se met à briller. Épées, armures, boucliers, lances plantées devant les tentes, étals des magasins d'accessoires, caparaçons des chevaux… La rumeur de la foule et la musique médiévale diffusée par les haut-parleurs montent vers elle, en même temps que des odeurs de pin, de bois et de rôtisserie.

Audrey plisse les yeux en essayant de repérer les autres groupes. Elle ne s'attendait pas à une manifestation de cette taille. Elle aurait mieux fait d'emporter des jumelles. En plus, elle est la seule à avoir rencontré Tsarong et à savoir à quoi il ressemble, c'est-à-dire à une sorte de moine guerrier, avec sa longue barbiche prisonnière d'un anneau.

Tsarong n'a réservé aucune chambre dans les hôtels du secteur, les Tchèques ont vérifié. Leurs policiers sont déjà venus en repérage sur le site et n'ont pas vu le blason des Dragons noirs. Audrey se doute que Tsarong a été prévenu. Après tout, cela fait plusieurs jours que l'enquête se déroule en France.

A-t-il quitté les lieux ? Pas sûr.

Si cette journée est la plus importante du festival, il doit vouloir rencontrer ses contacts. En outre, cette foule le protège. Il suffit que les Dragons noirs n'arborent pas leurs couleurs et se fondent parmi les visiteurs.

Elle regarde sa montre. Il ne reste plus beaucoup de temps avant la tombée de la nuit. Il faut s'activer, sinon il deviendra impossible de les repérer. Et demain matin, plus personne.

– Où est le magasin de fringues où j'ai rendez-vous ? dit-elle.

– Là, Lieutenant, dit Tobias en pointant une auberge en pierre en bordure de forêt.

– Dans l'auberge ?

– À côté. Sous une tente.

Elle descend la colline avec prudence. Ça fait plusieurs jours qu'elle applique des patchs et prend des antalgiques pour calmer la douleur de sa fracture de côte, mais depuis le trajet en 4 x 4 elle a de nouveau mal.

Le campement médiéval comporte des centaines de tentes blanches. Elle passe devant des étals, des rôtissoires, des poulets qui tournent sur des broches, des saucisses, un forgeron qui frappe sur une épée en faisant jaillir des étincelles. Les chaises, les tables et les tabourets sont en bois. Tout le monde est en costume, sourire aux lèvres, jouant le jeu. Les organisateurs, comme de très nombreux visiteurs, ont souvent le visage maquillé, portent des masques fantaisistes, ou des armures avec casque.

Audrey regrette de ne pas avoir anticipé ça non plus. Non seulement il est difficile de reconnaître quelqu'un, mais elle-même se sent aussi visible dans la foule que si elle était peinte en jaune.

Elle se retourne et fait signe aux policiers tchèques de prendre leurs distances pour plus de discrétion.

Elle continue de descendre. Des colosses avec de grandes barbes vendent des gobelets gravés de runes, des anneaux, des bijoux et des répliques d'armures. Plusieurs boutiques proposent des centaines d'armes : dagues, épées, haches, souvent décorées de pierreries et accompagnées de leurs étuis en cuir. Une femme lui vante la qualité de ses couvertures en peaux de bêtes présentées sur des cordes tendues ou disposées sur des fauteuils confortables. On veut lui faire goûter des boissons chaudes, de la bière traditionnelle, de l'hydromel. Des ménestrels passent en jouant du violon, du tambourin et de la cornemuse.

Une image de Chris Kovak traverse son esprit. Il serait sûrement heureux d'être ici en touriste, ils pourraient se promener ensemble, main dans la main...

Elle chasse cette pensée et se concentre de nouveau.

Dans le creux de la vallée, un pré accueille des pavillons en toile dressés sous les arbres. Des lances ornées de fanions sont plantées devant, arborant les blasons de nombreuses équipes : les Français d'Aquila Sequania, Les Hommes du Nord, Martel, les Bear Paws de la Fédération de Russie, The White Company de Grande-Bretagne, les géants danois en armure bleue de The Brotherhood. Tout ce petit monde va et vient, multipliant les accolades et les grandes claques dans le dos. Des fermières font bouillir des potées de choux et de légumes à l'odeur délicieuse dans de grandes marmites au-dessus des braises. Des gens dorment sur des ballots de paille, d'autres rient en jouant aux cartes.

Audrey essaie de ne pas se laisser distraire par ces manifestations de bonne humeur et de rencontres fraternelles. Ce n'est pas facile. Dans un pré, des gamins se battent joyeusement à coups de boules en plastique dans un champ de bataille géant avec château gonflable. Elle se surprend à imaginer ses futurs enfants en train de jouer, tandis qu'elle siroterait une bière en compagnie de leur père et...

Audrey ! À quoi tu penses ! s'interrompt-elle mentalement.

Un haut-parleur invite les spectateurs à s'asseoir sur toute la pente de la colline en guise de gradins car la bataille de Libušín va bientôt commencer.

Un tir de canon résonne, monstrueux, faisant vibrer toutes les poitrines à des dizaines de mètres à la ronde. Audrey pose aussitôt la main sur l'arme cachée sous sa veste.

– Qu'est-ce qui se passe ? dit-elle.

– Ils testent le canon, explique Tobias. Il y en a un, ainsi que plusieurs armes à feu pendant la bataille. Ils tirent avec des arquebuses. Ça tonne dans tous les sens.

– C'est incroyable. Je ne m'attendais pas à ça.

– Les organisateurs travaillent pendant un an, explique le guide. La plupart sont bénévoles, ils viennent en famille. Il y a aussi des spectacles de combats singuliers, des épreuves, vous savez, le Jugement de Dieu. Ce sont les ordalies du Moyen Âge.

– Les ordalies ?

– C'est le nom médiéval. Si vous réussissez l'épreuve, c'est que Dieu vous donne raison. Des fois ça se déroule à un contre un, c'est le duel judiciaire. D'autres fois tout seul, il faut se tremper dans l'eau glacée, passer sa main à travers le feu, ce genre d'épreuves. C'est de là que vient l'expression : « j'en mettrais ma main au feu », ou bien « baisser les bras », qui est relative à l'ordalie de la croix. Si vous baissez les bras, vous abandonnez, vous êtes coupable. C'est de la mise en scène bien entendu.

– Il y a des accidents ? J'ai vu des ambulances.

– Ça arrive, dit Tobias.

Il pointe son doigt en direction d'une tente.

– Allez au pavillon dont le blason représente deux aiguilles à tricoter croisées sur une pelote de laine. C'est le magasin de vêtements traditionnels. Je vous attends ici. Je regarde le début du spectacle.

Audrey s'y rend, écarte la toile devant l'entrée et pénètre dans le pavillon. L'intérieur ressemble au vestiaire d'un théâtre : des rangées de costumes sur des cintres numérotés, des piles de chapeaux, des plumes, des masques. Le commandant Le Guirec et le commissaire Barouche sont là, en compagnie d'un technicien tchèque.

– Ah vous voilà ! dit Le Guirec.

– Quel bordel, grogne Medhi Barouche.

– Je crois que personne n'avait imaginé ça, renchérit Audrey.

– Vous avez repéré Tsarong ?

– Impossible.

– Les Dragons noirs ?

– Non plus.

– D'accord, dit Le Guirec. Les Tchèques vont nous équiper en audio pour qu'on communique sur le même canal. On parlera en anglais. Vous êtes notre meilleure chance de les localiser. On va aussi enfiler des costumes. On est trop repérables.

Le technicien du son s'approche de Barouche et l'invite à ôter sa chemise pour scotcher un micro sur son torse. Le commissaire lève la main.

– Attendez, je dois pisser d'abord. C'est où ?

– L'auberge en sortant.

Il quitte le pavillon tandis qu'Audrey regarde Le Guirec d'un air dubitatif.

– On n'est pas assez nombreux, dit-elle.

– Je sais. Mais les Tchèques coopèrent. Et ils sont allés vite. C'est déjà bien. Je vous avais dit que cette opération était montée à l'arrache.

Ils patientent. Dehors, la musique change. Des trompettes résonnent, suivies d'une mélodie entraînante. Audrey passe la tête à l'extérieur. Une armée d'un millier de soldats s'est rassemblée sur le pré principal, dressant dans les airs une forêt de lances, et se dirige lentement vers une autre armée campée devant un bois. Des coups de feu et des clameurs résonnent. Les tirs d'arquebuse commencent. Audrey revient à l'intérieur.

– On attend quoi pour s'équiper ? dit-elle.

– Le retour de Barouche, répond Le Guirec. On a besoin de tester le son sur vous deux.

– Je vais le chercher, dit Audrey.

Elle sort, se fraye un chemin à travers la foule et se dirige vers l'auberge. C'est le seul bâtiment en dur de tout le secteur. Elle entre. Le bruit était déjà fort à l'extérieur, mais dedans, on ne s'entend carrément plus. Des boissons sont servies au comptoir, ça ne désemplit pas.

Elle suit la flèche menant aux toilettes, franchit un long couloir, et arrive dans une salle. À gauche, une vingtaine de femmes font la queue, trépignant sur place, rajustant leurs costumes ou s'examinant dans des miroirs de poche. À droite, les toilettes pour hommes sont condamnées. Un plot jaune est posé devant.

Elle toque à la porte des hommes. Pas de réaction. Elle se met à taper plus fort, criant contre la porte pour se faire entendre.

– Barouche, vous êtes là ?

« Oui », entend-elle dedans.

On déverrouille. La porte s'entrebâille. Une main l'agrippe et l'attire vigoureusement à l'intérieur. Audrey part en avant. Sensation liquide sous ses chaussures. Elle glisse. Tombe. À cause du mouvement brusque, la douleur horrible dans son thorax se réveille.

La porte claque. Verrou à nouveau.

Audrey est au sol. Elle ne comprend pas ce qui se passe. Malgré son entraînement de flic, la peur l'envahit. Elle a du mal à respirer. Sa côte cassée envoie des ondes paroxystiques dans toute sa poitrine. Des larmes de douleur emplissent ses yeux. Mais ce n'est pas le plus horrible. Le plus horrible, ce qui transforme sa peur initiale en une terreur pure et absolue, c'est qu'elle se trouve à plat ventre dans le sang.

Une flaque géante sur le carrelage.

Elle relève la tête.

Son cœur s'arrête de battre.

Au fond d'un box, assis sur la cuvette des W-C, le dos calé contre le mur, le commissaire Barouche a les yeux grands ouverts. Son visage est couleur de cendre. Sa jolie chemise n'est plus qu'un torchon. Une plaie béante va d'un côté à l'autre de sa gorge. Par l'ouverture, on distingue le cartilage blanc de la trachée, un morceau de muscle qui pend, et un réseau filandreux qui doit être composé de nerfs et d'artères.

Plusieurs personnes se tiennent debout dans la pièce. Audrey voit des jambières en métal. Malgré l'épouvante, elle tend la main vers son arme. Quelqu'un l'attrape par les cheveux et frappe violemment sa tête contre le sol. Explosion d'étoiles. Elle est redressée de force. Plaquée contre le mur. Elle geint, le visage barbouillé du sang de Medhi Barouche. Elle ouvre les paupières.

Tsarong.

– Alors, salope, dit le moine guerrier à la longue barbiche, tu pensais qu'on te retrouverait pas ?

70

Les toilettes des hommes représentent un espace assez grand. Quinze mètres carrés, cinq urinoirs, un box, avec le cadavre de Barouche dedans.

Jorge Tsarong se tient au milieu de la pièce. Il porte une armure à sa taille, presque plus large que haute. Des pointes partout. Un truc kitsch et de mauvais goût, selon Audrey, mais qui lui a certainement permis de passer inaperçu dans la foule. Son casque – également à pointes – est posé sur un lavabo. Il a noué un bâillon autour de la bouche d'Audrey et attaché ses mains par-devant. Le cœur de la jeune femme pulse lourdement contre ses tempes. Ça fait deux minutes qu'elle est là. Sa terreur a un peu diminué. Elle est maintenant partagée entre la peur et la rage.

– Viktor, dit Tsarong, ne lâche pas cette pute. Si elle bouge, tu l'égorges.

Le Viktor en question se tient derrière elle. Il lui a collé une lame contre le cou. Une épée courte de cinquante centimètres qui brille encore du sang de Medhi Barouche. En dehors de Tsarong et Viktor, trois autres hommes sont présents. Tous bâtis sur le même modèle : guerriers en armure, muscles noueux, veines saillantes, carrures d'haltérophiles. Ça pue la sueur et les anabolisants injectables. Si elle n'était pas bâillonnée, Audrey leur cracherait à la figure. Mais pour le moment, elle cherche surtout à retrouver son souffle. À chaque mouvement de sa poitrine, elle a l'impression qu'on lui enfonce un pic à glace entre les côtes. Sans compter la douleur au front.

Le chef des Dragons noirs entre dans le box et fouille les poches du commissaire. Il en exhume son portable. Attrape la tête de Barouche. Place son visage devant le smartphone. Attend. Un déclic de déverrouillage se produit.

– Ah, la technologie, soupire Tsarong. La reconnaissance faciale continue de fonctionner après la mort. Sympa, non ? Ils devraient en faire un argument publicitaire.

Il lâche la tête du commissaire qui retombe avec un bruit humide.

– Voyons ça. Contacts. Erwan Le Guirec.

Il tape sur le portable avec ses deux pouces en commentant à voix haute :

Valenti a trouvé Tsarong ! Il est sur le champ de bataille. Derrière l'armée du camp adverse. Près du bois. On fonce ! Venez vite !

Puis il éteint l'appareil, le jette dans l'évier, chausse les gants métalliques de son armure, et l'écrabouille d'un coup de poing.

– Bien, dit-il. Voilà qui devrait nous débarrasser de la police tchèque un moment. Tu dirais quoi, Valenti ? Le temps qu'ils traversent le festival et qu'ils se posent des questions, ça nous laisse dix, quinze minutes ?

– Je peux commencer ? demande Viktor.

Le sourire de Tsarong retombe.

– Vas-y. C'est à cause d'elle si Yesfir et Sergueï sont morts. Flicards de merde.

Viktor déplace sa lame et l'enfonce dans l'épaule gauche d'Audrey. La pointe racle les tendons et l'os. Elle hurle à travers son bâillon. Chancelle. La lame est toujours là, fichée dans sa chair.

– Ça, c'est pour Sergueï, dit Viktor.

Malgré la douleur effroyable et la peur qu'elle éprouve en sachant ses collègues au loin, Audrey reste concentrée. Ils sont à cinq contre elle. Mais, en même temps, une vingtaine de femmes attendent là-dehors, à trois mètres à peine. Le salut est tout proche. Si elle peut hurler, on va forcément l'entendre.

Tsarong avance.

Pas le temps de réfléchir.

Maintenant.

Audrey s'arrache à l'étreinte de Viktor. La lame déchire son épaule comme un trait de feu. Elle remonte son genou. Frappe l'entrejambe de Tsarong. Touche son armure, mais sent qu'elle fait mouche en dessous. Il s'écarte. C'est suffisant. Elle tend ses deux mains attachées, saisit le casque à pointes sur le lavabo, et décrit un violent arc de cercle en y mettant toute sa force.

Le casque rencontre la tête de Tsarong. Lui explose la lèvre et fracasse ses gencives. Il vacille.

Audrey arrache son bâillon et se met à hurler, puis se jette contre les hommes qui bloquent la porte. Tsarong la rattrape par les cheveux, la tire violemment en arrière et la renvoie contre le mur du fond où Viktor la récupère et plaque une main sur sa bouche. Tsarong ouvre la porte, masque son visage blessé avec son énorme gant de fer, et hurle à son tour joyeusement :

– *Hourra ! Hourra ! For the Battle of Libušín !*

Des rires et des cris l'encouragent.

Il referme la porte. Se retourne vers Audrey. La blessure qu'elle lui a infligée est vraiment terrible. Elle lui a déchiré la lèvre supérieure, le nez et une bonne partie de la joue. Les berges de la plaie sont irrégulières. Même avec un bon chirurgien, il conservera une cicatrice visible toute sa vie, chaque matin il la verra devant sa glace. C'est une petite consolation.

Il lui assène un coup de poing sur la tête avec son gant de métal. Audrey a l'impression d'être heurtée par un train. Son cuir chevelu se fend sur dix centimètres, et elle se met à saigner abondamment. Tsarong récupère l'épée de Viktor et lui plante dans la cuisse.

– Ça c'est pour Yesfir, dit-il.

Il lui replante une deuxième fois plus haut.

– Et ça, de la part du Roi lépreux.

Et là, seulement, Audrey se décide à comprendre.

Qu'elle a commis la plus grosse erreur de sa vie.

Qu'elle n'aurait jamais dû se déplacer seule dans le festival, ni sous-estimer la dangerosité de Jorge Tsarong.

Qu'elle ne verra pas ses enfants jouer sur un château gonflable.

Que Chris Kovak ne lui tiendra jamais la main.

Qu'elle ne racontera jamais à Rosa, en riant, comment elle est passée à côté de la mort, aujourd'hui.

Parce qu'il n'y aura pas de plus tard.

Elle ne peut plus respirer. Et elle saigne beaucoup trop, de beaucoup trop d'endroits en même temps.

Alors Audrey hurle une dernière fois, faiblement, pour la forme, à travers les doigts qui l'étouffent. Pendant qu'au-dehors, la musique médiévale se fait plus éclatante, plus vivante encore.

Mais personne ne l'entend.

71

En entrant dans la cour du béguinage d'Amsterdam, j'ai un mauvais pressentiment. Comme si quelqu'un allait mourir.

Je tremble. Je regarde autour de moi.

Il pleut. Le vent souffle toujours, projetant les gouttes à l'horizontale. C'est désagréable. Au-delà des pavés humides, je vois l'étendue verte d'un grand jardin entouré de maisons. Le béguinage est un quartier clos situé au centre de la ville. J'ai galéré pour en trouver l'entrée à travers les ruelles, rasant les murs et sentant mon assurance fondre. Mais j'y suis parvenu.

Les anciennes demeures des béguines sont simples, chacune avec son carré de plantes médicinales. De vieilles maisons, avec des fenêtres de toutes les tailles disposées au petit bonheur. J'imagine les béguines de jadis circulant ici, dans leurs vêtements sobres, comme des petites poupées, protégées du monde et de la fureur des hommes.

La partie de droite est réservée aux habitants. Des barrières m'empêchent d'y accéder. *For residents only*, disent les panneaux.

Je prends à gauche, vers la chapelle.

En passant devant la statue du Christ plantée au milieu du jardin, de nouveau, un mauvais pressentiment m'assaille sous la forme d'un frisson remontant mon échine.

Que ce soit clair entre nous : je ne crois pas à ces choses-là. Ni en Dieu. Ni au coup de foudre. Ni au lien mystérieux censé relier les gens qui s'aiment. Quand vous pensez à quelqu'un et qu'il vous appelle au téléphone pile à cet instant, c'est bidon. Votre esprit se focalise juste sur une coïncidence. Le monde est ainsi. Personne n'est relié à personne. Je suis totalement seul. Et si j'ai l'impression d'avoir toujours éprouvé un manque, d'être incomplet, d'avoir un trou dans le cœur, c'est uniquement à cause de moi. Parce que j'ai toujours repoussé les autres pour me protéger, par pur égoïsme. Pas parce qu'il me manque un élément mystérieux du puzzle qui viendrait compléter ma personnalité. Je ne crois en aucun dieu, aucune force qui nous regarde nous agiter comme des crétins, il n'y a aucun combat entre des entités supérieures comme la Loi ou le Chaos dont nous serions les instruments. La vie n'a aucun sens. En revanche, on est libre de se battre pour lui en donner un. Voilà ce que je crois. Ne venez pas m'emmerder avec vos superstitions.

Je balaye ces pensées parasites et franchis la porte blanche de la Begijnhof Kapel. Je ne fais pas de signe de croix. L'intérieur est petit, plus austère que la « chapelle dans le grenier » de mon ami Hantz. Quelques bancs. Un christ modeste. Peu de statues. Pas de vitrail. Trois petites vieilles en train de prier. Ça se bouscule pas, chez les béguines. Je leur demande à voir quelqu'un, un responsable, n'importe qui. Les petites mémés, d'abord surprises, finissent par comprendre mon anglais et m'orientent vers un prêtre, au fond, en train de disposer des feuilles sur les bancs pour la messe de 6 heures. Je l'interromps pour lui poser mes questions. Il me redirige vers une dame qui travaille à côté, dans la boutique de souvenirs, en m'indiquant que cette fameuse dame est la plus ancienne résidente du béguinage.

Je hausse les sourcils, avec l'envie de lancer au prêtre : « Sérieux ? Plus ancienne que vos trois momies ? »

Un peu de respect, Kovak. Tu es énervé parce que tu es frus-

tré dans tes recherches. Parce que tu es angoissé. Parce que ta mère ne répond pas au téléphone. Et parce que tu as l'impression que le monde entier est au courant d'un truc que tu ne sais pas. Comme si l'univers s'apprêtait à te jouer un vilain tour. Mais ça ne va pas t'arriver, hein, mon petit Christian ? Puisque tu ne crois pas à ce genre de choses.

Je sors de la chapelle et emprunte la porte suivante. La boutique de souvenirs du béguinage est ridicule et ne propose presque rien à la vente. Des bondieuseries. Une poignée de cierges. Trois cartes postales. Quelques statuettes de couleur assez moches, à part une version plutôt réussie de l'archange Michaël, justement, brandissant son épée face au dragon.

Michel ou Michaël, l'ange vengeur qui terrasse la bête. Un prénom prédestiné ? Une image iconique qui aurait influencé l'esprit du Michaël que je recherche ?

Je me sens perdu. Anxieux. Peut-être à nouveau victime d'un syndrome de sevrage. J'ai envie d'avaler et de m'injecter tout ce qui me reste de médicaments d'un coup.

Je m'approche de la dame au comptoir. Nous sommes seuls. Elle a au moins cent ans. Elle me sourit. On dirait une vieille pierre recouverte de mousse. Elle s'appelle Guillemette, précise son badge, et elle parle cinq langues, dont le français.

Quand je pose mon bras sur son comptoir, elle me l'attrape de sa vieille main fripée, comme si elle avait toujours su que j'allais venir. Elle me fixe de ses yeux bleus et doux. Et soudain je ne ressens plus rien. Ni colère. Ni frustration. Ni angoisse.

– Que puis-je faire pour vous aider ? me demande Guillemette, avec un joli sourire, dans un français parfait.

*

Nous passons plus d'une heure à discuter tous les deux. Je n'ai pas envie de partir. D'abord parce que je me sens bien avec

Guillemette. Et aussi parce qu'elle détient les réponses à mes questions.

Guillemette a travaillé au béguinage de 1953 à 1971 en tant que femme de chambre. Puis jardinière, jusqu'en 1998. Puis à la chapelle, jusqu'en 2009. Puis à l'accueil de la boutique, jusqu'à aujourd'hui.

Oui, elle se souvient de l'histoire de Blanche, la jeune femme pieuse séduite par un étranger.

Et oui, elle a connu Michaël, l'enfant qu'elle a porté. Un petit bébé avec lequel Blanche a rapidement fui en France.

L'aventure amoureuse de Blanche s'est déroulée au milieu des années 80. Elle est restée secrète au début, puis elle a fait scandale. La vieille dame raconte que les véritables béguines ont disparu, mais que les autres femmes qui ont poursuivi leurs traditions se montraient parfois plus rigides. La pauvre Blanche ne pouvait pas rester après avoir rompu son vœu de chasteté et couché avec cet homme. D'autant qu'elle se sentait mal, souillée, traitée comme un objet. Il l'avait séduite par jeu, par plaisir de la corrompre, avant de l'abandonner à sa détresse.

– Comment était-il ? je lui demande.

– Je ne l'ai jamais vu, dit Guillemette. Mais je sais qu'il était mauvais. Son cœur était noir comme le charbon.

– Et Michaël ?

– Un bébé blond adorable.

– Michaël n'est jamais revenu par la suite ?

– Peut-être, dit-elle, incertaine.

– Comment ça ?

Guillemette sourit toujours. J'aimerais la garder sous une cloche de verre et l'emporter avec moi.

– Un garçon blond est passé ici, un jour, dit-elle. À peine adolescent. Il était seul, et prétendait s'appeler Michaël. Je pense que c'était lui. Il posait les mêmes questions que vous. Il était à la recherche de son père. Il m'a dit que sa mère s'appelait

Blanche, qu'elle avait été séduite par un homme ténébreux, aux cheveux noirs, qui l'avait abandonnée. Qu'elle s'était rendue dans le sud de la France. Qu'elle l'avait confié à un orphelinat. Et puis qu'elle s'était tuée de chagrin. Ce jeune homme m'a dit aussi qu'il avait revu son père, alors que lui-même n'était qu'un petit garçon, dans un établissement médical spécial, où l'on soignait les gens par des bains de mer.

Mon cœur saute un battement.

Je lui prends la main de nouveau.

– Pardon, Guillemette. Vous en êtes sûre ?

– Oui. Il a parlé d'un hôpital. Dans la ville de Berck.

Je suis obligé de me tenir au comptoir pour ne pas chanceler.

– Et le nom de son père, il vous l'a dit ?

Sa petite tête de pierre moussue se ride un peu plus.

– Bogdan… quelque chose ?

– Bogdan Marùk, dis-je dans un souffle.

Sourire encore.

– Voilà.

Je la remercie.

Je sors de la boutique. J'ai besoin de respirer.

Je tire sur le col de mon vêtement, avalant de grandes goulées d'air. Je fais quelques pas sous la pluie.

C'est complètement fou.

Tout est vrai.

Michaël est le fils de Blanche, la béguine, et de Bogdan Marùk, le monstre. Il a été abandonné par sa mère et confié à un orphelinat. Il a grandi dans les montagnes du sud de la France, au milieu d'une ferme, avec des parents adoptifs paysans. Il a séjourné un été dans un établissement de soins où l'on traitait notamment les enfants, l'hôpital maritime de Berck. Et on s'est *rencontrés*, lui et moi. Nous avons joué ensemble. Je lui ai sauvé la vie, le jour de mes dix ans, en me jetant à vélo sous une voiture pour le pousser hors de la route.

Parce que Bogdan Marùk, son propre père, allait l'écraser.

Je lève mon visage vers le ciel. Vers la pluie. Vers le monde qui tourne, et qui se remet en place, comme un puzzle gigantesque.

Continuons le raisonnement.

Après l'épisode de Berck, Michaël retourne chez lui, dans les montagnes. Il y vit tranquille quelques années. Puis son père lui envoie un assassin. Et Michaël échappe à la mort, une fois de plus. Pourquoi Bogdan a-t-il tenté de le tuer à deux reprises ? Parce qu'il considérait ce fils illégitime comme une menace ? Parce que le gamin était capable de le reconnaître ?

Un jeune homme brillant, a dit Hantz. *Une intelligence hors du commun.*

Oui. Je pense que c'est ça. Michaël avait tout compris. Il était capable d'identifier Bogdan Marùk. Donc Michaël revient à Amsterdam, dans l'idée de retrouver ce père assassin qui l'a abandonné, a provoqué la mort de sa mère et de ses parents adoptifs. Il revient pour le tuer. Sauf qu'il a douze ans, et si brillant soit-il, il n'est qu'un gosse. Il parle à Guillemette. Puis tombe sur Hantz, son seul ami. Après quoi, la suite de sa vie n'est plus qu'une longue succession de déceptions et de tortures, entre les mains des tenanciers du Mano Rosso. Jusqu'à ce que Michaël se suicide. Comme sa mère. Immolé par le feu.

Sauf que je n'y crois pas, moi, à sa mort.

Je pense plutôt qu'il s'est enfui. Une fois de plus. Qu'il a grandi sous une autre identité. Et que depuis il est là. Parmi nous. Depuis le début. Construisant des plans à l'intérieur des plans. Une entreprise folle, issue de son esprit abîmé et complexe. Michaël, l'ange vengeur, le fils fou, lancé à la poursuite d'un monstre. Michaël qui m'a envoyé des messages la nuit, pour me mettre sur les bonnes pistes. Michaël qui m'a planté des ciseaux dans la cuisse. Michaël qui a tué la sorcière Yesfir, le guerrier Smolenko, et Djay le trafiquant d'opium. Michaël qui s'est servi de moi, d'Audrey et du groupe Évangile, de nous tous, depuis le départ. Un homme marqué du sceau de la religion. Frappé par les images pieuses autant que par les comportements déviants, depuis sa plus tendre enfance. Un homme à l'esprit supérieur, génialement pervers, monstrueusement tortueux, capable de nous imposer sa logique, ses épreuves, sa vision.

Tout cela dans un unique but : retrouver son père, qu'il considère comme le Diable en personne.

– À moins que je te trouve avant, Michaël, dis-je.

À plus, Minus.

À un de ces quatre, Patate.

72

Le Chien s'empare d'un extincteur dans l'auberge. Se rend jusqu'aux toilettes des hommes. Défonce la porte en s'en servant comme d'un bélier.

Visages surpris des cinq individus à l'intérieur.

Il est surpris lui aussi : le commissaire Medhi Barouche est mort, sur la cuvette des chiottes. Le lieutenant Audrey Valenti également. Son cadavre est attaché au mur du fond.

– Merde, dit le Chien.

Il lâche l'extincteur et entre. L'homme le plus proche s'interpose et ouvre grand la bouche, sans doute pour lui donner un ordre. Le Chien lui glisse une longue dague entre les dents, traverse son pharynx, ses vertèbres cervicales, et le cloue à la porte en bois.

Hurlements féminins, derrière lui. Une cavalcade retentit tandis que toutes les femmes s'enfuient, quittant précipitamment la zone des toilettes.

Le Chien n'en a rien à foutre. Il est déçu. Les deux flics sont morts. Ce n'était pas ce qu'il voulait.

Il tue le deuxième Dragon noir qui s'avance. Un crétin qui n'a pas compris ce qui se passe, et qui lève son poing ganté de fer. Il croit peut-être que son armure de pacotille va le protéger. Le Chien sort une autre dague de sa ceinture, la plante sous le bras du type, dans le défaut de la cuirasse, l'enfonce dans le creux axillaire et lui perfore le poumon. L'homme tombe à terre, des bulles rosées lui sortant de la bouche, tandis qu'il se noie dans son propre sang.

Le Chien s'empare d'une troisième dague. Il en a une collection entière à la ceinture. Il les a achetées sur l'un des stands d'armes blanches du festival. Il peut continuer comme ça toute la journée.

– Qui êtes-vous ? hurle Tsarong, dans le fond de la pièce, de la panique dans la voix. Viktor ! Les gars ! Butez-le !

Il faut dire qu'ils ont de quoi avoir peur. Le Chien porte un masque, bien sûr. Il se l'est procuré en vitesse, comme le reste. Il est formé d'une cagoule à l'arrière et d'une grille métallique à l'avant : c'est un masque traditionnel de kendo, l'escrime médiévale japonaise. Ça lui donne un côté effrayant. Il l'a surtout choisi parce qu'il peut scotcher son synthétiseur vocal en dessous. Le Chien porte également la robe traditionnelle couleur de nuit – pantalon-jupe et veste – qui va avec. C'est le premier déguisement qu'il a déniché à l'arrivée, sur le stand des guerriers samouraïs du Moyen Âge.

Le troisième Dragon noir dégaine une hache et l'abat sur sa tête. Le Chien esquive d'un pas de côté. Sa robe effleure le sol. La lame siffle à quelques centimètres. Dans le même temps, le quatrième Dragon – Viktor, si le Chien a bien retenu – en profite pour l'attaquer : il se fend et plonge sa lame en avant. Viktor se bat à l'épée courte, une arme redoutable, bien plus maniable que la hache encombrante. Le Chien sent qu'elle perfore ses habits et lui embroche la chair. Petite erreur de placement de sa part. Ce n'est pas grave, mais il doit faire attention.

Il s'arrache à la lame, ignorant le sang qui s'écoule de sa blessure. La hache monte à nouveau dans les airs. Feinte rapide. La hache retombe. Et s'encastre dans la porte du box des toilettes.

Ces prétendus guerriers sont vraiment maladroits. Ça se voit qu'ils n'ont jamais combattu en situation réelle, pour sauver leur peau. Alors que le Chien, lui, l'a fait à des centaines de reprises.

Dans des gymnases contre des excités, face à des bandes de banlieue, contre un gang de bikers, en Allemagne, et aussi un trio d'anciens militaires serbes, et dans un camp de manouches, dans des cages de *free fight* en Ukraine, dans la maison d'un néonazi en Hongrie, dans des sous-sols puant la pisse où l'on fait des paris clandestins, partout où il y a de la castagne. Et dans son appartement aussi, bien sûr, tous les jours, en silence, répétant les mouvements avec calme, les postures parfaites, la danse du Chien. Il en a conservé de nombreuses cicatrices. A récolté plusieurs blessures graves. La vie n'est pas comme dans les films. Quand on se fait tabasser, planter, violer, brûler, ça fait mal. Mais peu importe. Il a l'habitude. Son corps n'est qu'un instrument. Une arme mortelle. Il sait le séparer en deux. Son existence apparente d'un côté, et ce qu'il est vraiment de l'autre. Un animal de guerre.

D'un même mouvement, il arrache la hache plantée dans le box des toilettes, la fait tourner dans sa main, balayage, décapitation du propriétaire. La tête du troisième Dragon noir s'envole dans les airs comme un ballon, sous les jets pulsatiles de ses artères carotides, tel un feu d'artifice fêtant ce voyage aérien inattendu.

– Mais qui est ce malade, nom de Dieu ! hurle Tsarong, plaqué contre le mur du fond, totalement terrifié par la triste tournure que prennent les événements et tous ces cadavres qui s'empilent autour de lui.

– Je suis le Chien, répond-il de sa voix rauque trafiquée. L'Inquisiteur. L'Assassin divin. Et je suis venu pour toi, Jorge Tsarong.

Il sait bien que ses paroles emphatiques sont un peu ridicules. Il s'en branle. Il les prononce uniquement pour voir la frousse déformer le visage des deux derniers survivants.

Viktor s'avance, incertain de ce qu'il faut faire.

D'un coup de hache, le Chien le désarme.

– Pardon ! se met à pleurnicher Viktor, les mains en l'air. C'est pas moi, je vous jure ! C'est Jorge ! Laissez-moi partir, j'ai même pas vu votre visage !

L'attitude du Dragon noir est pathétique. Quand on pense que ce crétin prétend être innocent alors que son épée courte est pleine d'hémoglobine.

Sous son masque, les lèvres du Chien se retroussent.

– Normalement, je dois respecter l'épreuve, dit-il.

– Quelle épreuve ? bredouille Tsarong, avec un vague espoir.

– Le Jugement de Dieu. L'ordalie. Vous êtes censés avoir une chance de vous en sortir. Un genre de choix. Je ne peux pas tuer tous les serviteurs du Roi lépreux sans leur donner une chance. C'est la règle que je me suis fixée.

Les yeux de Tsarong s'écarquillent.

Le Chien sourit.

– Mais bon, désolé, dit-il. Là, j'ai pas le temps.

Une flaque se forme sous le moine guerrier à la longue barbiche. Il est en train de se pisser dessus.

De la main gauche, le Chien plante une dague dans la gorge de Viktor. De la droite, il lève sa hache et l'abat de toute sa force. La lame traverse le crâne de Tsarong, lui fend le visage, les dents, l'os de la mandibule, puis le cou, et s'enfonce profondément dans son thorax, arrêtée seulement par la cuirasse en métal.

Le Chien regarde le corps glisser à terre.

Voilà. Les Dragons noirs sont tous morts. En tout cas, les principaux. Il reste leurs familles, bien sûr, et quelques sbires de moindre importance. Mais qui s'en soucie ?

Il se sent las. Et triste.

Jusqu'à ce qu'il voie les yeux d'Audrey Valenti.

Grands ouverts. Fixés sur lui.

73

Audrey ne sait pas ce qui se passe. Les cris l'ont réveillée. Elle pensait être morte. Elle se sent morte. Sa conscience est constamment au bord de l'évanouissement, dans cet état de faiblesse horrible que l'on ressent durant un malaise vagal. Nausée. Le cœur au bord des lèvres. Le corps en chiffon. Tension artérielle à zéro. Plus une goutte d'énergie, ni de sang. Même pas la force d'entrouvrir les lèvres pour parler.

Curieusement, dans cet état, elle ne pense pas aux autres. Ni à Kovak ni à sa mère. Elle ne voit pas défiler les images de sa vie. Audrey ne pense qu'à elle. Elle ne veut pas mourir. Son esprit le lui commande. Depuis les tréfonds de son cerveau postérieur, le rhombencéphale, la structure la plus ancienne et la moins évoluée des vertébrés, celle qui gère les fonctions basiques de l'organisme, ses neurones lui ordonnent de se battre. Pour la survie de l'espèce. C'est inscrit dans leurs gènes. Alors l'organisme d'Audrey fait ce qu'on lui réclame : il survit.

Elle ouvre les yeux.

Une silhouette portant un casque sombre est en train de massacrer les Dragons noirs un par un. Elle est de taille et de corpulence moyennes. Elle prononce un discours. Audrey ne reconnaît pas la voix. Pourtant, elle possède quelque chose de familier.

Viktor tombe. Puis Tsarong aussi.

L'inconnu masqué s'approche d'elle.

– Tiens bon, dit la voix rauque aux accents étranges.

Elle sent qu'on découpe les liens de ses poignets. Ses bras retombent. Elle cligne des yeux. La pièce entière semble repeinte en rouge.

L'inconnu noue un garrot autour de sa cuisse, là où Audrey a été blessée deux fois. Puis il arrache un bout de tissu à l'un des cadavres et l'attache autour de sa blessure à la tête.

Audrey doit maintenant ressembler à un pirate.

– Allez, ordonne la voix. On y va.

Un bras se glisse sous ses épaules. Elle voit que l'inconnu aussi est blessé. Son flanc saigne. Le liquide se répand sur les vêtements d'Audrey. Mais on ne dirait pas que ça l'affecte.

– Allez, réitère l'inconnu. En avant, Valenti !

Elle lève les yeux, surprise qu'il connaisse son nom. Elle aimerait lui poser des questions. Elle n'en a pas la force.

Ils sortent des toilettes. Plus personne dans le couloir. Ils regagnent la salle principale de l'auberge. Audrey avance sur sa jambe valide, esquivant l'appui sur l'autre. On les regarde peut-être. Elle n'y voit pas bien. Est-ce que les gens pensent que ça fait partie du spectacle ?

Ils sortent.

La bataille de Libušín est à son paroxysme. Le bruit est assourdissant. Dans le ciel aux couleurs du soir, des effets pyrotechniques s'envolent, s'ajoutant aux tirs de canon et d'arquebuse. Il y a des fumigènes. Des traînées de feu. Le son des épées qui s'entrechoquent. Une forêt de lances qui s'agitent, à quelques mètres.

Ils continuent d'avancer.

Personne ne fait attention à eux.

Ce doit être ça, la guerre, se dit Audrey. Un chaos. Une confusion. Mourir au milieu de tous, dans l'indifférence générale.

Elle voit des lumières rouges tournoyantes.

Le gyrophare d'une ambulance.
Le bras sous ses épaules vient de la lâcher.
Elle n'a plus de force dans les jambes. Elle tombe.
Et c'est le noir intégral.

*

Je quitte le béguinage par une sortie différente.

Un tunnel étroit, caché près du magasin de souvenirs. Il passe à travers les maisons. Pas étonnant que je l'aie raté tout à l'heure, il faut vraiment avoir l'œil pour comprendre qu'il s'agit d'un accès au béguinage.

Je l'emprunte d'un pas hésitant. Puis, au milieu du tunnel, ma respiration se bloque.

À nouveau l'impression de manquer d'air. Le passage étroit. Les révélations que je viens d'encaisser. Ce tunnel sombre. Ce voyage.

Mes battements cardiaques s'accélèrent. Mon agoraphobie revient en force. Des gouttes de sueur perlent sur mon front. Je regarde mes pieds, tâtant les poches de ma veste à la recherche de mes médicaments.

Ce qui fait que je ne vois absolument pas venir l'attaque.

Le coup de poing me cueille au creux des côtes, me coupant le souffle. Puis on me passe un lacet autour du cou. Le lacet se resserre. Mais ça ne se voit pas. Parce que l'homme a allongé son bras autour de mes épaules, comme s'il était un vieux copain.

Le gars du train.

Le voyageur de commerce.

L'homme aux cheveux roux.

– Ce n'est rien ! lance le rouquin à la cantonade, face à une famille de touristes qui emprunte le tunnel en sens inverse. Mon ami est claustrophobe. Poussez-vous, Mesdames Messieurs, un peu d'air, s'il vous plaît ! Nous devons sortir !

On se retrouve dehors. Le vent souffle en bourrasques. L'automne continue de nous envoyer des masses d'air glacial à la figure. Je ne respire pas mieux pour autant : son foutu lacet est en train de m'étrangler !

Je porte une main à mon cou, l'autre toujours glissée dans la poche de ma veste.

– Du calme, tiens-toi tranquille, m'intime le rouquin à l'oreille.

Nous sommes arrivés sur une petite place. Il y a un café à l'architecture moderne, à gauche, avec quelques personnes assises à l'intérieur. Mais le rouquin m'entraîne sur la droite. Vers le canal. Il serre le garrot plus fort. Je titube. Je vois des mouches noires danser devant mes yeux.

– Vas-y, laisse-toi faire, dit-il. Encore quelques pas. Je vais te balancer à la flotte quand tu seras inconscient. Tu vas te noyer. Ça ne fera pas mal. Mais je n'ai pas envie de te porter jusque-là.

Il marche toujours avec moi, bras dessus, bras dessous. On traverse la rue. Pas de voitures, peu de vélos, quelques passants. Je dois avoir l'air ivre.

– Au fait, dit-il en riant. J'ai buté ta mère, pauvre con. J'ai poussé Lauren d'une falaise. Son corps est sous un tas de sable, dans une carrière de la forêt de Montmorency. Et maintenant tu vas crever à ton tour.

Quand j'y repense aujourd'hui, je me souviens que c'est cela, très précisément, qui m'a fait réagir. Les mots que le rouquin a prononcés. Ce jour-là, j'avais deux options. J'aurais pu laisser tomber. Considérer que ma vie, après tout, ne valait pas tripette. J'ai tout raté. Je n'attends rien. Et surtout, plus personne ne m'attend. Je n'ai plus de famille. Mon père est mort. Ma mère aussi. Je suis accro aux morphiniques, à moitié dingue, j'ai du mal à me déplacer en ville, je suis un médecin urgentiste incapable de travailler aux urgences, franchement, n'est-ce pas risible ? Est-ce qu'une fille comme Audrey voudra d'un gars comme moi ? Est-ce que la suite de ma vie a la moindre importance ? À quoi sert cette existence ridicule ?

À danser, dirait ma mère. À aimer. À éprouver des émotions. Il n'y a pas d'autre sens à tout ça, mon chéri. Alors vas-y. Fais ton choix. Tu peux laisser tomber. Ou sinon... tu peux vivre.

Je n'ai pas laissé tomber.

J'ai sorti la main de ma veste. Elle était agrippée à ma seringue d'urgence. Je l'ai plantée dans le cou du rouquin.

Quadruple dose de neuroleptiques. Action rapide, pour les états d'agitation sévère. J'étais censé m'en injecter un quart en intramusculaire. Je lui ai balancé toute la seringue d'un coup.

Son étreinte s'est relâchée.

Des papillons noirs dansaient devant mes yeux. Mes jambes flageolaient, mes oreilles étaient pleines d'un bourdonnement sourd, rugissant telle la fureur d'un fleuve. Malgré cela, je l'ai entendue. La double clochette pittoresque.

Pas lui.

Le rouquin a fait quelques pas, énervé, en arrachant la seringue. Il a posé un pied sur le rail creusé dans la rue. Il n'était pas K.-O. C'est un produit d'action rapide, mais pas à ce point. Il m'a regardé. Le masque suave de son visage s'est fendu d'un sourire abominable. La double clochette a retenti de nouveau.

Puis le tramway d'Amsterdam a réduit son corps en miettes.

Quatrième partie

LE CHIEN

74

Audrey décide d'appeler Chris Kovak le lendemain matin.

Elle est dans un lit du service d'orthopédie, à Paris, à l'hôpital Georges-Pompidou. Elle n'est pas au plus mal. Elle se sent même assez bien. L'effet des médicaments, en partie. On l'a rapatriée en avion privé. Traitement VIP. L'ordre est venu directement du ministère. Elle ne sait pas si elle doit ce privilège à Xavier d'Arcole (ça l'étonnerait beaucoup) ou à l'ampleur prise par l'affaire et la nécessité de ne pas laisser mourir un second flic en République tchèque (elle penche plutôt pour cette explication).

Elle a regardé les chaînes d'infos. Pour le moment, peu d'éléments ont filtré dans les médias. Il y a bien un ou deux journalistes qui campent à l'entrée du service, mais personne n'est parvenu jusqu'à elle, étant donné qu'elle bénéficie d'une protection policière vingt-quatre heures sur vingt-quatre. Notamment grâce à l'agent qui lui sourit en ce moment même, assis à l'autre bout de la chambre.

– Je souhaiterais avoir une communication privée, dit-elle.

– Vous voulez que je sorte ?

Elle hoche la tête.

– C'est ça.

– Je ne dois pas vous laisser.

– Mais si.

Il hésite.

– Soyez sympa, dit Audrey. J'ai failli mourir. J'ai besoin de parler à mon petit copain.

Le policier finit par accepter et sortir.

C'est un mensonge. Christian n'est pas son copain. Pas encore. Mais il faut quand même qu'elle lui parle.

Les Tchèques ont d'abord stabilisé l'état d'Audrey sur place, dans l'ambulance à Libušín, puis elle a été transférée dans le plus grand hôpital de Prague, où elle a immédiatement reçu une transfusion. Apparemment, son taux d'hémoglobine était tombé à six grammes par litre, autrement dit elle avait perdu plus de la moitié de son sang, c'était l'essentiel du problème. Outre la transfusion, elle a subi un scanner du corps entier, des échographies, des points de suture à la cuisse et à l'épaule gauche, des agrafes sur son cuir chevelu, des injections d'antibiotiques et d'antalgiques, on lui a administré de l'oxygène, puis on lui a retiré, considérant que sa vie n'était plus en danger, on lui a conseillé de consulter un chirurgien orthopédiste à son arrivée en France pour faire opérer son épaule, et pour finir, on a autorisé son transfert en avion.

Le commandant Erwan Le Guirec s'est occupé du reste : Barouche, Tsarong, les Dragons noirs. Pour Audrey, retour à l'envoyeur, mise en sécurité.

Le commissaire Batista a prévu de la débriefer tout à l'heure.

Le premier appel d'Audrey a été pour Rosa.

Et maintenant, elle a besoin de discuter avec Christian.

Elle prend son téléphone et tente une communication en vidéo. Ça fonctionne. Le visage de Chris Kovak apparaît à l'écran. Il fronce aussitôt les sourcils.

– Mon Dieu, Audrey… C'est quoi ces marques violettes sur ta figure ! Et tous ces bandages ? Où es-tu ?

Elle lui explique. Il se décompose.

– Et toi ? dit-elle.

Il lui raconte. Et c'est elle qui blêmit.

Christian a passé la nuit chez les flics, à Amsterdam. Il lui présente ses excuses, il a voulu lui parler de son voyage, mais les choses sont allées trop vite. Apparemment, Lauren Kovak est morte. Chris n'en a pas la preuve formelle, cependant son assassin a tenté de lui faire la peau, hier soir. Assassin qui a eu un accident mortel par la suite. Kovak a été obligé de s'expliquer avec la police néerlandaise. Heureusement qu'ils ont des caméras de surveillance dissimulées sur la voie publique, et aussi dans le béguinage, et qu'ils ont filmé l'agression.

Audrey a de la peine pour la mère de Christian.

Il lui parle alors de Michaël. Il lui dit tout. Sa naissance misérable, son enfance fragile, la façon dont il a échappé aux meurtres ordonnés par Bogdan Marùk, sa rencontre avec lui à Berck, son adolescence dans un bordel sordide d'Amsterdam. Michaël, l'enfant maudit du Roi lépreux. Le meurtrier qu'ils recherchent depuis le début.

Audrey hoche la tête, attentive à chaque détail. Le parallèle avec le mystérieux inconnu qui lui a sauvé la vie à Libušín, en tuant tous les Dragons noirs au passage, lui paraît évident. Qui d'autre, sinon ce Michaël lui-même, en aurait été capable ? Plus que jamais, Audrey le soupçonne d'être un individu caché dans son groupe. Pourtant c'est rigoureusement impossible : ils étaient tous là, à Paris, dans l'appartement de Louise Luz. Elle les a tous vus quand elle leur a parlé dans l'avion.

Tous, sauf un.

Et les implications sont complètement dingues.

Donc, pour le moment, elle n'a pas envie d'en parler à Christian. Pas encore. Elle veut en avoir la preuve. Elle a tout risqué pour cette enquête, elle veut la réponse finale. Et pour ça, elle détient l'arme absolue : son sang, sur ses vêtements. Elle les a confiés sous scellés à la police tchèque. Ils sont en train de l'analyser. Ils savent déjà qu'il s'agit d'un homme. Dans moins de quarante-huit heures, elle aura l'ADN complet du criminel fou qui a déclenché tout ça. Elle saura.

– Ces meurtres, dit-elle, ce sont des ordalies.

– Quoi ? fait Christian.

– Je l'ai vu à l'œuvre. Ton Michaël tue ses victimes selon sa logique propre. Il a choisi l'ordalie. C'est une forme de jugement divin qui se pratiquait au Moyen Âge. En gros, on t'impose une épreuve, et si tu réussis, c'est que Dieu le veut.

– Comment peux-tu en être sûre ?

Audrey hoche la tête.

– J'avais un guide, là-bas. Tobias. Il m'a expliqué tout ça. Et surtout, j'ai vérifié en faisant des recherches sur Internet. La sorcière est morte noyée dans un étang : c'est l'ordalie par l'eau froide. Djalal, le Pakistanais, est mort brûlé les bras en croix : l'ordalie par le feu. Pour Sergueï Smolenko, il s'est débrouillé pour l'étouffer avec un sandwich : l'ordalie du fromage et du pain.

– Et mon père ? dit Christian, le visage abîmé par la tristesse. Lors de ma première épreuve, quand il communiquait avec moi, Michaël a dit que papa avait baissé les bras.

Audrey tente de le réconforter.

– Ton père n'a pas été assassiné par Michaël. C'est l'œuvre de Yesfir et Smolenko. Mais peut-être que Michaël a considéré que ton père t'avait laissé tomber. Comme le sien. « Baisser les bras », c'est l'ordalie de la croix. Je suppose que c'est sa façon de voir les choses.

Christian baisse la tête.

– Papa ne m'a pas laissé tomber. Il voulait me parler. Il n'en a pas eu le temps.

– Je sais, dit-elle. Mais on va retrouver le coupable. Ne t'inquiète pas.

Il la regarde à nouveau. Les mâchoires crispées.

– Ça, dit-il, c'est ce que tu penses. Mais pour l'instant on n'a rien. Juste un couple de tueurs hors normes, père et fils, qui se courent après depuis des décennies. Personne ne sait qui ils sont. Ni à quoi ils ressemblent. Ils ont échappé à tout. Survécu à tout. Ils sont d'une intelligence extraordinaire. Ils ont certainement prévu toutes sortes de plans pour échapper à la justice. Je ne vois pas pourquoi ils ne s'en sortiraient pas, cette fois encore.

75

J'ai quitté Amsterdam en pleine nuit. Les flics néerlandais se sont montrés extrêmement serviables. Ils ont été jusqu'à me raccompagner à la gare à 6 h 15. J'ai pris le train et je suis arrivé à Paris à 9 h 44. J'ai emprunté ensuite un véhicule de transport avec chauffeur, commandé grâce à mon vieil ami, l'Assistant électronique personnel. Quand j'ai reçu l'appel d'Audrey, je me trouvais déjà chez moi. Dans ma cuisine.

Ma maison de location a été cambriolée en mon absence. Et j'ai découvert le cadavre d'un chat massacré au premier étage. J'ai vomi. Je suis allé dans la salle de bains, je me suis penché sur la cuvette, et j'y ai balancé toute la bile, toute la haine, toute la peur qui n'ont cessé de m'accompagner ces dernières semaines.

J'ai pleuré, aussi. Longuement.

Je crois que j'avais pas mal de sujets différents sur lesquels je pouvais verser des larmes. Et puis au bout d'un moment, ça s'est arrêté.

Je ne me suis pas tourné vers l'alcool pour y trouver refuge. Ni vers une pilule quelconque. J'ai seulement pris une douche chaude. Très longtemps. Je crois que je vais devenir un grand adepte de la douche chaude, au cours des prochains mois.

Ensuite, j'ai décidé qu'il fallait que je me bouge.

Je suis allé chercher de l'aide auprès de Marianne Dutilleul.

*

Je traverse le vieux village de Saint-Prix. Cet endroit qui a enchanté Victor Hugo et des poètes, des rois et des pèlerins. La brise caresse mon visage. Les feuilles rouges et jaunes volettent dans le vent. Elles tourbillonnent et caressent mes épaules, repartant pour ailleurs, emportées plus haut dans les collines boisées, ou bien vers la vallée en bas, insensibles au destin des hommes.

J'en ai rêvé, de ce moment où je pourrais parcourir ma rue, toucher les vieilles pierres des murs de mon village autrement que pour m'y cramponner, écouter le son de l'eau dans un ruisseau pour une autre raison que distraire mon cerveau malade. Et maintenant j'y parviens. Je suis là. Et pourtant, il me manque toujours quelque chose. J'ai toujours ce trou à la place du cœur. Comme si je n'étais pas complet. Pas à ma place. Une sensation que j'ai toujours éprouvée au cours de ma vie, d'aussi loin que je m'en souvienne.

Maxime-Honoré Balfour avait raison. Mon agoraphobie n'était qu'une excuse pour fuir mes problèmes. Je ne les fuis plus, désormais. J'ai décidé de les affronter. Alors, qu'est-ce qui me manque ?

Je pousse la porte de l'agence immobilière.

Marianne Dutilleul est là.

– Bonjour, docteur Kovak ! lance-t-elle avec le sourire.

– Bonjour, Marianne.

– Pardonnez-moi, mais vous avez une sale tête.

– Vous devriez voir celle de l'autre, je réponds.

– Pardon ?

– Rien. Une blague. Quand on vient de se bagarrer, on dit « si vous aviez vu l'autre… ».

– Vous venez de vous bagarrer ?

– Laissez tomber.

Je lui explique que je viens régler mon loyer en retard. Elle m'avait laissé un message sur mon répondeur à ce sujet. J'ai également un problème de chat. Et une porte-fenêtre qu'il faudrait réparer. Si elle voulait bien me donner un coup de main…

– Bien sûr ! dit-elle en redressant sa grosse poitrine, et en passant une main dans ses cheveux roux.

Elle part fouiller dans ses dossiers.

Tandis qu'elle s'affaire, je regarde machinalement ses photos de famille disposées sur son bureau. Elles sont placées dans des cadres. Il y a ses trois enfants. Ceux qui avaient sonné chez moi le soir d'Halloween, avec leurs amis. Des petits rouquins tout comme elle. Et puis son mari. Roux aussi. Il prend la pose devant sa voiture, un beau véhicule, qu'il vient sans doute de faire briller, parce qu'il tient un chiffon à la main. La famille Dutilleul est une famille de roux.

Je ne cille pas.

Ma main ne se met même pas à trembler.

Simplement je m'assois.

Marianne revient.

– Vous vous sentez bien ? demande-t-elle.

– Oui. Puis-je vous poser une question ?

– Bien sûr.

– C'est votre mari, là, devant la grosse berline noire ?

– Absolument, dit-elle. Éric est chauffeur privé. C'est un travail qui lui prend beaucoup de temps. Mais il l'adore.

– Il ne fait que ça ?

Elle réfléchit.

– Non. Il aime chasser, aussi. C'est un chasseur. Il aime les grandes balades. Mon mari est un solitaire. Mais ça me va, dit-elle en riant. On a tous droit à notre jardin secret, pas vrai ?

Je la regarde.

Elle me regarde aussi.

– Quelque chose ne va pas, docteur Kovak ?

– Effectivement, dis-je. Marianne. Je vous ai loué cette maison.

– Oui.

– Parce que j'ai reçu un prospectus. Plusieurs, en fait. Et des e-mails de démarchage. Toute une série. Vos prix de location défiaient toute concurrence. Je n'allais pas bien à l'époque. Je voulais quitter Paris. Cette maison m'a paru être l'endroit idéal. Un véritable refuge.

– C'est vrai, dit Marianne, cette maison est effectivement…

Je l'interromps en levant la main.

– Dites-moi simplement. Ces e-mails, ces prospectus sont arrivés jusqu'à moi avec une certaine insistance. Comment me sont-ils parvenus ?

Elle hausse les sourcils.

– Qu'est-ce qu'il y a ? Je ne comprends pas.

– Je crois que si, au contraire. Avant que je ne vienne m'installer ici, qui vous a donné mes coordonnées ?

Elle hésite.

J'insiste.

Elle finit par me répondre.

Et soudain, l'univers change de place.

76

C'est l'après-midi. Le même jour. Je suis à la basilique Saint-Denis, aux portes de Paris, à seulement douze kilomètres de chez moi.

J'ai passé quelques coups de fil. Mené quelques actions. On a tenté de me dissuader par téléphone. On a voulu m'empêcher d'agir. J'ai répondu que j'en avais rien à foutre, que j'irais jusqu'au bout et que je ne leur laissais pas le choix, avec ou sans aide. Les Kovak sont des têtes de mule. Tout s'est enchaîné ensuite.

Je suis entré dans ce formidable édifice gothique, la nécropole des rois de France. J'ai suivi les panneaux jusqu'au kiosque d'accueil situé à l'intérieur sur la droite, à peine sensible à la magnificence des lieux. J'ai pris mon billet tel un zombie. Seulement jeté un coup d'œil aux gisants de marbre blanc sur leurs dallages noirs. Aux sculptures fabuleuses. Aux portes de bois immenses. Aux vitraux. Les noms que j'ai aperçus m'ont à peine arrêté. Charles VI dit le Fou. Isabeau de Bavière. Marie d'Anjou. Bertrand du Guesclin.

Je descends dans la crypte sous l'escalier.

La crypte de la basilique Saint-Denis est un labyrinthe sombre et extraordinaire. Une douzaine de salles, un ossuaire, des cercueils princiers, les cénotaphes des Bourbons, et l'incroyable crypte archéologique qui me fait penser à un cimetière de vampires.

Évidemment. Quel autre endroit, pour un homme comme lui ?

Maxime-Honoré Balfour est là, avec un groupe d'enfants. Il est en train de leur donner des explications historiques en désignant les immenses dalles noires des tombeaux de Louis XVI et Marie-Antoinette.

Il a l'air surpris de me voir.

– Comment saviez-vous que j'étais ici ? dit-il.

– Par Marianne Dutilleul. Son mari, Éric, est votre chauffeur. Entre autres choses. Il n'est pas là en ce moment. Mais il a votre emploi du temps.

C'était aussi un tueur, ai-je envie d'ajouter. Et sa femme ne le sait pas. Ils ont trois beaux enfants. Pourquoi les tueurs n'auraient-ils pas d'enfants ? Ils les aiment. Ils ont une femme. Une vie. Simplement, ils compartimentent.

– D'accord, dit Balfour.

– Vous avez les cheveux noirs aujourd'hui ?

Il hausse les épaules.

– Blonds. Noirs. Je suis chauve. Je mets des perruques. Il m'arrive d'en changer. Vous êtes venu ici pour me parler de mes cheveux ?

– Que faites-vous là, Maxime-Honoré ?

– Vous devez le savoir, puisque vous avez discuté avec Marianne. Je donne des cours de catéchisme, comme tous les mercredis. Aujourd'hui, nous avons pris le bus avec les jeunes pour venir étudier les rois de France.

Je hoche la tête en observant les visiteurs. Il y a beaucoup de monde, en effet. Et pas mal d'enfants. Ils nous regardent parler, Balfour et moi. Je prends son bras, annonce que je leur enlève leur guide une minute, et l'entraîne de quelques pas en leur tournant le dos.

– Au fait, dis-je à Maxime-Honoré, désolé, je n'ai pas suivi votre conseil. Je ne suis pas allé voir cette maison des associations, à Paris, où vous m'aviez recommandé de me renseigner sur les Russes blancs, ces immigrés de la révolution de 1917.

– Dommage.

Je l'entraîne quelques pas plus loin, en direction de la crypte archéologique.

– Les flics, en revanche, y ont fait une descente. Il y avait bien une bande de Russes. Mais plutôt agressifs. Et aucune association du tout, si ce n'est de malfaiteurs. Si je m'y étais rendu, ils me seraient tombés dessus pour me liquider. La police les interroge en ce moment même.

Balfour me dévisage, imperturbable.

– Vous avez quelque chose contre la Russie ?

– Au contraire. J'adore cette culture. Et les Russes sont très francophiles. En fait, j'envisage de m'y rendre prochainement.

– Votre agoraphobie va beaucoup mieux, on dirait.

– En effet. Le déclic s'est produit.

– J'en suis content.

On arrive à la crypte. Devant nous, au-delà de quelques marches protégées par une rambarde, il y a une trentaine de cercueils. Ils sont en pierre brute, disposés un peu au hasard sous le plafond bas. Des lumières discrètes mettent en valeur leurs angles et leurs courbes rugueuses. L'air est chargé d'humidité. On dirait vraiment une caverne. Il y a encore quelques personnes autour de nous.

– Les flics ont aussi contacté l'ambassade de Russie, dis-je.

– Ah bon ? fait Balfour.

– Ils ont montré votre photo. Des gens très coopératifs, à l'ambassade. Ils ont contacté leurs services d'immigration. Ça a pris du temps. Mais ils ont identifié un homme qui s'appelle Maksimilian Barov, fils d'Edna et d'Aleksander Barov. Aleksander Barov était membre de la garde impériale du tsar. Il a fui la révolution russe, comme beaucoup d'autres, et il est devenu chauffeur de taxi à Paris en 1917. Son fils, Maksimilian, a fait de brillantes études de psychologie. Il a obtenu son doctorat à l'âge de vingt-trois ans à peine. Puis il a passé un second doctorat, en Histoire ancienne, à vingt-cinq ans. Ensuite il a disparu de la circulation. D'après certaines personnes, les Barov descendraient d'une grande famille d'aristocrates. Ou peut-être pas. Maksimilian Barov était un menteur pathologique. Il a eu tellement d'identités au cours des âges. Il est fiché à Moscou comme agitateur. Les policiers russes en ont discuté avec leurs homologues tchèques. C'est un homme très recherché. On le soupçonne d'être à l'origine de plusieurs réseaux de déstabilisation. Tsarong et ses Dragons noirs, par exemple. Mais il y en aurait d'autres. Maksimilian Barov est son nom véritable. Cependant, on l'appelle aussi Bogdan Marùk. Ou Maxime-Honoré Balfour. Vous.

Je reste silencieux un moment. Aussi muet que les tombeaux séculaires qui nous entourent.

– C'est une jolie histoire, dit Balfour.

– C'est plus qu'une histoire. Pendant que les flics effectuaient leurs recherches, je suis entré dans votre maison. J'ai cassé une vitre, fracturé votre secrétaire et trouvé vos papiers d'identité. Il y en a plusieurs jeux. C'est bien rangé. Tout est soigneusement classé, sans ordinateur, à l'ancienne.

– Je n'ai jamais fait confiance aux ordinateurs, dit-il.

– Je vous crois. D'autres papiers montrent que vous avez beaucoup d'argent. Vous avez logé ma mère dans un château.

– Une femme remarquable.

J'essaye de contrôler ma respiration. Ce que je m'apprête à dire est le plus difficile. Le plus intolérable. La raison de ma présence ici. Je voudrais arriver à prononcer les mots sans me mettre à sangloter comme un idiot. Ce n'est pas facile. Je vais essayer de m'exprimer d'une traite.

– Il y avait aussi des photos de moi, dans ce secrétaire, dis-je. Moi dans ma maison à Saint-Prix. Moi dans mon service des urgences, à l'hôpital. Moi lors de ma remise de diplôme de docteur à la fac. Moi à dix ans, sur la plage. Moi bébé. Plusieurs de ces photos comportaient des phrases écrites par ma mère, au dos. Ma mère a eu une liaison avec vous. Elle vous a rencontré avant mon père. Elle est tombée enceinte. Mais elle ne vous a pas choisi. Elle a préféré épouser Anton Kovak. Ce qui ne l'a pas empêchée de venir vous retrouver régulièrement, et notamment tous les étés à Berck, pendant dix ans.

Il soupire.

– Effectivement.

– Je ne suis pas Christian Kovak.

– Non.

– Je suis Christian Barov. Votre fils.

– Oui.

– Pourquoi ? dis-je, en me tenant à la grille du balcon.

– Pourquoi quoi ?

– Cette vie ?

Balfour regarde un instant le bout de ses chaussures. Pour une fois, elles sont impeccables. Comme toute la riche garde-robe que j'ai découverte chez lui. Tous les vêtements, les déguisements, toutes les variations qu'il s'emploie à porter, selon la personnalité qu'il adopte. Pauvre en apparence. Riche à l'intérieur. Caché en pleine lumière. À deux pas de chez moi. Depuis toujours.

– Il n'y a que le Chaos, Christian, dit-il en levant les yeux vers moi. J'ai essayé de te le faire comprendre, à de multiples reprises. À travers les Memento Mori, j'ai tenté de t'influencer. Tu aurais pu devenir l'un des plus grands d'entre eux. Mais tu n'as pas voulu. Tu n'as fait que poursuivre tes propres chimères. Et quand tu t'es mis à aller vraiment mal, avec l'apparition de ton agoraphobie, ta mère est revenue vers moi. Je t'ai alors envoyé dans cette maison. C'est à ça qu'elle sert : envoyer les Memento en cure, se reposer, prendre l'air. Nous t'avions à l'œil.

– C'est pour ça que Lauren savait où j'habitais. Tous les deux, vous avez demandé à l'agence de Marianne Dutilleul de me relancer jusqu'à ce que j'emménage.

– Oui. Et j'ai aussi tenté de te soigner. De te donner des pistes pour t'en sortir. Mais tu n'es pas facile à traiter. Tu es comme tes parents, une vraie tête de mule.

Je le regarde avec mépris.

– Anton Kovak était mon père. Vous n'êtes rien.

Il se contente de sourire.

– J'ai voulu te protéger. Tu es mon fils. Est-ce que ça te paraît complètement inconcevable ?

– Vous mentez. Vous avez tenté de me faire assassiner à plusieurs reprises. Vous mentez tout le temps.

– Tu t'es mis à représenter une menace.

– Comme votre deuxième enfant.

Son sourire retombe.

– Quel deuxième enfant ?

Je ravale ma salive.

– Michaël. Mon demi-frère. Le fils de Blanche.

– Lui ? s'étonne Balfour. Comment es-tu au courant ? Tu l'as seulement connu quelques jours. Et tu étais gamin. De toute façon, il ne compte pas. Il est mort. Il a disparu en montagne quand il avait douze ans.

– Non.

Il me scrute en plissant les paupières. Pour la première fois, je sens son aura de puissance apparaître derrière le masque. Tel un serpent redressant la tête.

– Comment ça, non ? il susurre. Tu veux dire que tous les ennuis que j'ai eus récemment…

Il ne termine pas sa phrase.

Je n'ajoute rien.

Il marche un peu devant la crypte, face aux dernières personnes qui traînent encore. Il finit par sourire.

– Tu bluffes. Je n'en crois pas un mot. En revanche, maintenant que tu sais tout, pourquoi ne pas te joindre à moi ?

– Que voulez-vous dire ?

Il lève son visage et le tourne un peu de côté. Ses deux mains se portent lentement à ses tempes et touchent ses faux cheveux noirs. On dirait un monarque secrètement fier de sa couronne sombre.

– Nous avons parlé de religion, dit-il. Je t'ai expliqué que je ne croyais pas en Dieu. Le dieu ordinaire. Celui que vénèrent les imbéciles. Mais il existe d'autres forces. Sais-tu seulement ce qu'est la beauté du Chaos ? Il y a des puissances qui nous dépassent. L'univers est fait d'explosions, de mouvement. Il est rempli d'énergies destructrices. La stabilité n'a aucun sens…

Il fait un pas, accompagné d'un mouvement de l'épaule.

– Tu as contemplé ce que je fais. Le pouvoir de mon influence. Les Memento Mori n'étaient qu'un test, le vrai pouvoir s'exerce dans l'ombre, directement dans le cerveau des gens. Cela fait plus d'un demi-siècle que j'étudie la psychologie, de la façon la plus poussée qui soit. Pas celle d'un ridicule individu : celle des masses, les mouvements humains à travers l'Histoire, les neurosciences. J'ai beaucoup voyagé, donné beaucoup de conférences, participé à des groupes d'influence et rencontré des éminences grises dont tu n'as même pas idée. Tous s'accordent aujourd'hui sur un point : le vrai pouvoir, c'est le Web, dit-il en faisant claquer ses lèvres.

Il braque ses yeux perçants dans les miens.

– La puissance d'une rumeur est multipliée par les millions de cerveaux qui croient en elle. Rien ne peut arrêter ça. Les gens réagissent à la colère comme des miroirs. Ce sont leurs neurones miroirs qui parlent, ces structures de la reconnaissance qui permettent l'apprentissage par l'imitation, de la même façon qu'un enfant mime les réactions faciales de ses parents. Si un gosse pleure dans une classe de maternelle, tous les autres pleurent avec lui sans savoir pourquoi. La colère contamine la foule. La violence se propage sur les réseaux sociaux. Parce que les neurones miment ce qu'on leur envoie. Ainsi, ils deviennent tous tes sujets. Mets-leur des rires, et ils riront. Mets-leur des pleurs, ils pleureront. Mets-leur de la violence, et ils iront là où tu les emmènes, ils casseront, ils tueront, ils détruiront. Ils penseront que c'est leur choix, leur volonté qui les guide. Alors que c'est la mienne. Celui qui contrôle le Web contrôle le Chaos.

Il penche la tête sur le côté.

– Tsarong et ses Dragons étaient mes guerriers. Ils enrôlaient, ils se battaient, ils frappaient quand il fallait qu'ils frappent. Mais il y en a d'autres. Ils sont nombreux. Rejoins-moi, Christian, et nous les guiderons ensemble pour abattre tous les carcans, toutes les prisons, les polices et les lois, les États eux-mêmes ! Que vienne le règne du Chaos !

Je le regarde, les yeux écarquillés.

– Vous êtes complètement fou, vous le savez ?

Il se met doucement à réciter.

– *Je suis né pour vivre sans tombeau. Ce corps ne mourra jamais. Il n'est pas seulement né pour sentir les fleurs, mais également pour incendier. Tuer et tout réduire en poussière...* C'est la traduction d'un poème de Radovan Karadžić, dit-il. On l'a surnommé le Boucher des Balkans. Mais c'est aussi un docteur, un psychiatre, et un ami. Lui, il avait compris le pouvoir véritable.

Je le toise, sans faire aucun commentaire.

Il finit par ôter sa perruque et me la jeter à la figure. Un geste d'énervement et de déception, parce qu'il a compris que je ne le rejoindrai jamais. À présent il me dévisage tel qu'il est. On dirait que son crâne chauve luit dans la pénombre de la crypte. Son aura maléfique est presque palpable.

Je fais un pas en arrière.

– Bien, dis-je. Il était important que nous ayons cette conversation.

– Pour en savoir plus sur toi-même ? Tes origines ?

– Oui. Et pour que la police ait le temps d'évacuer les enfants et les touristes. Les flics sont là. Tout autour de vous. Je suppose que vous êtes armé ?

Ses paupières clignent un instant.

– Ça va de soi, dit-il.

Il ouvre sa veste.

– J'ai un vieux pistolet. Je crois que je te l'ai dit au téléphone. Et je sais m'en servir.

Il regarde autour de lui.

– Mais je vois qu'il reste encore quelques enfants plus loin. D'ici, je ne peux pas les rater. Vous avez intérêt à ne pas faire les idiots. Vous savez que je n'hésite pas à tuer les gosses.

Le commissaire Batista sort du fond de la crypte, tel un vampire émergeant parmi les cercueils, et s'avance vers nous, l'arme à la main.

– Allez, c'est bon, Kovak. On a suffisamment tergiversé. Maintenant cassez-vous. Barov, vous êtes en état d'arrestation !

Maxime-Honoré sort son arme.

– Posez ça, dit Batista. Comme on vous l'a dit, il y a des tonnes de flics dans l'église. On a fait évacuer tout le monde. C'était une tactique stupide, mais Kovak ne nous a pas vraiment laissé le choix. Il y a aussi des journalistes dehors. Vous qui aimez répandre les fausses rumeurs, vous allez pouvoir m'accompagner et vous adresser aux médias.

Batista sourit, goguenard.

– Vous leur expliquerez qui vous êtes. Le Roi lépreux, je suis certain qu'ils vont adorer.

– C'est ça, votre plan ? dit Balfour avec dédain. Vous comptez m'appâter avec la perspective de m'adresser au plus grand nombre, alors que je déteste les gens, commissaire ?

Balfour fixe soudain Batista.

Le crâne du commissaire est chauve. Tout comme le sien.

Le regard de Maxime-Honoré semble perplexe, cherchant des similitudes entre leurs deux visages.

Ses yeux finissent par s'arrondir.

– Ou bien dois-je vous appeler... Michaël ?

Balfour lève son pistolet.

Une grenade fumigène roule entre nous.

Un coup de feu. Suivi d'un second.

Puis plus rien.

Je tousse. Quelqu'un m'attrape par le bras. C'est la capitaine Luz qui me tire en arrière. La fumée commence à se dissiper.

Batista est allongé sur le sol au milieu des tombeaux. Penneroux et Blériot arrivent en courant, ouvrent le portillon de la crypte et descendent les marches jusqu'à lui. Ils portent des gilets pare-balles, tout comme Batista. Mais ce dernier a été touché à la tête.

– Merde ! dit Penneroux. Il faut appeler les secours !

Luz me fait signe de descendre.

Je suis en état de choc. Mais j'obtempère. Je m'agenouille pour examiner le commissaire. Il est mort. Balfour lui a tiré en plein crâne.

Florian d'Apremont et Charlie Wang arrivent à leur tour. Ils sont tous là, sauf Audrey, qui a désapprouvé mon idée et qui est restée à l'hôpital.

– Et Maksimilian Barov ? demande Florian.

Le Roi lépreux est également à terre. Les yeux grands ouverts. Ses pupilles dilatées fixent le plafond. Maxime-Honoré Balfour, ou quel que soit son nom, a pris un tir dans la poitrine.

– Il est mort aussi, dit Luz, qui tient encore son calibre à la main. Je suis désolée, mais je n'avais pas le choix. Je vous avais dit de dégager, Kovak ! Bon sang, qu'est-ce que vous avez foutu, à parler avec lui pendant trois plombes ?

Je ne réponds rien.
Mon cerveau est vide.
Louise Luz se penche sur le cadavre.
– En tout cas, c'est réglé. Le roi est mort. Vive le roi.

77

Plusieurs jours se sont écoulés. Il n'y a pas eu réellement d'enquête sur Armando Batista. On ne salit pas la mémoire d'un commissaire de police, à moins d'avoir d'excellentes raisons. Mais en fouillant parmi ses affaires, dans son appartement, à la recherche d'un costume pour son inhumation, ses collègues ont découvert plusieurs choses étranges.

Du matériel d'espionnage. Des logiciels de mise sur écoute. Un pistolet de choc électrique. Des ordonnances pour des médicaments psychotropes. Les clés d'un véhicule utilitaire, le genre de camionnette qui sert de sous-marin aux flics pour la surveillance. Des cordes et des poids qui auraient pu servir à lester un corps dans un étang. Il y avait également une bible. Quelques documents sur la ville d'Amsterdam. Et d'autres, à propos d'un petit village du sud de la France.

Tout cela soigneusement rangé.

Comme si on les avait disposés exprès pour qu'on les trouve.

Sa veuve, Camilla Batista, est demeurée au Portugal. Elle a expliqué par téléphone que son mari était violent. Qu'il partait souvent dans des délires métaphysiques, et que parfois il pétait les plombs. Elle s'est éloignée avec ses enfants pour se protéger. Elle n'avait aucune intention de revenir. C'est lui qui s'est inventé cette histoire, disant que s'il changeait de poste, elle reviendrait.

Armando Batista était un homme solitaire, au comportement parfois étrange, et qui avait tendance à imputer ses erreurs aux autres. En outre, il n'avait jamais hésité à utiliser les médias pour faire avancer sa carrière, quitte à écraser certains collègues. Voilà la vérité, a dit Camilla.

Concernant ses activités occultes, et la possibilité que Batista soit l'auteur des meurtres de Yesfir Fammous, Djalal le Pakistanais et Sergueï Smolenko, le flou demeure. Même si c'est ce que pensent la plupart des gens. D'après ce que m'a dit Audrey, personne n'en parle dans les couloirs de la Sûreté des Transports. Les brebis galeuses, on n'aime pas. En outre, elle a précisé qu'aucune enquête ne pouvait être menée de façon efficace, car il est impossible de poursuivre pénalement une personne qui est déjà morte.

De mon côté, je n'ai répété l'histoire de Michaël à personne d'autre qu'elle. Les mots que j'ai prononcés dans la crypte de la basilique Saint-Denis se sont perdus au milieu de mon discours. Les autres flics d'Évangile se sont surtout focalisés sur le fait que j'étais le fils du Roi lépreux. Une histoire de dingue : si on la racontait, personne ne la croirait, a d'ailleurs dit Louise Luz en riant.

C'est la première fois que je vois Louise joyeuse. Mais il faut dire que je ne la connais pas bien.

L'enterrement d'Armando Batista, fondateur du groupe Évangile, s'est déroulé sans grand cérémonial. Celui du commissaire Medhi Barouche, en revanche, a attiré près d'un millier de personnes. La Légion d'honneur lui a été décernée à titre posthume. Tous les flics de Versailles étaient là. Une bonne partie de l'IRCGN aussi. Plusieurs jolies femmes pleuraient. J'ai vu une consœur, le docteur Noémie Dailly, une légiste qui s'occupe de la faune et de la flore forensiques, qui était inconsolable. Apparemment, Barouche était un séducteur.

Au cours de la cérémonie, Franck Penneroux est venu s'excuser auprès du groupe. Je tenais la main d'Audrey à ce moment-là.

Penneroux a reconnu avoir tuyauté Barouche à plusieurs reprises au cours de l'affaire. Il espérait être muté en poste à Versailles pour se rapprocher de ses enfants. Barouche lui avait proposé un deal, les renseignements contre le poste. Le commissaire Barouche n'était pas qu'un séducteur : il était également malin. Audrey a demandé à Penneroux si c'était lui qui se trouvait assis dans son van, pendant la poursuite aux Buttes-Chaumont. Franck a été surpris, mais il a reconnu que c'était vrai.

Il y a bien d'autres choses que je pourrais vous dire.

La façon dont on a retrouvé le corps de ma mère. Enseveli sous un tas de sable. Son enterrement à Saint-Prix. La main d'Audrey serrant la mienne, encore une fois, et encore plus fort.

La présence d'Oksana, la flamboyante kinésithérapeute, aux côtés de Didier Blériot à chaque enterrement.

La manière dont Samia a tristement perdu son bébé, en le cachant à Florian d'Apremont, de peur qu'il ne la quitte. Et sa réponse à lui, qui l'a alors demandée en mariage.

Les réactions, ou plutôt l'absence de réaction de Charlie Wang à ces divers bouleversements, parce que Wang est… Wang, et qu'on ne sait jamais ce qu'il pense.

Le moment où je me suis rendu chez Rosa Valenti en compagnie de sa fille. Le moment où nous nous sommes embrassés, Audrey et moi, sur son lit d'ado, sous son poster « Un jour j'irai à New York avec toi ». Le moment où nous n'avons *pas* fait l'amour, bien que nous en ayons eu très envie, à cause de tous ses satanés bandages et de ses blessures. Le moment où nous nous sommes mis d'accord sur l'attitude à avoir concernant le véritable coupable.

Je pourrais vous parler de tous ces moments. Mais au fond, ils n'ont guère d'importance.

Sauf un.

Celui où Louise Luz nous a invités, Audrey et moi, à passer l'après-midi avec elle sur la plage de Berck.

*

Audrey a préféré me laisser seul avec Louise. Elle est partie faire un tour sur la promenade devant l'hôpital maritime. Je suis assis sur le sable, jambes allongées, appuyé sur les mains, face à la mer. Louise est assise à côté de moi, les jambes repliées. Elle joue avec un coquillage.

Je la regarde.

On dirait un enfant.

– Alors ? dit-elle en pointant du menton la pochette de scanner posée devant nous. Tu en penses quoi ?

– Que tes ennuis de santé sont sérieux.

Louise Luz laisse échapper un rire.

– Qu'est-ce que tu racontes, Kovak ? Ce n'est pas « sérieux », le mot. J'ai des métastases cérébrales. L'un de tes collègues me l'a d'ailleurs confirmé. En même temps, je ne sais pas ce que vaut son avis. Il est psychiatre. Mais bon, dans son genre, il est doué. Il m'a d'ailleurs dit que ces métastases pouvaient induire chez moi des troubles du comportement.

Deux gamins passent à bicyclette.

Une mouette joue dans les courants aériens.

– Il faut qu'on discute, Louise.

– C'est pour ça qu'on est là.

Je prends une inspiration.

– Les flics de Prague ont envoyé le profil ADN à Audrey. Tu sais, celui qu'ils ont obtenu à partir du sang sur ses vêtements. L'homme qui a massacré les Dragons noirs. Et aussi Yesfir, Djalal et Smolenko. Et probablement un certain nombre d'autres personnes. C'est un ADN masculin. Ils l'ont vu tout de suite, parce que la première chose que l'on détermine, c'est la formule des chromosomes. Et dans le cas présent, la formule est 46, XY. C'est-à-dire celle d'un homme ordinaire. Seulement, Audrey l'a fait comparer dans un labo privé. Ce profil ADN est le tien.

Elle sourit toujours.

– Conclusion, Docteur ? dit-elle.

– Tu es atteinte du syndrome SIA. Le syndrome d'insensibilité aux androgènes. À l'extérieur, tu es une femme. Mais génétiquement…

– Je suis un homme, dit Louise.

– C'est ça.

Elle reporte son attention sur son coquillage.

– Je suis un cas rare, dit-elle. Une personne sur cent mille.

– C'est vrai, reconnais-je. Certaines sportives dans la même situation que toi ont eu des problèmes. On les a accusées d'être trop performantes. Avant de découvrir qu'elles étaient intersexuées. Cela nécessite une surveillance médicale particulière. Les tumeurs sont l'une des complications possibles.

Avec ses doigts, elle trace des traits énervés dans le sable. On dirait des griffures.

– La nature crée des putains de trucs, hein ? dit Louise.

Je ne sais pas quoi répondre.

– En vrai, dit-elle. J'ai toujours su que j'étais différent. J'avais une anomalie mineure à la naissance. Ma mère a fait le test à Amsterdam. Quand on lui a donné le résultat, elle y a vu un signe du Mal. Du péché. C'est pour ça qu'elle s'est foutue en l'air.

– Ce n'était pas de ta faute, dis-je avec douceur. Blanche, la béguine, a pu se suicider pour des tas de raisons.

Louise m'interrompt d'un geste.

– Et alors ? Le résultat est le même. J'ai grandi comme un garçon. On m'avait donné un prénom de garçon. Et je suis resté un garçon longtemps. Mais plus je vieillissais, et plus j'avais les caractéristiques d'une fille. Même si je m'évertuais à les cacher. Lorsque le médecin a remarqué en salle d'accouchement que j'étais né avec un clitoris hypertrophique et un pseudo-vagin, il a hésité sur le sexe. Avec mes chromosomes XY, il a opté pour le masculin. Donc on m'a baptisé comme tel. Quand j'étais petit,

Bogdan Marùk m'a fait venir à l'hôpital de Berck, dans la section pour les enfants malades. Il me surveillait. Il était intrigué par mon cas. Il n'arrêtait pas de me poser des questions. Je lui en posais aussi. Ensuite, il m'a sans doute trouvé trop bizarre, trop intelligent, ou je sais pas. Mais il a pris cette voiture, et il a voulu… Il a voulu…

La phrase de Louise s'interrompt sur un sanglot.

C'est inattendu de sa part.

Je pose ma main sur la sienne. Elle ne la retire pas.

– Après, dit-elle en crispant la mâchoire, il a envoyé quelqu'un tuer ma famille d'adoption. Mais là encore, je m'en suis sorti. Je suis rentré tout seul à Amsterdam. J'ai continué ma vie de garçon, masquant le reste, même aux plus proches. Au début c'était facile, j'avais un vagin inexistant, pas de règles. Sauf qu'avec le temps, je me transformais malgré moi. Le corps, les hanches. J'ai commencé à prendre des seins. Pour l'expliquer, je racontais n'importe quoi, que j'avais subi une opération esthétique, que je prenais des hormones. Ce genre de fantaisie n'est pas rare, tu sais, dans un bordel. Mais j'avais des troubles de l'identité sexuelle, bien sûr. Sans compter tout ce qu'on me faisait subir.

Mes propres yeux sont humides. Difficile de ne pas me souvenir du Mano Rosso, et des choses ignobles que Hantz m'a racontées.

– Comment tu as géré ? je demande.

– Je n'ai rien géré, dit-elle. La fille en moi souffrait. Je l'appelais la Dame des Douleurs. Le garçon en moi voulait me défendre. Au fil du temps, il est devenu… quelque chose de différent.

La voix de Louise redevient lointaine.

Je m'essuie les yeux.

– Qui était Louise Luz, en fin de compte ? je demande.

– Une jeune prostituée. Elle était en transit, achetée par le propriétaire du Mano Rosso, et aussitôt revendue. Mais elle a claqué d'une overdose le soir même, dans le dortoir. C'était l'occasion.

J'ai mis le feu à son matelas. Pris son identité. Tout s'est mis à flamber. Je suis parti. Personne n'a jamais compris ce qui s'était passé. C'était tellement la panique, tu aurais vu ça, Kovak. Et de toute façon, je ne crois pas que le sort des prostituées intéressait beaucoup la police. Je suis venu à Paris. J'ai procédé à quelques ajustements chirurgicaux. Je suis devenu totalement femme physiquement, même si je ne peux pas avoir d'enfant. J'ai repris mes études. Et entamé une carrière de flic. Avec une seule idée en tête, retrouver le Diable. Je l'ai cherché partout. J'ai tourné autour de Bogdan Marùk pendant tellement longtemps, sans jamais réussir à le faire sortir de son trou. Mais je me suis opposé à lui de différentes façons. Il avait des projets politiques pour un baron de l'industrie pharmaceutique, par exemple, et je l'ai planté. Mais toujours sans parvenir à mettre la main sur lui. J'étais littéralement habité par la fureur. Je voulais tout détruire. J'étais tellement en colère…

Je finis par relâcher sa main.

– Il y a un truc que je veux comprendre, dis-je. Comment tu as su, pour notre parenté à tous les deux ?

Louise se tourne vers moi.

Ses grands yeux bleus ont l'air tellement paisibles.

– L'année dernière, dit-elle, lors d'une affaire criminelle, on a relevé les profils ADN des enquêteurs, comme d'habitude. Tout le groupe. Plus le tien. Tu intervenais cette fois-là en tant qu'expert. J'ai récupéré les résultats. Un biologiste m'a fait remarquer qu'il y avait quatre profils avec des parentés. Les deux cousins. Et les deux nôtres. J'ai été totalement bouleversé. Au début, je ne savais pas quoi faire de cette information. Elle a été détruite, aucun ADN de flic n'est conservé dans la base. Mais je ne pouvais pas faire comme si elle n'existait pas. Et je ne savais pas si tu étais au courant de quelque chose.

– Alors tu m'as surveillé, dis-je.

– Oui, reconnaît-elle. J'ai mis des caméras autour de ta maison.

Et je t'ai mis à l'épreuve. Pour voir si Bogdan allait se manifester. Venir te secourir. Si j'avais constaté que tu étais avec lui, si j'avais su que vous marchiez ensemble, alors je vous aurais tués tous les deux. Mais il n'a pas bougé un cil. Il n'a pas pris le risque d'être identifié. Il était très méfiant. Tu as vu ce que les flics russes et les Tchèques ont raconté : je n'étais pas le seul à ses trousses.

Je vois Audrey revenir au loin, sur la plage.

Elle prend son temps.

– Tu avais tout préparé, n'est-ce pas ? dis-je à Louise.

– Pas tout. J'ai improvisé sans arrêt. Je n'avais pas prévu qu'ils allaient tuer ton père adoptif. Mais ça a été le point de départ. À partir de là, j'ai décidé de tous les supprimer un par un. Je me suis arrangé pour mettre les deux groupes face à face. Le nôtre, et les Dragons noirs que j'avais identifiés. Comme ça on pouvait leur rentrer dedans. Pour forcer le Roi lépreux à sortir de l'ombre.

– Et ton agression récente ?

Louise hausse les épaules.

– Fausse. Elle avait simplement pour but de me disculper, le cas échéant. Je me suis moi-même frappé au visage. Le psychiatre m'a fait tous les certificats. Et mes parents eux-mêmes sont bidon. C'est un couple de SDF qui vivent en bas de mon immeuble. Je leur ai filé mon appartement. Je les ai apprivoisés, en quelque sorte, pour qu'ils jouent ce rôle, quand j'en ai besoin. Je ne pouvais pas être à Prague si j'étais chez moi le matin même, avec autant de témoins. Cependant, il fallait que j'y aille. J'avais plus ou moins envoyé Valenti là-bas. Je n'allais pas la laisser seule face à cette bande de sauvages !

Audrey me fait un geste de la main.

Je lui fais signe d'attendre un peu.

– D'accord, dis-je à Louise. Tu nous as fait venir ici aujourd'hui. Pour nous parler. Tu nous as raconté ta véritable histoire. Mais tu avais un alibi, comme tu dis. Tu aurais pu te taire.

Elle a un geste de lassitude.

– Non. À cause de l'ADN. Ces procédures sont obligatoires, maintenant. Tout ça finira forcément par se savoir. Un jour ou l'autre, même si les archives des flics sont détruites, un technicien de laboratoire aura la langue trop bien pendue. Il fera remarquer que mes chromosomes n'ont pas la bonne formule. Et ce sera la fin.

Elle regarde les vagues qui viennent s'écraser sur la plage.

– Et puis, il ne me reste guère de temps. Je voulais juste que vous sachiez, tous les deux.

Je contemple l'horizon avec elle.

Je suis malheureux. Je pense à papa. À tout ce qui s'est déroulé sur cette plage. Tout a commencé ici.

– Je me demande si Anton était au courant, dis-je.

– Que tu n'étais pas son fils ?

– Oui.

– Peut-être, murmure Louise. Ou peut-être pas. Mais toi, au moins, tu as eu un père.

Elle se lève soudain.

– Merci de n'avoir rien dit, Audrey et toi.

Elle fait quelques pas en direction des vagues.

– Vous auriez pu vendre la mèche. Mais vous avez choisi de vous taire. C'était cool de votre part.

– Attends, dis-je, où vas-tu ?

Elle s'éloigne un peu plus, souriante.

– C'était sympa de te connaître, Kovak. Tu sais, c'était un peu ton ordalie à toi aussi. L'ordalie du duel. Le combat judiciaire. Tous les deux face à face.

Elle met ses deux index l'un contre l'autre, et fronce le nez, mimant deux chiens qui jappent.

– Je plaisante, fait-elle. En tout cas merci. Au fait, j'ai une moto dans un box de mon immeuble. Tu n'auras qu'à la filer à Samia.

– Attends ! dis-je, tandis qu'elle se met à marcher tout habillée dans l'eau.

Elle se tourne vers moi.

Elle me sourit.

Pourtant des larmes brillent dans ses yeux.

– J'ai fait du mal à tellement de monde, dit-elle. Et à toi plus qu'à n'importe qui, Christian. J'espère que tu me pardonneras un jour.

Je reste bloqué sur la plage. Les jambes pétrifiées dans le sable, tandis qu'elle avance dans la mer. Elle a maintenant de l'eau jusqu'à la taille.

– Tu te rappelles ce qu'on disait ? me crie-t-elle, les mains en porte-voix.

– Bien sûr, dis-je, la gorge nouée.

Des larmes roulent sur mes joues. J'arrive quand même à lever la main, en signe d'adieu, et à lui dire les mots.

– À plus, Minus !

Elle lève la sienne en retour.

– À un de ces quatre, Patate !

Puis elle ajoute :

– Mon frère…

Après quoi, Michaël se tourne et s'éloigne pour nager.

Il fait quelques brasses. De plus en plus loin. Sa silhouette monte et descend sur les vagues, poussée par le vent de l'automne. Ses gestes sont puissants. Il s'éloigne de plus en plus de la plage de Berck, où nous avons joué tous les deux, dans une autre existence.

Audrey me rejoint et le regarde partir en silence en me donnant la main. Elle pleure elle aussi.

Nul besoin de parler. C'est d'ailleurs ce que nous avions décidé, Audrey et moi : ne rien dire. Michaël lui a sauvé la vie. Et nous ne sommes pas parfaits. Les êtres humains sont ainsi. Personne n'est vraiment innocent, ni coupable.

Les gens aimeraient que le monde soit noir ou blanc.

Le bien ou le mal.

Mais ici, sur cette plage de mon enfance, quand je regarde vers l'horizon, là où le ciel et la mer se confondent, le monde n'est pas noir, ni blanc.

Il est gris.

Remerciements

L'écriture d'un roman est un travail exigeant, un roller-coaster émotionnel, une drogue puissante, et globalement une dinguerie. Et je suis très fier qu'un certain nombre de gens, amoureux de la lecture et de l'écriture, croient en cette folie commune et m'aient laissé une nouvelle fois monter sur le manège.

Je tiens à remercier avant tout ma famille littéraire, les éditions Albin Michel, Francis Esménard, Richard Ducousset, Gilles Haéri, mon éditrice Caroline Ripoll et toutes les équipes formidables qui soutiennent mon travail. Vous êtes des gens d'exception.

Je remercie également les nombreux professionnels qui ont accepté ma présence au quotidien pour mes recherches. Vous m'avez permis de vivre des moments extraordinaires, j'espère avoir réussi à en retranscrire quelques-uns. Merci à vous : Éric Beuvry de la cellule d'identification criminelle d'Amiens, Céline Dumillard, Anne-Typhaine Baude et tous les personnels de cette machine de guerre qu'est l'IRCGN ; Monsieur le sous-directeur régional de la police des transports Jean-Marc Novaro, le commissaire Gabrielle Hazan, Franck Benezech et les différents groupes d'Évangile. Merci également à Ophélie Cohen et Steve Bruyenne qui m'ont fourni des détails sur les armes à feu, à mes amis de la petite commune de Saint-Prix, et à mes collègues et patients des urgences.

Merci à ma famille. Merci à Laetitia, Margaux et Joffrey, âmes sœurs, guerriers, cerveaux et cœurs, tout cela à la fois.

Et surtout merci à *vous*, mes amis, lecteurs, libraires, et passionnés des réseaux sociaux. C'est grâce à vous que mes livres existent, grâce à vos petits mots que la longue période d'écriture s'adoucit, grâce à votre soutien que mes romans peuvent faire leur chemin.

Je vous embrasse, je dois retourner sur les montagnes russes. Écrire la prochaine histoire. Vivre la prochaine folie. Vous et moi, ensemble, plus forts que le Diable.

P.B.

DU MÊME AUTEUR

Aux Éditions Albin Michel

L'Œil de Caine, 2007, prix des Lecteurs du Livre de Poche 2008.

Seul à savoir, 2010, prix Littré.

Cycle Paul Becker :

Monster, 2009, prix des Maisons de la presse 2009

Les Fantômes d'Eden, 2014

Cycle Évangile :

Le Jour du chien, 2017, prix Polar Babelio 2017

La Nuit de l'ogre, 2018

L'Heure du diable, 2020

Composition Nord Compo
Impression CPI Bussière en août 2020
Éditions Albin Michel
22, rue Huyghens, 75014 Paris
www.albin-michel.fr
ISBN : 978-2-226-45251-1
N° d'édition : 24076/01 – N° d'impression : 2050132
Dépôt légal : septembre 2020
Imprimé en France